HEYNE BÜCHER

06/2500

Über 40 Jahre
Heyne Science Fiction
& Fantasy

2500 Bände
Das Gesamt-Programm

SCIENCE FICTION

Herausgegeben
von Wolfgang Jeschke

Ein vollständiges Verzeichnis aller
im HEYNE VERLAG erschienen STAR TREK-Romane
finden Sie am Schluß des Bandes.

GREG COX

STAR TREK VOYAGER™

DAS SCHWARZE UFER

Roman

Star Trek®
Voyager™
Band 14

Deutsche Erstausgabe

WILHELM HEYNE VERLAG
MÜNCHEN

HEYNE SCIENCE FICTION & FANTASY
Band 06/5814

Titel der amerikanischen Originalausgabe
THE BLACK SHORE
Deutsche Übersetzung von Andreas Brandhorst

Umwelthinweis:
Dieses Buch wurde auf chlor- und säurefreiem Papier gedruckt

Redaktion: Rainer-Michael Rahn

Erstausgabe by Pocket Books/Simon & Schuster, Inc., New York

http://www.heyne.de
Printed in Germany 1999
Umschlagbild: Pocket Books/Simon & Schuster Inc., New York
Umschlaggestaltung: Atelier Ingrid Schütz, München
Technische Betreuung: M. Spinola
Satz: Schaber Satz- und Datentechnik, Wels
Druck und Bindung: Ebner Ulm

ISBN 3-453-14893-2

Für Alex,
der sich statt dessen
Katzenspiele wünschte

1

CAPTAINS LOGBUCH, STERNZEIT 491750.0

Wir setzen unseren Flug durch einen besonders leeren und abgelegenen Bereich des Delta-Quadranten fort. Schon seit einige Wochen gibt es kaum etwas, das die tägliche Routine an Bord der *Voyager* stört – ein begrüßenswerter Umstand, der jedoch auch Nachteile mit sich bringt. Ohne Gefahren oder neue Entdeckungen, die meine Aufmerksamkeit beanspruchen, denke ich immer wieder an die Erde und jene Personen, die wir dort zurückgelassen haben. Es hat den Anschein, als sei die Föderation jetzt besonders weit entfernt, und ich fürchte, es gibt noch andere Leute an Bord, die ebenso empfinden …

»Ich bitte Sie, Doktor! Für so etwas habe ich keine Zeit.«

Der Erste Offizier Chakotay hörte Harry Kims scharfe Worte, als er die Krankenstation betrat. Das Ausmaß des Ärgers in Kims Stimme erstaunte ihn – normalerweise war der junge Fähnrich immer ruhig und ausgeglichen. *Was ihm wohl über die Leber gelaufen sein mag?* fragte sich Chakotay.

Hinter ihm schloß sich die Tür. Die Luft in der Krankenstation hatte einen medizinischen Geruch, den der Erste Offizier mit Desinfektionsmitteln und

Sterilisierungsfeldern assoziierte. Der alles andere als glückliche Kim lag auf einem Biobett und wollte gerade aufstehen. Er stützte sich auf beide Ellenbogen und machte Anstalten, die Beine über den Rand der Liege zu schwingen. Doch der Doktor legte dem Fähnrich die Hand auf die Brust und hielt ihn dadurch zurück.

»Ja, bestimmt haben Sie einen wichtigen Termin, zum Beispiel zu einer Partie Billard in Ihrer schäbigen holographischen Bar oder etwas ähnlich Dringendes.« Zwar war auch der Doktor holographischer Natur, aber gleichzeitig verfügte er über genug Substanz, um den Fähnrich auf dem Biobett festzuhalten. »Regelmäßige Untersuchungen sind bei den meisten Humanoiden eine geeignete Methode der medizinischen Vorsorge. Als einziger Arzt bei dieser improvisierten Expedition durch unbekanntes Raumgebiet besteht meine undankbare Aufgabe darin, die Gesundheit aller Angehörigen dieser glücklosen Crew zu gewährleisten, ganz gleich, ob sie meine Bemühungen zu schätzen wissen oder nicht.« Der Doktor seufzte übertrieben. »Würden Sie sich jetzt *bitte* hinlegen, damit ich die restlichen Untersuchungen vornehmen kann?«

Chakotay sah zum Anzeigefeld über dem Biobett. Kims Medo-Werte schienen in Ordnung zu sein, sah man einmal von einem etwas zu hohen Blutdruck ab. Kes stand hinter dem Doktor, mit einem medizinischen Tricorder in der Hand. Die Ocampa grüßte den Ersten Offizier mit einem Nicken und einem freundlichen Lächeln. Der Doktor hingegen schien ganz auf seinen Patienten konzentriert zu sein und den Neuankömmling überhaupt nicht zu bemerken.

»Na schön, na schön.« Kim sank auf die Liege zurück. »Bringen wir's hinter uns. Ich habe nicht den ganzen Tag Zeit.«

»Wir sind fünfundsiebzig Jahre Flugzeit von der uns bekannten Zivilisation entfernt«, erwiderte der Doktor. »Wie können Sie es da eilig haben?«

Kim sah zum holographischen Arzt auf, und Zorn blitzte in seinen Augen – die Worte des Doktors hatten offenbar einen wunden Punkt berührt.

»Jetzt reicht's!« entfuhr es dem Fähnrich. »Ich sitze hier fest, viele tausend Lichtjahre von der Heimat entfernt, aber ich habe Besseres zu tun, als mich von einem Hologramm über medizinische Versorgung belehren zu lassen.« Kim schwang sich von der Liege, und seine Stiefel klackten auf den Boden. Den Protesten des Holo-Arztes schenkte er nicht die geringste Beachtung.

Die Heftigkeit seiner Reaktion überraschte Chakotay. Während der letzten Jahre war es der Besatzung gelungen, das Heimweh zu überwinden, an dem viele Crewmitglieder zu Beginn des Fluges durch den Delta-Quadranten gelitten hatten. Was mochte Kim veranlaßt haben, so stark auf die Bemerkung des Doktors zu reagieren?

»He, einen Augenblick«, sagte der Arzt empört und legte dem Fähnrich die Hand auf die Schulter. »Die Untersuchung ist erst dann vorbei, wenn ich eine entsprechende Entscheidung treffe.«

»Bitte, Harry«, fügte Kes hinzu. »Es geht ganz schnell.« Ihr Tonfall war sanfter und beschwichtigender als der des Arztes.

Kim schenkte Kes' Versuchen, Frieden zu stiften, keine Beachtung.

»Ich hab die Nase voll«, zischte der junge Fähnrich. »Computer, deaktiviere das für den Notfall bestimmte holographische Medo-Programm. Kommandopriorität Gamma.«

Die Kinnlade des Doktors klappte nach unten, und Überraschung zeigte sich in seiner Miene. »Was soll...« Der Holo-Arzt bekam keine Gelegenheit, den Satz zu beenden – er verschwand.

Kims impulsive Entscheidung, den Doktor zu deaktivieren, schien Kes nicht nur zu überraschen, sondern auch zu enttäuschen. »Wie konnten Sie so etwas tun, Harry?« Die Ocampa sah zur Decke und sprach zum Schiff. »Computer, reaktiviere das medizinische Notprogramm.«

»... das bedeuten?« Der Doktor erschien zwischen Kes und Kim, die Hand noch immer an der rechten Schulter des Fähnrichs. Er sprach genau dort weiter, wo er durch die Deaktivierung unterbrochen worden war. Verwirrung huschte über sein Gesicht, und der Glanz in seinen Augen trübte sich ein wenig. »Entschuldigen Sie bitte – war ich kurz fort?«

»Leider nicht lange genug«, sagte Kim. Er stieß die Hand des Holo-Arztes beiseite, versuchte dann, sich an Kes und dem Doktor vorbeizuschieben. »Ich gehe jetzt.«

Chakotay beschloß, sich nicht mehr auf die Rolle des Beobachters zu beschränken. »Fähnrich!« kam es scharf von seinen Lippen.

Kim bemerkte plötzlich die Präsenz des Ersten Offiziers, nahm abrupt Haltung an und wirkte verlegen. Kes und der Doktor wichen zurück, machten Chakotay Platz. Kim stand steif und gerade, mied den Blick des stellvertretenden Kommandanten.

Chakotay ließ ihn noch einige Sekunden lang schmoren, bevor er sagte: »Der Doktor behandelt seine Patienten nicht immer sehr taktvoll.« Er hörte, wie der Holo-Arzt bei diesen Worten brummte. »Aber das ist keine Rechtfertigung für Insubordination, Unhöflichkeit und den Mißbrauch Ihrer Kommando-Privilegien.«

»Bitte entschuldigen Sie, Sir«, erwiderte Kim und blickte noch immer starr geradeaus. Chakotay vermutete, daß der junge Fähnrich lieber gegen einen Kazon-Krieger gekämpft hätte, als diese Konfrontation noch länger ertragen zu müssen. »Ich fürchte, ich habe … äh … die Beherrschung verloren.«

»Das genügt nicht als Erklärung«, sagte Chakotay. »Ich kenne Sie, Harry. Normalerweise sind Sie kein Hitzkopf. Was ist los mit Ihnen?«

Kim errötete – sein Gesicht wurde fast so rot wie Chakotays Uniformjacke. Er senkte die Stimme, vielleicht in der Hoffnung, daß Kes und der Doktor dadurch seine Beichte nicht hören konnten. »Es tut mir leid, Sir. Wissen Sie, heute ist mein Geburtstag, und ich bin daran gewöhnt, ihn bei meiner Familie zu verbringen, nicht bei einer jährlichen Routineuntersuchung irgendwo im Delta-Quadranten.« Der Fähnrich begegnete nun dem Blick des Ersten Offiziers, und trotz der Demütigung blieb seine Stimme bewundernswert ruhig. »Das rechtfertigt mein Verhalten nicht, ich weiß, aber es ist zumindest eine Erklärung.«

»Ich verstehe«, sagte Chakotay. Kims emotionale Reaktion ergab nun mehr Sinn. Zwar hatte die Crew inzwischen zu einem neuen inneren Gleichgewicht gefunden, aber Geburtstage und andere Jahrestage erinnerten natürlich an jene Lieben, die sie alle daheim zurückgelassen hatten. »Na schön. Sie brauchen die Untersuchung heute nicht zu beenden, aber ich erwarte von Ihnen, daß Sie innerhalb der nächsten zweiundsiebzig Stunden einen neuen Termin mit dem Doktor vereinbaren. Und hüten Sie sich davor, Ihre schlechte Laune an anderen Offizieren und Besatzungsmitgliedern auszulassen. Haben Sie mich verstanden, Fähnrich?«

»Ja, Sir«, bestätigte Kim sichtlich erleichtert.

Was hast du erwartet? dachte Chakotay. *Sollte ich dich etwa unter Arrest stellen, nur weil du ein wenig Dampf abgelassen hast?*

»Danke, Commander«, fügte der Fähnrich hinzu.

»Schon gut. Sie können jetzt gehen, Fähnrich.«

Kim murmelte eine Entschuldigung, die dem Doktor und seiner Assistentin galt, eilte dann so schnell zur Tür, wie es der Anstand erlaubte.

»Und noch etwas, Harry«, sagte Chakotay, als Kim in den Korridor trat. »Herzlichen Glückwunsch.«

Die Tür schloß sich, doch vorher sah der Erste Offizier noch ein Lächeln im Gesicht des Fähnrichs. Chakotay wandte sich Kes und dem Doktor zu. »Ich glaube, dieses Problem haben Sie gut gelöst«, kommentierte Kes. »Harry hat es bestimmt nicht böse gemeint.«

»Für Sie ist das leicht gesagt«, grummelte der Doktor. »Sie sind nicht wie eine Lampe ausgeschaltet worden.« Er streckte die Hand aus und deaktivierte den Sensorschirm über dem jetzt leeren Biobett. Chakotay fragte sich, ob es den holographischen Arzt beruhigte, daß er die Geräte der Krankenstation ganz nach Belieben ein- und ausschalten konnte – das gab ihm in der technologischen Hierarchie eine gehobene Stellung. Oder erinnerte ihn dieser Umstand an die flüchtige Natur seiner eigenen Existenz? »Nun, Commander, wie kann ich Ihnen helfen?«

Chakotay dachte an die Ereignisse während der letzten Minuten. »Vielleicht hat es etwas mit dem zu tun, was ich hier gerade beobachtet habe.«

»Ein moralisches Problem?« fragte Captain Kathryn Janeway.

»Ja«, erwiderte Chakotay. Sie führten ein privates Gespräch im Bereitschaftsraum der Kommandantin, abseits der Brücke. Eine Tasse mit dampfendem Kaffee stand vor Janeway auf dem Schreibtisch. Um Energie zu sparen, war die Replikatorkapazität rationiert, und deshalb erlaubte sich Janeway nur einen

Becher Kaffee pro Tag, jeweils am Morgen. Sie trank einen Schluck und genoß den bitteren Geschmack, während Chakotay vom jüngsten Zwischenfall in der Krankenstation berichtete. Der Erste Offizier saß ihr in einem Duraniumsessel gegenüber. Nach der Zeiteinteilung an Bord der *Voyager* war es noch Morgen. Die Kommandantin genehmigte sich einen weiteren Schluck und wartete auf die anregende Wirkung des Koffeins.

»Harry Kim, sagen Sie?« fragte Janeway. »Das finde ich beunruhigend. Ohne mich negativ über die anderen Besatzungsmitglieder äußern zu wollen: Bei B'Elanna, Neelix oder auch Tom Paris hätte mich eine solche Reaktion kaum überrascht. Aber Harry? So etwas sieht ihm gar nicht ähnlich.«

Chakotay nickte ernst. »Die Ereignisse in bezug auf Fähnrich Kim sind nur Ausdruck eines größeren Problems. Der Doktor bestätigte meine eigenen Beobachtungen. Viele Angehörige der Crew offenbaren Anzeichen von Streß und Erschöpfung. Viele Leute sind mit ihren Nerven am Ende. Es herrscht eine recht gereizte Stimmung. Vorgestern mußte ich B'Elanna daran hindern, Neelix zu zwingen, eine besonders unappetitliche talaxianische Spezialität selbst zu verspeisen.«

»Seltsam«, sagte Janeway. »Ich dachte, der psychologische Zustand der Crew hätte sich verbessert, seit wir das Raumgebiet der Kazon verlassen haben.« *Es wurde auch Zeit*, fügte sie in Gedanken hinzu. Eins stand fest: Ihre eigene Abenteuerlust hatte zugenommen, seit sie es nicht mehr mit den Kazon und ihren Intrigen zu tun bekamen. Es beunruhigte sie, daß der Erste Offizier eine neuerliche Verschlechterung der Moral befürchtete.

»Bis vor kurzer Zeit war die Stimmung an Bord gar nicht so schlecht«, erläuterte Chakotay. »Aber jetzt fliegen wir durch eine besonders öde Zone des Delta-Quadranten. Abenteuer und Erforschung sind die besten Mittel gegen Heimweh, doch wenn wir viele Tage lang durch leeren Raum fliegen, ohne irgendeine Abwechslung ... So was schlägt aufs Gemüt.«

»Ich verstehe.« Janeway mußte zugeben, daß sie sich ebenfalls langweilte. »Was sollten wir Ihrer Meinung nach gegen die schlechte Stimmung unternehmen?«

»Ich habe den Eindruck, daß der Crew die sprichwörtliche Decke auf den Kopf fällt«, entgegnete Chakotay. »Gegen die Ursachen des Heimwehs können wir nichts unternehmen, aber ich schlage vor, der Besatzung bei der nächsten Gelegenheit Landurlaub zu gewähren.«

»Ausgezeichnete Idee«, sagte Janeway. »Schon seit Wochen hatte die Crew keine Möglichkeit mehr, das Schiff zu verlassen.« Ein rundes Fenster hinter der Kommandantin gewährte Ausblick ins All. Janeway drehte den Kopf und beobachtete die vorbeiziehenden Sterne. »Leider scheinen wir uns derzeit nicht in der Nähe eines geeigneten Urlaubsortes zu befinden.«

»Das stimmt«, erwiderte Chakotay. »Aber ...« Er unterbrach sich, als sein Insignienkommunikator im gleichen Augenblick piepte wie der Janeways. Die Kommandantin klopfte auf das Kom-Gerät und aktivierte es dadurch.

»Captain hier«, meldete sie sich. »Was ist los?«

Harry Kims Stimme drang aus dem Lautsprecher. »Fähnrich Kim hier. Ich glaube, Sie und Commander Chakotay sollten auf die Brücke kommen. Wir empfangen Kom-Signale von einem nahen Sonnensystem.«

Kom-Signale? Janeway spürte jene Aufregung, die sich immer dann in ihr regte, wenn die Aussicht bestand, einer neuen Zivilisation oder einer neuen Lebensform zu begegnen. *Darum geht es bei Starfleet,* dachte sie. *Selbst hier im Delta-Quadranten.* »Verstanden, Mr. Kim. Wir sind unterwegs.«

Chakotay erhob sich bereits. Er wartete an der geschlossenen Tür auf Janeway, und dann kehrten sie gemeinsam in den Kontrollraum der *Voyager* zurück.

Die dort herrschende Aufregung war fast greifbar, kam in Gesichtern und Körpersprache der diensthabenden Offiziere zum Ausdruck. Lieutenant Tom Paris bediente die Navigationskontrollen, während sich Harry Kim um die Funktionsstation kümmerte. Beide Männer wirkten so lebendig wie schon seit Wochen nicht mehr. An der vorderen wissenschaftlichen Station saß Fähnrich Susan Tukwila, eine vielversprechende junge Offizierin, die vor kurzer Zeit von der Abteilung stellare Kartographie zur Brücke versetzt worden war. Wie Chakotay war Tukwila Indianerin und hatte zum Maquis gehört, bevor sie zur *Voyager* kam. Die fremden Kom-Signale schienen sie ebenso erregt zu haben wie Paris und Kim. Nur Lieutenant Commander Tuvok, der wie üblich an den taktischen Kontrollen auf der Steuerbordseite stand, schien gegen die allgemeine Aufregung immun zu sein. In seinem unbewegten Gesicht zeigte sich die übliche vulkanische Gelassenheit.

Janeway nahm im Kommandosessel Platz und blickte zur technischen Station auf der Steuerbordseite. B'Elanna Torres befand sich nicht an ihrem Posten; vermutlich arbeitete sie derzeit im Maschinenraum. Chakotay nahm links von Janeway Platz.

»Na schön«, sagte die Kommandantin. »Hören wir uns die Sendung an.«

»Sie besteht nicht nur aus Audio-, sondern auch aus Videosignalen, Captain«, meinte Kim.

»Um so besser«, erwiderte Janeway. »Auf den Schirm, Mr. Kim.«

Der große Hauptschirm im vorderen Bereich der Brücke erhellte sich. Janeway rechnete damit, jene Personen zu sehen, von denen die Kom-Signale stammten, doch statt dessen erschien das Panorama einer fremden Landschaft.

»Meine Güte«, hauchte Janeway, tief beeindruckt von der atemberaubenden Schönheit.

Das Projektionsfeld zeigte einen Strand, wie sie ihn noch nie zuvor gesehen hatte. Die friedliche Küstenszene wies keine Ähnlichkeit mit der Brandung am felsigen Ufer unterhalb von Burleigh Manor aus ihrem Holo-Roman auf. Statt dessen glänzten goldene Wellen unter einem rötlichen Himmel. Safrangelber Schaum krönte die Wellen, die an einen ebenholzschwarzen Strand rollten. Kleine faserige Wolken glitten langsam übers Firmament und filterten kaum den scharlachroten Sonnenschein. Der Strand schien aus Myriaden von kleinen, schwarzen, perlgroßen Steinen zu bestehen. Jeder schimmerte wie Obsidian, glattgeschliffen vom Meer, was den Eindruck von zahllosen dunklen Spiegeln erweckte. Janeway stellte sich vor, mit ihrem auf der Erde zurückgebliebenen Hund an einem solchen Strand spazierenzugehen – eine Sekunde später tadelte sie sich stumm dafür, während des Dienstes mit offenen Augen zu träumen. Vergeblich hielt sie nach Fußspuren oder irgendwelchen Anzeichen von Wohnstätten Ausschau; die Landschaft wirkte völlig unberührt.

Rosarotes Sonnenlicht glitt über die schwarzen Kieselsteine, doch hier und dort ragten Schatten spendende Bäume auf. Die Wipfel bestanden aus purpurnen Palmwedeln, die rosarote Maserungen aufwiesen. Die von ihnen geworfenen Schatten bewegten sich auf dem Strand hin und her, als sich die

Bäume in einer sanften Brise von einer Seite zur anderen neigten. Eine kupfern anmutende Borke umhüllte die Stämme. Am Rand des Strands wuchs niedrigere Vegetation. Die Pflanzen offenbarten hundert verschiedene Grüntöne, sahen aus wie Seeanemonen und Korallen, so als hätte das maritime pflanzliche Leben in diesem Fall eine Erweiterung an Land gefunden. Zarte purpurne Ranken flatterten im Wind und fügten der Szene ein weiteres exotisches Element hinzu.

»Wunderschön«, sagte Fähnrich Tukwila laut. »Einfach herrlich.«

Janeway mußte ihr zustimmen.

Zuerst hörte sie nur das Rauschen der Wellen und ein Rascheln, das vermutlich von den Palmwedeln stammte. Dann erklang eine Stimme und kommentierte das übertragene Bild. Der automatische Translator verlieh ihr einen tiefen, maskulinen Klang mit einem fremden Akzent.

»Besucht Ryolanow«, erklang es aus den Kom-Lautsprechern. »Wer auch immer Sie sind. Wir freuen uns über die Möglichkeit, Sie und Ihr Volk kennenzulernen. Hiermit laden wir Sie herzlich ein, die Schönheit und Gastfreundschaft unserer Welt so lange zu genießen, wie Sie wollen. Kommen Sie nach Ryolanow. Wir erwarten Sie mit offenen Armen.«

Die Stimme verklang, und wieder war nur das Rauschen der Wellen zu hören. Janeway wandte den Blick von der prächtigen Darstellung ab und sah nach links zu Harry Kim. »Das ist alles?«

»Ja, Captain«, bestätigte der Fähnrich. »Die Einladung wird in regelmäßigen Abständen wiederholt, etwa alle fünf Minuten.«

»Seit wann werden die Signale gesendet?« fragte Chakotay.

»Das läßt sich kaum feststellen«, erwiderte Kim.

»Wir entdeckten sie, sobald wir in Kom-Reichweite kamen. Vielleicht werden die Signale schon seit Jahren gesendet.«

»Gibt es eine Möglichkeit, auf die Einladung zu antworten?« fragte Janeway. Sie wollte eine Dialog mit den Bewohnern des Planeten herbeiführen. Wie nannten sie ihre Welt? *Ryolanow,* erinnerte sich die Kommandantin. Der Name klang angemessen exotisch.

Kim schüttelte den Kopf. »Leider nicht, Captain. Die Möglichkeit einer Antwort ist nicht vorgesehen. Die Kom-Signale sind nicht einmal speziell für uns bestimmt – die *Voyager* befand sich nur zur richtigen Zeit am richtigen Ort.«

Die Stimme von Ryolanow wiederholte ihre Einladung. Kim deaktivierte den Audiokanal, ohne das Bild des Strands vom Hauptschirm zu verbannen.

Janeway wandte sich wieder dem Projektionsfeld zu. »Mit anderen Worten ... Wir haben das Subraum-Äquivalent einer Flaschenpost bekommen.«

»Es ähnelt dem SETI-Programm des späten zwanzigsten Jahrhunderts«, kommentierte Tuvok. Er meinte damit das Projekt ›Search for Extra-Terrestrial Intelligence‹, die Suche nach außerirdischer Intelligenz. »Faszinierend.«

Janeway drehte den Kommandosessel und sah zum Vulkanier. »Was halten Sie von dieser Sache, Mr. Tuvok?« Sie kannte Tuvok länger als alle anderen Angehörigen der Crew und wußte seine Meinung sehr zu schätzen. Oft dachte sie daran, daß der Vulkanier angesichts seiner längeren Lebenserwartung vermutlich das Kommando über die *Voyager* haben würde, wenn das Schiff in einigen Jahrzehnten zur Föderation zurückkehrte. Entsprechende Gedanken empfand sie als tröstlich, auf einem persönlichen Niveau aber auch als beunruhigend.

»Vom Sicherheitsstandpunkt aus gesehen besorgt es mich, daß sich die Fremden nicht persönlich zeigen«, erwiderte der Vulkanier.

»Vielleicht wollen sie nicht aufgrund ihres äußeren Erscheinungsbilds beurteilt werden«, warf Chakotay ein. »Eine vernünftige Vorsichtsmaßnahme, wenn man die vielfältigen Gestalten intelligenter Wesen in der Galaxis bedenkt. Immerhin sind nicht alle raumfahrenden Völker bereit, die physische Mannigfaltigkeit ebenso vorurteilsfrei zu akzeptieren wie die Föderation.«

Selbst Starfleet hat gelegentlich den Fehler gemacht, fremde Spezies nach ihrem Aussehen zu beurteilen, dachte Janeway. Sie erinnerte sich an die erste tragische Begegnung mit den Horta von Janus VI vor fast hundert Jahren, ganz zu schweigen von der abscheulichen romulanischen Hexenjagd an Bord der *Enterprise* vor einigen Jahren.

»Vielleicht haben Sie recht, Commander«, räumte Tuvok ein. »Dennoch wäre mir eine stabilere Faktenbasis lieber, bevor wir in Erwägung ziehen, die sehr außergewöhnliche Einladung anzunehmen.«

»In der Tat«, bestätigte Janeway. »Allerdings stellt die Einladung auch eine Chance dar, die es lohnt, ein gewisses Risiko einzugehen. Als Starfleet-Schiff besteht unsere Aufgabe darin, Kontakte mit unbekannten Kulturen herzustellen und das Wissen des interstellaren Völkerbunds zu mehren. Eines Tages *kehren* wir zur Föderation zurück, und dann sind wir die modernen Marco Polos des Delta-Quadranten, die wichtige Informationen über einen Bereich des Alls bringen, den vor uns kein Mensch – und kein Vulkanier – erforscht hat.«

Mit ein wenig Glück reichen diese aufmunternden Worte aus, um die Moral der Brückencrew zu verbessern, dachte Janeway: Sie sagte so etwas nicht zum erstenmal, aber es konnte wohl kaum schaden, gelegentlich den Sinn ihrer langen Reise zu betonen. »Außerdem könnte dies genau das richtige für uns sein.«

Sie sah zu Chakotay und teilte ein verschwörerisches Lächeln mit ihm. »Da haben Sie vielleicht recht«, erwiderte der Erste Offizier.

»Mr. Kim ...«, sagte Janeway mit fester Stimme. »Läßt sich der Ursprung der Kom-Signale feststellen?«

Der junge Fähnrich sah vom Monitor der Funktionsstation auf. »Kein Problem, Captain.«

»Transferieren Sie die notwendigen Daten zur Navigationsstation«, ordnete die Kommandantin an. »Mr. Paris, nehmen Sie Kurs auf Ryolanow. Warpfaktor fünf.«

»Ja, Ma'am!« bestätigte Paris voller Enthusiasmus, und seine Finger huschten über die Navigationskontrollen. Er schien es kaum abwarten zu können, über den schwarzen Strand zu schlendern und in die goldenen Wellen zu springen. Janeway konnte es ihm nicht verdenken.

»Äh ... Captain?« fragte Kim. »Soll ich das Videosignal vom Hauptschirm entfernen?«

Janeway sank in die Polster des Kommandosessels zurück und sah zu den violetten Palmen, deren Wedel hypnotisch über dem Strand hin und her schwangen.

»Noch nicht, Mr. Kim«, antwortete sie. »Lassen Sie uns das Panorama noch ein wenig länger genießen.«

Sie konnte sich keinen besseren Ort für einen Landurlaub vorstellen.

2

Sie wissen also nichts über den Planeten Ryolanow?« wandte sich Janeway an Neelix, als sie zusammen mit Tuvok, Tom Paris und dem Talaxianer auf die Transporterplattform trat. Tuvok hatte sich gegen die Teilnahme des Captains an diesem externen Einsatz ausgesprochen, aber diesmal setzte sich Janeway über seine Einwände hinweg. Die Ryol hatten sehr freundlich auf die ersten Kom-Kontakte mit der *Voyager* reagiert und durch nichts zu erkennen gegeben, daß sie Besuchern von der Föderation mit Feindseligkeit begegnen würden. Eine Begegnung auf der Oberfläche des Planeten war vereinbart worden, und die Ryol hatten sogar entsprechende Koordinaten übermittelt.

»Um ganz ehrlich zu sein, Captain…« Neelix trat auf ein Transferfeld. »Es überrascht mich noch mehr als Sie, daß wir in dieser interstellaren Wüste eine paradiesische Welt mit einer hochentwickelten Zivilisation gefunden haben. Alle ehrenhaften Forscher und Händler – und auch die meisten unehrenhaften – haben diese ganze stellare Region schon vor vielen Jahren abgeschrieben. Die frühen haakonianischen Kartographen bezeichneten diesen Bereich als ›Abfallhaufen der Schöpfung‹. Ihren Karten fügten sie den Hinweis ›Hier gibt es nichts‹ hinzu. Nicht einmal die Kazon hielten es für sinnvoll, Anspruch auf die hiesigen Sektoren zu erheben. Weit und breit soll es weder wertvolle Ressourcen noch irgendwelche

Völker geben.« Neelix lachte herzhaft, wodurch die drahtigen Haare an Kinn und Unterkiefer zitterten. »Wer hätte gedacht, daß in einer derartigen Einöde ein wahrer Garten Eden existiert?«

»In der Tat«, ließ sich Tuvok vernehmen. »Dieser Umstand bietet ein gutes Beispiel für die Wahrscheinlichkeit, daß sich Ihre vielgepriesene Vertrautheit mit dem Delta-Quadranten erneut als unvollständig erweist.«

»Genau!« pflichtete Neelix dem Vulkanier fröhlich bei – um dann plötzlich nachdenklich zu werden. »Augenblick mal. Wie haben Sie das gemeint?«

»Der Sinn meiner Bemerkung geht aus den Worten hervor«, erwiderte Tuvok. Ein Phaser steckte an der Seite seiner goldenen und schwarzen Uniform. Der Vulkanier hatte darauf bestanden, daß sowohl er selbst als auch Tom Paris bewaffnet aufbrachen. Janeway vermutete, daß auch Neelix irgendeine Waffe bei sich trug – der kleine Talaxianer war viel zu sehr Überlebenskünstler, um einen unbekannten Ort ohne die Möglichkeit aufzusuchen, sich zur Wehr zu setzen. Die Kommandantin hingegen verzichtete darauf, ihren eigenen Phaser mitzunehmen, hauptsächlich als eine Geste des guten Vertrauens. *Die Ryol scheinen tatsächlich sehr freundlich zu sein*, dachte sie. *Und offenbar gibt es bei ihnen kein oder nur wenig Militär*. Die Sensorsondierungen aus dem Orbit bestätigten den ersten Eindruck von Ryolanow: ein Planet der Klasse M, bewohnt von einem friedlichen Volk. Die Scanner der *Voyager* hatten nicht einmal ein einziges Gefängnis geortet, geschweige denn Schlachtfelder oder Waffensysteme. *Die Ryol haben weitaus mehr Grund, uns zu fürchten, als wir, ihnen zu mißtrauen.*

»Es wird Zeit«, sagte Janeway und beendete damit den Wortwechsel zwischen Neelix und Tuvok. »Bereiten Sie sich auf den Transfer vor. B'Elanna?«

Lieutenant B'Elanna Torres hatte beschlossen, die Transporterkontrollen selbst zu bedienen, nur für den Fall, daß es zu irgendwelchen Problemen kam. Die Ryol schienen freundlich zu sein, aber vielleicht täuschte dieser Eindruck – so wie beim Trabe-Konvoi, der die *Voyager* vor etwa einem Jahr verraten hatte. »Beim ersten Anzeichen von Schwierigkeiten beame ich Sie an Bord zurück«, sagte die halbe Halbklingonin mit fester Stimme. »Und zwar schneller als Cardassianer gegen ein Friedensabkommen verstoßen können.«

»Ich weiß Ihre Besorgnis zu schätzen«, entgegnete Janeway. »Glauben Sie mir: Wenn die Bewohner des Planeten Anstalten machen, uns in Kochtöpfe zu stecken, hören Sie sofort von mir.«

Wenn die scherzhafte Bemerkung Torres amüsierte, so ließ sie es sich nicht anmerken. Sie blickte auf die Kontrollen und aktivierte den Transporter. Janeway beobachtete, wie sich B'Elanna und der Transporterraum auflösten, als sich eine Wand aus gelbem Funkeln herabsenkte. Sie wußte natürlich, daß es sich genau andersherum verhielt, daß sie selbst sich auflöste, in eine Säule aus schimmernder Energie verwandelte. Sie spürte einen Hauch Kühle, und dann verschwand das Glitzern vor ihren Augen. Zusammen mit den anderen Angehörigen der Einsatzgruppe stand sie auf der Oberfläche des Planeten Ryolanow.

Vor ihnen erstreckte sich jene Landschaft, die sie bereits auf dem Hauptschirm im Kontrollraum der *Voyager* gesehen hatten. *Diesmal hat die Werbung nicht zuviel versprochen*, dachte Janeway. In der Wirklichkeit schien das schwarze Ufer noch schöner zu sein. Die Wellen rollten sanft durch eine weite Bucht und schienen aus sich gegenseitig überlappenden Goldplatten zu bestehen. Es zogen noch weniger Wolken über den scharlachroten Himmel. Die Luft war ein wenig wärmer als an Bord der *Voyager*, aber keineswegs auf eine unangenehme Weise. Janeway atmete tief durch und genoß den Duft unbekannter Blumen. Eine leise Brise wehte von der Bucht her und brachte nicht den Geruch von Salz, sondern von Ingwer. Die Kommandantin glaubte, das Gewürz direkt auf ihren Lippen schmecken zu können. Die Gravitation von Ryolanow war ein wenig geringer als die der Erde, und deshalb fühlte sich Janeway leichter.

Sie standen auf einem ebenen Pfad, der den Eindruck erweckte, aus Hunderten von miteinander verschmolzenen kleinen schwarzen Kugeln zu bestehen. Vermutlich handelte es sich um die gleiche Substanz, aus der auch die obsidianartigen Kieselsteine des Strands bestanden. Von ihrer gegenwärtigen Position aus konnte Janeway erkennen, daß der Strand an einen gepflegten Park grenzte, an den sich eine Gruppe aus opaleszierenden Gebäuden anschloß, kaum einen Kilometer entfernt. Drei Humanoiden warteten vor einem aus Buschwerk bestehenden Torbogen. Stiele und Blätter der Pflanzen waren ebenso purpurn wie die Palmwedel der Bäume am Strand. Bei den Blüten ließen sich alle möglichen Grünschattierungen beobachten, von Hellgrün bis Jade. *Die Botaniker an Bord der* Voyager *werden hier ihre helle Freude haben*, dachte Janeway.

Die Delegation der Ryol näherte sich nun, bestehend aus zwei Männern und einer Frau. Als die Entfernung schrumpfte, stellte Janeway fest, daß die Ryol nach menschlichen Maßstäben sehr attraktiv waren. Sie hatten rötlichbraune Haut, und das Grün ihrer Augen erinnerte an Malachit. Beide Männer verfügten über goldbraune Löwenmähnen, während nur eine dünne Schicht aus blondem Pelz den Kopf der Frau bedeckte. Janeway bemerkte, wie sich Tom Paris' Pupillen weiteten, als er die Ryol-Frau sah.

»Meine Güte«, kam es leise von den Lippen des Navigators. »Ich schätze, hier wird's mir gefallen.«

Die Kleidung der Fremden war leicht und knapp, wurde damit dem Klima gerecht. Alle drei trugen bestickte Westen und Röcke, die knapp oberhalb der Knie endeten. Bei den Männern waren die Westen geöffnet und gewährten Blick auf eine haarlose Brust. Bei der Frau sorgten drei scharlachrote Bänder dafür, daß die Weste geschlossen blieb. Sowohl die Westen als auch die Röcke bestanden aus einem dünnen Stoff, der wie Seide aussah. Abgesehen vom Kopfpelz wiesen die Körper der Ryol offenbar keine Behaarung auf. Sandalen schützten die Sohlen der Füße. Die Nägel waren dunkelbraun und liefen spitz zu. An Fingern und Ohren glänzten silberne Schmuckstücke, die sehr kunstvoll wirkten.

»Willkommen!« grüßte einer der beiden Männer. Janeway erkannte Stimme und Akzent von der Sendung wieder, die sie an Bord der *Voyager* empfangen hatten. »Ich bin Varathael, Ältester der Ryol.« Er schien tatsächlich älter und reifer zu sein als seine beiden Begleiter. In seiner sehr dichten Mähne zeigten sich graue Strähnen, wodurch er wie ein Patriarch aus dem Alten Testament aussah. Doch er erweckte keineswegs den Eindruck, schwach und gebrechlich zu sein. Mit geradem Rücken stand er da, stolz und würdevoll. Er erinnerte Janeway ein wenig an Lord Burleigh, den Adligen aus ihren Holodeck-Abenteuern. Ein silbernes Medaillon hing an einer Kette an seinem Hals: In der Mitte einer kleinen Metallscheibe glänzte ein roter Edelstein, dessen geschliffene Seiten das Sonnenlicht reflektierten. Handelte es sich vielleicht um ein Symbol von Autorität?

Das plötzliche Erscheinen der Außenwelter auf

dem Strand schien die Ryol nicht zu überraschen, was Janeway für ein gutes Zeichen hielt. Bei den vorherigen Kom-Kontakten hatte sie auf den Transfer hingewiesen, doch manchmal reagierten in technischer Hinsicht weniger hochentwickelte Kulturen trotz aller Warnungen mit Überraschung und Besorgnis. Vielleicht hatten die Ryol einen höheren Entwicklungsstand erreicht, als es auf den ersten Blick den Anschein haben mochte. Immerhin waren sie imstande, eine Subraum-Botschaft zu den Sternen zu schicken.

Varathael deutete zu seinen jüngeren Begleitern. »Das ist Laazia, meine Tochter und Erbin, und Naxor, mein persönlicher Adjutant.«

»Es freut mich sehr, Ihre Bekanntschaft zu machen«, sagte Laazia herzlich. Ihre erstaunlich tiefe Stimme wies einen leichten Vibrato-Aspekt auf. Ein breites Lächeln zeigte perlweiße Zähne. Lange schwarze Wimpern wölbten sich über exotisch grünen Augen. »Ihre Ankunft ist die aufregendste Sache, die seit langer Zeit auf dieser Welt geschieht.«

»Ja, eine sehr stimulierende Angelegenheit«, meinte auch Naxor, obwohl es ihm ganz offensichtlich gut gelang, seine Begeisterung unter Kontrolle zu halten. Der junge Ryol erschien Janeway reserviert und sehr von sich selbst eingenommen. Eine schmale weiße Narbe reichte von einem Mundwinkel bis unterhalb des Kinns und fügte den ansonsten sehr ebenmäßigen Zügen einen seltsamen Makel hinzu. Janeway fragte sich, wie es zu jener Narbe gekommen war, und ihr fiel auf, daß Naxor den Blickkontakt mit ihr mied. Andererseits: Im Vergleich mit typischen Kazon-Kriegern oder vidiianischen Organdieben schäumte Naxor vor Freundlichkeit geradezu über. *Im Delta-Quadranten brauchen wir die Hilfe aller Freunde, die wir finden können*, erinnerte sich Janeway.

»Ich möchte Ihnen allen für die freundliche Einladung danken, Ihre Welt zu besuchen«, sagte sie. »Ich bin Captain Kathryn Janeway vom Föderationsraumschiff *Voyager*.« Sie stellte die Angehörigen der Einsatzgruppe vor. »Wir freuen uns darauf, mehr über Sie und Ihr Volk zu erfahren.«

»Und wir sind gern bereit, alle unsere Segnungen mit Ihnen zu teilen«, erwiderte Varathael. »Seit vielen Jahren schicken wir unsere Botschaft in den Äther, aber Sie sind die ersten Besucher, die darauf reagierten.« Er musterte die Mitglieder der Landegruppe mit unverhohlener Faszination. »So viele Formen und Farben«, staunte er. »Woher kommen Sie und Ihr Schiff, Captain?«

»Von der Vereinten Föderation der Planeten«, erklärte Janeway. »Dabei handelt es sich um einen interstellaren Völkerbund, dem viele Welten angehören. Mr. Paris und ich kommen von einem Planeten namens Erde, und Mr. Tuvok ist Vulkanier. Nur Mr. Neelix stammt aus dieser Region des Weltraums, den wir Delta-Quadrant nennen. Er ist Talaxianer.«

»Bestimmt haben Sie von meinem Volk gehört«, sagte Neelix. Er streckte die Brust heraus und versuchte, etwas größer zu werden. »Wir Talaxianer stammen von sehr ehrenwerten Forschern und Abenteurern ab.«

»Leider ist uns Ihr Volk nicht bekannt«, erwiderte Varathael. »Obwohl ich sicher bin, daß es ihm nicht an sehr bemerkenswerten Eigenschaften mangelt.« Sein Blick kehrte zu Janeway zurück. »Erde, Vulkan… Die Föderation scheint ausgesprochen interessant zu sein. Ich hoffe, daß ich irgendwann einmal Gelegenheit bekomme, sie zu besuchen und alle ihre Völker kennenzulernen.«

Janeway schüttelte kummervoll den Kopf. »Ich

fürchte, die Föderation ist zu weit entfernt.« *Viel zu weit*, fügte sie in Gedanken hinzu.

»Aber Ihr prächtiges Raumschiff, die *Voyager*, ist doch sicher imstande, solche Entfernungen innerhalb kurzer Zeit zurückzulegen, oder?« fragte Varathael. »Immerhin brachte es Sie hierher.«

»Dahinter steckt nicht unbedingt unsere eigene Absicht«, sagte Janeway.

Sie suchte nach einer Möglichkeit, dieses Thema taktvoll zu diskutieren. »Ich bin neugierig, Ältester«, fuhr sie schließlich fort. »Sie kennen die Talaxianer nicht, aber ganz offensichtlich sind Sie mit der Vorstellung von anderen Welten und Zivilisationen vertraut. Wie weit ist Ihr eigenes Volk ins All vorgestoßen?«

Varathael vollführte eine Geste, die dem Himmel galt. »Um ehrlich zu sein: Wir haben nur wenige Ressourcen der Erforschung des Weltraums gewidmet. Sehen Sie sich um. Warum sollten wir den Wunsch verspüren, ein solches natürliches Paradies zu verlassen? Uns erschien es immer einfacher, die Repräsentanten anderer Völker hierher einzuladen.«

Janeway verstand, warum den Ryol kaum etwas daran lag, durch einen öden Raumsektor zu reisen und leblose Felsbrocken zu erforschen. *Wenn die Menschheit nicht von Natur aus mit Neugier und Forschergeist ausgestattet gewesen wäre, hätten uns die lebensfeindlichen Bedingungen im Rest des Sonnensystems vielleicht entmutigt*, dachte sie. Es erfüllte sie mit Stolz, daß die Menschen an ihrem Forscherdrang festgehalten hatten, obwohl sie zunächst den Eindruck gewannen, im Universum völlig allein zu sein.

»Dies ist zweifellos eine sehr schöne Welt«, sagte Janeway. »Es fällt mir leicht zu verstehen, warum sie Ihnen soviel bedeutet.« Sie hoffte, daß die Crew hier einen Landurlaub verbringen konnte. Auch sie selbst fühlte sich urlaubsreif.

»Entschuldigung, Captain«, warf Tuvok ein. Der vulkanische Sicherheitsoffizier trat neben die Kommandantin. »Commander Chakotay wartet auf einen Bericht über den Status der Einsatzgruppe.«

»Teilen Sie ihm mit, alles sei in bester Ordnung«, erwiderte Janeway. »Und sagen Sie ihm, daß wir noch etwas länger bleiben.« Sie sah Varathael an. »Das heißt, wenn Sie nichts dagegen haben.«

»Natürlich nicht.« Der Älteste lächelte, und seine grünen Augen glänzten. »Immerhin hatten Sie bisher noch keine Gelegenheit, unsere Stadt zu sehen. Kommen Sie, lassen Sie uns durch den Park wandern. Ich muß zugeben, daß wir hier sehr stolz auf unsere Flora sind.«

Es dürfte weitaus angenehmer sein, als während eines Kampfes durch den Schlamm zu kriechen, dachte Janeway. *Oder zu versuchen, einen Warpkern vor dem Kollaps zu bewahren.* »Im Namen der U.S.S. *Voyager* und der Vereinten Föderation der Planeten nehme ich Ihr Angebot gern an.«

Der berauschende Duft der wunderschönen grünen Blüten wurde fast überwältigend, als Varathael sie durch einen komplexen Irrgarten führte, der aus mehr als zwei Meter hohen korallenartigen Büschen bestand. Tuvok blieb in der Nähe von Janeway, und sein Gesichtsausdruck wirkte auch weiterhin steinern – die Schönheit der Umgebung schien ihn überhaupt nicht zu beeindrucken. Paris leistete Laazia Gesellschaft, was nicht anders zu erwarten gewesen war, und Neelix rückte Naxor in den Mittelpunkt seiner Aufmerksamkeit, was dem Adjutanten des Ältesten offenbar nicht sehr gefiel. Janeway hörte, wie Neelix fragte: »Sind Sie wirklich noch nie einem Talaxianer begegnet? Erstaunlich! Nun, lassen Sie mich Ihnen alles über uns erzählen …«

Kleine Vögel, die wie Spatzen aussahen, zwitscherten in den weiten Zweigen der Korallenbüsche und wichen den sich hin und her neigenden Ranken der Anemonenpflanzen aus. Der Pfad bestand aus unzähligen glänzenden schwarzen Kieselsteinen, und Janeway spürte warmen Sonnenschein auf den Wangen. *Ich könnte mich an diese Welt gewöhnen*, dachte sie.

Hinter ihr sprach Laazia mit leiser Stimme und lachte über einen Scherz von Paris. *Passen Sie auf, Lieutenant*, erklang eine mahnende Stimme in Janeway. *Wir sollten es mit der Freundlichkeit den Einheimischen gegenüber nicht übertreiben*. Ganz deutlich erinnerte sie sich daran, welche Schwierigkeiten ihnen Paris' zu auffällige Blicke auf dem Heimatplaneten der Baneaner beschert hatten. Wie lautete der Name jener jungen Dame? *Ah, ja*, erinnerte sich Janeway. *Lidell*. Sie sah über die Schulter. Laazia hatte sich bereits bei Paris eingehakt, als sie über einen weiteren Scherz lachte. Nicht weit entfernt starrte Naxor mit finsterer Miene zu dem Paar, während Neelix auf ihn einredete – der Talaxianer bemerkte den Ärger des Ryol überhaupt nicht. Janeway fragte sich, in welche Beziehung Naxor und Laazia zueinander standen. *Dies könnte zu einem Problem werden*, fuhr es ihr durch den Sinn.

»Stimmt was nicht?« fragte Varathael.

»Oh, es ist alles in Ordnung«, log Janeway und wandte sich von dem seltsamen Trio ab. »Ich habe nur Ihre Tochter bewundert. Sie ist bezaubernd. Bestimmt sind Sie sehr stolz auf sie.«

Varathael nickte. »Laazia ist sehr intelligent und aufmerksam, verfügt außerdem über lobenswerten Ehrgeiz. Sie hat bereits ihr Geschick als Mittlerin unter Beweis gestellt und schlichtet kleine Kontroversen, zu denen es hin und wieder in der Ryol-Gemeinschaft kommt. Ich rechne damit, daß sie die Führung unseres Volkes übernimmt, wenn ich zu alt dafür geworden bin.«

Janeway bemerkte die Falten in Varathaels Gesicht. Er schien nur einige Jahre älter zu sein als sie. »Bis dahin vergeht sicher noch viel Zeit.«

»Ja«, bestätigte der Älteste. »Wir Ryol sind sehr langlebig.«

Janeway fragte sich, wie hoch die durchschnittliche Lebenserwartung eines Ryol im Vergleich mit der von Menschen und Vulkaniern sein mochte. Nach den Maßstäben der Ocampa waren zehn Jahre unglaublich viel Zeit. Wie dem auch sei: Varathael wirkte sehr gesund. Mit energischen Schritten ging er durch den Park, und die Kommandantin mußte sich beeilen, um nicht den Anschluß zu verlieren. Unter solchen Umständen war sie dankbar für die geringere Gravitation von Ryolanow.

Schon nach kurzer Zeit gab sie den Versuch auf, sich im grünen Labyrinth zu orientieren. Statt dessen begnügte sie sich damit, Varathael zu folgen. Wenn der unwahrscheinliche Fall eintreten sollte, daß sie später in diesem Irrgarten festsaß, ohne den Weg zurück zu finden... Sie brauchte nur einen Kom-Kontakt mit dem Schiff herzustellen, um sich an Bord beamen zu lassen. Laazia und Paris sprachen so leise miteinander, daß Janeway keine einzelnen Worte verstand – ganz im Gegensatz zu Neelix' andauerndem Monolog.

»Der wirklich erstaunliche Aspekt talaxianischer Haarnudeln besteht darin, daß ein wahrer Gourmet sofort feststellen kann, wann das Haar geschnitten wurde und während welcher Mondphase«, sagte Neelix gerade. »Ich erinnere mich daran, einmal in einer Asteroidenkolonie außerhalb des Revodro-Systems gespeist zu haben, und der Inhaber des Restaurants brachte es glatt fertig zu behaupten, bei ihm würden Vollmond-Follikel serviert, obgleich die Fasern zäh waren und die Textur so derb wie das Fell eines lapinkanischen Stechspringers in der Leichenstarre! Ich meine, es ist doch kaum zu fassen, oder? Würden Sie so etwas glauben?«

»Ich schätze, mir bleibt nichts anderes übrig«, erwiderte Naxor kühl. Janeway glaubte, in der Stimme des jüngeren Ryol einen Hauch Ärger zu hören.

Neelix bemerkte Naxors schlechte Laune überhaupt nicht – oder er versuchte, sie mit rhetorischem Engagement zu verbessern. Janeway argwöhnte, daß letzteres der Fall war. Und gleichzeitig befürchtete sie, daß der talaxianische Moraloffizier in diesem besonderen Fall sein Charisma überschätzte.

»Dies ist wirklich ein sehr eindrucksvoller Garten, Mr. Naxor«, fuhr Neelix fort und legte nur eine kleine Pause ein, um eine große Anemone zu betrachten, deren violette Ranken sich ein ganzes Stück über seinem Kopf bewegten. »Welchen Pflanzendünger verwenden Sie? Meine Kes ist eine sehr gute Gärtnerin. Sie sollten einmal die floralen Meisterwerke sehen, die ihr in den hydroponischen Anlagen der *Voyager* gelungen sind. Sie hat einen ›grünen Daumen‹, wie die Menschen manchmal sagen, was heißen soll, daß sie gut mit Pflanzen umgehen kann. Ihre Daumen sind natürlich nicht wirklich grün, so wie bei der Smaragdgrünen Prinzessin von Msyamysa – die hatte tatsächlich grüne Finger! Nein, die Haut meiner Kes ist eher rosarot ...«

»Da haben Sie sicher recht«, erwiderte Naxor knapp, und es konnte kein Zweifel daran bestehen, daß sein Vorrat an Geduld langsam zur Neige ging. »Vielleicht sollten Sie einmal versuchen, die Schönheiten dieses Parks *schweigend* zu genießen.«

Janeway hoffte, daß Neelix diesen alles andere als subtilen Hinweis verstand und Naxor in Ruhe ließ. Gab es irgendeine Möglichkeit, dem Talaxianer ein Zeichen zu geben, ohne Varathaels Aufmerksamkeit zu wecken?

Neelix schien Naxors Gereiztheit für eine Art Hindernis zu halten, das es zu überwinden galt. »Nun, genug über mich und meine Reisen, so faszinierend sie auch sein mögen. Ich möchte alles über Ryolanow wissen. Erzählen Sie mir von Ihrer Heimat! Wie ist die hiesige Küche? Ich halte mich für eine Art Gourmet und bin immer auf der Suche nach neuen kulinarischen Erfahrungen. Wie sind Ihre Speisen beschaffen? Woraus besteht die Spezialität Ihres Planeten? Welches exotische Mahl regt Ihren Appetit an?«

»Ruhe!« entfuhr es Naxor scharf. Seine Pupillen weiteten sich auffallend. »Müssen Sie dauernd schwatzen?« Er hob den Arm und ballte die Faust, so als wollte er zuschlagen.

Bisher hatte zwischen der Ryol-Delegation und der Landegruppe eine sehr freundliche Atmosphäre geherrscht, und Naxors Worte wirkten wie der sprichwörtliche Blitz aus heiterem Himmel. Alle anderen Gespräche verstummten, und die unangenehme Szene rückte in den Mittelpunkt des allgemeinen Interesses. Paris ließ Laazias Arm los und tastete nach seinem Phaser. Janeway wollte eingreifen, aber Varathael kam ihr zuvor.

»Naxor!« fauchte der Älteste, und in seiner Stimme vernahm die Kommandantin eine Schroffheit, die sie bisher nicht gehört hatte. Auch Varathaels Pupillen weiteten sich. *Ein Zeichen von Zorn?* fragte sich Janeway. *Oder einfach nur erhöhte Emotionalität?*

Varathaels Stimme schien die Temperatur von Naxors Ärger um einige Grad zu senken. Der erhobene Arm sank nach unten, und die Pupillen zogen sich wieder zusammen, schrumpften im Malachitgrün der Augen. »Es tut mir leid, Ältester. Ich wollte nicht...«

»Diese Leute sind unsere Gäste«, sagte Varathael.

»Sie sind nicht so weit gereist, um von Ihnen beleidigt zu werden. Entschuldigen Sie sich nicht bei mir, sondern bei ihnen.«

Anspannung vibrierte im Park. Selbst das Zwitschern der Vögel schien zu verstummen. Naxors Lider kamen halb herab, als er zu Paris starrte. Laazia griff wieder nach dem Arm des Navigators, machte die Situation dadurch noch schlimmer. Varathael stand steif neben Janeway und durchbohrte Naxor mit einem eisigen Blick.

»Es wurde kein Schaden angerichtet«, sagte Neelix in der Hoffnung, die Krise zu entschärfen. »Es ist alles meine Schuld. Ich rede immer zuviel. Manchmal habe ich es sogar satt, mir selbst zuzuhören …«

»Das genügt, Mr. Neelix«, sagte Janeway ruhig. Sie hielt dies für eine innere Angelegenheit der Ryol, für ein Problem, das ihre Gastgeber lösen mußten. Ihrer Meinung nach war es am besten, sich aus dieser Sache herauszuhalten – in der Hoffnung, daß der Zwischenfall die Beziehungen zu den Ryol nicht dauerhaft belastete. *Soviel zum Landurlaub,* dachte Janeway und sah zu Tuvok. Der Vulkanier stand wachsam in der Nähe, eine Hand über dem Insignienkommunikator, dazu bereit, den Retransfer zur *Voyager* anzuordnen, wenn die Situation außer Kontrolle geraten sollte. Sie wechselte einen bedeutungsvollen Blick mit ihm und schüttelte dabei andeutungsweise den Kopf. *Noch nicht,* teilte sie ihm stumm mit. *Warten wir zunächst ab, wie sich die Dinge entwickeln.*

»Nun?« drängte Varathael. »Entschuldigen Sie sich!«

Naxor ballte die Fäuste, wodurch sich ihm die spitzen Fingernägel in die Hände bohrten. Tintenschwarze Tropfen lösten sich aus den Wunden und fielen zu Boden. Blut? Erneut bemerkte sie die Narbe in Naxors Gesicht. Stammte sie von einem Kampf oder einer Prügelei? Der überhebliche junge Ryol schien durchaus zu Gewalt fähig zu sein. Varathaels Mißfallen schüchterte ihn selbst jetzt kaum ein.

Er wandte den Blick von Paris und Laazia ab, sah statt dessen auf den schwarzen Boden. »Ich entschuldige mich, Captain Janeway«, sagte er und zögerte kurz, bevor er hinzufügte: »Und auch bei Ihnen, Mr. Neelix.«

Janeway stellte fest, daß er seinen Worten keine Erklärung hinzufügte. Aber das war auch nicht unbedingt notwendig, um das Problem aus der Welt zu schaffen.

»Ich nehme Ihre Entschuldigung an«, sagte sie und trat einen Schritt vor. »Der erste Kontakt mit Repräsentanten anderer Zivilisationen ist immer schwierig. Es freut mich, daß wir in der Lage sind, dieses kleine Mißverständnis zu überwinden.«

»Ja, natürlich, genau das meine ich auch!« betonte Neelix. »Ich verspreche Ihnen, Sie nicht noch einmal zu langweilen – soweit mir das möglich ist.«

»Und darauf würde ich an Ihrer Stelle nicht unbedingt wetten«, warf Paris scherzhaft ein. Er streckte Naxor die Hand entgegen. »Glauben Sie mir: Ich kenne Neelix länger als Sie.«

Janeway wußte Paris' Initiative zu schätzen, aber sie bezweifelte, ob er den richtigen Zeitpunkt gewählt hatte: Laazias strahlendes Lächeln galt noch immer dem Lieutenant. Ein oder zwei Sekunden lang blickte Naxor verächtlich auf die dargebotene Hand hinab und sah dann zu Varathael. Der Älteste nickte, und daraufhin griff Naxor nach der Hand. Janeway beobachtete, wie Paris ein wenig das Gesicht verzog – offenbar drückte der jüngere Ryol ziemlich fest zu.

»Offenbar sind Sie gesellig, Mr. Paris«, sagte Naxor. Sein Blick glitt zu Laazia. »Sehr gesellig.«

Die Tochter des Ältesten ignorierte Naxors Hinweis und sah auch weiterhin Paris an, als sie sagte: »Ich hoffe, daß Sie eine Zeitlang bei uns bleiben können. Es gibt soviel, das ich über Sie erfahren möchte.« Sie ließ Paris' Arm los, trat zwischen Naxor und Neelix. »Über sie alle«, fügte sie diplomatisch hinzu. »Eben habe ich Ihre Bemerkung über Haarnudeln gehört, Mr. Neelix. Es klang sehr aufregend. So sehr ich auch unsere Gesellschaft und ihre Traditionen verehre – ich habe oft gedacht, daß wir neues Blut und neue Ideen gebrauchen könnten, ganz zu schweigen von neuen Rezepten!« Laazias Lachen vertrieb den letzten Rest Anspannung, und Janeway erinnerte sich an Varathaels Hinweis darauf, daß seine Tochter eine recht geschickte Mittlerin war.

»Ja«, bestätigte der Älteste. »Vielleicht können wir ein soziales und kulturelles Austauschprogramm ins Leben rufen.«

Klingt ganz nach Landurlaub, dachte Janeway. »Darüber würde ich mich sehr freuen«, erwiderte sie. *Aber warum empfinde ich dann vages Unbehagen?*

3

»Welchen Eindruck macht unsere Stadt auf Sie, Commander?«

Chakotay schlenderte am Rand einer breiten Straße entlang, die zu beiden Seiten von großen purpurnen Palmen gesäumt wurde. Eine Mondsichel leuchtete am Abendhimmel. Jenseits der Palmwedel ragten pyramidenförmige Gebäude auf, die aus marmorartigem Material von unterschiedlicher Farbe und Struktur bestanden. Nur wenige Pyramiden waren zwei- oder dreimal so hoch wie die höchsten Bäume – offenbar hielten die Ryol nicht viel von Wolkenkratzern. Sorgfältig angelegte und gepflegte Gärten erstreckten sich zwischen den Gebäuden; violettes Gras wuchs dort. Hier und dort gab es Hinweise auf hochentwickelte Technik, zum Beispiel Lampen an Eingängen, von denen ein matter weißer Schein ausging, oder die dekorativen Laternen, die in regelmäßigen Abständen an der Straße standen, deren Verlauf Chakotay in Begleitung einer reizenden Ryol-Funktionärin namens Boracca folgte. Gelegentlich kam ein Ryol-Paar mit einem Luftrad vorbei, das einige Zentimeter über der Straße schwebte. Da keine Motorgeräusche zu vernehmen waren, vermutete Chakotay, daß die Antriebskraft von Magnetfeldern stammte. Soweit er das feststellen konnte, führten die Ryol ein friedliches Leben in Harmonie mit ihrer Umwelt. Er fühlte sich auf angenehme Weise an die indianische Kolonie erinnert, in der er aufgewachsen war.

»Es ist alles sehr idyllisch«, wandte er sich an Boracca. »Sieht es so überall auf Ryolanow aus?«

»Größtenteils«, erwiderte Boracca, die sehr sportlich wirkte und ebenso groß war wie Chakotay. »Ich stelle mir Ryolaler gern als schönste Stadt auf dem ganzen Planeten vor – immerhin ist es die Hauptstadt –, aber die anderen Siedlungen haben eigene Vorzüge. Die polaren Regionen sind kalt und unwirtlich. Fast die gesamte Bevölkerung lebt auf Inseln nördlich und südlich des Äquators. Hier ist das Klima so angenehm, daß ich mir keinen anderen Wohnort vorstellen kann.«

»Ich verstehe«, sagte Chakotay. Captain Janeway hatte mit ihren Beschreibungen der Schönheit dieser Welt nicht übertrieben. Der Sonnenuntergang lag zwar schon einige Stunden zurück, aber es war noch immer angenehm warm – warm genug, daß sich der Erste Offizier in seiner Uniform wohl fühlte, ohne eine Jacke zu vermissen. Ein würziger Duft erfüllte die Nachtluft.

Boracca führte ihn zu einer beeindruckenden Pyramide am Ende der Straße. Ein mattes Glühen ging vom offenen Eingang aus, über dem sich ein marmorner Bogen wölbte.

»Da sind wir«, sagte Boracca. »Ich spreche für mein ganzes Volk, wenn ich auf folgendes hinweise: Es ist uns eine große Ehre, daß Sie an diesem Empfang teilnehmen. Ich kenne viele Personen, die sich darauf freuen, Sie kennenzulernen.«

»Die Freude ist ganz meinerseits«, erwiderte Chakotay. »Und danke dafür, daß Sie mich zuerst durch die Stadt geführt haben. Nach mehreren Wochen an Bord eines Raumschiffs ist es sehr angenehm, sich ein wenig die Beine vertreten zu können.«

»Da haben Sie vermutlich recht, Commander«, meinte Boracca. Aufregung schien in ihren malachitgrünen Augen zu glänzen, wodurch sie noch schöner wirkte.

Sind alle Bewohner dieses Planeten so attraktiv? dachte Chakotay. Es schien tatsächlich der Fall zu sein.

»Ich stelle mir das Leben an Bord eines Raumschiffs als sehr faszinierend und abenteuerlich vor«, sagte Boracca. »Ich hoffe, daß sich Gelegenheit für mich ergibt, die *Voyager* zu besuchen.«

»Vielleicht«, entgegnete Chakotay unverbindlich. Captain Janeway dachte an die Erste Direktive und wollte zunächst einen besseren Eindruck in Hinsicht auf den technischen Entwicklungsstand der Ryol gewinnen, bevor sie Besuche auf der *Voyager* erlaubte. Er selbst glaubte, daß eine Tour durch den Kontrollraum und die Mannschaftsquartiere der Ryol-Gesellschaft kaum schaden konnte, obgleich es besser sein mochte, den Maschinenraum aus einem eventuellen Besichtigungsprogramm auszuklammern, zumindest bis sie mehr über die Bewohner dieses Planeten wußten.

Sie betraten die Pyramide, und in ihrem Innern erwartete sie ein großer Ballsaal. Ryol und Starfleet-Angehörige unterhielten sich dort. Von der hohen Decke herabhängende Lampen drehten sich langsam, schufen dadurch ein sich ständig veränderndes Wechselspiel aus Licht und Schatten. Diffuse Wolken aus Aromastoffen zogen hin und her. Auf einer Bühne in der Mitte standen drei Ryol-Musiker. Ihre Instrumente blieben Chakotay fremd, doch die Musik war sehr lebhaft. *Es klingt nach einer Mischung aus terranischen Kalypsomelodien und einer bolianischen Hochzeitsgigue*, dachte der Erste Offizier. Er sah sich um und stellte fest, daß B'Elanna Torres in einer Ecke stand und mißmutig aus einem kristallenen Kelchglas trank. Sie wirkte fehl am Platz und schien sich alles andere als wohl zu fühlen. *Arme B'Elanna,* dachte Chakotay. Es gehörte nicht gerade zu ihren starken Seiten, sich unter die Leute zu mischen. Das war vermutlich einer der Vorteile des Maquis gegenüber Starfleet – Maquisarden brauchten keine höflichen Gespräche bei diplomatischen Anlässen zu führen.

Eine Bewegung an seiner Seite lenkte Chakotay ab. Er senkte den Kopf und bemerkte ein seltsames Wesen in unmittelbarer Nähe. Es schien sich um einen Primaten zu handeln, dessen dichtes rotes Fell auch den größten Teil des Gesichts bedeckte und eine Feststellung des Geschlechts unmöglich machte. Das Geschöpf reichte dem Ersten Offizier nicht einmal bis zur Hüfte und machte einen fast ausgemergelten Eindruck. Spindeldürre Arme zitterten unter dem Gewicht eines dreieckigen Tabletts, auf dem Gläser mit sprudelnder orangefarbener Flüssigkeit standen. Chakotay beobachtete, daß die Hände – oder Pfoten – des Wesens sechs Finger aufwiesen.

»*Sucrusso*-Elixier«, erklärte Boracca. »Das ist ein mit Kohlensäure versetzter Fruchtsaft, der sehr erfrischend wirkt.«

»Äh ... danke.« Chakotay nahm ein Glas entgegen. Das kleine Wesen eilte fort, um andere Gäste zu bedienen.

Der Erste Offizier wartete darauf, daß Boracca eine Erklärung in Hinsicht auf das Wesen anbot, doch die Ryol schwieg. Schließlich sagte er: »Entschuldigen Sie bitte, aber das Geschöpf, das uns die Gläser brachte... Was hat es damit auf sich?«

»Geschöpf?« Ein oder zwei Sekunden lang wirkte Boracca verwirrt. »Oh, Sie meinen den Neffaler.«

»Neffaler?« wiederholte Chakotay.

»Nützliche Tiere«, sagte die Ryol. »Sie können so dressiert werden, daß sie in der Lage sind, einfache Arbeiten zu verrichten. Es mangelt ihnen an Ästhetik, zugegeben, obwohl wir sie regelmäßig waschen und es nicht an Pflege mangeln lassen.«

Chakotay runzelte die Stirn. »Sind sie intelligent?«

»Wohl kaum!« Boracca lachte bei der Vorstellung. »Ohne uns würden sie noch immer in Baumwipfeln schnattern.«

»Ich verstehe«, erwiderte Chakotay diplomatisch. Ihm war nicht klar, was er dazu sagen sollte, sah sich erneut im Ballsaal um. Er wußte jetzt, wonach es Ausschau zu halten galt, und deshalb fiel es ihm nicht weiter schwer, mehrere Neffaler zu erkennen: Sie eilten in der Menge hin und her, boten ihre Tabletts den Ryol und Starfleet-Gästen an. Manche von ihnen trugen Speisen, andere Getränke. Hier und dort waren einige der affenartigen Wesen damit beschäftigt, leere Gläser einzusammeln und aufzuräumen. Sie wirkten nicht wie Tiere, sondern wie Bedienstete.

Chakotay erinnerte sich daran, daß Menschen über Jahrtausende hinweg Tiere für die Arbeit eingesetzt hatten – fast alle intelligente Spezies blickten auf eine entsprechende Geschichte zurück. Gerade deshalb mußte er sich davor hüten, hier und jetzt voreilige Schlüsse zu ziehen. Ihm stand es nicht zu, darüber zu urteilen, wie die Ryol andere Lebensformen auf ihrem Planeten behandeln sollten – erst recht nicht nach dem überaus freundlichen Empfang, den sie den Gästen von der Außenwelt bereitet hatten.

Trotzdem: Aus irgendeinem Grund erschien ihm Boracca plötzlich nicht mehr so verlockend wie vorher. Einmal mehr sah er zu B'Elanna Torres – die Chefingenieurin der *Voyager* stand noch immer abseits des allgemeinen Geschehens.

»Wenn Sie mich bitte entschuldigen würden«, sagte er. »Ich sehe dort ein Besatzungsmitglied, mit dem ich etwas besprechen muß.«

»Natürlich«, erwiderte Boracca. »Aber versuchen Sie, nicht zuviel zu arbeiten. Unsere Nächte sind viel zu schön, um sie nicht in vollen Zügen zu genießen.« Mit einem Glas in der Hand schritt sie fort und verschwand in der Menge. Chakotay sah ihr nach, setzte sich dann ebenfalls in Bewegung und wanderte zu Torres. Sie nippte an ihrem Fruchtsaft, während sie immer wieder unruhig auf und ab ging. Als sie sah, daß er sich ihr näherte, huschte Erleichterung durch ihre Züge. Der Erste Offizier konnte es ihr nicht verdenken. Bevor er Starfleet verlassen hatte, um sich dem Maquis anzuschließen, war er gezwungen gewesen, mehr als nur einen langweiligen Empfang zu ertragen. *Vielleicht ist das der Grund, warum sich Captain Janeway diesmal von mir vertreten läßt*, dachte er.

»Guten Abend, Lieutenant«, begrüßte er die Chefingenieurin. »Genießen Sie den Drink?«

Torres schnitt eine Grimasse. »Das Zeug ist viel zu süß.«

Chakotay hob das eigene Glas an die Lippen und trank einen Schluck. Eigentlich zeichnete sich der sprudelnde Fruchtsaft durch ein recht angenehmes Aroma aus, aber vermutlich war B'Elannas Geschmack klingonischer, als sie zugeben wollte. Wie dem auch sei: Er kannte sie gut genug, um auf einen entsprechenden Hinweis zu verzichten. »Die Ryol wissen offenbar, worauf es bei einer guten Party ankommt, nicht wahr?«

»Wenn Sie meinen«, erwiderte Torres. »Ich würde mir viel lieber einen der hiesigen Energiegeneratoren ansehen. Unser Vorrat an Dilithiumkristallen ist so gering, daß ich mir Sorgen zu machen beginne. Wir sollten versuchen, die primäre Dilithiumkammer der *Voyager* neu auszustatten, bevor wir dieses Sonnensystem verlassen. Wenn die Ryol die Energie für ihre

Stadt von einem Materie-Antimaterie-Wandler erzeugen lassen, können wir vielleicht eine Übereinkunft mit ihnen treffen.«

Chakotay nickte. Er wußte, wie wichtig Dilithium fürs zuverlässige Funktionieren des Warptriebwerks war – und daß es im Delta-Quadranten keine großen Vorkommen davon zu geben schien. »Ich dachte, Sie verwenden die Theta-Matrix des Strukturierungssystems, um gebrauchtes Dilithium zu rekristallisieren.«

»Ja, aber die Resultate lassen zu wünschen übrig«, sagte B'Elanna. »Seit dem letzten Gefecht mit den Kazon arbeitet das Strukturierungssystem mit einer Effizienz von nur noch fünfzig Prozent, und hinzu kommt, daß wir bei der Flucht von der Quantensingularität einen weiteren Kristall verloren. Es ist uns gelungen, einen Teil des ursprünglichen Dilithiums zu rekristallisieren, aber es genügt nicht für eine ausreichend große Sicherheitstoleranz.«

Ein Neffaler wankte mit einem Tablett an ihnen vorbei, auf dem leere Gläser standen. B'Elanna fügte ihm ihr eigenes, noch immer gefülltes Glas hinzu. Chakotay beobachtete, wie das Wesen in der Menge verschwand, und er bewunderte das Geschick, mit dem sich der Neffaler durchs Gedränge schob, ohne gegen jemanden zu stoßen.

»Es ist kaum zu glauben, daß uns das Dilithium ausgehen könnte«, sagte Chakotay. Im Alpha-Quadranten herrschte kein Mangel an den wichtigen Kristallen. Selbst der Maquis hatte sie sich in praktisch beliebigen Mengen auf dem Schwarzmarkt besorgt. »Man könnte meinen, wir seien ins dreiundzwanzigste Jahrhundert zurückgekehrt, als Dilithiumkristalle mehr wert waren als in Gold gepreßtes Latinum.«

»Eine ziemlich ärgerliche Sache«, pflichtete ihm

Torres bei. »Wir haben kaum mehr genug Kristalle, um die Antimaterie-Reaktionen richtig abzustimmen, und angesichts der nicht voll einsatzfähigen Theta-Matrix können wir kaum das volle Potential des uns zur Verfügung stehenden Dilithiums nutzen.«

»Das ist wirklich sehr bedauerlich«, sagte Chakotay. »Ich wußte, daß die Kristalle allmählich knapp werden, aber mir war nicht klar, wie ernst die Situation bereits geworden ist.« Der Erste Offizier wirkte jetzt sehr ernst. »B'Elanna, Sie haben mindestens ebensoviel Anspruch auf Landurlaub wie die anderen Besatzungsmitglieder, aber ich wäre Ihnen sehr dankbar, wenn Sie sich während Ihres hiesigen Aufenthalts auch um die Dilithium-Angelegenheit kümmern könnten. Ich möchte vermeiden, daß der Warpantrieb ausfällt, wenn die *Voyager* das nächste Mal durch den Delta-Quadranten gejagt wird.«

»Landurlaub«, wiederholte Torres und rollte mit den Augen. Offenbar hielt sie vom Urlaub ebensowenig wie vom Fruchtsaft. Chakotay fragte sich, von wem der Abscheu stammte, von der Klingonin oder der Chefingenieurin. »Ich habe versucht, mit den Ryol über ihr Energieversorgungssystem zu reden, aber offenbar wollen sie dieses Thema nicht erörtern. Statt dessen fordern sie mich immer wieder auf, die Sterne zu betrachten!«

Chakotay lächelte. Er konnte sich durchaus vorstellen, daß die freundlichen, manchmal sogar überschwenglichen Ryol Torres auf die Nerven gingen. »Dies ist eine Party, kein Seminar«, sagte er. »Ich schätze, die Ryol halten den Zeitpunkt nicht für geeignet, um technische Daten auszutauschen.«

»Vielleicht haben Sie recht«, räumte Torres widerstrebend ein.

Eine einzelner Neffaler näherte sich ihnen. Für Chakotay sahen sie alle gleich aus – möglicherweise war dies jenes Geschöpf, das er zuerst gesehen hatte. Es schob einen Karren mit leeren Tellern und Gläsern. Der Erste Offizier trank sein Glas aus und reichte es dem Neffaler.

»Danke«, sagte er.

Das Wesen antwortete nicht. Wortlos schob es den Karren an Torres vorbei und lenkte ihn dann in Richtung der nächsten Gäste. *Sind die Neffaler stumm?* fragte sich Chakotay und beobachtete, daß das Geschöpf ganz offensichtliche Mühe hatte, den schweren Wagen zu schieben. Er hoffte, daß die Ankunft der Starfleet-Gäste keine zusätzliche Belastung für die Neffaler bedeutete. Je länger er ihnen zusah, desto mehr wuchs sein Mitgefühl.

»Vielleicht kann mir eins jener Wesen von der Technik der Ryol erzählen«, sagte Torres. Ihr Tonfall machte deutlich, daß sie kaum mehr damit rechnete, von den Ryol irgend etwas zu erfahren.

»Das bezweifle ich«, erwiderte Chakotay. »Sie scheinen nicht sehr gesprächig zu sein.«

»Sie wollten mich sprechen, Captain?« fragte Tom Paris ein wenig besorgt. In dreißig Minuten sollte sein Landurlaub beginnen, und er wünschte sich nichts weniger, als ausgerechnet jetzt noch einen letzten Auftrag zu erhalten. *Was hat dies nur zu bedeuten?* fragte er sich.

Janeway saß an ihrem Schreibtisch im Bereitschaftsraum, und Ernst zeigte sich in ihrer Miene. »Kommen Sie herein, Lieutenant. Es wird nicht lange dauern.«

Das hoffe ich, dachte Paris. Harry und er hatten sich bereits vorgenommen, das Nachtleben auf Ryolanow zu erforschen. Alles deutete darauf hin, daß es bei den Ryol Frauen gab, neben denen die Delany-Schwestern wie Ferengi anmuteten.

Captain Janeway wartete darauf, daß sich die Tür schloß. »Normalerweise mische ich mich nicht in das Privatleben der Besatzungsmitglieder ein«, sagte sie dann. »Was Sie in Ihrer freien Zeit anstellen, geht nur Sie etwas an – solange Ihre Aktivitäten weder das Schiff in Gefahr bringen noch seinen Ruf schädigen. Allerdings ...«

Jetzt kommt's, fuhr es Paris durch den Sinn.

»Mir ist die Sache sehr unangenehm, aber ich muß Sie bitten, in Hinsicht auf Laazia, der Tochter des Ältesten, besondere Vorsicht walten zu lassen. Wir sollten unbedingt vermeiden, daß sich ein Zwischenfall wie der im Park wiederholt.«

Paris wußte genau, was Janeway meinte. Er erinnerte sich sehr gut an Laazia und den Haß in Naxors grünen Augen. »Es war nicht meine Schuld, Captain. Neelix provozierte den Adjutanten des Ältesten.«

Janeway bedachte ihn mit einem skeptischen Blick. »Das glaube ich ebensowenig wie Sie. Wir beide wissen, warum Naxor so heftig reagierte.«

Das konnte Paris nicht leugnen. Er erkannte Eifersucht, wenn er sie sah. »Es ging um Laazia, nicht wahr?«

»Hören Sie, Tom: Niemand sagt, daß Sie etwas falsch gemacht haben – noch nicht.« Janeway lächelte schief. »Aber offenbar haben wir es in dieser Hinsicht mit einer recht heiklen Situation zu tun, und ich möchte unnötige Komplikationen vermeiden, während wir diesen Planeten besuchen. Haben Sie mich verstanden, Lieutenant?«

»Ja, Ma'am«, sagte Paris. *Na schön*, dachte er. *Wie gewonnen, so zerronnen*. Laazia war sehr reizvoll, aber er beabsichtigte nicht, den Rest seines Lebens auf

Ryolanow zu verbringen. »Nur eine Frage: Was passiert, wenn sich die Tochter des Ältesten nicht mit einem Nein abfindet?«

»Sie sind Starfleet-Offizier«, erwiderte Janeway und lächelte. »Ich bin sicher, daß Sie sich verteidigen können.«

4

»Ach, Neelix, ist das alles hier nicht wundervoll?« Die Sonne stand im Zenit, als Kes durch die goldene Brandung watete. Warmes Wasser spülte um ihre Beine, mehr Wasser, als sie jemals zuvor in ihrem kurzen Leben gesehen hatte. Sie war in einer unterirdischen Stadt geboren, und dort hatte der Beschützer das Wasser rationiert. Deshalb erschien ihr dieser Tag am Strand wie ein Wunder. *Wenn ich mir vorstelle, daß die Ryol hier jeden Tag schwimmen können …,* dachte sie.

»Ich würde nicht so weit gehen und von ›wundervoll‹ sprechen«, sagte Neelix, der hinter ihr durch die Wellen platschte. »Die Lodernden Kaskaden von Fortunata Fünf … Die sind wirklich wundervoll. Aber ich muß zugeben: Dies hier ist auch nicht schlecht. Bei unserer bisherigen Reise haben wir zweifellos schlimmere Orte besucht, zum Beispiel den Planeten Hölle.«

Kes wollte nicht an Hölle oder ähnlich unangenehme Welten denken. Sie bohrte den nackten Fuß in den Sand und spürte, wie die kleinen schwarzen Perlen an ihren Zehen entlangglitten. Das funkelnde Wasser reichte ihr bis zur Taille und stieg weiter, als sie sich langsam vom Ufer entfernte. Sie roch die würzige Luft und schmeckte die Gischt auf den Lippen, während ihre Finger durchs Meerwasser strichen. *Ist im Holodeck-Computer ein Strandprogramm gespeichert?* fragte sich Kes. Sie beschloß, es bei der nächsten Gelegenheit herauszufinden.

»Sei vorsichtig!« rief Neelix. »Geh nicht zu weit.« Das Platschen wurde lauter, als der Talaxianer schneller durchs Wasser stapfte und zur Ocampa aufzuschließen versuchte. Er trug einen blau und orangefarben gestreiften Badeanzug, der den ganzen Oberkörper bedeckte. Die fast pelzartigen Haare der Arme klebten nun an der Haut.

Eine Welle raubte dem unbeholfen watenden Neelix das Gleichgewicht, und er fiel ins Wasser.

»Neelix!« entfuhr es Kes besorgt, doch der Talaxianer kam praktisch sofort wieder auf die Beine. Er prustete und spuckte goldenes Meerwasser. Das Kopfhaar ragte nun nicht mehr auf, sondern war ebenfalls naß und paßte sich der Schädelform an.

Neelix bot einen so komischen Anblick, daß Kes laut lachte. »Ist alles in Ordnung mit dir?« fragte sie.

»Ich habe mich nie besser gefühlt«, behauptete der Talaxianer und spuckte erneut. »Es ist sehr erfrischend, richtig ins Wasser zu tauchen. Da fällt mir ein, einmal bin ich durch die ganze Große Kanspo-Wüste gewandert, nur um im See-der-halbintelligenten-Seife zu baden.« Er setzte sich wieder in Bewegung, ließ jetzt aber mehr Vorsicht walten.

Die Replikatoren der *Voyager* hatten sie beide mit Badesachen ausgestattet, auf der Grundlage von gespeicherten digitalen Mustern. Kes trug einen schlichten Einteiler, dessen hellgrüne Farbe gut zu ihren Augen paßte. Sie wußte, daß die Ryol weitaus weniger trugen, aber Neelix war bei der Vorstellung erbleicht, daß sie mehr von ihren Reizen zeigte, insbesondere in Gegenwart der jungen ryolanischen Männer. Der Talaxianer begegnete ihnen mit ausgeprägtem Argwohn, ganz gleich, wie freundlich oder aufmerksam sie waren. Je mehr Freundlichkeit sie zeigten, desto größer wurde Neelix' Mißtrauen. Kes seufzte innerlich. Sie liebte Neelix, aber manchmal wünschte sie sich, daß er nicht die ganze Zeit über so eifersüchtig wäre.

Sie sah zum Ufer zurück, wo einige Besatzungsmitglieder der *Voyager* den Ryol Gesellschaft leisteten. Susan Tukwila lief hinter einem Ball her, der über den Strand hüpfte. Zwei Ryol folgten ihm ebenfalls, aber Tukwila war an eine höhere Schwerkraft gewöhnt und deshalb im Vorteil. Sie fing den Ball, kurz bevor er die Hände eines Ryol-Mannes erreichen konnte, den Kes nicht kannte. Die anderen Ryol in der Nähe lachten und applaudierten.

So sollte es immer sein, dachte Kes. Viel zu oft hatten Unsicherheit und Konflikte die Begegnungen der *Voyager* mit anderen Kulturen geprägt. Wie schön es war, eine andere Kultur kennenzulernen, ohne daß die Schilde aktiviert und die Phaser mit Energie geladen werden mußten.

»Ist es nicht herrlich, Neelix?« fragte Kes. »Bei solchen Gelegenheiten freue ich mich, daß wir uns der Crew der *Voyager* angeschlossen haben.« Sie schritt noch tiefer ins schimmernde Wasser, bis ihr die warme Flüssigkeit zum Hals reichte. »Ich habe viel mehr gesehen, als ich erwarten durfte. Und ich konnte auf eine Weise aktiv werden, die mir zu Hause nicht möglich gewesen wäre.«

»Es freut mich, daß es dir hier gefällt«, sagte Neelix. Er war ein oder zwei Zentimeter kleiner als Kes und mußte mit den Händen paddeln, um den Kopf über Wasser zu halten. »Aber vielleicht sollten wir jetzt besser umkehren. Immerhin wissen wir nicht, wie tief das Wasser wird.«

Kes mußte zugeben, daß Neelix recht hatte. Er war viel weiter gereist als sie und war mit den möglichen Gefahren fremder Welten besser vertraut. Trotzdem widerstrebte es ihr, schon jetzt zurückzukehren, obwohl es noch immer den größten Teil der Bucht zu erforschen galt. »Ich möchte schwimmen lernen«, sagte sie impulsiv. »Bring es mir bei, Neelix.«

»Schwimmen?« wiederholte der Talaxianer skeptisch. Ein oder zwei Sekunden lang fragte sich Kes, ob Neelix überhaupt schwimmen konnte. *Natürlich kann er das,* dachte sie. *Er ist überall gewesen und kann praktisch alles.* Sie beobachtete, wie er die Arme bewegte, um nicht im Wasser zu versinken. *Eigentlich schwimmt er bereits.*

Neelix dachte nach, und schließlich vertrieb ein Lächeln den Zweifel aus seinem Gesicht. »Nun, warum nicht?« erwiderte er schließlich. »Doch eins nach dem anderen. Vor dem Schwimmen mußt du lernen, dich vom Wasser tragen zu lassen.«

Das ergab durchaus einen Sinn, fand Kes. »Na schön. Wie fangen wir an?«

»Es ist nicht weiter schwer.« Neelix wich ein wenig zurück, bis er wieder Boden unter den Füßen bekam. »Komm zu mir«, sagte er dann und wartete, bis Kes sich ihm hinzugesellte. »Dreh dich jetzt um und laß dich rückwärts ins Wasser sinken. Sei unbesorgt. Ich halte dich fest.«

Mehrere Versuche waren nötig, bis Kes wußte, worauf es ankam. Beim erstenmal erschrak sie, als eine unerwartete Welle über ihren Kopf hinwegspülte, und aus einem Reflex heraus ruderte sie wild mit den Armen. Neelix bewahrte sie davor, zu tief zu sinken. Ganz sanft hielt er sie.

»Entspann dich«, sagte er. »Laß dich vom Wasser tragen.«

Es klappt nicht, dachte Kes, als sie Arme und Beine so weit wie möglich von sich streckte. Kaum verlor sie den Boden unter den Füßen, spannte sie sofort die Muskeln. Sie fühlte sich so steif und massiv wie ein Anker – und sie fürchtete, ebenso schnell auf den Grund zu sinken.

»Entspann dich«, wiederholte Neelix. »Hab keine Angst davor, daß dein Gesicht naß werden könnte. Es ist nur Wasser – glaube ich.«

Allmählich gewöhnte sie sich daran. *Ich muß mich entspannen, darauf kommt es an,* dachte sie und ließ ihre Gliedmaßen treiben, vertraute sie dem natürlichen Auftrieb des Wassers an. Der Vorgang erinnerte sie an jene Meditationsübungen, die Tuvok sie gelehrt hatte, um ihre telepathischen Fähigkeiten zu schulen. Um das eigene Ich von mentalem Ballast zu befreien, durfte man nicht bewußt versuchen, an nichts zu denken.

Kes schloß die Augen und fühlte den warmen Sonnenschein im Gesicht. Das Rauschen der Wellen drang an ihre Ohren, verdrängte alle anderen Geräusche aus ihrer Wahrnehmung. Neelix' Stimme schien jetzt aus weiter Ferne zu kommen. Wenn man sich treiben lassen wollte, durfte man nicht bewußt versuchen, sich treiben zu lassen. Die Ocampa vertraute sich dem Meer an, der warmen Umarmung des Wassers, das sie mal hierhin trug, mal dorthin. Das sanfte Schaukeln schuf eine seltsame Ruhe, bewirkte einen fast tranceartigen Zustand.

Eine Zeitlang trieb sie ziellos, genoß einfach nur die Stille und den Frieden. Der scharlachrote Sonnenschein erfüllte sie mit Wärme, und ein Teil des angenehmen Glanzes drang durch die geschlossenen Lider. Nach einer Weile hörte sie eine Stimme, so leise zunächst, daß sie an eine Halluzination glaubte. Doch die Stimme erklang auch weiterhin und wurde allmählich lauter. *Neelix?* fragte sich Kes verwirrt. Doch das sonderbare Flüstern kam nicht von oben, hatte seinen Ursprung vielmehr irgendwo unter ihr. Zuerst glaubte sie, daß es nur eine Stimme war, aber als die Lautstärke wuchs, begriff sie: Es handelte sich um viele Stimmen, die gleichzeitig riefen. Das Flüstern verwandelte sich in ein Schluchzen, metamorphierte dann zu einem Schrei, der eine herzzerreißende Mischung aus Furcht und Verzweiflung zum Ausdruck brachte. Kes vernahm Leid und Schmerz, Pein und Qual. *Aufhören,* dachte sie und konnte es nicht ertragen, das klagende Heulen noch länger zu hören. *Bitte, bitte, aufhören.*

Doch der Schrei wurde noch lauter, bis Kes glaubte, daß ihre Trommelfelle jeden Augenblick platzen würden. Ein Schatten fiel auf ihr Gesicht, hielt den Sonnenschein fern. Sie riß die Augen auf, aber zu ihrem großen Entsetzen blieb es dunkel. Sonne und Himmel waren verschwunden. Schwärze umhüllte Kes, eine Finsternis, die alles Licht im Universum zu verschlingen schien. Wo befand sich Neelix? Wohin war alles andere verschwunden? Sie versuchte sich zu bewegen, aber der eigene Körper gehorchte ihr nicht mehr. Wie ein schweres Gewicht senkte sich die Dunkelheit auf sie herab und hielt sie fest. Es gab kein Wasser mehr, keine Wärme, nur noch eine Lichtlosigkeit, die sie mit kalten Klauen umschloß. Und der gräßliche Schrei ertönte noch immer, voller Verzweiflung und Hoffnungslosigkeit, und schließlich begriff Kes, daß er von ihr selbst stammte, aber es gelang ihr nicht aufzuhören. Sie schrie weiterhin, bescherte sich selbst dadurch noch mehr Furcht und Panik. Sie saß in der Falle, konnte sich nicht bewegen und auch nicht mehr atmen …

Die scharlachrote Sonne stand hoch am Himmel, doch der ryolanische Baum, unter dem Harry Kim saß, spendete genug Schatten, um in aller Ruhe Klarinette zu spielen. Die Starfleet-Stiefel standen ein wenig abseits, und die bloßen Füße des jungen Fähnrichs ruhten im purpurnen moosartigen Gras. Breite violette Palmwedel raschelten in einer angenehmen

Brise, als Kim den Rücken an die kupferfarbene Borke des Baums lehnte und die Melodie von ›Nachtvogel‹ spielte, die auf den berühmten betazoidischen Komponisten DuZoinn zurückging. Es war ein schwieriges Stück, mit vielen hohen Noten, aber Kim gewöhnte sich allmählich daran. Eins stand fest: Dieser hübsche Garten – einer von vielen in der Stadt – inspirierte ihn weitaus mehr als sein viel zu vertrautes Quartier an Bord der *Voyager*.

Kims Finger glitten über das schmale schwarze Instrument, die seinen Atem in Musik verwandelte. Wie immer dachte er an seine Familie auf der Erde, als er Klarinette spielte. Vater und Mutter hatten seine musikalischen Interessen immer unterstützt, so wie auch seine Verlobte Libby. Er fragte sich, wie es ihnen ging, was für eine Art von Leben sie jetzt führten. Und einmal mehr bedauerte er, ihnen keine Nachricht zukommen zu lassen, ihnen nicht mitteilen zu können, daß es noch lebte.

Wenn ich schon fern der Heimat sein muß, so gibt es bestimmt schlimmere Orte als diesen, dachte er, sah sich im Garten um und genoß den aromatischen Duft der Blumen. Das mochte auch der Grund dafür sein, warum das Heimweh diesmal nicht so sehr schmerzte wie sonst: Es brach ihm nicht das Herz, beschränkte sich darauf, bittersüß zu sein. *Ein Hauch Paradies ist genau das richtige Mittel, um die Melancholie des Delta-Quadranten zu vertreiben*.

Geschickt betätigten Kims Finger die silbernen Ventile des Holzblasinstruments. Er machte Anstalten, der Melodie einen weiteren hohen Ton hinzuzufügen, doch das Ergebnis bestand aus einem gräßlichen Quieken. *Wie konnte das passieren*? Er ließ die Klarinette sinken und betrachtete das Mundstück. Seine Befürchtungen bestätigten sich: Im dünnen Holz zeigten sich einige ausgefranste Stellen. Das entsprechende Teil – wenn nicht gar das ganze Instrument – mußte ausgetauscht werden. *Das kostet mich eine weitere Replikatorration …*

Sein Blick wanderte nach oben, zu den Zweigen, die vom Gewicht der rosaroten und purpurnen Blätter herabgedrückt wurden. War es vielleicht möglich, aus dem seltsam metallen wirkenden Holz der ryolanischen Bäume ein neues Mundstück für die Klarinette zu schnitzen? *Es wäre einen Versuch wert,* dachte Kim.

Plötzlich bemerkte er zwei große schwarze Augen, etwa in der Größe von terranischen Sanddollars – sie beobachteten ihn aufmerksam. Der Fähnrich vermutete sofort, daß es sich um einen Neffaler handelte, obwohl ihn das Dickicht aus Blätter und Zweigen daran hinderte, mehr von dem Wesen zu erkennen. Mit offensichtlicher Faszination starrte der Neffaler zu ihm herab.

»Komm her, kleiner Kerl«, sagte Kim. Er achtete darauf, daß seine Stimme ruhig und nicht bedrohlich klang. »Komm. Ich beiße nicht.«

Der Neffaler beobachtete ihn auch weiterhin, ohne seinen Platz im Geäst zu verlassen. Kim dachte an die Klarinette in seinen Händen. Hatte die Musik das Wesen angelockt? Er hob das Mundstück wieder an die Lippen und wiederholte eine der leichteren Passagen von ›Nachtvogel‹. Die Risse im Holz bereiteten ihm einige Schwierigkeiten, aber er brachte trotzdem eine einigermaßen ordentliche Melodie zusammen.

Die Musik hatte den gewünschten Effekt. Langsam und zögernd kletterte das Geschöpf herab, jeweils einen Zweig nach dem anderen. Als es sich näherte, stellte Kim fest, daß der kleine Musikliebhaber kleiner war und jünger wirkte als jene Neffaler, die Arbeiten für die Ryol verrichteten. Auch dieses Wesen war unglaublich dürr, aber gleichzeitig bemerkte Kim eine Art von unschuldiger Neugier, die er mit kleinen Kindern und jungen Tieren assoziierte. Er vermutete, daß es noch eine Weile dauerte, bis dieser Neffaler das Erwachsenenalter erreichte.

Kim spielte weiter, und schließlich hing das Wesen am untersten Zweig des Baumes – die mit sechs Zehen ausgestatteten Füße baumelten nur einige Meter über dem Kopf des Fähnrichs hin und her. Kim achtete darauf, plötzliche Bewegungen zu vermeiden, als er weiterspielte. Es dauerte nicht lange, bis der Neffaler sich fallen ließ und auf dem Rasen vor dem Menschen landete – sein rotes Fell bildete einen auffallenden Kontrast zum violetten Moos. Langsam schob er sich näher an Kim heran.

Das Wesen wirkte eigentlich recht niedlich, fand der Fähnrich. Es erinnerte ihn an die Schimpansenkinder, die Libby und er in einem Naturpark unweit der Starfleet-Akademie gesehen hatten.

Etwa anderthalb Meter vor Kim verharrte das Geschöpf. Eine Zeitlang beobachteten sich Mensch und Neffaler gegenseitig, während noch immer die Klarinettenmelodie erklang und der Wind leise die Blätter des Baums rascheln ließ. Nach einigen Minuten brachte es Kim nicht mehr fertig, den leichten Teil von ›Nachtvogel‹ noch einmal zu wiederholen. Er hörte damit auf, ins Mundstück zu blasen, ließ die Klarinette langsam sinken und war fast sicher, daß der Neffaler fortlaufen würde.

Doch zu seiner großen Freude blieb das Wesen vor ihm hocken und betrachtete die Klarinette mit deutlich erkennbarer Faszination. »Bist du daran interessiert?« fragte Kim leise. Er bot das Instrument dem Neffaler an und drehte es so, daß das Mundstück in Richtung der kleinen Hände wies.

Das Geschöpf blickte nach rechts und links, als

hätte es Angst davor, bei etwas Verbotenem ertappt zu werden. Dann nahm es die Klarinette entgegen.

Zuerst pustete es ins falsche Ende und erzeugte dadurch ein trötendes Geräusch, das den Neffaler erschrocken zusammen ließ. Schon nach kurzer Zeit begriff er, worauf es ankam, und voller Begeisterung blies er ins Mundstück. Die dadurch verursachten Töne schienen seine Aufregung immer mehr zu steigern. Kim stellte amüsiert fest, daß die Mißklänge dem Wesen ebensogut zu gefallen schienen wie die richtigen Töne.

Die Dissonanzen wurden immer seltener, als der Neffaler mit atemberaubender Geschwindigkeit lernte. Kim hörte mit wachsendem Erstaunen zu und konnte es kaum fassen. Er hätte schwören können, daß das dürre, pelzige Wesen tatsächlich begann, dem Instrument so etwas wie eine Melodie zu entlocken. Sie war nicht sehr komplex, aber einige Töne klangen schwermütig. *Wenn ich doch nur mit soviel Gefühl spielen könnte,* dachte Kim kummervoll. Der Neffaler offenbarte mehr als nur eine natürliche Begabung für Musik; er war ein echtes Wunder.

Kim war so sehr auf die verblüffenden Leistungen des Wesens konzentriert, daß er alles andere um sich herum vergaß. Einer anderen Präsenz im Garten wurde er sich erst bewußt, als der Neffaler jemanden oder etwas hinter ihm bemerkte. Erschrocken ließ das Geschöpf die Klarinette fallen und sauste davon, noch bevor das Musikinstrument den Boden erreicht hatte. Der Neffaler lief so schnell, wie es die dürren Beine erlaubten, verschwand dann in einigen aquatisch wirkenden Büschen.

»Warte!« rief Kim dem Wesen nach. »Was ist los?« Er blickte über die Schulter, um festzustellen, was den Neffaler verscheucht hatte.

Er sah eine attraktive Ryol, die dicht hinter ihm

stand. Ein safrangelbes Kleid reichte ihr bis zu den Knien, und unter dem dünnen Stoff zeichneten sich deutlich die Konturen des Körpers ab, als der Wind ihn an den Leib preßte.

»Hat das Tier Sie gestört?« fragte die Frau. Ihre Stimme war melodisch und zeichnete sich durch einen exotischen Akzent aus. »Bitte entschuldigen Sie. Vermutlich ist es nicht richtig dressiert. Wir geben uns alle Mühe, die Neffaler angemessen abzurichten, aber ...« Sie zuckte mit den Schultern und dadurch rutschte ein Träger des Kleids über den Oberarm. »Aber in dieser Hinsicht sind unseren Möglichkeiten Grenzen gesetzt. Man kann ihnen nicht alles beibringen.«

»Das Wesen hat mich nicht gestört«, erwiderte Kim. »Sie hätten hören sollen, wie es auf der Klarinette spielte! Einfach unglaublich. So etwas habe ich noch nie zuvor erlebt.«

»Ist das ein Musikinstrument?« fragte die Ryol, ohne auf Kims Worte einzugehen. Sie bückte sich, hob die Klarinette auf und wischte einige Moosstreifen fort. Ihre Finger waren lang und geschmeidig, die Nägel spitz. »Ich würde Sie gern darauf spielen hören.«

»Oh«, sagte Kim. Er blickte noch einmal zu den Büschen, doch von dem Neffaler war nichts mehr zu sehen. *Schade*, dachte er. *Der kleine Kerl schien wirklich von der Klarinette fasziniert gewesen zu sein.* Er hätte gern mehr über die musikalischen Fähigkeiten des Wesens erfahren, zuckte mit den Achseln und wandte sich der Ryol zu. Er konnte nicht der Versuchung widerstehen, sich vor einem aufmerksamen Publikum in Szene zu setzen. »Ich spiele gern, noch etwas mehr.« Mit dem Daumen glättete er den zerfransten Bereich des Mundstücks und hoffte das Beste.

»Das Stück heißt ›Nachtvogel‹«, sagte er.

»Kes!« Jemand packte die Ocampa an den Schultern und schüttelte sie heftig in der Finsternis, die sie zu ersticken drohte. Ihr Ich fühlte sich verzerrt und wie umgestülpt an. Von einem Augenblick zum anderen verschwand die Dunkelheit, und damit verklang auch der Schrei. Neelix blickte auf sie herab, und sein besorgtes Gesicht war nur wenige Zentimeter entfernt. »Kes! Was hast du? Ist alles in Ordnung mit dir?«

Sie versuchte zu sprechen, doch Wasser füllte ihren Mund. Goldene Flüssigkeit spritzte hervor, als ein Hustenanfall ihren ganzen Körper erbeben ließ. »Der Schrei«, brachte sie schließlich hervor. »Ich habe einen Schrei gehört.«

»Was für einen Schrei?« fragte Neelix und hielt die Ocampa auch weiterhin fest. Ihre Füße berührten den Grund, und sie versuchte, aus eigener Kraft zu stehen. Neelix stützte sie, während sie sich bemühte, die Orientierung wiederzufinden.

Alles war wieder normal. Wo sich zuvor nur Schwärze befunden hatte, gab es jetzt wieder Himmel, Sonne und Meer. Kes lauschte nach dem Schrei, vernahm aber nur ihren eigenen Atem.

»Hast du ihn gehört?« fragte sie.

»Was soll ich gehört haben?« Neelix musterte die Ocampa beunruhigt. »Ich verstehe nicht. Was ist mit dir passiert?«

Ein Ryol eilte ihnen durch die Brandung entgegen. Vermutlich ein Rettungsschwimmer, nahm Kes an. Neelix hatte ihr das Konzept zuvor erklärt.

»Gibt es hier ein Problem?« fragte der Mann. Wie die meisten Ryol-Schwimmer war er größer als Neelix und Kes. Seine Bekleidung bestand nur aus einem knappen Lendenschurz aus dünnem Stoff.

»Ich bin mir nicht sicher«, erwiderte Neelix. Er betrachtete die seiner Ansicht nach viel zu deutlich erkennbare Statur des Ryol und zog Kes aus einem Reflex heraus enger zu sich heran. Diesmal war sie dankbar für sein manchmal recht übertriebenes Bestreben, sie zu schützen. »Wir haben nur ein wenig Schwimmunterricht veranstaltet, mehr nicht. Alles war in bester Ordnung, bis meine liebe Kes in Panik geriet und viel Wasser schluckte. Ist noch mehr geschehen, Schatz? Hat dich etwas erschreckt?«

»Ich weiß nicht«, erwiderte sie zögernd. »Ich habe etwas gehört. Das glaubte ich zumindest.« Der Rettungsschwimmer musterte Kes. Ihr Blick wanderte zwischen den beiden Männern hin und her, und in ihren Gesichtern suchte sie nach einem Anzeichen dafür, daß sie ebenfalls etwas gehört hatten. Doch Neelix schien nur wegen ihr besorgt zu sein, und die Miene des Ryol offenbarte nichts als Neugier. »Es ertönte kein Schrei?« fragte sie. »Und es wurde nicht dunkel?«

Neelix schüttelte den Kopf. »Wir waren allein mit dem Meer. Vielleicht leisteten uns noch einige Fische Gesellschaft, aber niemand schrie, weder du noch jemand anders. Um ganz ehrlich zu sein: Du warst viel zu sehr damit beschäftigt, Wasser zu schlucken, um irgendwelche Schreie von dir zu geben. Meine Güte, du hast mir einen ziemlichen Schrecken eingejagt.«

»Ich verstehe das nicht«, sagte Kes und ließ sich auch weiterhin von Neelix stützen. Sein nasses Haar klebte an Kopf und Armen. »Alles erschien mir so wirklich.«

»Vielleicht hatten Sie einen Alptraum«, spekulierte der Rettungsschwimmer. »Sind Sie vielleicht für einige Sekunden eingeschlafen?«

Ein Alptraum? wiederholte Kes in Gedanken. Nun, auszuschließen war es nicht. Sie hatte es als sehr entspannend empfunden, sich vom Wasser tragen zu lassen. »Aber als ich die Augen öffnete …«, erinnerte sie sich laut. »Finsternis umgab mich. Und ich hörte Schreie, bis Neelix mich wachrüttelte.« Sie löste den Kopf von der Brust des Talaxianers und sah zum Strand, wo sich ihr eine friedliche Szene darbot. »Das alles kann ich doch nicht nur geträumt haben, oder?«

Der Rettungsschwimmer blieb skeptisch. »Manche Leute behaupten, im Rauschen der Wellen Stimmen zu hören, aber bestimmt bilden sie es sich nur ein. Wie dem auch sei: Ich glaube, für heute sind Sie genug geschwommen. Vielleicht fühlen Sie sich an Bord Ihres Schiffes besser.« Er streckte den Arm aus, um sie zum Ufer zu führen.

Neelix trat zwischen Kes und den Ryol, so als fürchtete er, daß der Rettungsschwimmer eine Mund-zu-Mund-Beatmung versuchen könnte. Kes wäre amüsiert gewesen, wenn sie nicht noch immer an den Nachwirkungen des … *Etwas* gelitten hätte. Worum handelte es sich? Um einen Traum? Um Halluzinationen? Vergeblich suchte sie nach einer Erklärung für das, was sie erlebt hatte.

»Keine schlechte Idee«, sagte Neelix. »Was hältst du davon, Schatz? Sollen wir zur *Voyager* zurückkehren?«

Kes nickte geistesabwesend. Die Erinnerung an den angeblichen Alptraum ließ sich schwerer vertreiben als die Dunkelheit. Spielte ihr die Phantasie einen Streich, oder hörte sie noch immer Echos des gräßlichen Schreis, in fernen Winkeln ihres Selbst? Vielleicht konnte ihr der Doktor helfen, oder Tuvok.

Trotz des warmen Sonnenscheins fröstelte Kes plötzlich. So wundervoll Ryolanow sein mochte – plötzlich sehnte sie sich nach dem Raumschiff zurück.

Ich habe etwas gehört, dachte sie und fand neue Kraft durch den Glauben an sich selbst. *Da bin ich ganz sicher.*

Zusammen mit Neelix und dem Ryol watete Kes zum Strand zurück. Während der Talaxianer ihre Insignienkommunikatoren und Handtücher von einer sonnigen Stelle des Ufers holte, blickte Kes noch einmal übers Meer. Goldene Wellen rollten an den Strand und formten ein idyllisches Panorama. Alles war schön und friedlich; nichts wies auf die unermeßliche Qual hin, die Kes irgendwo in der Tiefe dieser Realität gespürt hatte.

Sie war sicher, daß sie schon bald an diesen Ort zurückkehren würde.

5

Draußen war es warm, und drinnen herrschte eine noch höhere Temperatur. Duftender Rauch stieg aus Räucherbüchsen auf den Tischen, und laute Musik erklang: Sie bestand zum größten Teil aus Trommelschlägen und machte eine Unterhaltung unmöglich, wenn die Sprechenden mehr als zehn Zentimeter voneinander entfernt waren. Die niedrigen Tische waren von Sitzkissen umgeben und standen am Rand einer Tanzfläche, auf der sowohl Ryol als auch Besucher von der *Voyager* herumsprangen. Zumindest für diesen Abend trat die Erste Direktive zugunsten einer noch wichtigeren Regel in den Hintergrund. Sie lautete: *Es wird bis zum Umfallen gefeiert.*

Tom Paris nickte anerkennend.

»Nicht schlecht«, sagte er und schätzte die Situation ein. »Auf der offiziellen Tom-Paris-Skala für vorzügliche Nachtklubs hat dieses Lokal eine Sieben plus verdient.«

»Und welches Etablissement bekommt die Zehn?« fragte Harry Kim. »Etwa die komische französische Spelunke, die Sie auf dem Holodeck installiert haben?« Zusammen mit Paris und B'Elanna Torres saß Kim an einem Tisch in unmittelbarer Nähe der Tanzfläche. Seine Stimme war heiser, weil er seit fünfzehn Minuten versuchte, sich trotz der lauten Musik verständlich zu machen. Zum Glück sorgte ein Neffaler für ständigen Nachschub an Getränken. Paris fand großen Gefallen am Ryol-Wein.

»Nein«, erwiderte Tom nachdenklich. »Jener Kneipe wird ein Punkt abgezogen, weil es sich bei ihr nur um eine holographische Simulation handelt. Das echte Chez Sandrine auf der Erde hat eine Zehn verdient.« Er trank einen Schluck und sah sich um. »Glücksspiele oder etwas in der Art scheint es hier nicht zu geben. Aber abgesehen davon... Laute Musik, gute Getränke, freundliche Einheimische. Was brauchen wir sonst noch?«

»Dilithium«, brummte Torres und bedachte Harry Kim mit einem durchdringenden Blick. »Ich weiß nicht, warum ich zugelassen habe, daß Sie mich zu diesem Blödsinn überredeten, Starfleet. Ich möchte herausfinden, ob es auf diesem Planeten Dilithiumkristalle gibt, aber bei den Ryol vergeude ich meine Zeit ebensosehr wie bei Ihnen beiden.«

»Man nehme nie eine Klingonin in einen Tanzsaal mit«, sagte Paris – und bereute seine Worte sofort, als er Torres' verletzten Gesichtsausdruck bemerkte. Der Schmerz verschwand sofort aus ihrer Miene, wich dem üblichen grimmigen Ernst, aber Paris hatte ihn gesehen. *Warum habe ich mich dazu hinreißen lassen, so etwas zu sagen?* dachte er. Immerhin wußte er genau, wie sehr B'Elanna mit der klingonischen Hälfte ihres Selbst rang. *Vielleicht habe ich schon zuviel getrunken.* »Äh... ich hab's nicht persönlich gemeint, Torres. Es ist nur so: Ihr Techniker versteht es einfach nicht, einmal abzuschalten und euch zu vergnügen. Nehmen Sie sich den Abend frei, um Himmels willen. Das sind Sie sich selbst schuldig.«

Wenn sie selbst hätte wählen können, wäre Torres sicher lieber als Technikerin identifiziert worden und nicht unbedingt als Klingonin. Paris hoffte, daß er ihr geholfen hatte, das Gesicht zu wahren – und daß es ihm damit gelungen war, sich selbst aus einer schwierigen Situation herauszumanövrieren.

»Versuchen Sie mal, die *Voyager* mit ausgebrannten Kristallen zu fliegen, Lieutenant – und erklären Sie mir anschließend Ihre Vorstellung von Vergnügen.« Torres leerte ihr Glas in einem Zug und stellte es ruckartig auf dem Tisch ab. »Ich werde jetzt erneut versuchen, irgendwelche Informationen aus diesen verspielten Narren herauszuholen.« Sie stand auf, wandte sich an Kim und kehrte Paris den Rücken zu. »Bis später Starfleet. Lassen Sie sich von dem Burschen dort nicht in Schwierigkeiten bringen.«

Die Chefingenieurin ging fort, ließ am Tisch einen leeren Platz und von Unbehagen geprägtes Schweigen zurück. »Und ich dachte immer, Sie könnten gut mit Frauen umgehen, Tom«, sagte Kim nach einer Weile.

Autsch, dachte Paris. »Das ist keine Frau, sondern ein Warptriebwerk mit Klauen und schlechter Laune.« Kim bedachte ihn mit einem wissenden Blick und schien nicht bereit zu sein, sich von den forsch klingenden Worten überzeugen zu lassen. »Ich bin sicher, sie kommt darüber hinweg, Harry.«

»Das sollten wir besser hoffen«, entgegnete Kim. »Erinnern Sie sich daran, was sie mit dem Vidiianer anstellte?«

Ich erinnere mich viel zu deutlich daran, dachte Paris. *Vielleicht hat Captain Janeway recht. Vielleicht sollte man mich nicht ohne Leine von Bord lassen. Dauernd baue ich irgendeinen verdammten Mist.*

Ein Neffaler kam am Tisch vorbei. Paris hielt ihn an der schmalen Schulter fest und deutete auf sein Glas. »Wasser«, sagte er. »Und zwar jede Menge.« Das affenartige Wesen gab durch nichts zu erkennen, ob es die Worte verstand. Es eilte in Richtung Theke fort, und Paris hoffte, daß der automatische Translator eine evolutionäre Kluft von einigen Millionen Jahren überbrücken konnte.

»Wasser?« fragte Kim und gab sich fassungslos. »Meine Güte, wollen Sie plötzlich tugendhaft werden?«

»He, einer von uns muß einen klaren Kopf bewahren.« Paris blickte durch den Nachtklub und überlegte, ob es sich wirklich lohnte, noch mehr Zeit in diesem Lokal zu verbringen. Kleine bunte Wolken aus Aromastoffen schwebten über den einzelnen Tischen. Die fast ohrenbetäubend laute Musik klang jetzt nach Schlittenschellen, die einem altmodischen Müllschlucker anvertraut wurden. Das Fehlen von Musikern ließ Paris vermuten, daß die Zivilisation von Ryolanow das wichtige techno-soziologische Äquivalent von Musikautomaten erfunden hatte. *Wer weiß, welche Überraschungen uns in dieser Hinsicht noch erwarten?* dachte er.

»Wenn ich eine Entscheidung treffen müßte …«, murmelte Paris. »Meiner Ansicht nach sind die Ryol reif für den Beitritt zur Föderation.«

Der hin und her schweifender Blick des Navigators fiel auf zwei wohlgeformte Beine, die in seine Richtung unterwegs zu sein schienen. *Allmählich wird's interessant*, fuhr es ihm durch den Sinn. Langsam sah er auf – und erkannte zwei vertraute malachitgrüne Augen. *Zum Teufel auch, damit hätte ich eigentlich rechnen müssen.*

»Tom!« entfuhr es Laazia erfreut. »Sie ahnen nicht, wie glücklich ich bin, Sie hier zu treffen.« Die wunderschöne Tochter des Ältesten hatte Seidenweste und Rock gegen ein togaartiges Gewand eingetauscht, das locker von einer bronzefarbenen Schulter herabfiel, ohne die andere zu bedecken. Der dünne Stoff lud insbesondere männliche Beobachter dazu ein, das zu erahnen, was sich darunter befand.

Alarmstufe Rot, dachte Paris. *Schilde hoch und volle Kapazität für die Deflektoren. Ausweichmanöver vorbe-*

reiten. Sein Gaumen war plötzlich trocken, und er mußte einen Schluck Wein trinken, bevor er sprechen konnte. »Laazia. Was ... für eine ... Überraschung.« Der Wein schien ihm direkt in den Kopf zu steigen. *Wo bleibt der Affe mit dem Wasser?*

»Verbringen Sie einen angenehmen Abend?« fragte Laazia. Sie deutete auf B'Elannas Becher und das leere Sitzkissen. Paris fragte sich, ob es irgendeine Möglichkeit gab, die Tochter des Ältesten nicht aufzufordern, am Tisch Platz zu nehmen. Ihm fiel keine ein.

»Er ist so angenehm, wie man es auf diesem Planeten erwarten kann«, erwiderte Paris. Er deutete zu Kim und versuchte, Zeit zu gewinnen. »Das ist ein Freund von mir, Fähnrich Harry Kim. Harry, ich möchte Ihnen Laazia vorstellen. Ich habe Ihnen bereits von ihr erzählt.« Er warf Kim einen bedeutungsvollen Blick zu. *Helfen Sie mir,* dachte er. Zum Glück war er umsichtig genug gewesen, den Fähnrich auf die Warnung des Captains bezüglich Laazia hinzuweisen. Hoffentlich erinnerte sich Harry trotz des Weins an ihr vorheriges Gespräch.

»Freut mich, Sie kennenzulernen«, wandte sich Kim an Laazia. Zur großen Erleichterung des Navigators lud er die junge Frau nicht dazu ein, ihnen Gesellschaft zu leisten. *Vielleicht gibt es doch noch eine Chance für mich, dies lebend zu überstehen,* überlegte er.

»Ein Freund von Tom ist auch mein Freund«, sagte Laazia. Ihr Lächeln war strahlend genug, um einen ganzen Sternennebel zu erhellen. Paris dachte daran, daß B'Elanna ihre Suche nach Dilithiumkristallen aufgeben konnte – Laazia hatte genug Charisma und Sex-Appeal, um die *Voyager* ein Jahr lang mit Energie zu versorgen. »Sie müssen mir bei Gelegenheit verraten, welche schrecklichen Gerüchte Tom über mich in die Welt setzt.«

Laazia gab durch nichts zu erkennen, den Tisch bald wieder verlassen zu wollen. Paris wäre am liebsten geflohen, aber er wußte, daß er nicht aufspringen und weglaufen konnte. Seine Gedanken rasten. Wie konnte er Laazia fortschicken, ohne sie zu beleidigen? *Ich darf sie nicht vor den Kopf stoßen. So etwas käme einem diplomatischen Zwischenfall gleich.*

Die Sekunden verstrichen erbarmungslos, und Paris spürte, wie das Schweigen immer mehr zu einer Last wurde. Laazia beobachtete ihn aufmerksam und wölbte die goldgelben Brauen.

Schließlich fand sich Paris mit dem Unvermeidlichen ab. »Wie wär's, wenn Sie sich zu uns setzen?«

»Ich dachte schon, Sie würden nie fragen«, erwiderte Laazia, und ihre kehlige Stimme sank um eine weitere Oktave. Sie nahm auf dem Kissen Platz, nur einige Millimeter von Paris entfernt. Als sie ein wenig zur Seite rutschte, fühlte er ganz deutlich ihren warmen Oberschenkel. Er atmete tief durch, roch dabei ihr Parfüm. Der blumige Duft schien noch berauschender zu wirken als der Wein. »Dies ist eins meiner Lieblingslokale«, fügte Laazia hinzu. »Und Sie erwecken den Eindruck, hier genau am richtigen Ort zu sein.«

Kapazität der Schilde auf fünfzig Prozent gesunken, dachte Paris. *Brauche Unterstützung*. Er richtete eine stumme, dringende Bitte an Kim. *Lesen Sie von meinen Lippen. Was auch immer Sie jetzt anstellen – lassen Sie mich nicht mit Laazia allein.*

Kim wirkte zunächst verwirrt. *Kein Wunder*, fand Paris und wiederholte die lautlose Botschaft. Normalerweise gehörte es nicht zu den Pflichten eines Starfleet-Offiziers, die Anstandsdame zu spielen. Schließlich dämmerte es dem jungen Mann. Kim nickte und versuchte vergeblich, ein Lächeln zu unterdrücken. Paris' schwierige Situation amüsierte ihn ganz offensichtlich.

Der Fähnrich sah Laazia an. »Ist hier immer soviel los?«

»Das Lokal erfreut sich großer Beliebtheit. Aber ich kann nicht leugnen, daß Ihre Ankunft zur derzeitigen Aufregung beigetragen hat. Immerhin geschieht es nicht jeden Tag, daß wir Gelegenheit bekommen, Besucher von den Sternen kennenzulernen.« Laazia lachte herzhaft. »Allein die kosmologische Bedeutung ist enorm.«

»Ja, ich nehme an, man könnte die Sache auch aus dieser Perspektive sehen«, meinte Paris. Einmal mehr blickte er durch den Nachtklub und bemerkte eine ausgelassene Gruppe von ehemaligen Maquisarden, die den Ryol die neuesten Tänze von Bajor beibrachten. Allem Anschein nach lernten die einheimischen Männer und Frauen schnell. Die laute Musik übertönte das Gelächter, aber alles deutete darauf hin, daß die Besatzungsmitglieder der *Voyager* und die Ryol jede Menge Spaß hatten. Insbesondere Susan Tukwila schien alle Sorgen vergessen zu haben, als sie einen gutaussehenden Ryol-Mann auf die Tanzfläche zog und sich dort auf eine Weise bewegte, wie es normalerweise nur in Schwerelosigkeit möglich sein sollte. *Freut mich, daß jemand den Landurlaub in vollen Zügen genießen kann,* dachte Paris.

B'Elanna Torres wußte, was ihre klingonischen Vorfahren von diesem Planeten und seinen Bewohnern gehalten hätten. Die Ryol waren verweichlicht, träge und verwöhnt. Ihnen fehlte jene Art von Entschlossenheit, durch die sich aggressivere Völker auszeichneten. Blumen zu pflanzen und Partys zu veranstalten – zu mehr schienen sie nicht imstande zu sein. Niemand wollte über Warpantriebe, Impulstriebwerke oder andere praktische Dinge reden. Torres versuchte, ihre profunden klingonischen Reaktionen zu unterdrücken und alle Vorurteile in Hinsicht auf die Ryol zu überwinden, aber es fiel ihr sehr schwer.

Erst recht dann, wenn die Einheimischen nicht auf ihre Bemühungen eingingen, so wie der Mann, mit dem sie gerade sprach. Er hieß Nimdir, und jemand hatte behauptet, er sei Techniker. Aber er hätte ebensogut Coiffeur sein können – sie bekam praktisch keine nützlichen Informationen von ihm. Tatsächlich war seine goldgelbe Mähne noch kunstvoller frisiert als bei den anderen Ryol, die B'Elanna bisher gesehen hatte. Eine dichte Masse aus Ringellocken umrahmte sein Gesicht und erinnerte Torres an die Perücken, die man einst auf der Erde verwendet hatte. An die entsprechende Region und Epoche erinnerte sie sich nicht. Das vorindustrielle England? Oder vielleicht Frankreich? Sie suchte nicht sehr gründlich in ihrem Gedächtnis – schließlich war sie Chefingenieurin und keine Historikerin. Außerdem galt es, wichtigere Dinge herauszufinden.

»Aber Sie verwenden ein Elektroplasmasystem für die Weiterleitung der Energie, nicht wahr?« B'Elanna hatte das Gefühl, diese Frage schon zum zehnten Mal zu stellen. »Oder benutzen Sie einen auf Mikrowellen basierenden Energiestrom, der individuelle Relaisstationen erfordert?«

Nimdir lehnte an einer Wand des Nachtklubs und nippte an einem halb gefüllten Glas. Er hatte seine grüne Weste ausgezogen, vermutlich nur zu dem Zweck, seinen ach so männlichen Körper deutlicher zu zeigen. Torres war völlig unbeeindruckt, was den Mann aber nicht daran hinderte, den Bauch einzuziehen und die Brust anschwellen zu lassen.

»Ein bißchen hiervon, ein bißchen davon«, sagte er und zuckte mit den Achseln. »Mikrowellen, Plasma ... Was macht es für einen Unterschied, solange die Musik erklingt?«

Wich er den Fragen absichtlich aus? Oder war er wirklich so dämlich, wie er aussah? Torres kämpfte gegen die Versuchung an, ihn an den Locken zu packen und solange zu schütteln, bis er einigermaßen vernünftig wurde. Die Musik war so laut, daß sie ganz dicht vor ihm stehen mußte, um sich verständlich zu machen – ihre Nasen berührten sich fast. Vielleicht bestand genau darin der Sinn des ohrenbetäubenden Lärms.

»Aber wenn die Musik nicht mehr erklingt«, hakte die Chefingenieurin nach, »dann müssen Sie wissen, wie alles funktioniert, um notwendige Reparaturen vorzunehmen, oder?«

»Und wenn ich Ihnen sage, daß auf unserem Planeten nie etwas repariert werden muß?« erwiderte Nimdir und präsentierte Torres ein Lächeln, das er wahrscheinlich für schelmisch hielt. »Würden Sie mir glauben?«

»Nein«, antwortete B'Elanna. Sie hätte ihm gern die traditionelle klingonische Strafe fürs Lügen gezeigt, aber sicher wollte der Captain, daß der Bursche seine Zunge behielt. *Seltsam*, dachte sie. Je länger sie auf Ryolanow weilte, desto stärker traten die klingonischen Aspekte ihres Wesens in den Vordergrund. *Ein weiterer Grund dafür, rasch Dilithium zu finden und dann so schnell wie möglich von hier zu verschwinden.*

»Oh, ich hätte es besser wissen und nicht versuchen sollen, einer so intelligenten und auch attraktiven Frau wie Ihnen etwas vorzumachen«, sagte Nimdir. »Natürlich kommt es bei uns gelegentlich zu Fehlfunktionen, und dann sind geringfügige Reparaturarbeiten erforderlich, um wieder alles in Ordnung zu bringen. Aber das ist ein sehr langweiliges Thema, und ich kann mir kaum vorstellen, daß Sie wirklich von all den uninteressanten Details erfahren möchten.« Nimdir ließ die Hand auf B'Elannas Schulter sinken. »Eigentlich schade, daß die Neffaler nicht alle Reparaturen erledigen können. Die komplizierteren Dinge überfordern sie leider.«

»Nehmen Sie die Hand weg«, knurrte Torres.

Ein scheuer Neffaler, dessen struppiges Fell mehrere lichte Stellen aufwies, brachte volle Gläser zum Tisch. Paris stöhnte, als er sah, daß seine Bitte um Wasser ganz offensichtlich auf taube Ohren gestoßen war. »Pech gehabt«, sagte er. »Noch mehr Wein.«

»Mögen Sie unseren Wein nicht, Tom?« Laazias Wimpern klimperten über malachitgrünen Augen. Paris glaubte zu spüren, wie eine fast hypnotische Wirkung von dieser Bewegung ausging – er konnte den Blick einfach nicht von den Wimpern lösen. Wenn er sich etwas näher beugte, konnte er sein eigenes Spiegelbild in den edelsteinartigen grünen Augen sehen. Die Aromawolke über dem Tisch stellte sonderbare Dinge mit dem Licht an und schuf Schatten, die wie eigenständige Wesen durch das Gesicht der schönen Ryol krochen.

»Der Wein ist wundervoll«, murmelte er. »Fast zu wundervoll, um ihm zu widerstehen.« Seine Lippen befanden sich dicht über Laazias Ohr. Das kurze, pelzartige Haar auf dem Kopf sah weich aus und wirkte sehr verlockend. »Ich traue mir selbst nicht mehr.« Er rückte noch etwas näher und fühlte Laazias Körperwärme selbst durch die Starfleet-Uniform.

Etwas traf ihn unterm Tisch am Bein, und zwar mit nicht unerheblicher Wucht.

Paris setzte sich abrupt auf, drehte den Kopf und blickte zu einem völlig unschuldig aussehenden Kim. Er begriff plötzlich, daß Laazia abgesehen von einigen Höflichkeitsfloskeln kaum ein Wort an den Fähnrich gerichtet hatte. Bei dreien war einer zuviel – diese Ansicht schien die Tochter des Ältesten zu vertreten. Paris hingegen wußte: Mit Laazia allein wäre er verloren. *Ich stehe tief in Harrys Schuld, wenn er mir dabei hilft, dieses Durcheinander zu überstehen, ohne daß ich meinen guten Ruf verliere.*

Gelächter erklang von der Tanzfläche und übertönte sogar das laute Dröhnen der Musik. Von Susan Tukwila fehlte jede Spur – sie war zusammen mit ihrem attraktiven Ryol-Bewunderer in der Nacht verschwunden. Aber Paris bemerkte Kellar, Felice, S'dbrg, Dembinksi und einige andere Besatzungsmitglieder der *Voyager*, die noch immer voller Begeisterung tanzten. Auf der anderen Seite des Nachtklubs unterhielt sich B'Elanna Torres mit einem Ryol, der lockiges Haar hatte. *Armer Kerl*, dachte er. Vermutlich sprach Torres über Trägheitsabsorber und dergleichen.

»Nun ...« Paris sah Laazia an und suchte nach einem geeigneten Small-talk-Thema. »Vom Captain weiß ich, daß Sie Mittlerin sind. Ist damit eine Art Anwalt gemeint?«

»Eher ein Richter«, erwiderte die Ryol. »Wenn ich das, was ich über die Föderationsjustiz erfahren habe, richtig verstehe. Der kluge Umgang mit Autorität ist eine sehr bedeutende Fähigkeit, vor allem für jemanden in meiner Position.«

»Meinen Sie damit den Umstand, daß Sie eines Tages die Nachfolge Ihres Vaters antreten werden?« fragte Paris. Er versuchte, sich Laazia in einem schwarzen Richtertalar vorzustellen – es fiel ihm nicht leicht.

»Ja.« Laazia zuckte kurz mit den Schultern – eine Geste der Bescheidenheit. »Es ist wichtig, daß sich unser Volk daran gewöhnt, meine Entscheidungen zu akzeptieren.«

»Eine ziemlich große Verantwortung«, kommentierte Paris und erinnerte sich an die eigenen Bemühungen, dem Ruf seines Vaters gerecht zu werden. Vielleicht gab es zwischen ihm und Laazia mehr Gemeinsamkeiten, als er bisher angenommen hatte.

Harry Kim schaltete sich in das Gespräch ein. »Bei welchen Disputen vermitteln Sie?« Er mußte fast schreien, um sich trotz der lauten Musik verständlich zu machen.

»Bei keinen sehr wichtigen Dingen«, erwiderte Laazia. »Unsere Gesellschaft ist sehr friedlich. Schon seit Tagen mußte ich niemanden mehr hinrichten lassen.« Sie runzelte kurz die Stirn und lachte dann, als sie den schockierten Gesichtsausdruck der Starfleet-Offiziere bemerkte. »Sie sollten jetzt einmal in den Spiegel sehen!« In ihren grünen Augen leuchtete es schalkhaft. »Ich habe mir nur einen Scherz erlaubt!«

»Oh, natürlich«, entgegnete Kim verlegen. Er wollte noch etwas hinzufügen, aber Laazia kam ihm zuvor, indem sie die Hand hob.

»Lassen Sie uns nicht mehr über die Arbeit sprechen«, sagte sie. »Ich bin hierhergekommen, um mich zu entspannen und meine Pflichten zu vergessen.« Sie griff nach Paris' Hand. »Kommen Sie, Tom, wir tanzen. Das macht sicher eine Menge Spaß!«

Paris und Kim wechselten einen erschrockenen Blick. *Was nun?* dachte der Navigator. Laazia war bereits halb aufgestanden, und Paris spürte, wie sich ihm ihre spitzen Fingernägel in die Haut bohrten.

»Warten Sie!« brachte er hervor.

Die Tochter des Ältesten blickte auf ihn herab, und ihre Lippen deuteten ein unmißverständliches Schmollen an. Die Pupillen weiteten sich, bis nur noch ein dünner grüner Rand die Schwärze umgab. »Was ist los? Wollen Sie nicht mit mir tanzen?«

»Das würde ich sehr gern«, erwiderte Paris. »Aber was ist mit dem armen Harry? Ich kann ihn doch nicht sich selbst überlassen. Was für ein Freund wäre ich, wenn ich ihn einfach so am Tisch zurückließe? Soll er ganz allein sein, ohne jemanden, mit dem er sprechen kann, noch dazu auf einem fremden Planeten?«

Laazia hielt auch weiterhin Toms Hand fest. Kim rollte mit den Augen. »Lieber Himmel«, murmelte er.

»Bestimmt kommt er gut zurecht«, beharrte die Ryol und zog. Es blieb Paris gar nichts anderes übrig, als ebenfalls aufzustehen. *Meine Güte*, dachte er. *Sie ist viel kräftiger, als es den Anschein hat.*

»Sie kennen Harry nicht«, sagte er und senkte die Stimme zu einem vertraulichen Flüstern. »Ich sollte es Ihnen eigentlich nicht verraten, aber ... Nun, er hat gewisse Probleme dabei, Kontakte zu knüpfen, wenn Sie verstehen, was ich meine.«

Kim stöhnte und schlug die Hände vors Gesicht.

Dafür wird er mich umbringen, dachte Paris. Leider war ihm auf die Schnelle nichts Besseres eingefallen.

Laazia blieb unbeeindruckt. »Keine Sorge, für dieses Problem gibt es eine Lösung.« Sie hob die Stimme und wandte sich der Tanzfläche zu. »Romeela! Sitruua! Kommt hierher!«

Zwei hinreißend schöne Frauen erschienen wie die Geister aus einer Zauberlampe – oder wie Wunschvorstellungen, die auf einem Holodeck Gestalt angenommen hatten. Es erstaunte Paris, wie schnell sie auf Laazias Ruf reagierten. Waren die beiden Frauen Freundinnen oder Untergebene? Wieviel Autorität hatte die Tochter des Ältesten?

Beide Frauen zeichneten sich durch eine nach menschlichen Maßstäben geradezu verblüffende Attraktivität aus. Sie mochten nicht ganz so atemberaubend sein wie Laazia, aber ihre Schönheit genügte, um ein Dabo-Mädchen vor Neid grün werden zu lassen. Selbst orionische Bauchtänzerinnen wären noch grüner geworden. Die beiden Ryol hatten getanzt, und ein dünner Schweißfilm zeigte sich auf ihrer geröteten Haut. Die seidigen Gewänder klebten ihnen am Leib.

Kim hob den Kopf, und ihm fielen fast die Augen aus den Höhlen. Sein Adamsapfel hüpfte auf und ab.

»Dies ist der außerordentlich faszinierende Fähnrich Harry Kim von der U.S.S. *Voyager*«, sagte Laazia. »Er ist praktisch überall im Universum gewesen und wird euch davon erzählen, wenn ihr nett zu ihm seid.«

Die beiden Frauen lächelten und lachten, wandten sich sofort Kim zu. Paris wußte nicht, wer von ihnen Romeela war und wer Sitruua – zu beiden Seiten des Fähnrichs nahmen sie Platz, hakten sich bei ihm ein und schwatzten fröhlich.

Laazia zog erneut an Paris' Arm, doch er zögerte, richtete einen letzten Blick auf Kim und fragte sich, wer mehr Hilfe benötigte. »Harry ...?«

Kim sah nach rechts und links, hob dann wieder den Kopf und zeigte dem Navigator der *Voyager* ein Lächeln, das soviel bedeutete wie: *Gegen diese Attacke können wir nichts unternehmen*. Paris nickte und mußte eingestehen, daß man ihn geschickt ausmanövriert hatte – er war jetzt auf sich allein gestellt. »Wir sehen uns später, Harry«, sagte er, als Laazia ihn zur Tanzfläche zog. »Hoffe ich jedenfalls.«

»Endlich habe ich Sie für mich allein«, hauchte ihm die Tochter des Ältesten ins Ohr.

Die Schilde werden instabil, Captain, dachte er. *Wir können den gegnerischen Salven nicht mehr lange standhalten.*

»Die Hand«, wiederholte Torres. »Weg damit.« Es war keine freundliche Aufforderung, sondern ein drohendes Fauchen.

Nimdir gab vor, sie nicht zu verstehen. »Wie

bitte?« Er wölbte die Hand am Ohr. »Die Musik ist ziemlich laut, nicht wahr?«

Torres ballte die Fäuste. Damals, als sie noch Mitglied des Maquis gewesen war, hätte sie diesem eingebildeten Narren seine eigene Mähne ins Maul gestopft, Locke für Locke. Doch als Chefingenieurin der *Voyager* mußte sie sich alle Mühe geben, ihr Temperament unter Kontrolle zu halten – nur so konnte sie dem Vertrauen gerecht werden, das der Captain und Chakotay in sie setzten. Sie war jetzt Starfleet-Offizier, was bedeutete, daß sie nicht einfach so die Beherrschung verlieren durfte und ein gutes Beispiel geben mußte. *Gib mir Kraft*, wandte sie sich an eine beliebige mächtige Entität. *Sorg dafür, daß ich mich unter Kontrolle halten kann.*

»Für solche Spielchen habe ich keine Zeit«, sagte sie fest. »Entweder sprechen wir über Ihre Technik, oder Sie gehen fort und lassen mich in Ruhe. Die Entscheidung liegt bei Ihnen.«

Nimdir zwinkerte und lächelte schmeichlerisch, erzielte damit jedoch nicht die gewünschte Wirkung. Ganz im Gegenteil. Torres biß die Zähne zusammen, während sie vor ihrem inneren Auge zur Kriegerin wurde, die das Blut ihrer Feinde vergoß. Alles in ihr brodelte, aber erstaunlicherweise gelang es ihr trotzdem, auf einen Angriff zu verzichten. *Konzentriere dich auf das primäre Ziel*, forderte sie sich selbst auf. *Denk ans Dilithium.*

»Habe ich schon darauf hingewiesen, wie interessant ich Ihre Stirnhöcker finde?« meinte Nimdir. »Haben sie eine besondere Bedeutung?«

Damit hatte er genau das Falsche gesagt.

Bisher war die Musik immer sehr schnell gewesen, doch das änderte sich, als Paris und Laazia auf die Tanzfläche traten. Der rasende Trommelrhythmus verklang, und eine verträumte, romantische Melodie ertönte. *Oh, toll*, dachte Paris. *Ein langsamer Tanz*. Die Dinge hätten nicht einmal dann schlimmer kommen können, wenn alles im voraus geplant gewesen wäre. Etwas in Paris fragte sich, ob tatsächlich eine Art Plan dahintersteckte.

»Hören Sie«, murmelte die Ryol. »Das ist unser Lied.«

Entweder wird mein automatischer Translator faul, dachte Paris, *oder einige Klischees sind universeller Natur und existieren auch im Delta-Quadranten*. Er versuchte, an einer abgebrühten, sarkastischen Einstellung festzuhalten – darin sah er die einzige Möglichkeit, sich nicht im Netz der Verführung zu verheddern, das Laazia um ihn herum zu spinnen versuchte. *Zum Glück hat das Schicksal mich zur Zielscheibe solcher Verlockungen gemacht*, fügte er in Gedanken hinzu. *Ich bin in dieser Hinsicht ein erfahrener, zynischer Veteran. Harry hingegen hätte nicht die geringste Chance.*

Laazia legte ihm die Hände auf die Schultern, und Paris reagierte, indem er die eigenen Hände an den Hüften der Ryol abstützte. Dann setzten sie sich in Bewegung und glitten über die Tanzfläche, vorbei an anderen Paaren – die meisten von ihnen bestanden aus einem Besatzungsmitglied der *Voyager* und einem Einheimischen. Es erleichterte Paris zu sehen, daß nicht nur er sehr engen Umgang mit den Ryol pflegte, obwohl er in seinem besonderen Fall gegen den ausdrücklichen Rat des Captains verstieß. *Ich kann mit dieser Situation fertig werden*, dachte er. *Ich muß nur cool bleiben.*

Leichter gesagt als getan. Laazias Finger blieben nicht reglos, sondern wanderten über seinen Nacken. Sie schmiegte sich an ihn, während auch weiterhin die romantische Musik erklang. Im Lokal schien es plötzlich sehr heiß geworden zu sein. Mehrmals drohten seine schweißfeuchten Hände an Laazias wiegenden Hüften abzurutschen.

»Woran denken Sie in diesem Augenblick?« raunte sie ihm ins Ohr.

An Dinge, an die ich besser nicht denken sollte, dachte Paris. »Oh, an Gravitation, Wurmlöcher, Subraumanomalien und ähnliche Raumschiffangelegenheiten. Wissen Sie, wenn Sie mich besser kennen, werden Sie zu dem Schluß gelangen, daß ich sehr langweilig bin.«

»Das kann ich mir kaum vorstellen«, erwiderte Laazia. Ihre Fingerspitzen beschrieben kleine Kreise an seinem Nacken, berührten auch das Haar. Die Augen der Ryol kamen dunklen Singularitäten gleich, deren Sog er nicht entrinnen konnte. »Ich bin fest entschlossen, Sie sehr gut kennenzulernen.«

Diese offenen Worte verdutzten ihn so sehr, daß er beim Tanzen stolperte und gegen einen nahen Ryol stieß. »Bitte entschuldigen Sie«, wandte er sich an den Mann. »Für einen Navigator bin ich ziemlich ungeschickt, nicht wahr?«

»Sie!« entfuhr es dem Mann zornig. Er ließ seine Tanzpartnerin los und drehte sich ganz zu dem Menschen um. »Ich hätte es wissen sollen!«

Paris erkannte die arrogante und empörte Stimme, noch bevor er die dünne weiße Linie der Narbe in Naxors Gesicht sah. *Meine Pechsträhne dauert an,* dachte er. *Das ist Herr Gastfreundschaft höchstpersönlich.*

Naxor riß die Augen auf, als er sah, daß Laazia neben Paris stand und sich an seinem Arm festhielt. Hinter ihm stand eine Bajoranerin, an deren Namen sich Tom nicht erinnerte, und beobachtete das Geschehen mit offensichtlicher Verwirrung.

»Laazia«, sagte Naxor. »Was treibst du hier mit … ihm?« Er machte sich nicht die Mühe, seine bajoranische Tanzpartnerin vorzustellen – von Höflichkeit schien dieser Ryol wirklich nicht viel zu halten.

»Wonach sieht es aus?« erwiderte Laazia trotzig und drückte sich enger an Paris, als ihm lieb war. Er versuchte vorsichtig, sich von ihr zu lösen, aber erneut entfalteten ihre Arme viel mehr Kraft, als er ihnen zugetraut hätte. Von der Tochter des Ältesten durfte er offenbar keine Hilfe dabei erwarten, ihren eifersüchtigen Bewunderer zu beruhigen.

»Ich bedauere, eben gegen Sie gestoßen zu sein«, sagte Paris. »Hab' zwei linke Füße und so. Wie wär's, wenn ich Ihnen einen Drink spendiere?«

Naxor schnaubte verächtlich. »Lieber würde ich Wein mit einem Neffaler trinken. Da fällt mir ein … Eigentlich unterscheiden Sie sich nur unwesentlich von unseren niedrigsten Dienern.«

Allmählich geht mir der Bursche wirklich auf die Nerven, dachte Paris. Normalerweise ließ er sich so etwas von niemandem sagen, schon gar nicht von diesem narbengesichtigen Snob. Aber er wußte: Captain Janeway vertraute darauf, daß er alles versuchte, um irgendwelche Zwischenfälle zu vermeiden. *Geh nicht darauf ein.* Er fragte sich, ob er auf dem Holodeck der *Voyager* einen Sandsack programmieren konnte, der genauso aussah wie Naxor. *Vielleicht gibt es später noch eine Möglichkeit, diese Sache zu klären.*

Laazia zeigte weniger Zurückhaltung. »Du gehst zu weit, Naxor.« Zuvor hatte ihre Stimme verführerisch geklungen; jetzt war sie scharf und kühl. »Wenn du uns nicht sofort in Ruhe läßt, weise ich meinen Vater auf deinen … Mangel an Takt hin.«

Doch Naxor war so wütend, daß er Laazias Warnung ignorierte. »Ein Mensch weniger macht letztendlich keinen Unterschied«, sagte er. Langsam wurden die Pupillen größer, und er hob die Hände so vor die Brust, daß die spitzen braunen Fingernägel auf Paris deuteten.

Will er mich schlagen oder kratzen? fragte sich Tom. *Wie soll ich mich aus dieser verdammten Zwickmühle herauswinden?*

»Lieutenant?« fragte die Bajoranerin nervös. Sie wußte offenbar nicht, wie sie sich in dieser besonderen Situation verhalten sollte.

»Halten Sie sich da raus«, sagte Paris. Er hielt es für falsch, auch noch jemand anderen in Schwierigkeiten zu bringen. Und an Naxors Adresse gerichtet: »Ich möchte keinen Ärger mit Ihnen.« Sicherheitshalber ballte er die Fäuste, für den Fall, daß der Ryol keine Vernunft annehmen wollte. Wie auch immer die Anweisungen des Captains lauten mochten: Paris war nicht bereit, auch die andere Wange hinzuhalten.

»Neffaler!« stieß Naxor hervor und spuckte auf den Boden. Paris vermutete, daß er dieses Wort nicht als Kompliment meinte.

Naxors Speichel glänzte orangefarben auf dem schwarzen Fliesenboden.

»Hör auf damit, Naxor!« zischte Laazia. Sie ließ Paris los und trat zwischen die beiden Männer, aber Naxor wollte nicht aufgeben. Er schob sich an der Tochter des Ältesten vorbei und trat dem Navigator entgegen. In seinen grünen Augen irrlichterte es.

Tut mir leid, Captain, dachte Paris. *Ich habe mir alle Mühe gegeben*. Er wartete darauf, daß Naxor angriff.

Ein plötzliches Krachen überraschte beide Männer. Paris drehte sich um und beobachtete, wie B'Elanna Torres einen Ryol mit lockigem Haar in die Höhe zerrte. Dunkles, wässeriges Blut tropfte aus der gebrochenen Nase des Mannes.

»Sohn eines *Targ*!« donnerte Torres und schleuderte ihr Opfer fort. Der Mann flog in Richtung Tanzfläche, und ein erschrockener Schrei entfuhr ihm. Paris duckte sich im letzten Augenblick, und der Ryol stieß gegen Naxor, brachte ihn zu Fall. Beide Männer gingen zu Boden, und einige Tanzende in der Nähe stolperten über sie, konnten nur mit Mühe das Gleichgewicht bewahren. Naxors wütende Schreie vermischten sich mit dem Stöhnen des anderen Ryol, und dadurch verlor die romantische Musik endgültig ihre Wirkung.

Eine Klingonin hat mich gerettet, dachte Paris. Captain Janeway würde sich bestimmt nicht über die jüngsten Ereignisse freuen, aber wenigstens traf ihn diesmal keine Schuld.

Er wandte sich Laazia zu und sah zum erstenmal Fassungslosigkeit in ihren Zügen. Er fing ihren Blick ein, zuckte mit den Schultern und eilte dann zur Tür. Unterwegs ergriff er Torres am Arm. Je schneller sie den Nachtklub verließen, desto besser.

»Danke für die Hilfe«, sagte er, als sie gemeinsam in die warme tropische Nacht flohen. »Ihr Timing war praktisch perfekt.«

B'Elanna musterte ihn verwundert. »Ich habe keine Ahnung, wovon Sie reden.«

6

»Es geht mir gut, wirklich. Ich bin völlig in Ordnung«, beharrte Kes.

»Du wärst fast ertrunken!« erwiderte Neelix. »Ich habe mir nie solche Sorgen um dich gemacht, abgesehen vielleicht von damals, als du in die Gefangenschaft der Kazon geraten bist, oder als du im Innern jenes riesigen Raumwesens festsaßest, oder als die Gefährtin des Beschützers uns vernichten wollte...«

Kes saß auf dem Rand eines Biobetts in der Krankenstation, und der Doktor untersuchte sie mit einem medizinischen Tricorder. Es wäre ihr lieber gewesen, den Badeanzug gegen angemessenere Kleidung einzutauschen, aber Neelix hatte darauf bestanden, daß sie sofort nach der Rückkehr zur *Voyager* die Hilfe des holographischen Arztes in Anspruch nahm. Von der Oberfläche des Planeten aus ließen sie sich direkt zur Krankenstation beamen, was der Ocampa ein wenig übertrieben erschien. Abgesehen von einem leichten Husten fühlte sie sich gut – allerdings riskierte sie eine Erkältung, wenn sie sich nicht bald umziehen konnte.

»Sagen Sie mir die Wahrheit, Doktor«, wandte sich Neelix an den Holo-Arzt. In seinem gestreiften Badeanzug wirkte er in der Krankenstation völlig fehl am Platz. »Ist alles in Ordnung mit ihr?«

»Daran zweifle ich nicht«, erwiderte der Doktor. »Obwohl ich zugeben muß, daß es mir ein Rätsel ist, warum jemand Gefallen daran finden sollte, sich einer großen Menge Wasser anzuvertrauen. Keiner von Ihnen ist mit Kiemen oder Flossen ausgestattet. Die Evolution hat Sie ganz offensichtlich dazu bestimmt, auf dem trockenen Land zu bleiben.«

»Oh, es war herrlich«, sagte Kes. Sie erinnerte sich deutlich an ihre Begeisterung. »Wenigstens zu Anfang.«

»Und später?« fragte der Doktor. Er legte den Tricorder beiseite und beobachtete die Ocampa aufmerksam.

Kes zögerte. Sie befand sich jetzt wieder in einer vertrauten Umgebung, und dadurch gewannen ihre Erlebnisse in der Bucht etwas Irreales. Konnte sie sich die peinerfüllten Schreie und die erstickende Finsternis wirklich nur eingebildet haben? Es erschien ihr kaum möglich, aber ihr fiel keine plausiblere Erklärung ein. Und wenn die Stimmen wirklich ertönt waren, wenn es sich bei ihnen nicht um eine Halluzination handelte, hervorgerufen vom Rauschen der Wellen und ihren eigenen treibenden Gedanken – was sollte sie unternehmen? Jener gräßliche Schmerz, der in den Schreien zum Ausdruck gekommen war... Kes schauderte unwillkürlich, als sie eine Kälte spürte, die nichts mit ihren feuchten Schwimmsachen oder der Zimmertemperatur zu tun hatte. Der Doktor bemerkte ihr Frösteln und legte ihr eine Thermodecke um die Schultern.

»Erzählen Sie mir davon«, drängte er. »Was haben Sie auf dem Planeten erlebt?«

Kes nickte und zog die Decke etwas enger. »Alles wirkte sehr real, und es begann ganz plötzlich. Im einen Augenblick trugen mich die Wellen; ich fühlte warmen Sonnenschein von oben und unten kühles Wasser. Dann hörte ich das Flüstern.« Sie berichtete dem holographischen Arzt und Neelix von ihren Wahrnehmungen, nannte alle Einzelheiten. Doktor und Talaxianer hörten ihr neugierig und besorgt zu.

»Was halten Sie davon?« fragte die Ocampa schließlich. »Habe ich mir jene Stimmen nur eingebildet?«

Der Holo-Arzt wirkte sehr nachdenklich. »Nun, es ist nicht auszuschließen. Auf der Erde haben die Menschen spezielle Behälter für sensorische Deprivation benutzt: Das Fehlen von Wahrnehmungen sollte halluzinatorische Effekte bewirken. So etwas galt als gute Methode für die Untersuchung des Unbewußten, wobei man von der zweifelhaften Annahme ausging, daß es dort interessante Dinge zu entdecken gibt.« Er schüttelte verächtlich den Kopf. »Was mich betrifft: Ich bin immer gut ohne Unterbewußtsein zurechtgekommen.«

»Na bitte«, sagte Neelix sichtlich erleichtert. »Es steckt überhaupt nichts dahinter.«

»Andererseits existieren noch immer viele unbekannte Aspekte in Hinsicht auf die latenten psychischen Fähigkeiten des Ocampa-Bewußtseins«, fuhr der Doktor fort. »Unter solchen Umständen kann ich die Möglichkeit einer echten extrasensorischen Erfahrung nicht ausschließen.«

»Oh«, sagte Neelix, und die Besorgnis kehrte in seine Züge zurück. Offenbar wünschte er sich, Kes' Erlebnisse als bedeutungslosen Tagtraum abtun zu können. Kes bewunderte seinen hartnäckigen Optimismus, sah sich jedoch außerstande, einfach zur Tagesordnung überzugehen. Sie wußte nicht, welche der beiden vom Doktor genannten Möglichkeiten ihr lieber war. Sollte sie sich vor den Phantomen ihres eigenen Geistes fürchten, oder hatte sie tatsächlich einen Ruf um Hilfe gehört? Sie versuchte sich vorzustellen, welches unglaubliche Leid so gräßliche Schreie verursachen konnte. Wer oder was war in jener völlig lichtlosen, erstickenden Dunkelheit gefangen?

»Es ging dabei um mehr als nur die Stimmen«, fügte die Ocampa hinzu. »Mit meinen Augen war irgend etwas nicht in Ordnung. Ich sah nur Finsternis, eine Schwärze, die mich zu zerquetschen schien. Sie hielt mich gefangen, und ich konnte nicht mehr atmen.«

»Auch in diesem Fall ist es schwer, zwischen hysterischer Blindheit und einem mentalen Angriff irgendeiner Art zu unterscheiden«, dozierte der holographische Arzt. Er verzog das Gesicht, und Kes konnte sein Unbehagen nachempfinden. Sie wußte, wie stolz er auf sein enzyklopädisches medizinisches Wissen war; sicher frustrierte es ihn sehr, nicht zu einer besseren Diagnose imstande zu sein. »Nun, wenn man den Umstand berücksichtigt, daß Sie beide nur jeweils einen Lungenflügel haben ... Vielleicht sollten Sie Tiefseetauchen von Ihren aktuellen Urlaubsplänen streichen.«

»Keine Sorge, Doktor«, sagte Neelix. »Kes wird keine unnötigen Risiken eingehen, solange ich in der Nähe bin.« Er half ihr vom Biobett herunter, und für ihre bloßen Füße fühlte sich der Duraniumboden sehr kalt an. »Vielleicht sollten wir mit Tuvok über diese Sache reden. Er kennt sich mit Telepathie und dergleichen aus.«

Kes hatte bereits daran gedacht. »Gute Idee.« Sie faltete die Thermodecke zusammen und legte sie aufs Biobett. Sofort bildete sich eine Gänsehaut an Armen und Beinen. »Aber ich wäre sehr dankbar, wenn ich vorher trockene Sachen anziehen könnte.«

Chakotay dämpfte das Licht in seinem Quartier. Er kniete auf dem Boden und breitete den Inhalt des Medizinbeutels vor sich aus: die Feder einer Amsel, einen glatten Stein und ein kleines elektronisches Gerät, *Akoonah* genannt. Er drückte sich den Apparat an die Stirn und schloß dann die Augen.

»*Akoo-cheemoya*«, intonierte er. »Ich bin fern von den heiligen Orten meiner Ahnen, fern von den Knochen meines Volkes. Wir scheinen einen sicheren Ort gefunden zu haben, aber trotzdem herrscht Unruhe in mir. Ich möchte mich von dir führen lassen, wenn du gestattest. Zeig mir die Wahrheit dieser Welt, damit ich jenen helfen kann, die mit mir zusammen reisen. Laß mich die Antworten finden, die ich suche.«

Chakotay wußte nicht, warum er im Paradies von Ryolanow nach der metaphorischen Schlange suchte. Vielleicht lag es an den vielen Jahren beim Maquis und im Delta-Quadranten, am Verrat durch Seska und andere Personen. Möglicherweise fiel es ihm dadurch schwer, jemandem oder etwas zu vertrauen. Doch Dank seiner Ahnen gab es immer noch einen Ort, den er aufsuchen konnte, wenn Zweifel sein Denken und Empfinden heimsuchten.

Er aktivierte das *Akoonah*. Elektrische Impulse stimulierten ruhende Bereiche des Gehirns und reduzierten gleichzeitig die Quantität der übermittelten sensorischen Informationen. Vor vielen Generationen hatten Chakotays Vorfahren psychoaktive Kräuter verwendet, um die gleiche Wirkung zu erzielen. Das *Akoonah* führte zum gewünschten Effekt, ohne den Körper mit irgendwelchen Chemikalien zu belasten. Die physische Welt wich zurück, und die innere Sphäre, bestimmt von Symbolen und Geistern, dehnte sich immer mehr aus. Der indianische Erste Offizier atmete langsamer, und das Herz schlug im Takt mit dem ewigen Rhythmus der Schöpfung.

In seinem psychischen Kosmos – und vielleicht auch in der Wirklichkeit – öffnete er die Augen.

Eine öde Berglandschaft erstreckte sich vor ihm.

Nirgends sah er Bäume, Moos oder irgendeine Art von Vegetation, die das düstere Panorama ein wenig auflockerte. Kein Schnee bedeckte den zerklüfteten Gipfel, und es wehte auch kein Wind, der im Lauf der Zeit die scharfen Kanten glättete. Es gab nur schwarzen Granit, der wie ein steinerner Speer aus dem felsigen Boden aufragte. Die graue Flanke des Bergs neigte sich nach oben, einem toten weißen Himmel entgegen, und Klippen schufen undurchdringliche schwarze Schatten. Die Sonne war nicht mehr als ein kleiner heller Fleck am Horizont, zu weit entfernt, um Wärme zu schenken. Chakotay spürte eine Kälte, die bis in seine Knochen zu reichen schien.

»Wo bin ich?« fragte er laut. Diese öde Landschaft wies keine Ähnlichkeit mit den metaphysischen Sphären auf, die er bisher besucht hatte. Der Ort wirkte lebensfeindlich, und er konnte sich kaum vorstellen, ausgerechnet hier die ehrenwerten Geister seiner Ahnen anzutreffen. Er hielt nach seinem Seelenfreund Ausschau, jenem Totemtier, das in der jenseitigen Welt sowohl Lehrer als auch Schutzgeist war, doch nirgends zeigten sich Hinweise auf eine entsprechende Präsenz. Alles blieb leer, und dieser Umstand erfüllte Chakotay mit profundem Unbehagen. Nie zuvor hatte er sich in seinem eigenen Selbst – im eigenen Herzen – so allein gefühlt. Er zog in Erwägung, die Augen tatsächlich zu öffnen, das *Akoonah* zu deaktivieren und in die Realität seines Quartiers an Bord der *Voyager* zurückzukehren, doch dann schüttelte er den Kopf. Er mußte davon ausgehen, daß ihn die Geister aus einem ganz bestimmten Grund hierhergebracht hatten. Das bedeutete für ihn: Er würde erst zurückkehren, wenn er die Geheimnisse dieser öden Berglandschaft in Erfahrung gebracht hatte.

Erneut blickte er zum Gipfel hoch, der vor ihm in die Höhe ragte. Er glaubte, ganz oben eine Bewegung bemerkt zu haben. Ein oder zwei Sekunden lang sah er glühende Augen, die im matten Schein der Sonne kurz aufleuchteten. Der Seelenfreund? Oder ein weniger wohlwollendes Geschöpf? Er ließ seinen Blick über den Hang gleiten und suchte nach weiteren Zeichen, doch nur Felsen und dunkle Schatten boten sich ihm dar.

Na schön, dachte er und begann zu klettern. »Weil der Berg da ist«, sagte er und lächelte trotz der düsteren Umgebung. Er wußte, daß die Antwort – wenn es eine gab – ganz oben auf ihn wartete. Die einzige Alternative zum Klettern bestand darin, mit leeren Händen in die Realität zurückzukehren, und das erschien ihm absurd. »Geh nicht weg«, flüsterte er der Präsenz am Gipfel zu. »Ich bin unterwegs zu dir.«

Der Aufstieg erwies sich als schwierig und anstrengend. Ein Pfad existierte nicht; er mußte selbst einen Weg am zerklüfteten Hang finden. Manchmal blieb ihm nichts anderes übrig, als auf allen vieren über Felsnadeln zu kriechen. Der graue Stein war noch kälter als die Luft und klebte an den Fingerkuppen fest, bis sie schließlich taub wurden. Als er höher kam, spürte er Wind, der immer lauter heulte und versuchte, ihn fortzuschleudern, irgendwo zwischen den Felsen zu zerschmettern. Auch die Gravitation zerrte an ihm, und zwar weitaus stärker als auf Ryolanow. Chakotay fühlte sich in die Zeit der Grundausbildung an der Starfleet-Akademie zurückversetzt; er gewann den Eindruck, erneut eine Hochschwerkraft-Hindernisstrecke bewältigen zu müssen. Die dauernde Anstrengung ließ seine Muskeln schmerzen. Der Wind blies ihm ins Gesicht, und seine eisige Kälte machte sich als ein intensives Brennen bemerkbar, das Chakotay veranlaßte, die Augen zusammenzukneifen.

Sieh nicht nach unten, dachte er. *Klettere einfach weiter.*

Nach einer Weile war der Hang nicht mehr ganz so steil. Chakotay zog sich über den Rand eines Felssimses, den nur einige wenige Meter vom Gipfel trennten. Er behauchte seine Finger, konnte die Kälte jedoch nicht aus ihnen vertreiben. Der Atem wehte ihm als weiße Fahne von den Lippen, und er spürte, wie ihm die niedrige Temperatur Kraft raubte. Gefährliche Müdigkeit breitete sich in ihm aus, und es kostete ihn erhebliche Mühe, sich aufzurichten. *Was bin ich doch für ein Narr!* Die anderen Besatzungsmitglieder vergnügten sich in einem tropischen Paradies, während er in einer eisigen Felsenwüste fror, die er auch noch selbst geschaffen hatte. Er mußte von der Annahme ausgehen, daß seine Mühen einen Sinn hatten, daß eine tiefe Wahrheit darauf wartete, von ihm entdeckt zu werden.

Er widerstand der Versuchung, den Kopf zu drehen und in die Richtung zu sehen, aus der er kam. Statt dessen konzentrierte er sich auf den vor ihm liegenden Bereich. Zwei große Felsblöcke versperrten ihm die Sicht auf den eigentlichen Gipfel, und zwischen ihnen gab es nur einen schmalen Durchlaß, in dem sich die Schatten zu massiver Schwärze zu verdichten schienen. Für den Hauch eines Augenblicks glaubte Chakotay, in jener Finsternis etwas zu erblicken, das noch dunkler war als die Schwärze. Er spitzte die Ohren und versuchte, mehr zu hören als nur das Heulen des Winds. Knurrte etwas in der Dunkelheit?

Er setzte sich wieder in Bewegung, entschlossen dazu, dem Wesen jenseits der Felsen gegenüberzutreten. Doch es war schneller als er und erreichte die schmale Passage vor ihm. Aus einem Reflex heraus griff Chakotay nach seinem Phaser, doch die Hand blieb leer – er hatte die mentale Reise ohne Waffen und Technik angetreten.

Die fremde Entität füllte den Durchgang mit ihrer schwarzen Präsenz. So sehr sich Chakotay auch bemühte: Er konnte keine Einzelheiten des knurrenden Geschöpfs erkennen. Finsternis verhüllte seine Gestalt.

Der Erste Offizier vermutete, daß sich ihm das Wesen erst dann offenbaren würde, wenn er ganz nahe herankam – und dann konnte er ihm nicht mehr entrinnen. Er schnupperte, roch eine Mischung aus Moschus, Pelz und Blut. Der seltsame Geruch ließ Übelkeit in ihm entstehen.

Etwas näherte sich ihm auf vier Beinen. Für einen Augenblick dachte er an seinen Seelenfreund, aber dann sah er glitzernde grüne Augen – die erste Farbe in dieser öden Landschaft – und spitze weiße Zähne...

Das Geschöpf wirkte wie eine Mischung aus Wolf und Bär, wies die gefährlichsten Aspekte beider Tiere auf. Chakotay bemerkte einen großen, muskulösen Leib, von zotteligem Fell bedeckt, außerdem ein Maul voller elfenbeinfarbener Reißzähne. Dampf drang aus den Nüstern, und der heiße Atem traf den Indianer wie die Hitze eines Fusionsreaktors. Das zornige Knurren wurde so laut wie das Donnern eines nahen Gewitters.

Chakotay warf einen Blick über die Schulter und stellte fest: Es gab keine Fluchtmöglichkeit für ihn. An den Sims hinter ihm schloß sich ein tiefer Abgrund an. Und ganz abgesehen davon: Er hatte die anstrengende Kletterpartie nicht deshalb hinter sich gebracht, um jetzt zu fliehen. So erschreckend das Geschöpf auch wirken mochte: Es gehörte zu seiner

Vision, stellte vielleicht sogar den wichtigsten Teil von ihr dar. Er mußte herausfinden, welche Bedeutung ihm zukam.

»Ich grüße dich«, sagte er und richtete einen ruhigen Blick auf das Wesen. »Zwar kann ich meinen Seelenfreund nicht finden, aber ich glaube, die Geister brachten mich hierher. Bist du ihr Botschafter?«

Grüne Augen starrten Chakotay an, während er auf eine Antwort wartete. Speichel tropfte vom Unterkiefer der Kreatur. Sie knurrte erneut – und griff an. Chakotay hob die Hände, doch der enormen Kraft des Wesens konnte er nichts entgegensetzen. Mit der Wucht einer Lawine prallte der massige, pelzbedeckte Leib gegen ihn und warf ihn zu Boden. Das Maul schnappte nach seinem Hals, und Klauen bohrten sich ihm in den Körper. Chakotay schrie entsetzt, als ihm das Wesen das Herz aus der Brust riß!

Eine Sicherheitskomponente des *Akoonah* reagierte. Ohne irgendeinen Übergang, von einem Augenblick zum anderen, fand er sich auf dem Boden in seinem halbdunklen Quartier wieder. Verwirrung erfaßte ihn. Wo befand sich das Geschöpf? Der Berg? Der eiskalte Wind? Er tastete nach seiner Kehle, fühlte dort unverletzte Haut und den intakten Kragen der Starfleet-Uniform.

Natürlich, dachte er. Es war nur eine Vision. Normalerweise kehrte er langsamer in die Realität zurück, doch die Sicherheitsfunktion des *Akoonah* hatte reagiert, als bestimmte Schaltkreise mentalen Streß feststellten. *Die Rückkehr erfolgte gerade noch rechtzeitig.* Noch immer klopfte ihm das Herz bis zum Hals empor, und er atmete tief durch, um wieder zu sich zu finden.

Das Quartier bot den gleichen Anblick wie zuvor; nichts hatte sich verändert. Noch immer lagen die Gegenstände seines Medizinbeutels auf dem Boden.

Er sah sich um und rechnete halb damit, daß jenes Wesen in irgendeiner Ecke lauerte.

»Licht«, sagte er, und der Computer reagierte sofort – es wurde hell. Die Schatten wichen zurück, lösten sich auf. Chakotay löste das *Akoonah* von seiner Stirn und legte es aufs Tierfell neben Feder und Stein. Langsam und methodisch wickelte er den Medizinbeutel wieder zusammen und ließ sich von diesem Ritual beruhigen. Gleichzeitig versuchte der rationale Teil seines Selbst, die sonderbare Vision zu deuten.

Welche Botschaft kommt darin zum Ausdruck? fragte er sich. Eine lebensfeindliche Umgebung. Ein gefährliches – und triumphierendes – Wesen. Der eigene Tod, von den Klauen und Zähnen des Geschöpfs verursacht. *Handelt es sich bei diesem Alptraum um eine Reflexion meiner eigenen Ängste?* dachte Chakotay. *Oder ist es eine verzweifelte Warnung von den Geistern meiner Vorfahren?* Die Starfleet-Ausbildung und seine Zeit beim Maquis erleichterten es ihm kaum, die Vision zu interpretieren. Nicht zum erstenmal bedauerte er, daß sein Vater tot war, daß er ihn nicht um Rat fragen konnte. Kolopak hatte die alten Traditionen immer besser verstanden als sein eigensinniger Sohn. *Wie hätte mein Vater auf ein so gräßliches Omen reagiert?*

Er zuckte unwillkürlich zusammen, als sein Insignienkommunikator piepte. »Chakotay«, meldete er sich und stand auf.

»Bitte entschuldigen Sie die Störung, Commander«, erklang die Stimme des Doktors. »Aber der Computer registrierte einen Schrei in Ihrem Quartier. Ist alles in Ordnung?«

»Ich weiß es nicht«, erwiderte Chakotay und erinnerte sich an die glitzernden grünen Raubtieraugen des Wesens. Er glaubte noch immer zu spüren, wie sich die Klauen in seinen Körper bohrten. »Wenn ich doch nur Bescheid wüßte …«

Es befanden sich nur wenige Personen im Speisesaal. Kes vermutete, daß sich die meisten Besatzungsmitglieder auf dem Planeten befanden und die dortige exotische Küche ausprobierten. Trotzdem bereitete Neelix ein kleines Büfett vor, während sie mit Tuvok sprach. Kes trug ein schlichtes braunes Kleid über einer dazu passenden Bluse und Leggings; nach dem nassen Badeanzug fühlten sich diese Sachen besonders angenehm an.

»Es gibt viele verschiedene Arten von Telepathie«, sagte Tuvok. Er saß Kes gegenüber, und vor ihm stand ein Teller mit grünem Salat. »Die vulkanische Mentalverschmelzung erfordert tiefe Konzentration und bewirkt, daß zwei Selbstsphären zu einer werden. Bei Betazoiden hingegen ist eine ungezwungene Form von Empathie gebräuchlich: Es fällt ihnen leichter, die Emotionen anderer Personen wahrzunehmen, als Informationen aus einem fremden Bewußtsein zu gewinnen. Bestimmte Völker in der Föderation sind imstande, Trugbilder zu projizieren, und man kennt auch Phänomene wie Hellseherei und dergleichen. Gewisse Personen verfügen angeblich über präkognitive Fähigkeiten, doch diese Angelegenheit ist noch nicht geklärt. Nach unserem gegenwärtigen Wissen über die Raum-Zeit ist Präkognition sehr unwahrscheinlich, es sei denn, es geht dabei um irgendwelche Formen der Zeitreise.«

Tuvok legte eine kurze Pause ein, trank einen Schluck Wasser und setzte seinen Vortrag dann fort. »Leider ist die ganze Bandbreite der telepathischen Fähigkeiten der Ocampa nach wie vor unbekannt. Unsere Begegnung mit Tanis weist jedoch darauf hin, daß das latente psychische Potential erheblich ist. Auf dieser Grundlage erscheint es mir wahrscheinlich, daß Ihre Erlebnisse in der Bucht das Ergebnis telepathischer Stimuli sind. Allerdings sehe ich mich außerstande, genaue Aussagen in Hinsicht auf die Art der entsprechenden Telepathie zu treffen.«

Kes schauderte, als sie sich an die gequälten Schreie und das schreckliche Gefühl erinnerte, lebendig begraben zu sein. »Könnte ich mir alles nur eingebildet haben?« fragte sie.

»Das ist möglich, aber unwahrscheinlich«, erwiderte Tuvok. »Nach meinen Erfahrungen neigen Sie nicht zu Halluzinationen oder Wahnvorstellungen dieser Art, während Ihre telepathischen Fähigkeiten nachweisbar existieren.«

Es erstaunte Kes, wie ruhig Tuvok über ihre seltsamen geistigen Talente sprechen konnte – immerhin hätte sie ihn einmal fast mit einem unkontrollierten Ausbruch psychischer Energie umgebracht. Von Tom Paris wußte sie, daß sich alle Vulkanier durch extreme Selbstbeherrschung auszeichneten. Es fiel ihr schwer, sich einen Planeten vorzustellen, dessen ganze Bevölkerung aus Personen wie Tuvok bestand. Sie hoffte, irgendwann einmal Gelegenheit zu bekommen, Vulkan zu besuchen – vorausgesetzt, die *Voyager* fand eine Abkürzung nach Hause. Inzwischen hatte sie viel von der Föderation gehört und wünschte sich ebensosehr wie die anderen Besatzungsmitglieder, sie zu erreichen.

Außerdem empfand sie es als angenehmer, an die Erde und den Alpha Quadranten zu denken, als zu versuchen, mit jenem Schrecken fertig zu werden, der sich auf Ryolanow verbarg. Manchmal fürchtete sich Kes vor ihren eigenen telepathischen Fähigkeiten, weil sie so gut wie nichts über sie wußte.

»Was soll ich jetzt machen?« fragte sie Tuvok.

Der Vulkanier zögerte, bevor er antwortete. »Am sichersten wäre es, wenn Sie sich zunächst vom Strand fernhalten. Der Geist ist eine sehr mächtige Kraft und darf nicht unterschätzt werden. Unbekannten psychischen Phänomenen sollte man mit großer Vorsicht begegnen; andernfalls könnte es zu unheilvollen Konsequenzen kommen.«

Kes spürte, wie die Kraft aus ihren Gliedern wich, und sie hielt sich am Rand des Tisches fest. »Was für Konsequenzen?«

»Wahnsinn«, entgegnete Tuvok offen. Sein stoischer Gesichtsausdruck blieb unverändert. »Besessenheit. Geistige Verwirrung. Koma. Tod.«

»Oh.« Kes blickte auf ihren Teller. Die Haarnudeln und das frische Obst wirkten plötzlich nicht mehr sehr verlockend. Sie wußte, daß Neelix enttäuscht sein würde, aber das Gespräch über geheimnisvolle psychische Kräfte hatte ihr den Appetit verdorben. »Und wenn jene Stimmen versuchen, mir etwas Wichtiges mitzuteilen?« fragte sie. »Wir können sie nicht einfach ignorieren.«

»Wie Sie wünschen«, sagte Tuvok. »Ich werde den Ort untersuchen, an dem Sie Ihre Erlebnisse hatten, obgleich ich vielleicht nicht in der Lage bin, das gleiche Phänomen wahrzunehmen. Wie ich vorhin schon ausführte: Die telepathischen Fähigkeiten unterscheiden sich nicht nur von Volk zu Volk, sondern auch von Person zu Person.«

Das genügt mir nicht, dachte Kes und war dankbar für den Umstand, daß Tuvok ihre Gedanken nicht ohne »tiefe Konzentration« lesen konnte. So aufregend es auch sein mochte, die alte Macht ihrer Ocampa-Vorfahren neu zu entdecken – manchmal wünschte sie sich, nie von ihrer latenten Telepathie erfahren zu haben.

Dies war eine solche Gelegenheit.

»Danke«, sagte sie. Trotz der Warnung des Vulkaniers war ihr klar, daß sie zum Strand zurückkehren mußte. Tief in ihrem Herzen hatte sie dies von Anfang an gewußt, und das Gespräch mit Tuvok diente vor allem den Zweck, ihre eigenen Befürchtungen zu bestätigen. Die Vorstellung, erneut in jener Finsternis gefangen zu sein, zusammen mit den gräßlichen Schreien, erfüllte sie mit Entsetzen. Wie dem auch sei: Ein Teil von ihr stellte sich der Erkenntnis, daß sie nur dann wieder Ruhe fand, wenn sie dem Ursprung der Stimmen auf den Grund ging.

Ich muß zurückkehren.

7

»Ich möchte mich bei Ihnen entschuldigen, Ältester«, begann Captain Janeway. »Und zwar für den bedauerlichen Zwischenfall im Nachtklub. Ich darf Ihnen versichern, daß ich Lieutenant Torres für ihre Beteiligung an der Auseinandersetzung getadelt habe.«

Der kleine Tischmonitor zeigte Varathaels Gesicht. Janeway saß allein in ihrem Bereitschaftsraum und nutzte die Möglichkeit, um einige offene Worte an den Ältesten zu richten. Sie hoffte, daß sich das Oberhaupt der Ryol nicht zu sehr über die Konfrontation ärgerte. Die Besatzungsmitglieder brauchten dringend Landurlaub; es wäre sehr schade gewesen, sie alle zum Schiff zurückbeordern zu müssen, nur weil B'Elanna die Beherrschung verloren hatte.

Varathael zuckte kurz mit den Schultern. Am Hals trug er einen rubinroten Kristall, der das Licht der Bürolampen reflektierte. »Machen Sie sich wegen einer so unbedeutenden Angelegenheit keine Sorgen«, erwiderte er. »Junge Leute sind voller Leidenschaft. Der Wein, die Musik… Unter solchen Umständen passieren gewisse Dinge.«

»Bei den Angehörigen meiner Crew lasse ich so etwas nicht zu«, sagte Janeway fest. »Ich möchte vermeiden, daß Sie glauben, derartige Verhaltensweisen seien typisch für Starfleet-Offiziere. Das ist nicht der Fall, wie ich Ihnen versichere.« Sie ließ unerwähnt, daß sie vor vielen Jahren als Kadettin der Akademie an einer Schlägerei teilgenommen hatte, die in einer Bar von Seattle stattfand und bei der sie als einzige Person auf den Beinen geblieben war. Nun, es hatte sich nicht um eine Erstkontakt-Situation gehandelt, und außerdem war der Tellarit so dumm gewesen, ihren Hund zu beleidigen.

»Seien Sie nicht zu streng mit Lieutenant Torres«, sagte Varathael. »Ich kenne den jungen Ryol, der an dem Zwischenfall beteiligt gewesen ist. Wahrscheinlich verlor Torres nur deshalb die Beherrschung, weil er sie zu sehr provoziert hat.«

Das nehme ich ebenfalls an, dachte Janeway. Eins mußte man B'Elanna lassen: Sie hatte den Captain unmittelbar nach ihrer Rückkehr an Bord informiert. Von Tom Paris waren alle Einzelheiten ihrer Schilderungen bestätigt worden, aber Janeway vermutete trotzdem, daß Tom Paris bei der ganzen Sache eine größere Rolle gespielt hatte, als aus seinen Worten hervorging. Die Kommandantin nahm sich vor, mit Harry Kim zu reden und ihn nach den Ereignissen im Nachtklub zu fragen. Normalerweise blieb er bei solchen Gelegenheiten mit Paris zusammen, und deshalb vermutete sie, daß der Fähnrich bei der Kontroverse zugegen gewesen war.

»Nun, es erleichtert mich sehr, daß Sie bereit sind, über den Zwischenfall hinwegzusehen«, sagte Janeway. Die Cardassianer hätten Torres' sofortige Hinrichtung verlangt, und die Romulaner wären vermutlich bereit gewesen, einen solchen Vorfall zu nutzen, um die *Voyager* für unbestimmte Zeit festzuhalten. Die Ferengi hätten im wahrsten Sinne des Wortes Kapital aus einem derartigen Zwischenfall geschlagen, und zwar mit gepfefferten Schadenersatzforderung an die Föderation. Die Reaktion der Kazon und Klingonen wagte sich Janeway nicht vorzustellen.

»Ich bitte Sie, Captain«, ließ sich Varathael vernehmen. »Für mich ist die Angelegenheit erledigt.« Er lächelte herzlich vom Bildschirm, und seine schmeichlerische Freundlichkeit erinnerte Janeway ein wenig an Gathorel Labin von Sikaris. Aber bisher hatten die Ryol mehr aufrichtige Großzügigkeit gezeigt als die hedonistischen Sikarianer. »Lassen Sie uns über angenehmere Dinge sprechen: Wann darf ich mich über eine Besichtigungstour an Bord Ihres Raumschiffs freuen?«

Janeway hatte lange darüber nachgedacht und sich schließlich Chakotays Empfehlungen angeschlossen. Zwar zeigten die Ryol erstaunlich wenig Interesse an der Entwicklung eines eigenen Raumfahrtprogramms – vermutlich deshalb, weil es in der Nähe ihrer Welt keine interessanten Sonnensysteme gab –, aber es gab bei ihnen auch keine Xenophobie oder technologischen Chauvinismus. Nichts deutete darauf hin, daß der Besuch an Bord eines Raumschiffs nachhaltigen Einfluß auf ihre Kultur haben mochte. Solange kritische Bereiche wie der Warpkern ausgeklammert wurden, stand einer freundlichen, diplomatischen Tour durch die *Voyager* nichts im Wege.

»Ich bin gern bereit, Sie an Bord meines Schiffes zu begrüßen, wann immer es Ihnen paßt«, teilte Janeway Varathael mit. »Das sind wir Ihnen schuldig, nachdem Sie uns mit solcher Gastfreundschaft empfangen haben.«

»Ausgezeichnet«, entgegnete Varathael. »Sie ahnen nicht, wie aufregend die *Voyager* für uns ist! Ein Raumschiff von der anderen Seite der Galaxis! Meine Tochter Laazia kann es kaum erwarten, sich ›an Bord zu beamen‹, wie es bei Ihnen heißt.«

»Es ist uns eine Ehre, sie bei uns zu empfangen«, erwiderte Janeway. *Ich sollte Tom Paris warnen*, dachte sie. Noch einen diplomatischen Zwischenfall konnten sie gewiß nicht gebrauchen.

Mein verdammtes Temperament, verfluchte sich B'Elanna Torres. Es war ihr sehr peinlich, daß sie den Captain in Verlegenheit gebracht und Chakotays Auftrag vermasselt hatte. *Nach Dilithium habe ich gesucht und statt dessen Ärger gefunden. Es liegt am verdammten klingonischen Blut. Manchmal kann ich mich einfach nicht unter Kontrolle halten.* Sie fragte sich, ob die reinblütigen Menschen und Vulkanier an Bord wußten, wie gut sie dran waren: Sie mußten nicht dauernd mit einem primitiven, barbarischen Selbstaspekt ringen, der sich immer dann bemerkbar zu machen drohte, wenn man ihn am wenigsten gebrauchen konnte. Manche Leute hielten die Klingonen für ehrenwert und zivilisiert. B'Elanna wußte es besser. Es waren Tiere, und das Tierische steckte auch in ihr.

Ein leises Knurren entrang sich ihrer Kehle. Erschrocken darüber, daß ihr so etwas passieren konnte, preßte sie die Lippen zusammen und sah sich dann möglichst unauffällig um. Hatte sie jemand gehört?

Glücklicherweise bestand die Brückencrew derzeit aus dem notwendigen Minimum. Captain Janeway befand sich in ihrem Bereitschaftsraum; an den verschiedenen Konsolen saßen Starfleet-Angehörige und ehemalige Maquisarden. Torres überlegte kurz, wo sich Chakotay aufhalten mochte. War er vielleicht auf dem Planeten, um dort die Gesellschaft irgendeiner schamlosen Ryol-Frau zu genießen? Eifersucht regte sich in B'Elanna und verstärkte die Mischung aus Zorn und Scham, die ihr der Umstand bescherte, daß sie im Nachtklub zur blindwütigen Klingonin geworden war.

Sie widerstand der Versuchung, erneut zu knurren.

Hör endlich auf damit, sagte sie sich. *Konzentrier dich auf die Arbeit*. B'Elanna wollte ihren Fehler wiedergutmachen, indem sie mit endgültiger Gewißheit die Frage klärte, ob es auf diesem nutzlosen Partyplaneten Dilithium gab oder nicht. Sie starrte auf das große Display und suchte bei den Sensoranzeigen nach jenen charakteristischen Mustern, die auf das Vorhandensein von Dilithiumkristallen hinwiesen. Normalerweise saß sie im Kontrollraum der *Voyager* an den technischen Kontrollen auf der Steuerbordseite, aber für diese besondere Mission brauchte sie Sensoren, die von der vorderen wissenschaftlichen Station auf der Backbordseite kontrolliert wurden. *Ich hätte meine Zeit gar nicht erst mit Fragen auf dem Planeten vergeuden sollen*, dachte sie. Es entsprach wesentlich mehr ihrem Stil zu versuchen, das Problem mit technischen Mitteln zu lösen. Sie war fest entschlossen, eventuell vorhandenes Dilithium zu finden, und wenn sie dazu jeden Quadratzentimeter von Ryolanow scannen mußte.

Es dauerte nur einige wenige Sekunden, die Sensoren auf die spezielle energetische Signatur von kristallisiertem Dilithium zu justieren. B'Elanna sah keinen Sinn darin, nach den nicht kristallisierten Formen zu suchen, solange die Theta-Matrix des Strukturierungssystems nicht einwandfrei funktionierte. Zum tausendsten Mal bedauerte sie, daß es nicht möglich gewesen war, gewisse Geräte und Ausrüstungen vom Maquis-Schiff zu bergen, das sie in den Delta-Quadranten gebracht hatte. Es war ihr gelungen, bei jenem Strukturierungssystem ein Maximum an Leistungsfähigkeit zu gewährleisten. Unglücklicherweise existierte das Maquis-Schiff nicht mehr: Zusammen mit allen seinen technischen Ressourcen war es über dem Ocampa-Planeten pulverisiert worden.

Nun, auch die *Voyager* verfügte über ein ziemlich großes Potential, wie B'Elanna schon nach kurzer Zeit feststellte. Sie richtete jetzt die lateralen Sensoren auf den Planeten und begann mit dem Scan am Äquator. Von dort aus arbeiteten sich die Sondierungssignale langsam in Richtung der beiden Pole vor. Torres hielt es für sinnvoll, beim Scannen zunächst die besiedelten Regionen von Ryolanow zu berücksichtigen, denn dort war die Wahrscheinlichkeit für das Vorhandensein von Energie erzeugenden Einrichtungen am größten. Angesichts der Rotation des Planeten und der Umlaufbahn des Raumschiffs würde es eine Weile dauern, bis beide Hemisphären sondiert waren, aber Torres hielt an ihrer Entschlossenheit fest, so lange zu suchen, bis sich ein Erfolg einstellte.

Vier Stunden später stand sie kurz vor der Explosion. Eine Eigenschaft der klingonischen Hälfte ihres Wesens bestand in einem ausgeprägten Mangel an Geduld. Wie konnte es der Planet wagen, sich so langsam zu drehen! Es wäre viel schneller gegangen, Ryolanow mit Phasern und Photonentorpedos in Asche zu verwandeln und darin nach Dilithium zu suchen. Statt dessen mußten sich die Sondierungssignale mit quälender Langsamkeit über die uninteressante Oberfläche des Planeten tasten. Meter um Meter, Sektor um Sektor, scannte die *Voyager* Ryolanow, aber ohne Erfolg. Wenn es dort unten tatsächlich Dilithiumkristalle gab, so schienen die Einheimischen sie gut versteckt zu haben. *Das Schicksal verspottet mich,* dachte B'Elanna. Soweit sie es feststellen konnte, verwendeten die Ryol ausschließlich ebenso sichere wie langweilige geothermische und hydroelektrische Energie. *Wahrscheinlich haben sie auch Windmühlen,* fuhr es der Chefingenieurin durch den Sinn. Wie sollte sie auf einem so friedlichen und hinterwäldlerischen Planeten etwas finden, das sich an Bord eines modernen Raumschiffs verwenden ließ?

Sie gähnte laut, was ihr erstaunte Blicke der Brükkencrew einbrachte. Und wenn schon. B'Elanna achtete nicht darauf; es ging ihr nur darum, ein wenig Dilithium zu entdecken, damit sie endlich Schluß machen, in ihre Kabine zurückkehren und sich dort hinlegen konnte. Captain Janeway hielt nichts davon, auf der Brücke zu essen, aber Torres war versucht, sich einen Becher Kaffee vom nächsten Replikator zu besorgen. *Dies ist Zeitverschwendung,* dachte sie. *Es gibt kein Dilithium auf dem Planeten. Dort gab es nie welches.*

Sie wollte gerade die Sondierung beenden, als sie etwas Seltsames bemerkte, das einen kleinen Sektor von Ryolanow betraf. Der Computer meldete, daß keine Daten zur Verfügung standen, obwohl mehrere verschiedene Scans durchgeführt worden waren. Handelte es sich um einen Programmierfehler, oder steckte mehr dahinter?

Torres unterbrach die automatische Sondierung und richtete die lateralen Sensoren erneut auf den entsprechenden Bereich. Wieder behauptete der Computer, daß keine Daten ermittelt werden konnten, und von den Sensoren kam die Meldung, daß sie nicht imstande waren, den geforderten Scan durchzuführen. *Interessant,* dachte B'Elanna und zweifelte kaum mehr daran, daß sie tatsächlich etwas gefunden hatte. Sie setzte den Scanner für die magnetische Interferometrie ein, ohne Erfolg. Die Sensoren für hochenergetische Protonen-Spektrometrie versagten ebenso wie die speziellen Ortungsinstrumente für gravimetrische Verzerrungen. Gammafrequenzen, elektromagnetische Strahlung, Quarkemissionen, Partikelspektrometrie für den Z-Bereich, niederenergetische Wellenanalyse, lokale Subraum-Strukturmessungen, optische Durchdringungsfilter, Strukturbelastungen auf dem subatomaren Niveau, hoch- und niederenergetischer Gravitonfluß, Gamma-Interferometrie, virtueller Partikelstrom, lokale Raumkrümmung, multidimensionale Belastungsfaktoren, Mikrosingularitäten mit projizierten Gravitationstrichtern, Tunneleffekte mit stabilen oder verzerrten Potentialwällen ... Welche Methode auch immer Torres anwendete – der Computer reagierte jedesmal mit Fehlermeldungen und konnte keine Informationen gewinnen. Selbst die Instrumente für Lebensformanalysen versagten. *Das ist doch absurd*, fuhr es der Chefingenieurin durch den Sinn. Sie *wußte*, daß es Leben auf dem Planeten gab, auch wenn sie allen Grund zu haben glaubte, an seiner Intelligenz zu zweifeln.

Fehlfunktionen an Bord der *Voyager* kamen als Erklärung gewiß nicht in Frage. So viele verschiedene Scanner und Sensoren konnten wohl kaum gleichzeitig ausfallen – es sei denn, jemand aus dem Q-Kontinuum hatte beschlossen, die Gesetze der Wahrscheinlichkeit zu manipulieren. Außerdem gab es keine Probleme bei der Sondierung der übrigen Regionen des Planeten. Nur ein kleiner Bereich von Ryolanow, kaum einen Quadratkilometer groß, ließ sich nicht von Sondierungssignalen durchdringen. *Die Ryol verbergen etwas*, dachte B'Elanna. Sie benutzten ein unbekanntes, aber sehr wirkungsvolles System aus Kraftfeldern, um jenen Bereich des Planeten abzuschirmen.

»Warum?« murmelte Torres. Was versteckten die Ryol auf ihrem tropischen Spielplatz? Die Ergebnisse der bisherigen Scans deuteten darauf hin, daß es auf Ryolanow nicht einmal ein rudimentäres planetares Verteidigungssystem gab, ganz zu schweigen von militärischen Einrichtungen, die verborgen werden müßten. Und wenn die Ryol so sehr um ihre Privatsphäre besorgt waren, daß sie eine undurchdringliche Barriere errichteten – warum schützten sie damit nur einen winzig kleinen Teil ihrer Welt? So etwas erschien der Klingonin in B'Elanna ebenso sinnlos wie der Chefingenieurin. Es sei denn, jenem Ort kam irgendeine Art von religiöser Bedeutung zu.

Torres überlegte, ob sie Captain Janeway oder Chakotay Bescheid geben sollte, entschied sich dann aber dagegen. Zuerst mußte sie mehr herausfinden. Bei dieser Mission hatte sie sich schon einmal zum Narren gemacht, und das war mehr als genug für eine Sternzeit. Einige ungewöhnliche Anzeigen genügten nicht, um Alarm zu schlagen.

»Entschuldigen Sie bitte, Lieutenant.« Torres sah auf und erkannte Fähnrich Erin Jourdan, eine blonde Terranerin, die die Kontrollen der Funktionsstation bediente, wenn sich Harry Kim nicht im Dienst befand. Jourdan richtete einen neugierigen Blick auf B'Elanna, die sich fragte, ob sie erneut geknurrt hatte. »Kann ich Ihnen bei irgend etwas helfen?« fragte der Fähnrich.

»Ja«, erwiderte die Chefingenieurin scharf. »Holen Sie mir einen Raktajino. Ich habe hier noch eine Weile zu tun.«

Harry Kim döste im Schatten unter den purpurnen Blättern seines Lieblingsbaums und konnte kaum die Augen offenhalten. Die Erinnerungen an den vergangenen Abend waren eher vage, doch er zweifelte kaum daran, daß er zuviel Ryol-Wein getrunken hatte. Ihm blieb sogar schleierhaft, wann er zur *Voyager* zurückgekehrt war. Er entsann sich nur daran, am frühen Nachmittag im eigenen Bett erwacht zu sein, mit dem Wunsch nach einer Dusche und starkem Kaffee. Als Kim in den entlegenen Winkeln seines

Gedächtnisses suchte, fand er schemenhafte Bilder, die ihm einen scharlachroten Sonnenaufgang zeigten, in der Gesellschaft von zwei sehr freundlichen Ryol-Frauen. An ihre Namen erinnerte er sich nicht, wohl aber an die Augen: Sie waren zuerst grün, wurden dann immer dunkler, bis die Farbe in ihnen Schwärze wich ... Er gähnte herzhaft und ließ die Lider sinken. Ein kleines Nickerchen erschien ihm immer verlockender.

Etwas landete nur wenige Zentimeter entfernt auf dem Boden und weckte Kim aus dem Halbschlaf. Er sah eine kleine Gestalt mit rotem, zerzausten Fell – der Neffaler, den er vor einigen Tagen hier in diesem Park gesehen hatte.

»Hallo, kleiner Bursche«, sagte er. »Ich habe gehofft, dir noch einmal zu begegnen.«

Das Wesen antwortete mit einem Zirpen – es schien Kim ebenfalls wiederzuerkennen. Es wirkte jetzt nicht mehr schüchtern und scheu, musterte den Starfleet-Offizier mit großen, erwartungsvollen Augen.

»Suchst du nach der Klarinette?« fragte Kim. »Geht es dir darum?«

Der Neffaler piepste, doch es blieb Kims Phantasie überlassen, diesen Laut zu deuten. Dem Leistungsvermögen des automatischen Translators waren leider Grenzen gesetzt – er konnte nicht dabei helfen, mit Tieren zu sprechen. Die verbalen Übersetzungsalgorithmen brauchten eine tatsächliche Sprache, um richtig zu funktionieren. Dennoch glaubte Kim zu wissen, was der Neffaler wollte.

Er holte ein glänzendes weißes Objekt aus der Tasche. »Hier«, sagte er und bot es dem Wesen an. Es war eine Flöte aus Kunststoff, etwa fünf Zentimeter lang und mit zwölf kleinen Löchern für die zwölf Finger des Neffalers. Eine dünne weiße Schnur baumelte vom einen Ende der Flöte herab. »Das habe ich extra für dich mitgebracht.«

Das Geschöpf griff sofort nach dem Gegenstand. Kim lächelte. Das kleine Musikinstrument hatte ihn einen Replikator-Coupon gekostet, doch dieses Opfer erschien dem Fähnrich gering, als er die offensichtliche Freude des Geschöpfs bemerkte. Allem Anschein nach hatte der Neffaler ein gutes Gedächtnis, denn diesmal vergeudete er keine Zeit damit, ins falsche Ende zu pusten. Statt dessen wählte er sofort das Mundstück. Die haarigen Wangen blähten sich auf, als er energisch in die Flöte blies und dadurch ein mehrstimmiges lautes Tuten erklingen ließ. Kim ließ ihn einige Minuten lang improvisieren, streckte dann vorsichtig die Hand aus, rückte die Finger des Wesens zurecht und zeigte ihm, wie man verschiedene Töne erzeugen konnte, indem man einzelne Löcher zuhielt. Es erstaunte ihn, wie dünn und fragil die Finger wirkten. Solche Geschöpfe schienen nur aus Pelz, Haut und Knochen zu bestehen.

»Meine Güte«, sagte er. »Ich frage mich wirklich, ob man euch ausreichend füttert.«

Wieder lernte der Neffaler schnell. Seine Finger bewegten sich, und dadurch kam es zu entsprechenden Veränderungen der Töne. Schon nach kurzer Zeit hörte Kim etwas, das einer Melodie verblüffend nahe kam. Verwundert und anerkennend schüttelte er den Kopf. »He, du bist ein kleiner Affen-Mozart«, sagte er. »Wer hätte das gedacht?«

Kim fragte sich, ob er die Erste Direktive verletzte, wenn er einem domestizierten Primaten beibrachte, auf der Flöte zu spielen. Nein, wohl kaum. Das Nichteinmischungsprinzip betraf intelligente Wesen, nicht ihre Tiere, und die Ryol schienen bereits alles über Musik zu wissen – darauf deuteten die Ereignisse des vergangenen Abends im Nachtklub hin.

Außerdem war der kleine Neffaler viel zu niedlich, als daß Harry einer derartigen Versuchung hätte widerstehen können.

Kim gähnte einmal mehr, neigte sich zurück und stützte den Kopf an den Baumstamm. Dann schloß er die Augen und ließ seine Gedanken treiben, begleitet von der Musik des Neffalers.

Kes hörte die Wellen, bevor sie das Meer sah. Die Nacht hatte begonnen, und Lampen erhellten den Strandweg, doch ihr Licht reichte nicht bis zur Wassergrenze. Mit ihren muschelförmigen Ohren fiel es der Ocampa nicht schwer, das Rauschen in der Dunkelheit zu hören. Von der Bucht her wehte eine Brise, die Erfrischung brachte. Kes spähte in die Finsternis, hielt nach dem Wasser Ausschau und fürchtete die gräßlichen Geheimnisse, die sich darin verbergen mochten. *Wieso kann eine so friedliche Szene solches Entsetzen für mich bereithalten?* dachte sie.

Tuvok hätte von dieser nächtlichen Expedition sicher nicht viel gehalten, aber Kes sah sich außerstande, jene geistigen Stimmen einfach zu ignorieren. Einen ähnlichen Zwang hatte sie vor Jahren gespürt, als die Ältesten der Ocampa ihr verboten, die unterirdische Stadt zu verlassen und die obere Welt zu erforschen. Damals hatte sie die Warnungen ebenso ignoriert wie Tuvoks klugen Rat – mit dem Ergebnis, daß sie in erhebliche Gefahr geraten war. Aber sie hatte auch ein Universum voller Wunder entdeckt, das weit über ihre kühnsten Vorstellungen hinausging. Sie wußte nicht, was sie jenseits des schwarzen Ufers erwartete, aber sie war entschlossen, es herauszufinden.

»Weißt du«, sagte der neben ihr gehende Neelix, »je mehr ich darüber nachdenke, desto mehr glaube ich, der Strand wäre für eine Ausgabe von *Neues mit*

Neelix bestens geeignet.« Er glaubte, es sei zu spät für ein Bad im Meer, und deshalb trug er die übliche kunterbunte Kleidung. Nur ihre Insignienkommunikatoren wiesen sie als Besatzungsmitglieder der *Voyager* aus. »Stell dir nur die Aufnahmen vor, die ich morgen nachmittag an diesem Ort anfertigen könnte. Dutzende von Besatzungsmitgliedern, die sich am Strand vergnügen, gekleidet in individuell replizierte Badeanzüge …«

»Ich weiß nicht«, erwiderte Kes und war dankbar für den Umstand, von ihren Sorgen abgelenkt zu werden. »Glaubst du wirklich, jemand hätte Interesse daran, sich eine Stunde lang irgendwelche Strandszenen anzusehen?«

Harry Kim erwachte in einem dunklen Park. Er hatte von zwei unwiderstehlichen Ryol-Frauen mit pechschwarzen Augen geträumt, und jetzt stellte er überrascht fest, daß inzwischen die Sonne untergegangen war. *Wie lange habe ich geschlafen?* fragte er sich. *Offenbar bin ich erschöpfter gewesen, als ich dachte.* Seine letzten Erinnerungen betrafen den kleinen Neffaler, der auf der Kunststoffflöte spielte.

Kim setzte sich auf, drehte den Kopf von einer Seite zur anderen und versuchte, etwas in der Dunkelheit zu erkennen. Wenn es Mondschein gab, so blieb er jenseits der Zweige und Äste über ihm verborgen, doch im Osten filterte das Licht der Stadt durchs violette Gebüsch. Instinktiv tastete er nach dem Insignienkommunikator, um festzustellen, ob er noch immer über das kleine Kom-Gerät verfügte. Seine Finger berührten den Kommunikator, und Erleichterung durchströmte ihn.

Zum Glück ist Ryolanow friedlich und sicher, dachte er. Ein Tourist, der an Bord von *Deep Space Nine* oder auf Risa eingenickt wäre, hätte beim Erwachen vermutlich nur noch seine Socken getragen. Zum Glück war der nächste Ferengi ziemlich weit entfernt. Selbst der Phaser steckte noch am Gürtel.

Allmählich gewöhnten sich seine Augen an die Dunkelheit. Kim ließ seinen Blick erneut durch den Park schweifen, doch von dem kleinen Neffaler und der Flöte fehlte jede Spur. *Wahrscheinlich hat er sich gelangweilt und ist fortgelaufen,* nahm Kim an. Er freute sich darüber, daß der kleine Bursche die Flöte mitgenommen hatte – offenbar bedeutete sie ihm genug, um sie nicht einfach wegzuwerfen.

Der Fähnrich stand auf und streckte sich, klopfte dann Uniformpulli und Hose ab. *Und jetzt?* fragte er sich. Er wurde erst am Morgen auf der Brücke zurückerwartet. Sollte er in die Stadt gehen, um dort nach Tom und B'Elanna zu suchen? Er wußte gar nicht, wo sie sich jetzt aufhielten – um den Nachtklub, in dem es zu dem Zwischenfall gekommen war, machten sie bestimmt einen großen Bogen. Was Torres betraf: Sie hielt nicht viel von Ryol; vielleicht hatte sie sich wieder an Bord gebeamt.

Ein vertrautes Piepsen unterbrach Kims Überlegungen. Er sah auf und bemerkte oben in den Ästen eine vertraute Gestalt. Die kleine weiße Flöte hing am Hals des Neffalers. »Hallo«, sagte der Fähnrich. »Ich dachte, du seiest längst fort.«

Der Neffaler sprang, landete neben dem Menschen im Gras und zirpte aufgeregt. »Auch ich freue mich, dich wiederzusehen«, sagte Kim und ging in die Hocke, damit sein Gesicht mehr oder weniger auf einer Höhe mit dem des Neffalers war. Trotz der Dunkelheit bemerkte er ein helles, gelbliches Objekt in den Fingern des Wesens.

»Was ist das?« fragte er. Und als der Neffaler den Gegenstand hob, ihn vor die Hand des Menschen hielt: »Für mich?«

Das Wesen piepste, was Kim als ›ja‹ verstand. Vorsichtig griff er nach dem Objekt und nahm es aus der Hand des Neffalers. Es fühlte sich trocken und spröde an, wie ein alter Knochen oder eine Muschel. In der Außenfläche gab es tiefe Rillen oder Kratzer, doch manche Stellen schienen völlig glatt zu sein.

Kim trat aus dem Schatten des großen Baums, um das Objekt besser zu erkennen. *Während ich geschlafen habe, ist der kleine Bursche losgelaufen, um dies für mich zu holen,* dachte Kim. Mondschein fiel durch eine Lücke im hohen Blätterdach und erhellte einen Teil des Parks. Der Fähnrich hob den Gegenstand ins perlmuttfarbene Licht.

Es handelte sich tatsächlich um einen Knochen, sichelförmig und aufgrund seines hohen Alters vergilbt. Kim hoffte, daß der Neffaler ihn nicht aus der privaten Sammlung eines Ryol gestohlen hatte. Das Ding wirkte zweifellos alt genug, um ein Museumsstück zu sein. Eine Seite davon schien einmal eine Inschrift oder Symbole aufgewiesen zu haben, doch sie waren fast völlig abgerieben und kaum mehr zu erkennen. In der Außenseite der Sichel fand Kim mehrere Kerben, die von abgebrochenen Stücken stammten, und mehrere Haarrisse durchzogen das ganze Objekt. Vorsichtig drehte er es hin und her, versuchte herauszufinden, wozu der Gegenstand diente. Der Knochen war leichter, als es zunächst den Anschein hatte. Kim sah genauer hin und fand Anzeichen dafür, daß das Objekt ausgehöhlt worden war. Zu beiden Seiten der Sichel gab es Schlitze, jeweils knapp einen Millimeter breit. Als er durch eine solche Öffnung ins Innere des Knochens blickte, bemerkte er Mondschein, der durch einen Schlitz auf der gegenüberliegenden Seite fiel. Oben entdeckte er fünf Löcher. Vielleicht waren es einmal sechs gewesen, aber das ließ sich jetzt kaum mehr feststellen, denn im Lauf der Zeit hatte sich ein Teil der oberen Schicht gelöst.

Kaum einen Meter entfernt hantierte der Neffaler aufgeregt mit der Flöte, zog die Schnur straff und piepste immer wieder. Kim ahnte etwas. Er hob das Artefakt vor den Mund und hielt dabei die Sichel parallel zum Boden. Sie saß ziemlich knapp – immerhin war die Mundpartie eines Menschen wesentlich breiter als die eines Neffalers. Doch es gelang dem Fähnrich, die Innenseite der Sichel an die Lippen zu pressen.

Er blies in einen offenen Schlitz.

Feiner schwarzer Staub wehte aus einer Öffnung in der Außenseite und rieselte auf den Kopf des Neffalers, der hustete, nieste und ein wenig zurückwich. Offenbar hatte schon seit einer ganzen Weile niemand mehr versucht, in dieses Instrument zu pusten, aber trotzdem erklang ein schrilles Pfeifen. Kim hielt die fünf übriggebliebenen Löcher zu und hörte, wie sich die Tonhöhe veränderte. Der kleine Neffaler reagierte auf den Pfiff, indem er beide Hände an die Ohren preßte und eine Grimasse schnitt.

Kim nahm das alte Musikinstrument von den Lippen und lachte. Soviel zu seiner Besorgnis in Hinsicht auf die Erste Direktive. Offenbar war er nicht die erste Person, die einen Neffaler mit Pfiffen vertraut machte. Wie dem auch sei: Mit der Flöte aus Kunststoff schien er einen vollen Erfolg erzielt zu haben. Kim fragte sich, wann irgendein Neffaler zum letztenmal ein Spielzeug bekommen hatte – bestimmt war es schon eine ganze Weile her. Den Gästen aus dem All begegneten die Ryol mit großer Gastfreundschaft, aber für ihre Tiere schienen sie kaum irgendwelche Zuneigung zu erübrigen.

Vermutlich handelt es sich um eine kulturelle Besonder-

heit, dachte Kim und zuckte mit den Schultern. Starfleet hatte ihn gelehrt, bei fremden Zivilisationen die exotischsten Dinge zu erwarten. Das Lieblingstier einer Kultur mochte der Leckerbissen einer anderen sein. Er sollte sich davor hüten, voreilige Schlüsse aus dem Umstand zu ziehen, daß die Ryol den Neffalern gleichgültig gegenüberstanden.

Die Ryol wissen nicht, was ihnen dadurch entgeht, dachte Kim, während er beobachtete, wie das kleine, niedliche Wesen fröhlich auf der Flöte spielte. Vorsichtig preßte er sich den alten Knochen erneut an die Lippen und fügte der Melodie des Neffalers eigene Töne hinzu.

Im matten Mondschein, begleitet vom leisen Rascheln der Blätter und dem Seufzen des Winds, spielten Starfleet-Offizier und Primat ein Duett.

Kes und Neelix folgten dem Verlauf des Pfades, als sie sich dem Strand näherten. Die Ocampa bedauerte, daß sie diesen nächtlichen Spaziergang nach dem alptraumhaften mentalen Erlebnis am vergangenen Tag nicht genießen konnte. Andernfalls hätten sich jetzt vielleicht romantische Gefühle in ihr geregt. Sie blickte in die Dunkelheit, lauschte dem Rauschen der Wellen, atmete den würzigen Duft des Meeres und fragte sich, auf welche Weise sie ihre geheimnisvolleren Sinne einsetzen sollte. Ein Teil von ihr sehnte sich danach, eine psychische Barriere zu errichten, so wie sie es von Tuvok gelernt hatte, um sich vor telepathischen Kontakten zu schützen. Doch Neugier und Verantwortung zwangen sie statt dessen, ihr Selbst dem fremden Etwas zu öffnen, dessen Präsenz sie gespürt hatte. Kes erinnerte sich an die verzweifelten Stimmen, an eine erstickende Finsternis, die sie umhüllte und den warmen Sonnenschein aus ihrer Wahrnehmung verbannte. Sie versuchte, sich so gut es ging auf ein ähnliches Erlebnis vorzubereiten.

»Ist alles in Ordnung mit dir?« fragte Neelix. Sein Gesicht brachte ganz deutliche Besorgnis zum Ausdruck, und er legte der Ocampa den Arm um die Schultern. »Du zitterst«, stellte er fest. »Wir können zum Schiff zurückkehren, wenn du möchtest. Nichts verpflichtet dich zu dieser Sache.«

»Nein.« Kes schüttelte den Kopf. »Hier gab es etwas – etwas, das mich rief. Ich muß herausfinden, was es mit jenen Stimmen auf sich hat.«

»Um deinetwillen?« fragte Neelix. »Oder ihretwegen?«

»Ich weiß es nicht«, gestand Kes. Bisher hatte sie nichts entdeckt. Erneut lauschte sie und hörte, wie jenseits des Lampenlichts Wellen an den Strand rollten. »Vielleicht sollten wir näher ans Wasser herangehen«, schlug sie vor.

»Wie du meinst«, erwiderte Neelix. Sie verließen den gepflasterten Weg, und ihre Stiefel sanken in die körnige Substanz des Strands. Das Rauschen wies ihnen den Weg, und die Lampen blieben hinter ihnen zurück.

»Vorsichtig«, sagte Neelix und hielt den Arm der Ocampa. »Achte darauf, wohin du den Fuß setzt.« Je mehr sie sich dem Ufer näherten, desto mehr mischte sich Meerwasser unter die kleinen schwarzen Kugeln, und dadurch bildete sich ein rutschiger, gallertartiger Film.

Der Weg lag erst einige wenige Meter hinter ihnen, als grelles weißes Licht sie blendete.

»Was hat das zu bedeuten?« entfuhr es der erschrockenen Kes. Ihr Puls raste plötzlich, und Neelix' Hand schloß sich fester um ihren Arm.

Das Licht glitt fort von ihren Gesichtern und richtete sich auf die Insignienkommunikatoren. Kes blinzelte mehrmals und wartete darauf, daß sich die Augen nach der jähen Helligkeit wieder an die Dunkelheit gewöhnten. Nach einigen Sekunden sah sie einen kräftig gebauten Ryol: Das Licht ging von einem kleinen Kristall aus, den er in der erhobenen Hand hielt. Die grünen Augen reflektierten den Glanz, und dadurch wirkte sein Gesicht gespenstisch fremd.

»Tut mir leid, daß ich Sie auf diese Weise überrascht habe«, sagte der Ryol. Abgesehen von den Augen hätte er der Zwillingsbruder des Rettungsschwimmers sein können, der Kes im Wasser zu Hilfe gekommen war. »Ich muß Sie bitten, zum Weg zurückzukehren. Nachts ist der Aufenthalt am Strand verboten.«

»Verboten?« wiederholte Neelix. »Warum?«

Kes erkannte den besonderen Tonfall des Talaxianers. Neelix schlüpfte jetzt in die Rolle des ›ermittelnden Journalisten‹.

»Wegen der gefährlichen Gezeiten«, erklärte der Mann. »Wenn die Flut kommt oder das Wasser bei Ebbe abläuft, entstehen Unterströmungen, die selbst das Waten gefährlich machen, vom Schwimmen ganz zu schweigen – man könnte innerhalb weniger Sekunden in Richtung offenes Meer abtreiben.« Der Ryol lächelte, und seine perfekten weißen Zähne glänzten. »Wir möchten unter allen Umständen vermeiden, daß Sie oder andere Gäste einen tragischen Unfall erleiden.«

Die Erklärung klang plausibel für Kes, die von Gezeiten und Unterströmungen kaum etwas wußte. Dennoch konzentrierte sie sich noch etwas stärker auf ihre außersinnliche Wahrnehmung, in der Hoffnung, Antworten aus den unergründlichen Tiefen des in der Dunkelheit verborgenen Meers zu bekommen. Handelte es sich nur um das Echo einer Erinnerung, oder hörte sie tatsächlich leise Stimmen in weiter Ferne, Stimmen, die in wortloser Agonie schrien? Eine Welle aus Schmerz und Verzweiflung erfaßte Kes, trübte das Bild vor ihren Augen und bewirkte, daß ihr die Knie weich wurden. Sie schwankte und wäre vermutlich zu Boden gesunken, wenn Neelix sie nicht gestützt hätte.

»Was ist los?« fragte der Ryol argwöhnisch.

»Nichts weiter«, erwiderte Neelix. »Wir haben nur einen langen und sehr aktiven Tag hinter uns. Auf Ihrem wundervollen Planeten gibt es so viele interessante Dinge!« Er hielt Kes nicht mehr ganz so fest, als sie wieder aus eigener Kraft stehen konnte. »Nun, ich schätze, wir kehren jetzt besser zurück. Ist der Strand morgen früh wieder zugänglich?«

»Natürlich«, bestätigte der Ryol. Er bewegte die Hand, und das Licht des Kristalls reichte nun bis zum Weg. Die miteinander verschmolzenen schwarzen Kugeln schimmerten in dem hellen Schein. »Ich führe Sie zurück zum Pfad.«

»Oh, das ist nicht nötig«, entgegnete Neelix. »Wir kommen auch allein zurecht.«

»Ich bestehe darauf«, sagte der Ryol, und seine Pupillen erweiterten sich. Erneut bewegte er die Hand, und das Licht wanderte zwischen dem Pfad und den beiden Besuchern von der *Voyager* hin und her. »Sie sind fremd auf Ryolanow, und deshalb fühle ich mich verpflichtet, Ihnen zu helfen.«

Als sie zurückgingen, blickte Kes über die Schulter. Undurchdringliche Dunkelheit erstreckte sich dort, wo die Wellen rauschten. Die Schwäche war inzwischen wieder aus ihr verschwunden, und es blieb ihre Entschlossenheit, dem Geheimnis der Stimmen und ihrer Verzweiflung auf den Grund zu gehen. Ob Gezeiten oder nicht: In Kes verdichtete sich der Eindruck, daß die Ryol etwas verbargen. Sie fragte sich, ob Neelix auf die gleiche Weise empfand.

Die Ocampa schickte den körperlosen Stimmen, die in der Finsternis jenseits ihres mentalen Horizonts schrien, eine gedankliche Botschaft: *Ich höre euch. Und ich werde eurem Leid ein Ende bereiten, wenn ich kann. Das verspreche ich.*

8

Chakotay blickte aufs digitale Display seines elektronischen Datenblocks. Die Anzeige lautete 20:11. Susan Tukwila hätte den Brükkendienst schon vor elf Minuten antreten sollen. Der Erste Offizier runzelte die Stirn. Ein derartiges Verhalten war alles andere als typisch für sie. Während ihrer gemeinsamen Zeit beim Maquis hatte Tukwila immer ausgezeichnete Arbeit geleistet. Bei Guerillaeinsätzen in der Entmilitarisierten Zone kam es oft auf genaue zeitliche Abstimmung an, und bei solchen Unternehmen hatte sich Chakotay immer vorbehaltlos auf Susan Tukwila verlassen können. Er erinnerte sich daran, daß sie einmal in den Hinterhalt einer ›nicht autorisierten‹ cardassianischen Todesschwadron geraten waren – nur Susan Tukwilas Geistesgegenwart verhinderte damals eine Katastrophe.

Aber wo steckt sie jetzt? dachte Chakotay verärgert und trommelte mit den Fingern auf die Armlehne des Kommandosessels. Derzeit herrschte keine Notsituation, aber auch der routinemäßige Dienst auf der Brücke erforderte Disziplin und Eifer. Während der nächsten Stunden rechnete der Erste Offizier nicht mit irgendwelchen Krisen – die *Voyager* würde auch weiterhin den Planeten Ryolanow umkreisen, ohne daß etwas geschah –, doch er nahm seiner Verantwortung als stellvertretender Kommandant sehr ernst. Tukwila hingegen schien zu glauben, daß die Pflicht derzeit keine große Rolle spielte. Daß sie eine ehemalige Maquisardin war, machte alles nur noch schlimmer. Wenn sich einer von Chakotays ehemaligen Gefährten unkorrekt verhielt, so schadete das dem Ruf aller früheren Angehörigen des Maquis. Der Erste Offizier fühlte sich unmittelbar verantwortlich für das Verhalten aller Maquisarden an Bord, und manchmal lastete diese Bürde schwer auf ihm.

Es war alles andere als leicht gewesen, eine Gruppe aus Rebellen und Freiheitskämpfern in die straff organisierte Starfleet-Crew zu integrieren. Chakotay konnte in dieser Hinsicht auf Erfolge stolz sein, wie im Fall von B'Elanna Torres, trotz ihrer Auseinandersetzung mit dem Ryol-Mann. Aber es gab auch eklatante Fehlschläge: Seska, Michael Jonas und Lon Suder. Alle drei hatten eine Gefahr für die *Voyager* dargestellt, und alle drei waren eines gewaltsamen Todes gestorben. Die Namen plagten Chakotays Gewissen – er warf sich vor, die falschen Entscheidungen getroffen und zuviel Vertrauen geschenkt zu haben. Hätte er Seskas Verrat irgendwie verhindern können? Oder den von Jonas? Wäre er imstande gewesen, irgend etwas gegen die Mordlust von Lon Suder zu unternehmen, bevor er tatsächlich Leben auslöschte? Nun, Suder hatte wenigstens einen Teil seiner Schuld gesühnt, bevor ihn die Kazon umbrachten. Chakotay hoffte, daß er Susan Tukwilas Namen nicht seiner privaten Schmachliste hinzufügen mußte.

Um zwanzig Uhr fünfzehn Bordzeit öffnete sich der Turbolift, und Tukwila trat hastig auf die Brücke. Sie trug das schwarze Haar offen, und hinten war es nicht gekämmt. Der Insignienkommunikator steckte falsch herum an der gelbschwarzen Uniform. Chakotay bemerkte dunkle Ringe unter ihren Augen; sie wirkte erschöpft und übermüdet.

»Sie kommen zu spät, Fähnrich«, sagte der Erste

Offizier. Gelegentlich erschien es ihm noch immer seltsam, ehemalige Maquisarden mit Starfleet-Rängen anzusprechen. Dabei wurde ihm bewußt, daß nur sehr wenige Angehörige des Maquis eine komplette Starfleet-Ausbildung hinter sich hatten. Die Falten fraßen sich tiefer in seine Stirn. Er mochte es ganz und gar nicht, von seinen eigenen Leuten in Verlegenheit gebracht zu werden.

»Entschuldigung, Commander«, erwiderte Tukwila und eilte zu ihrem Platz an der Funktionsstation. Ihre Stimme klang heiserer als sonst. Chakotay vermutete, daß sie zuviel Zeit in lauten und verrauchten Ryol-Tavernen verbracht hatte. Er erinnerte sich daran, selbst ihre Versetzung von der Abteilung stellare Kartographie zur Brücke empfohlen zu haben. Dieser Gedanke sorgte nicht dafür, daß er sich besser fühlte.

Langsam stand er auf, wandte sich vom Kommandosessel ab und ging zu Tukwila. Zwar versuchten die übrigen Offiziere der Brückencrew, sehr beschäftigt zu wirken, aber Chakotay wußte: Sie alle hielten den Atem an und warteten darauf, was nun passieren würde. Er zögerte, um die Dramatik des Augenblicks noch etwas zu steigern, streckte dann die Hand aus und nahm den falsch herum befestigten Insignienkommunikator von Tukwilas Uniform. »Landurlaub ist keine Entschuldigung für Nachlässigkeit, Fähnrich«, sagte er und reichte ihr das kleine Gerät.

Ein oder zwei Sekunden lang schien Tukwila mit dem Gedanken zu spielen, eine Antwort zu geben, die Chakotay nicht hören wollte. Über den dunklen Ringen blitzten Trotz und sogar Zorn in den Augen. Chakotay hatte Tukwilas rebellisches Temperament einst sehr zu schätzen gewußt – als es den cardassianischen Usurpatoren galt, die versuchten, Kolonisten aus der Föderation zu vertreiben. Jetzt bezogen sich jene Gefühle auf ihn, und das gefiel ihm ganz und gar nicht. *Machen Sie keinen Fehler, Susan*, dachte er.

Es gelang Tukwila, sich unter Kontrolle zu halten. Mit steinerner Miene nahm sie den Insignienkommunikator entgegen und befestigte ihn so an ihrer Uniform, wie es sich gehörte. Chakotay stand nahe genug, um deutlich zu erkennen, wie zerknittert der Uniformkragen war. Der graue Stoff schien seit mindestens einer Woche nicht mehr repliziert worden zu sein. »Dies ist eine lange Reise«, sagte er und ärgerte sich über den neuerlichen Hinweis auf Tukwilas Schlamperei. »Wir können nicht zulassen, daß sich Achtlosigkeit bei uns breit macht.«

»Als ob es eine Rolle spielte«, erwiderte Tukwila, und ein süffisantes Lächeln umspielte ihre Lippen.

»Wie war das, Fähnrich?« fragte Chakotay. »Ich habe Sie nicht richtig verstanden.«

Sie hob den Blick von ihren Füßen. »Mit allem Respekt, Sir … Wir sind Tausende von Lichtjahren von der Föderation entfernt. Welche Bedeutung hat hier der Unsinn mit den Starfleet-Vorschriften?« Tukwilas Gesichtsausdruck wurde noch etwas verächtlicher. »Wir können wohl kaum in absehbarer Zeit mit einer Inspektion rechnen.«

»Die angeblich so unsinnigen Starfleet-Vorschriften sorgen dafür, daß wir während unserer langen Reise am Leben bleiben«, sagt Chakotay laut genug, damit ihn die ganze Brückencrew hörte. »Hier im Delta-Quadranten, weit von der Sicherheit der Föderation entfernt, brauchen wir nicht weniger Disziplin, sondern sogar noch *mehr*. Hier gibt es keinen Platz für Fehler und Schlendrian.« Tukwila öffnete den Mund, doch Chakotay ließ sie nicht zu Wort kommen. »Dies ist weder der geeignete Ort noch der richtige Zeitpunkt, um über die Politik des Captains zu diskutieren. Ich erwarte von allen Besatzungsmitgliedern, daß sie ihre Pflicht nach bestem Wissen und Gewissen erfüllen. Das ist alles, Fähnrich.«

Chakotay drehte sich um und kehrte zum Platz des Captains zurück. Stille herrschte auf der Brücke – er hörte nur das leise Summen der Geräte und ein gelegentliches Rascheln, wenn jemand im Sessel das Gewicht verlagerte. Er beschloß, so bald wie möglich mit Janeway über Tukwilas Nachlässigkeit zu reden. Er brauchte nicht extra Neelix zu fragen, um ein Problem mit der Moral als solches zu erkennen.

Tage waren vergangen, viele Stunden angestrengter Bemühungen, doch die sonderbare Region unter den Schilden weigerte sich nach wie vor, ihre Geheimnisse preiszugeben. B'Elannas Ärger wuchs. Sie hätte die Anzahl der Blütenblätter einer beliebigen Pflanze auf Ryolanow nennen können, aber über diesen einen Bereich des Planeten ließ sich einfach nichts in Erfahrung bringen.

Zugegeben, B'Elanna hatte nicht ihre ganze Zeit dieser Herausforderung widmen können. Als Chefingenieurin mußte sie sich auch um andere Dinge kümmern – zum Beispiel galt es, den schwindenden Vorrat an kristallisiertem Dilithium im Auge zu behalten –, und außerdem verlangte ihre physische Existenz nach Aufmerksamkeit: Der Körper brauchte Nahrung und Bewegung. *Wenigstens fordert mich niemand mehr auf, Landurlaub zu ›genießen‹*, dachte sie. Die Auseinandersetzung mit dem Idioten Nimdir hatte allen deutlich vor Augen geführt, daß sie an Bord besser aufgehoben war. Captain Janeway hatte ihr nicht direkt befohlen, auf der *Voyager* zu bleiben, doch B'Elanna wußte: Ihren Vorgesetzten war es zweifellos lieber, wenn sie sich von Ryolanow fernhielt.

Ist mir nur recht, dachte sie, betrat die Brücke und

ging schnurstracks zur vorderen wissenschaftlichen Station. Eine verdrießlich wirkende Susan Tukwila bediente die Navigationskontrollen, stellte sie fest, und Chakotay saß im Kommandosessel.

»Guten Morgen, Lieutenant«, grüßte er, als Torres an ihm vorbeikam. Sie brummte eine knappe Antwort, ohne stehenzubleiben.

Es wird Zeit, schwere Geschütze aufzufahren, dachte sie. In der vergangenen Nacht, als sie eigentlich hätte schlafen sollen, hatte sie lange über das Problem nachgedacht und war dabei zu dem Schluß gelangt, daß sie vielleicht mit den Fernbereichsensoren einen Erfolg erzielen konnte. Es handelte sich um die leistungsfähigsten wissenschaftlichen Instrumente der *Voyager*: Sie dienten dazu, interstellare Phänomene auf eine Entfernung von etwa fünf bis siebzehn Lichtjahren zu untersuchen – es hing vom Ausmaß der notwendigen Auflösung ab. Die Fernbereichsensoren von der Umlaufbahn aus auf die Oberfläche eines Planeten zu richten... Genausogut hätte man ein Elektronenmikroskop verwenden können, um die eigenen Fingernägel zu betrachten. Oder einen einzelnen Tribble mit einer ganzen Salve von Photonentorpedos erledigen können. Andererseits konnte sich Torres keine planetaren Schilde vorstellen, die imstande waren, dem enormen Sondierungspotential der Fernbereichsensoren zu widerstehen.

Wie ich mein Glück kenne, stellt sich der geheimnisvolle Ort als heilige Grabstätte oder etwas in der Art heraus, überlegte die Chefingenieurin. Sie fürchtete, daß es dort überhaupt kein Dilithium gab.

»Bitte um Erlaubnis für den Einsatz der Fernbereichsensoren«, wandte sich B'Elanna an Chakotay. Normalerweise benutzte man die Sensoren, um beim Flug mögliche Gefahren zu erkennen, zum Beispiel Meteoriten oder andere Himmelskörper. Wenn sich das Schiff im Orbit befand, waren derartige Ortungen kaum nötig. Wenn die *Voyager* mit geringer Sublichtgeschwindigkeit flog, reichten die normalen Navigationssensoren aus, um rechtzeitig vor Satelliten und dergleichen zu warnen. Dennoch fühlte sich Torres verpflichtet, den Commander zu fragen, bevor sie die Fernbereichsensoren für ihre eigenen Zwecke verwendete.

Chakotay musterte sie neugierig. Torres fragte sich, ob er wußte, wie attraktiv er war. »Haben Sie einen besonderen Grund, Lieutenant?«

»Ich möchte nur ein Experiment durchführen«, erwiderte sie. »In Hinsicht auf das Nachschubproblem, über das wir vor einigen Tagen gesprochen haben.« B'Elanna wollte nicht darauf hinweisen, wie lange sie vergeblich versucht hatte, Informationen über jenen kleinen Teil von Ryolanow zu gewinnen. *Wahrscheinlich befindet sich dort nur die geheime Schatzkammer mit den Kronjuwelen der Ryol*, dachte sie. *Oder der private Harem des Ältesten.* Immer wieder hatte sie sich nach den möglichen Gründen für die Abschirmung eines kleinen Bereichs des Planeten gefragt. Verschiedene Erklärungen kamen ihr in den Sinn, aber keine von ihnen rechtfertigte es, den Captain zu benachrichtigen. Zuerst wollte sie herausfinden, was sich hinter den Schilden der Ryol verbarg.

Chakotay nahm ihre Erklärung mit einem Nicken entgegen. »Führen Sie Ihr Experiment durch«, sagte er und blickte dann wieder auf den elektronischen Datenblock, der auf einer Armlehne des Kommandosessels lag.

Torres rief die Koordinaten aus den Datenbanken des Bordcomputers ab. Inzwischen enthielten die neuralen Gel-Massen eine genaue Karte von Ryolanow, und mit ihrer Hilfe ließ sich feststellen: Der abgeschirmte Bereich betraf die Bucht unweit der

Hauptstadt Ryolaler. Vermutlich handelte es sich dabei um eben jenen Strand, über den Neelix in seiner Morgensendung geschwärmt hatte. Dieser Umstand verstärkte B'Elannas Verwirrung. Warum sollten die Ryol einen Strand vor Sondierungssignalen schützen, auf dem sich die Besatzungsmitglieder der *Voyager* vergnügten? Torres hatte mehrere schlaflose Nächte mit dem Versuch verbracht, Aufschluß darüber zu gewinnen. Vielleicht rückten die Antworten nun in greifbare Nähe.

B'Elanna transferierte die Kontrolle der Fernbereichsensoren zur wissenschaftlichen Konsole und richtete die Ortungsinstrumente dann auf den betreffenden Bereich des Planeten. Sie beschloß, zunächst einen Scan mit niedriger Auflösung durchzuführen – immerhin lag ihr nichts an subatomaren Analysen aller schwarzen Kügelchen am Strand.

Zuerst hielten die Ryol-Schilde der Sondierung stand. Elektronische Statik verhinderte, daß exakte Daten gewonnen werden konnten. Doch als Torres das energetische Niveau der Sensoren erhöhte, gab die Abschirmung schließlich nach. Die Schilde lösten sich ebenso schnell auf wie Papier im Phaserfeuer. *Na endlich,* triumphierte die Chefingenieurin und spürte jene wilde Freude, die ein Klingone beim Sieg über einen besonders gehaßten Feind empfand. Sie überkreuzte die Finger – ein alter terranischer Brauch, den sie von Ihrem Vater gelernt hatte – und hielt nach der unverkennbaren Ortungssignatur von Dilithiumkristallen Ausschau.

Nichts dergleichen erschien auf den Displays.

Die Enttäuschung war fast überwältigend. Sie hatte sich solche Mühe gegeben – ohne ein konkretes Resultat! Zorn brodelte in B'Elanna, und vor ihrem inneren Auge sah sie sich selbst, wie sie mit beiden Fäusten auf die Konsole einhämmerte.

Dann weckte etwas ihre Aufmerksamkeit.

Der Sensor für parametrische Subraumfeldbelastung lieferte seltsame Anzeigen. Es handelte sich nicht um die Signatur, nach der B'Elanna suchte, aber sie genügte, um das Interesse der Chefingenieurin zu wecken. Was sollte eine derartige Subraum-Fluktuation auf dem Planeten verursachen? Sie aktivierte auch den Subraum-Scanner und verglich die von ihm ermittelten Daten mit denen des Sensors für gravimetrische Verzerrungen. *Faszinierend,* dachte sie und vergaß die zuvor empfundene Mischung aus Ärger und Enttäuschung. Es gab tatsächlich etwas auf dem Planeten, und es blieb auf jenen kleinen Bereich beschränkt. *Kein Dilithium, von welcher Art auch immer, aber vielleicht ...* Ein jäher Adrenalinschub ließ B'Elanna erzittern, als sie über die Möglichkeiten nachdachte. *Könnte es ... Antimaterie sein?*

Aber was stellten die Ryol mit Antimaterie an, und warum wurde sie nur in einer kleinen Region des Planeten verwendet? Torres war jetzt sicher, das Geheimnis der Ryol gefunden zu haben, aber sie wollte Captain Janeway erst darauf hinweisen, wenn sie wußte, was es bedeutete. Vielleicht glaubte die Kommandantin, daß sie wegen der Auseinandersetzung im Nachtklub einen irrationalen Groll gegen die Ryol hegte. B'Elanna wollte einen klaren, objektiven und unwiderlegbaren Bericht in Hinsicht auf den verborgenen Vorrat an Antimaterie abliefern können. Nur auf einer solchen Grundlage durfte sie darauf hinweisen, daß die Ryol etwas verheimlichten. *Das nächste Mal solltest du mir sofort sagen, was ich hören will,* dachte sie mit einer Rachsucht, die dem Planeten galt.

»Sehen wir uns die Sache einmal näher an«, murmelte B'Elanna und behielt die Displays im Auge, als sie den Zoom des passiven Neutrinoscanners auf die entsprechende Region richtete. Eine Karte von Ryolanow erschien auf dem Monitor, und ein blinkender blauer Punkt markierte den Ort der Subraumanomalien.

»Visuelle Darstellung«, sagte die Chefingenieurin, und ein weiteres Bild erschien in der unteren linken Ecke des Projektionsfelds. In dem Bildschirmfenster sah B'Elanna an einen Strand rollende Wellen, und in der Ferne ragten die Spitzen von Pyramiden auf. In einem jener Gebäude befand sich der Nachtklub, wo es zu dem Zwischenfall mit Nimdir gekommen war. Sie verglich ihre Erinnerungen mit den Darstellungen des Computers: Die Subraum-Fluktuationen betrafen tatsächlich die Bucht vor Ryolaler.

Unter dem Strand? fragte sich Torres verwundert. Sie konnte keine Gewißheit darüber erlangen, ob es sich wirklich um Antimaterie handelte – das ließ sich aus dem hohen Orbit nicht ohne weiteres feststellen. Aber wenn die Fluktuationen wirklich auf Antimaterie zurückgingen, so war es kein natürliches Phänomen. Woraus sich die Frage ergab: Warum horteten die Ryol Antimaterie unter der Bucht? Und wenn es dort irgendwo ein Materie-Antimaterie-Kraftwerk gab – wie brachten es die Ryol dann fertig, die erzeugte Energie ohne Dilithium zu kontrollieren und zu kanalisieren?

»Haben Sie etwas Interessantes entdeckt, B'Elanna?« fragte Chakotay. Er kam näher und blickte der Chefingenieurin über die Schulter. Die Strandszene im Bildschirmfenster überraschte ihn ganz offensichtlich.

»Vielleicht, Sir«, erwiderte sie. »Wenn auch kein Dilithium. Aber es gibt einige seltsame Anzeigen, für die ich noch keine Erklärung habe.«

»Sollten wir den Captain darauf hinweisen?« fragte der Erste Offizier.

»Noch nicht, Sir«, sagte Torres. Eine reinblütige Klingonin hätte nicht gezögert, voreilige Schlüsse zu ziehen, ungeachtet der Konsequenzen. B'Elanna war stolz darauf, daß es ihr meistens gelang, ruhiger und rationaler zu sein. »Ich gebe Ihnen Bescheid, sobald ich vom Planeten zurückgekehrt bin.«

Bisher war sie fest entschlossen gewesen, Ryolanow keine weiteren Besuche abzustatten, doch plötzlich hielt sie den Strand für sehr interessant.

»Danke dafür, daß Sie bereit sind, mich sofort zu untersuchen, Doktor«, sagte Harry Kim betont freundlich. Kes vermutete, daß er damit sein unhöfliches Verhalten von neulich wiedergutmachen wollte. Der Fähnrich saß auf dem Rand des Biobetts, während ihn der holographische Arzt mit einem medizinischen Tricorder sondierte. Kes stand in der Nähe und beobachtete den Vorgang, doch in Gedanken beschäftigte sie sich auch mit anderen Dingen. Ein großer Teil ihrer Aufmerksamkeit galt nach wie vor den geistigen Schreien und der erstickenden Finsternis, die sie auf dem Planeten gespürt hatte. Handelte es sich dabei um die psychischen Überreste einer Katastrophe, zu der es vor langer Zeit gekommen war? Oder betrafen jene Wahrnehmungen eine aktuelle Gefahr? Wenn sie doch nur mehr über ihre eigenen telepathischen Fähigkeiten gewußt hätte!

»Ich habe jede Menge Zeit, Fähnrich«, erwiderte der Doktor. »Abgesehen von einigen Sonnenbränden hat mir unser Besuch bei den Ryol keine besonders stimulierenden medizinischen Notfälle beschert. Da wir gerade dabei sind ...« Er betrachtete Kims leicht gebräuntes Gesicht. »Sie haben es doch nicht versäumt, das Sonnenschutzmittel aus der Starfleet-Standardausrüstung zu benutzen, oder?«

»Natürlich nicht«, erwiderte Kim sofort. »Ich habe es jeden Tag verwendet.«

»Ausgezeichnet«, lobte der Holo-Arzt. »Und nun... Welche Beschwerden haben Sie?«

Der Fähnrich zuckte kurz mit den Schultern. »Eigentlich weiß ich es nicht genau. Ich fühle mich einfach nur müde und ausgelaugt.« Er hob die Hand vor den Mund und gähnte. »Entschuldigen Sie bitte. Es fällt mir schwer, wach zu bleiben.«

»Ich verstehe«, sagte der Doktor und betrachtete die Anzeigen des medizinischen Tricorders. »Nun, Ihr Stoffwechsel ist ein wenig verlangsamt, und außerdem stelle ich eine geringfügige Anämie fest, aber ansonsten scheint mit Ihnen alles in bester Ordnung zu sein. Ich schätze, Sie haben während des Landurlaubs einfach nur zuviel Aktivität entfaltet.«

Harry errötete. »Das ist ziemlich vorsichtig ausgedrückt.«

Kes fragte sich, wieso der Fähnrich mit solcher Verlegenheit reagierte.

Der Doktor rollte mit den Augen. »Um ganz ehrlich zu sein: Ich verstehe nicht, warum der Planet einen so großen Reiz auf Sie alle ausübt. Sie sind nicht das erste Besatzungsmitglied, das bis zur Erschöpfung Urlaub gemacht hat. Fähnrich Jourdan hat sich beim Tanzen den Fuß verstaucht, aber am nächsten Tag lief sie Wasserski. Gegen den ausdrücklichen Rat ihres Arztes, wie ich hinzufügen möchte.«

»Oh, Sie sollten Ryolanow einmal sehen!« schwärmte Harry Kim. »Der herrliche Sonnenschein, die Wellen...« Er unterbrach sich verlegen, als ihm klar wurde, was er sagte und mit wem er sprach. »Äh... bitte entschuldigen Sie, Doktor. Ich... äh... wollte nicht...«

Der Doktor winkte ab. »Sie brauchen nicht gleich zu stammeln, Fähnrich. Als Hologramm bleibt mir gar nichts anderes übrig, als mich auf Ihr Wort zu verlassen, wenn Sie mir die atemberaubenden Schönheiten des ach so wundervollen Planeten beschreiben. Zum Glück hat mich meine Programmierung nicht mit der gleichen Sensibilität fremden Landstrichen gegenüber ausgestattet – bei organischen Geschöpfen wie Ihnen scheint sie zumindest einen Teil der Rationalität zu verdrängen.«

Kes blieb skeptisch. Sie wußte, daß der Doktor seine physischen Beschränkungen – er konnte nur in einer besonders ausgestatteten holographischen Umgebung existieren – als erhebliche Belastung empfand. Eine seiner größten Befürchtungen bestand darin, daß die Crew eines Tages gezwungen sein mochte, die *Voyager* aufzugeben und ihn allein zurückzulassen.

»Was ist mit Ihnen?« wandte sich der Holo-Arzt an die Ocampa. »Sind Sie ebenfalls von dem planetaren Paradies begeistert?«

Der Doktor schien ihre vagen Ängste in Hinsicht auf Ryolanow vorübergehend vergessen zu haben. »Ich weiß nicht«, antwortete Kes. »Die Welt scheint wirklich wundervoll zu sein.« Sie musterte Kim aufmerksamer. Er wirkte tatsächlich ziemlich erschöpft – das hohlwangige Gesicht brachte eine seltsame Art von Müdigkeit zum Ausdruck, die jedoch nicht mit geistiger Apathie einherging. Sie erinnerte sich an die Worte des Doktors. Hatte sich Kim während des Landurlaubs tatsächlich überanstrengt – oder geschah etwas Schreckliches auf Ryolanow, etwas, das sie alle betraf?

Nein, dachte sie, *das ist doch lächerlich*. Kim hatte sich einfach zu sehr vergnügt, wie auch die anderen Besatzungsmitglieder der *Voyager*. Kes schüttelte den Kopf und versuchte, die Besorgnis aus sich zu verbannen. Es lag an den Stimmen. Die mentalen Schreie veranlaßten sie, überall nach Entsetzlichem Ausschau zu halten und ihren Instinkt in Frage zu stellen. Inzwischen wußte sie gar nicht mehr, was sie eigentlich empfand.

Alle anderen freuen sich, überlegte sie. *Warum muß ich dauernd zweifeln?*

»Schon wieder ein Problem mit der Moral?« fragte Janeway. Der Erste Offizier befand sich im Bereitschaftsraum, um ein persönliches Gespräch mit ihr zu führen. Er stand am Schreibtisch, während Janeway die Zierpflanzen an der Tür begoß. Glücklicherweise war es bisher nicht notwendig gewesen, das Wasser an Bord der *Voyager* zu rationieren – andernfalls wären die Pflanzen wohl kaum so grün gewesen.

»Ich verstehe das nicht«, fügte die Kommandantin hinzu. »Ich dachte, Ryolanow sei die Lösung für unsere Probleme mit der Moral.«

»Das habe ich ebenfalls angenommen«, sagte Chakotay. »Nun, die Stimmung bei der Crew hat sich zweifellos verändert, aber vielleicht ergeben sich dadurch auch Nachteile.«

»Wie meinen Sie das?« erkundigte sich Janeway. Sie nahm am Schreibtisch Platz, und es fühlte sich gut an, die Beine zu entlasten. Den größten Teil der letzten Tage hatte sie damit verbracht, Varathael bei irgendwelchen diplomatischen Anlässen Gesellschaft zu leisten. Manchmal gewann sie den Eindruck, alle Ryol auf dem Kontinent kennengelernt zu haben, doch immer wieder gab es neue Empfänge und Begrüßungszeremonien. Aber wenn die Beziehungen zwischen der *Voyager* und den Ryol verbessert werden konnten, und wenn sie damit den dringend benötigten Landurlaub für die Crew gewährleistete... Unter solchen Umständen war Janeway bereit, auch weiterhin Hände zu schütteln und Banketts zu besuchen. Allerdings: Chakotays Ausführungen deuteten darauf hin, daß ihre Bemühungen umsonst waren, vielleicht sogar das Gegenteil von dem bewirkten, was sie sich erhoffte. *Wirklich schade, daß Chakotay meistens weiß, wovon er redet.*

Er erzählte ihr von seiner Konfrontation mit Susan Tukwila auf der Brücke. »Unglücklicherweise ist das kein Einzelfall«, fuhr er fort. »Es handelt sich nur um das extreme Beispiel für ein Syndrom, das sich offenbar bei vielen Besatzungsmitgliedern auswirkt. Ich habe mit Tuvok gesprochen, bevor ich zu Ihnen gekommen bin, und er wies auf folgendes hin: Die von verschiedenen Einsatzgruppen auf dem Planeten gesammelten wissenschaftlichen Daten lassen es an Genauigkeit mangeln. B'Elanna berichtet mehr Verstöße als sonst gegen die Sicherheitsvorschriften im Maschinenraum, und der Doktor meldet einen drastischen Anstieg von Unfällen, die auf Achtlosigkeit zurückgehen, sowohl an Bord des Schiffes als auch auf Ryolanow.«

Der Erste Offizier legte eine kurze Pause ein, bevor er zusammenfaßte: »Einzeln betrachtet bedeuten die Zwischenfälle nicht viel. Wenn man sie jedoch im Zusammenhang sieht, läuft es auf einen Mangel an Disziplin hinaus. Außerdem erreichen Müdigkeit und Erschöpfung bei der Crew allmählich ein gefährliches Niveau.«

Ich selbst bin davon nicht ausgeschlossen, dachte Janeway. Alles in ihr sehnte sich nach einem Nickerchen. Trotz einer zusätzlichen Tasse Kaffee an diesem Morgen fiel es ihr schwer, die Augen offenzuhalten. Dies war mehr als jene Mattigkeit, die sie oft gegen Mittag verspürte. Sie fühlte sich regelrecht ausgepumpt.

»Wie ernst ist die Angelegenheit?« fragte sie. »Befürchten Sie eine Situation in der Art von ›Meuterei auf der *Bounty*‹?«

»Da müssen Sie meinem Gedächtnis auf die Sprünge helfen«, entgegnete Chakotay. »In der Entmilitarisierten Zone hatten wir kaum Gelegenheit, unsere Geschichtskenntnisse aufzufrischen.«

»Die *Bounty* war ein britisches Segelschiff gegen Ende des achtzehnten Jahrhunderts«, erklärte Janeway. »Die Crew erlag dem exotischen Zauber von Tahiti. Als der Captain versuchte, die Disziplin wiederherzustellen und die Besatzung zur Rückkehr nach England zu zwingen, meuterte die Crew und übernahm das Schiff.«

»Jetzt erinnere ich mich wieder«, sagte Chakotay. »Während meiner Zeit an der Akademie habe ich an einer holographischen Version jener Geschichte teilgenommen.«

»Hoffentlich sind Sie dabei nicht in die Rolle von Fletcher Christian geschlüpft«, kommentierte Janeway und entsann sich an den Ersten Offizier der *Bounty*, der die Meuterer angeführt hatte.

»Nein«, erwiderte Chakotay und lächelte.

»Gut. Mir liegt nichts daran, Captain Blight darzustellen.« Janeway holte tief Luft und fragte in einem ernsteren Tonfall: »Wie schlimm ist es?«

Chakotay zögerte, bevor er antwortete. »Ich weiß es nicht. Ich fürchte keine Meuterei in dem Sinne. Unsere Crew hat zuviel gemeinsam erlebt und durchgestanden, als daß es zu einem derartigen Konflikt kommen könnte. Andererseits besteht meiner Ansicht nach kein Zweifel daran, daß zu aktiv verbrachter Landurlaub auf Ryolanow negative Folgen auf die Fähigkeit der Besatzungsmitglieder hat, ihre Pflicht zu erfüllen. Ihnen das zu verschweigen, würde für mich bedeuten, meiner eigenen Verantwortung nicht gerecht zu werden.«

»Ich weiß es sehr zu schätzen, daß Sie mich darauf hinweisen«, erwiderte Janeway. »Nun, wir sollten berücksichtigen, daß wir nicht zum erstenmal in einem freundlichen Hafen vor Anker gehen. Erinnern Sie sich an die Sikarianer? Von den 37ern ganz zu schweigen.« Sie dachte an die blühende, von Amelia Earhart und anderen Menschen aus dem Alpha-Quadranten gegründete Kolonie. Dort war die *Voyager* in große Versuchung geraten, zu bleiben und die lange Reise zurück zur Föderation aufzugeben. »Letztendlich ist es der Crew immer gelungen, an der Entschlossenheit zur Heimkehr festzuhalten.«

Janeway blickte aus dem Fenster hinterm Schreibtisch und beobachtete die Sterne. Irgendwo dort draußen befand sich die Erde, doch ihre Sonne war viel zu weit entfernt, um mit bloßem Auge sichtbar zu sein. Die Kommandantin der *Voyager* fragte sich, ob sie ihre Heimatwelt jemals wiedersehen würde.

»Während der letzten Jahre waren die Besatzungsmitglieder erheblichem Druck ausgesetzt«, sagte sie. »Ich schätze, sie haben eine Gelegenheit verdient, etwas Dampf abzulassen.«

»Solange es nur dabei bleibt«, meinte Chakotay. »Ich möchte nicht den Teufel an die Wand malen – für gewöhnlich übernimmt das Tuvok. Aber es gibt da noch etwas anderes, über das Sie Bescheid wissen sollten.«

»Was denn?« fragte Janeway, wandte sich vom Fenster ab und ignorierte den kleinen Seitenhieb auf den Vulkanier. Sie wußte, daß es zwischen Chakotay und Tuvok häufige Reibereien gab. Und sie wußte auch, daß beide Männer trotzdem immer ihre Pflicht erfüllten. Was besorgte den Ersten Offizier jetzt? Was auch immer es sein mochte – ganz offensichtlich bereitete es Chakotay Unbehagen, darüber zu reden.

»Ich habe versucht, Kontakt mit meinem Seelenfreund herzustellen«, begann er, beschrieb die Erlebnisse in der geistigen Welt und ging auch auf die böse, tierische Präsenz ein, die ihn angegriffen und ihm das Herz aus der Brust gerissen hatte. »Ich weiß nicht, was diese Visionen bedeuten. Aber die Geister scheinen bestrebt zu sein, mich vor etwas zu warnen.«

»Ich verstehe«, sagte Janeway und fragte sich, was sie von Chakotays Erfahrung halten sollte. Als Wissenschaftlerin stand sie Mystizismus ablehnend gegenüber und zog Daten vor, die auf einer objektiven Analyse der physischen Welt basierten. Andererseits mußte sie einräumen, daß viele hochentwickelte Kulturen, zum Beispiel die Vulkanier und Bajoraner, großes Vertrauen in außersinnliche Wahrnehmung setzten. Sie hatte zu viele Jahre mit Tuvok zusammengearbeitet, um seine mentalen Fähigkeiten nicht zu respektieren, und von Chakotay war sie ihrem eigenen Seelenfreund vorgestellt worden. Doch jene Gefahr, die der Erste Offizier erwähnte: War sie allein geistiger Natur, oder steckte Konkretes dahinter? *Wo es Rauch gibt, könnte ein Feuer brennen,* dachte Janeway. *Aber was für eine Art von Feuer?*

Neue Müdigkeit erfaßte sie. Es gab zu viele Sorgen und zu wenige Stunden am Tag. *Fünfundsiebzig Jahre bis nach Hause,* dachte sie. Manchmal glaubte sie, von dieser enormen Bürde regelrecht zerquetscht zu werden. Janeway begriff, daß sie erst dann wirkliche Ruhe finden konnte, wenn sie die Crew sicher heimgebracht hatte. Aber jener Tag lag noch weit in der Zukunft …

»Captain?« fragte Chakotay. Ein oder zwei Sekunden lang hatte Janeway vergessen, daß er sich ebenfalls im Bereitschaftsraum befand. »Ist alles in Ordnung mit Ihnen?«

»Ja«, sagte die Kommandantin und versuchte, ein

sonderbares Unwohlsein aus sich zu verbannen. »Ich habe nur ein wenig die Gedanken treiben lassen.« Sie lächelte schief. »Vielleicht erging es Fähnrich Tukwila und den anderen ähnlich.«

Sie beugte sich vor und stützte beide Ellenbogen auf den Schreibtisch. »Vielen Dank für Ihren Hinweis, Commander. Zuviel Landurlaub kann schädlich sein. Allerdings ziehe ich es derzeit vor, die weitere Entwicklung der Dinge abzuwarten. Die Crew scheint großen Gefallen an dieser Ablenkung von unserer langen Heimreise zu finden. Ich möchte unbedingt vermeiden, zu heftig zu reagieren und den Besatzungsmitgliedern die Ferien zu verderben. Darüber hinaus sollten wir uns davor hüten, die Ryol zu verärgern. Wir können ihnen wohl kaum vorwerfen, mit ihrer Großzügigkeit die Disziplin der Crew zu gefährden. Wie dem auch sei: Wir beide sollten alles genau im Auge behalten.«

»Der Meinung bin ich auch«, pflichtete Chakotay Janeway bei. »Ich wollte nur Ihre Aufmerksamkeit auf das Problem richten.« Er stand auf und ging zum Ausgang. Als sich die Tür vor ihm öffnete, drehte er sich noch einmal um. »Ist wirklich alles in Ordnung mit Ihnen, Captain? Nichts für ungut, aber eben wirkten Sie wie weggetreten.«

Janeway lächelte und zuckte mit den Schultern. »Danke der Nachfrage, aber um mich brauchen Sie sich keine Sorgen zu machen. Ich bin einfach nur müde.«

Sehr müde, fügte sie in Gedanken hinzu.

9

Ob Antimaterie oder nicht – gewisse Arbeiten konnten nicht aufgeschoben werden. Die Starfleet-Vorschriften verlangten regelmäßige Überprüfungen des Impulstriebwerks, und B'Elanna Torres wollte sich von ihrer Neugier nicht dazu verleiten lassen, die Wartung wichtiger Aggregate zu vernachlässigen. Sie war entschlossen, auch weiterhin allen Pflichten des Chefingenieurs nachzukommen. Ryolanow und der geheimnisvolle Strand mußten warten.

Torres stand auf einem metallgrauen Laufsteg über den Fusionsreaktoren im Steuerbordbereich des Maschinenraums und blickte auf drei Kugeln hinab, die etwa sechs Meter durchmaßen und miteinander verbunden waren. Sie bestanden aus jeweils acht isolierenden Schichten Hafniumexzellinid, und in ihrem Innern fand eine gewöhnliche Proton-Proton-Fusion statt. Wie üblich hoffte Torres, daß sie bei der Kontrolle keine Defekte entdeckte, die sie nicht reparieren konnte. Eigentlich sollten derartige Impulsreaktionskammern jeweils nach 8500 Flugstunden komplett ausgetauscht werden, und für eine solche Maßnahme waren normalerweise die Ressourcen einer Starbase erforderlich. Doch die nächsten Raumbasen der Föderation waren Tausende von Lichtjahren entfernt, und das bedeutete für B'Elanna: Sie mußte das Impulstriebwerk so gut pflegen wie es ging – und konnte nur hoffen, daß es durchhielt.

Sie beobachtete, wie Fähnrich Erin Jourdan in die vordere Kugel kletterte, um an der Innenseite nach feinen Rissen und anderen Abnutzungserscheinungen Ausschau zu halten. Die blonde Jourdan kam frisch von der Starfleet-Akademie, und Torres stellte fest, daß sie ein wenig hinkte – bei einem Unfall auf dem Planeten hatte sich Erin den Fuß verstaucht.

Während Jourdan die Impulsreaktionskammer von innen untersuchte, prüfte Torres die Anzeigen des schiffsinternen Überwachungssystems. Der IRK-Befehlskoordinator führte eine Systemdiagnose auf dem dritten Kommandoniveau durch, als B'Elanna einen dumpfen Schrei aus der ersten Reaktionskammer hörte.

»Erin?« fragte sie.

Der Schrei wiederholte sich, lauter, kündete von Furcht und Schmerz. Ein jäher Adrenalinschub erfaßte Torres. Sie ließ ihren elektronischen Datenblock fallen, sprang vom Laufsteg und landete auf der ersten Kugel – das laute Pochen ihrer Stiefel übertönte fast die Schreie. *Was ist passiert?* fragte sich die Chefingenieurin. Hatte irgendein Idiot die Fusionsreaktion initiiert, während sich Jourdan im Innern der IRK befand? *Nein*, fügte B'Elanna in Gedanken hinzu. In dem Fall wäre Erin sofort verbrannt und hätte keine Gelegenheit erhalten, einen Schrei von sich zu geben.

Torres öffnete die Luke, blickte ins Innere der Kammer und erfaßte die Situation auf einen Blick.

Fähnrich Jourdan lag am Boden der Kugel und hielt ein Bein umklammert. An der gewölbten Innenseite der Reaktionskammer zeigte sich ein weißer, porzellanartiger Glanz, der auf kristallisiertes Guliumfluorid zurückging, wie Torres wußte. Aus einer Öffnung wenige Zentimeter über Jourdans Kopf strömte zähe Flüssigkeit und dampfte, wo sie den

Körper der Frau berührte. Es handelte sich um reines Deuterium, bis auf vierzehn Grad Kelvin abgekühlt. Jourdan lag in einer allmählich größer werdenden Lache, zuckte gelegentlich und schrie.

»Verdammt!« knurrte Torres. Irgend jemand hatte vergessen, rechtzeitig vor der heutigen Inspektion die Treibstoff-Einlaßrohre zu entleeren. B'Elanna stellte sich vor, wie eine nichtsahnende Jourdan die Klappe öffnete, wodurch das Deuterium in die Kammer strömte und einen Teil ihres Körpers praktisch sofort gefrieren ließ.

»Halten Sie durch!« rief die Chefingenieurin und kletterte die mobile Leiter hinab, die Jourdan an einer Seite der Kammer befestigt hatte. Sie versuchte, dem spritzenden Deuterium nicht zu nahe zu kommen. Eiskalter Dunst verdichtete sich in der Reaktionskammer, nahm B'Elanna Sicht und Kraft.

»Greifen Sie nach meiner Hand!« rief sie Erin zu und streckte den Arm aus, während sie sich gleichzeitig an der Leiter festhielt.

»Unmöglich!« erwiderte Jourdan. »Ich kann die Beine nicht bewegen.« Die Lache wurde immer größer und tiefer, tastete nach Erins Kopf. »O Gott, bitte helfen Sie mir! Es ist so schrecklich kalt!«

»Ich versuche es.« Torres kletterte noch etwas tiefer und streckte den Arm so weit wie möglich. Einige Spritzer trafen sie, und B'Elanna mußte die Zähne zusammenbeißen, um nicht ebenfalls zu schreien. Das Deuterium war so kalt, daß es auf der Haut zu brennen schien.

Durch den wogenden Dunst konnte sie Jourdan kaum mehr erkennen. Ihre Finger tasteten nach der schreienden Frau, berührten jedoch nur kalte Nebelschwaden.

»Sie müssen sich mir ein wenig nähern!« rief B'Elanna. »Ergreifen Sie meine Hand!«

Sie hörte ein Plätschern, spürte dann eine Berührung. Jourdans Finger fühlten sich wie Eis an. Sie waren kalt und spröde, knackten hörbar, als B'Elanna zudrückte. Sie drohten fortzurutschen, und Torres griff noch fester zu, zog und achtete darauf, nicht den Halt an der Leiter zu verlieren. Jourdan hatte längst alle Kraft verloren und konnte die Bemühungen der Chefingenieurin nicht unterstützen. Wenigstens dieses eine Mal war B'Elanna dankbar für die klingonische Hälfte ihres Wesens, denn dadurch war sie kräftiger. Eine gewöhnliche menschliche Frau wäre gewiß nicht imstande gewesen, Jourdan aus der Impulsreaktionskammer zu ziehen.

Erst als sie die Kugel verlassen hatten und neben der geschlossenen Luke lagen, nahm sich Torres Zeit, die eigenen Wunden zu betrachten. Erfrierungen zeigten sich an ihrem rechten Arm – die sichtbare Haut war bläulich verfärbt und völlig gefühllos.

Mit der linken Hand klopfte B'Elanna auf ihren Insignienkommunikator. »Hier Torres«, sagte sie und atmete schwer. »Interner Transfer. Zwei Personen zur Krankenstation.«

Welcher verdammte Narr hat vergessen, die Treibstoff-Einlaßrohre zu leeren? dachte sie. *Wenn ich ihn erwische, kann er was erleben ...*

Die Sonne schien, ein kühlender Wind wehte, und von Laazia fehlte jede Spur. Tom Paris glaubte, mit sich und der Welt zufrieden sein zu können. Natürlich hatte er nichts gegen die Gesellschaft der Tochter des Ältesten einzuwenden, aber so reizvoll Laazia auch sein mochte: Er wollte keinen Ärger mit Naxor oder Captain Janeway. Derzeit begnügte er sich damit, ein Sonnenbad am Strand zu nehmen, neben seinem Freund Harry Kim.

»Das Leben kann nicht viel besser werden«, sagte er. »Stimmt's, Harry? Harry?«

Die Antwort des Fähnrichs bestand aus einem leisen Schnarchen. Paris schmunzelte. Er konnte es Kim kaum verdenken. Ryolanow schien bestens dafür geeignet zu sein, sich zu entspannen und ein Nickerchen zu machen. *Wirklich schade, daß dieser Planet so weit abgelegen ist*, dachte er. Die Ryol hätten ein Vermögen mit dem Tourismus verdienen können. Es war ihm gleich, was die Anbieter von holographischen Projektionszimmern behaupteten – für Tom Paris blieb die Realität unschlagbar.

Derzeit hatten sie dieses Paradies praktisch für sich allein. Auf dem Strand unweit der Stadt leisteten zweifellos Dutzende von Besatzungsmitgliedern der *Voyager* den Ryol Gesellschaft. Aber Paris und Kim wollten Schwierigkeiten aus dem Weg gehen, und deshalb waren sie am Ufer entlanggewandert, bis die anderen Badenden und Sonnenanbeter außer Sicht gerieten. Dünen aus körnigem schwarzen Sand und smaragdgrüne Büsche verwehrten den Blick auf die Ryol-Stadt und ihre vielen Möglichkeiten, ins Fettnäpfchen zu treten.

Hier sind wir besser dran, dachte Paris. *Hier ist alles ruhig und friedlich.*

Er rollte sich auf den Rücken. Einer der besonders angenehmen Aspekte des Strands bestand darin, daß die glatten schwarzen Körner nicht wie gewöhnlicher Sand an der Haut festklebten. Deshalb brauchte man keine Handtücher. Die winzigen Kugeln glitten hin und her, paßten sich den Konturen des Körpers an.

Paris blinzelte im hellen Schein der scharlachroten Sonne.

»Tom! Harry!«

Der Navigator hob die Hand, um sich die Augen abzuschirmen. Zwei Personen näherten sich. Bei einer von ihnen handelte es sich zweifellos um eine Frau, und ein oder zwei Sekunden lang befürchtete Paris eine neuerliche Begegnung mit Laazia. Dann bemerkte er langes schwarzes Haar, das nicht mit dem goldgelben Flaum der Tochter des Ältesten verwechselt werden konnte.

Er erkannte die Frau als Susan Tukwila. Und sie trug keine Uniform.

Ein dürrer Neffaler folgte ihr und trug einen großen Korb. Im pelzigen Gesicht des kleinen Wesens deutete etwas auf Erschöpfung hin – der Korb schien recht schwer zu sein. Wie dem auch sei: Paris bedachte den Neffaler nur mit einem flüchtigen Blick. Seine Interesse galt Tukwila, und er riß die Augen auf, als sie näher kam.

Mit dem Ellenbogen stieß er Kim an. »Wachen Sie auf, Harry«, hauchte er. »Dies wollen Sie bestimmt nicht verpassen.«

»Was?« fragte Kim schläfrig und setzte sich auf. »Warum haben Sie mich geweckt? Ich hatte einen wundervollen Traum.«

»Sehen Sie mal dorthin«, sagte Paris.

Kim kam der Aufforderung nach. »Lieber Himmel«, brachte er hervor. »Vielleicht haben Sie mich gar nicht geweckt. Vielleicht träume ich noch immer.«

Das Objekt ihrer verblüfften Aufmerksamkeit schlenderte über den Strand und ließ sich zwischen den beiden Männern auf den schwarzen Sand sinken. Paris glaubte, seinen Augen nicht trauen zu können. Harry und er trugen ganz gewöhnliche Badehosen, aber Tukwila hatte sich nach Art der Einheimischen gekleidet: Eine bestickte Weste und ein knapper Lendenschurz bedeckten ihren Leib nicht in dem Sinne, sondern brachten ihn besonders zur Geltung. Paris meinte, daß Tukwila nie besser ausgesehen hatte.

»Wollen Sie zu einer Einheimischen werden?« fragte er die junge Frau. Der Neffaler schloß zu Tukwila auf und stellte den schweren Picknickkorb im Sand hinter den drei Menschen ab. Dann duckte er sich in den Schatten des großen Korbs, um ein wenig auszuruhen.

»Warum auch nicht?« erwiderte Susan Tukwila. Es klang fast zornig und herausfordernd. »Alles ist besser als sich mit dem humorlosen Paragraphenreiter namens Chakotay herumplagen zu müssen. Er steckt so sehr in dem Starfleet-über-alles-Mist fest, daß man kaum glauben kann, daß er einmal zum Maquis gehörte.«

»He!« protestierte Kim und wandte den Blick von Tukwilas Kurven ab. »Mit Starfleet ist alles in Ordnung.«

Paris erinnerte sich daran, daß Kim als einziger Teilnehmer an dieser kleinen Strandparty – sah man einmal vom Neffaler ab – nie Mitglied des Maquis gewesen war.

»Nichts für ungut, Harry«, sagte Tukwila. »Ich sehe nur keinen Sinn darin, auch weiterhin so zu tun, als seien wir auf einer offiziellen Mission oder so. Wir sollten uns endlich damit abfinden, daß wir den Alpha-Quadranten nie wiedersehen werden.« Sie streckte sich auf dem glänzenden schwarzen Sand aus und hob einen bronzefarbenen Arm, um die Augen vor der Sonne abzuschirmen. Dann schnippte sie mit den Fingern, woraufhin der Neffaler dem Korb eine purpurne, saftige Fruchtscheibe entnahm. »Offen gestanden: Meiner Ansicht nach sollten wir dem Schicksal dafür danken, daß wir ein Paradies wie Ryolanow gefunden haben, während wir noch jung genug sind, um es zu genießen.«

Paris konnte Tukwilas Gefühle in Hinsicht auf Chakotay in gewisser Weise nachempfinden. Er hatte mehr als nur eine Konfrontation mit dem strengen Ersten Offizier der *Voyager* hinter sich. Trotzdem beunruhigte es ihn, in welche Richtung solche Gedanken zielten. »Wollen Sie wirklich auf das hinaus, was ich glaube?« fragte er.

»Auf die Idee hierzubleiben?« erwiderte Tukwila kühn. »Genau das meine ich.« Sie biß von der Fruchtscheibe ab und stemmte sich auf den Ellenbogen hoch, damit sie sowohl Paris als auch Kim in die Augen sehen konnte. »Denken Sie mal darüber nach. Warum sollten wir unser Leben riskieren und alt werden, um zur Föderation zurückzukehren, obgleich wir hier alles bekommen, was wir uns wünschen?«

»Aber wir *müssen* heimkehren«, betonte der entsetzt wirkende Kim.

»Warum?« fragte Tukwila. Violetter Saft rann an ihrem Kinn entlang und tropfte auf die Brust. »Ihr Starfleet-Typen habt vielleicht Familien und Karrieren, aber wir Maquisarden müssen damit rechnen, daheim vor Gericht gestellt und verurteilt zu werden. Tut mir leid, aber es reizt mich nicht sonderlich, fünfundsiebzig Jahre im All zu verbringen, um am Ende der langen Reise verhaftet zu werden. Vorausgesetzt natürlich, daß es den Kazon nicht doch noch gelingt, die *Voyager* zu zerstören und uns alle ins Jenseits zu schicken. Oder daß wir nicht zu lebenden Ersatzteillagern der Vidiianer werden.«

Der Neffaler blieb in Tukwilas Nähe und rang besorgt die Hände. Die junge Frau streckte den Arm aus und strich über die roten Borsten auf dem Kopf. »Niedlicher kleiner Kerl, nicht wahr? Scheint allerdings ein wenig nervös zu sein. Vermutlich hat er sich noch nicht an Menschen gewöhnt.« Sie sah zum Korb. »Möchten Sie was zu knabbern?«

»Gern«, sagte Kim. Paris nickte ebenfalls und beobachtete, wie das kleine, pelzige Geschöpf weitere

Fruchtscheiben hervorholte. Tom nahm eine entgegen und biß hinein – der Geschmack erwies sich als köstlich, gleichzeitig süß und sauer. *Wie eine Mischung aus Blaubeeren und Wassermelone,* dachte er. *Daran könnte ich mich gewöhnen.* Die Frucht schmeckte auf jeden Fall besser als die angeblichen Leckerbissen aus Neelix' Küche.

»Großartig, nicht wahr?« Tukwila lächelte mit purpurn verfärbten Lippen. »Die Ryol nennen es *Sotul.* Ein weiterer Grund hierzubleiben, wenn Sie mich fragen.«

»Was ist mit dem Kampf gegen die Cardassianer?« fragte Paris. »Ich dachte immer, daß es dem Maquis vor allem darum geht.« Seine eigenen Empfindungen waren in dieser Hinsicht nicht besonders ausgeprägt. Im Gegensatz zu Chakotay und den anderen hatte er sich dem Maquis eigentlich nur deshalb angeschlossen, weil es für ihn nichts Besseres zu tun gab. Es interessierte ihn zu erfahren, auf welche Weise Tukwila einen Schlußstrich unter dieses Kapitel ihres Lebens ziehen wollte.

Kummer veränderte den Gesichtsausdruck der jungen Frau, und Schmerz erklang in ihrer Stimme. »Diese Sache habe ich keineswegs vergessen. Ich würde alles geben, selbst das hier ...« Sie vollführte eine Geste, die dem Strand, den sanft rollenden Wellen und dem wolkenlosen Himmel galt. »... wenn ich dadurch einen Unterschied bewirken könnte. Aber ich muß mich auch den Fakten unserer Situation stellen. Wenn die *Voyager* den Alpha-Quadranten erreicht, dürfte der Konflikt in der Entmilitarisieren Zone vorüber sein, so oder so. Ob es mir gefällt oder nicht: Jener Kampf wird ohne mich entschieden. Mir bleibt nichts anderes übrig, als mein Leben fortzusetzen.«

»Was für Sie bedeutet, auf Ryolanow zu bleiben?«

fragte Kim. Die Anspannung in seiner Stimme erschreckte den Neffaler, der in den Schutz des Picknickkorbs zurückwich. Der Fähnrich reagierte ein wenig zu heftig, fand Paris. Lag es daran, daß selbst Harry, der sich immer nach der Familie und seiner Verlobten auf der Erde sehnte, Ryolanow verlockender fand, als er zugab? Diese Vorstellung erfüllte den Navigator mit Unbehagen.

»Vielleicht«, räumte Tukwila ein. »Und nicht nur ich fühle auf diese Weise.« Sie bedachte Kim mit einem durchdringenden Blick. »Fünfundsiebzig Jahre sind viel Zeit, Harry. Wollen Sie sie wirklich an Bord eines Raumschiffs verbringen?«

»Ja!« beharrte Kim. »Ich meine, nein, natürlich nicht. Vielleicht finden wir ein Wurmloch oder so. Möglicherweise gelingt es uns, einen Kontakt zur Beschützerin herzustellen – sie könnte uns morgen nach Hause schicken. Oder wir begegnen einer anderen hochentwickelten Entität, zum Beispiel jemandem aus dem Q-Kontinuum. Es gibt Abkürzungen durch Zeit und Raum, ganz bestimmt. Und wir können sie nur entdecken, wenn wir den Flug fortsetzen.«

»Sie scheinen es nicht sehr eilig zu haben, diesen Ort zu verlassen«, spottete Tukwila. Sie zog kurz am Gummiband von Kims Badehose, und als sie es wieder losließ, klatschte es gegen die sonnengebräunte Haut.

»Es gibt einen Unterschied zwischen Landurlaub und Desertion«, erwiderte Kim. Er rutschte über den schwarzen Sand, bis ihn Tukwilas Finger nicht mehr erreichen konnten. »Wir brauchen die Abkürzung nicht sofort zu finden.«

»Vielleicht finden wir sie nie.« Die junge Frau warf ihm eine zweite *Sotul*-Scheibe zu. »Es gibt auch einen Unterschied zwischen Wunschdenken und einem echten Plan. Was mich betrifft: Ich habe keine Lust, mein ganzes Leben jener geringen Chance anzuvertrauen, daß wir tatsächlich einen kürzeren Heimweg finden. Wie lange sind Sie bereit, auf ein Wunder zu hoffen, Harry?«

Kim erweckte den Eindruck, daß ihm allmählich die Argumente ausgingen. »Ich weiß es nicht«, entgegnete er leise. »Lange genug, nehme ich an.« Er sah zu Paris und erhoffte sich offenbar Unterstützung von ihm.

Tut mir leid, dachte Tom. *Ich kann ihr kaum etwas entgegensetzen.*

Er wußte nicht, wessen Standpunkt er bei dieser besonderen Debatte teilen sollte. Vor einigen Jahren hätten sich überhaupt keine Zweifel eingestellt: Er wäre sofort bereit gewesen, sich auf einem so wundervollen Planeten wie Ryolanow niederzulassen, um mit einem rein hedonistisch ausgerichteten Leben vor dem eigenen Versagen und den viel zu hohen Erwartungen seines Vaters zu fliehen. Er wußte, wie schwer es sein konnte, die eigenen Fehler wiedergutzumachen, doch er fragte sich auch: War er wirklich bereit, seine zweite Chance für dieses Paradies aufzugeben?

»An Ihrer Stelle würde ich keine voreiligen Entscheidungen treffen«, riet er Tukwila und staunte dabei über seinen eigenen Worte. *Hör nur, wer da spricht*, dachte er. *Solche Weisheiten kommen ausgerechnet von jemandem, der immer impulsiv handelte.* »Ryolanow ist eine schöne Welt und eignet sich bestens für einen Besuch, zugegeben, aber man sollte alles in Erwägung ziehen.«

»Zum Beispiel?« fragte Tukwila, rollte auf die Seite und sah Paris an. Die glatten Körner des schwarzen Sands gerieten in Bewegung und paßten sich ihr an.

»Nun, da wäre zum Beispiel … Ich meine, wir dürfen doch nicht vergessen, daß wir … Äh … der Captain würde sicher ...« Paris sah sich außerstande, den Fall *Voyager* gegen Ryolanow zu vertreten. Während er noch fieberhaft nach einem Argument für das baldige Verlassen des Planeten suchte, fiel plötzlich ein Schatten auf ihn und hielt den warmen Sonnenschein fern. Er hob den Blick und sah den besten Grund dafür, den Flug mit der *Voyager* so rasch wie möglich fortzusetzen.

Naxor.

»Es überrascht mich, daß Sie die Frechheit haben, noch einmal hierherzukommen«, sagte der feindselige Ryol. »Nach Ihrem feigen Verhalten im Nachtklub sollte man meinen, daß Sie sich nie wieder auf diese Welt wagen.« Die Lippen verzogen sich zu einem verächtlichen Lächeln, und dadurch trat die Narbe besonders deutlich hervor

Wie zum Teufel hat er mich gefunden? dachte Paris. *Der Kerl ist hartnäckiger als ein Bluthund.*

Naxor war nicht allein – drei weitere männliche Ryol leisteten ihm Gesellschaft. Sie trugen typische Strandkleidung, schienen jedoch kein Bad im Meer im Sinn zu haben. *Das sieht ziemlich schlimm aus,* dachte Paris. Den Phaser hatte er in seinem Quartier an Bord der *Voyager* zurückgelassen, und der Insignienkommunikator befand sich in der Umkleidekabine am anderen Ende des Strands. Bei Harry und Susan sah die Sache sicher ähnlich aus. Mit anderen Worten: Sie waren unbewaffnet und noch dazu in der Minderzahl. Der einzige positive Situationsaspekt schien darin zu bestehen, daß auch die Ryol keine Waffen bei sich trugen.

»Sie können offenbar nur dann mutig sein, wenn Sie Freunde dabei haben«, sagte Paris und stand langsam auf. Kim und Tukwila erhoben sich ebenfalls. Aus dem Augenwinkel sah Tom, wie der Neffaler über den obsidianschwarzen Strand davoneilte –

den Picknickkorb schien er völlig vergessen zu haben. *Kluges Kerlchen*, dachte Paris. »Aber ich schätze, Sie geben nicht viel auf Fairneß und dergleichen, oder?«

»Nein«, erwiderte Naxor kühl. Er trat auf Paris zu und ballte dabei die Fäuste. Die Pupillen seiner malachitgrünen Augen schrumpften, bis sie nur noch kleine Punkte waren.

»Immer mit der Ruhe«, ließ sich Kim vernehmen. »Es besteht kein Anlaß für einen Kampf.«

»Das stimmt«, pflichtete ihm Tukwila bei. »Der Tag ist viel zu schön, um ihn mit gebrochenen Nasen und aufgeplatzten Lippen zu verderben.«

Die Ryol-Männer achteten nicht auf den Versuch der Menschen, den Frieden zu wahren. Sie kicherten, und in Naxors Augen blitzte Haß, als er Tom Paris anstarrte.

Danke für eure Schlichtungsbemühungen, teilte der Navigator seinen Begleitern in Gedanken mit. *Aber ich fürchte, sie nützen nicht viel.*

Paris spürte eine seltsame Erleichterung, als er sich innerlich auf das Unvermeidliche vorbereitete. Er hatte die Arroganz dieses eingebildeten Ryol sofort nach seiner Ankunft auf Ryolanow zu spüren bekommen, und er wollte ihm nicht länger aus dem Weg gehen. *Bringen wir die Sache hinter uns*, dachte er und grinste süffisant, um Naxor zum Angriff herauszufordern.

Der Ryol knurrte wie ein wütender Wolf und streckte beide Hände nach der Kehle des Menschen aus. Paris stieß die Arme einfach beiseite und trat gleichzeitig nach der ungeschützten Kniescheibe des Aggressors. Sein bloßer Fuß traf das Ziel – Naxor taumelte und heulte voller Schmerz, griff nach seinem verletzten Knie. Die anderen Ryol sprangen vor, wurden jedoch sofort von Kim und Tukwila in Empfang genommen, die Verteidigungspositionen links und rechts von Paris bezogen.

Trotz der vorherigen Meinungsverschiedenheiten arbeitete das Trio von der *Voyager* perfekt zusammen. Tukwila setzte einen Ryol mit einem Handkantenschlag an den Hals außer Gefecht. Er fiel, und das Gesicht klatschte in den mit *Sotul*-Scheiben gefüllten Korb. Kim rang mit einem anderen Angreifer, und nach einigen vergeblichen Versuchen gelang es ihm, den Arm des Ryol-Mannes auf den Rücken zu drehen. Adern und Sehnen traten deutlich am Hals des Ryol hervor, als er zornig fauchte – es klang erstaunlich wild. Kim brauchte seine ganze Kraft, um den Gegner festzuhalten.

Damit blieb ein weiterer Ryol für Paris übrig, Naxor nicht mitgezählt, der zusammengekrümmt auf dem schwarzen Boden hockte und sich das verletzte Knie hielt. Der letzte Ryol stürmte an Naxor vorbei, und seine goldene Mähne wehte dabei wie ein Banner. Paris wollte ihm die Faust ans Kinn schmettern, aber der Mann erwies sich als bemerkenswert agil. Er duckte sich unter dem Hieb hinweg und prallte gegen Paris. Schwarzer Sand wurde aufgewirbelt, als Paris auf dem Rücken landete. Der Ryol stürzte sich auf ihn, und seine spitzen Fingernägel bohrten sich in die Schultern des Menschen. Weiße Zähne schnappten nach Paris' Gesicht und Kehle.

Versucht er wirklich, mich zu beißen? überlegte Tom. Er legte keinen Wert darauf, es herauszufinden. Seine Hände griffen nach Stirn und Kinn des Ryol, und dann streckte er die Arme, schob das haßerfüllte Gesicht möglichst weit fort. Allerdings... Der Gegner des Navigators befand sich in der besseren Position und hatte die Gravitation auf seiner Seite. Kopf und Schultern stemmten sich Paris' entgegen, und die knirschenden Zähne kamen immer näher, bis sie nur noch wenige Zentimeter von der Kehle des Starfleet-Offiziers trennten. Das wütende Knurren des Ryol-Mannes hallte laut in Paris' Ohren wider. Es erinnerte ihn an den Hund, der ihn in der Raumstation des Beschützers angegriffen hatte.

»He!« wandte er sich an den Ryol. »Wir wollen es doch nicht übertreiben, oder?«

Der Ryol fauchte einmal mehr, und seine Zähne kamen dem Hals des Menschen noch etwas näher. Paris spürte den heißen Atem seines Gegners auf der Haut.

»Tom!« rief Susan Tukwila. »Hierher!«

Paris wandte den Blick kurz von seinem Kontrahenten ab und sah zur jungen Frau. Sie war lobenswert schnell mit ihrem eigenen Gegner fertig geworden. Tom beobachtete, wie der gestürzte Ryol einen halbherzigen Versuch unternahm, sich aus den Resten des zerbrochenen Picknickkorbs zu erheben, doch ein entschlossener Tritt Tukwilas stieß ihn in die klebrige Masse zerquetschter Fruchtscheiben zurück. Paris bewunderte sowohl ihr Geschick als auch das wohlgeformte Bein.

»Ich bin soweit!« rief Tukwila dem Navigator zu.

»Alles klar«, bestätigte er, konzentrierte seine Aufmerksamkeit wieder auf den eigenen Gegner, kippte nach hinten und warf den blutdürstigen Ryol über die Schultern. Er landete direkt vor Tukwila, nur wenige Meter von dem anderen zu Boden gegangenen Ryol entfernt. Die junge Frau zögerte nicht und rammte dem Einheimischen beide Fäuste auf den Schädel. Paris vernahm ein dumpfes Pochen, und der Ryol blieb bewußtlos im Sand liegen. *Starfleet-Ausbildung und Maquis-Enthusiasmus bilden eine gute Mischung.*

Er sah zu Kim. Dem Fähnrich war es inzwischen gelungen, beide Arme ›seines‹ Ryol auf den Rücken zu drehen, doch der Mann leistete noch immer heftigen Widerstand, trat dauernd um sich. Kim wirkte fast wie ein Rodeo-Reiter, der versuchte, sich nicht von einem wilden Pferd abwerfen zu lassen.

»Na los, Harry!« rief Paris. »Warum tanzen Sie noch immer mit dem Clown? Wo liegt das Problem?«

»Er ist stärker, als er aussieht«, ächzte Kim. Er versuchte, den Ryol zu Fall zu bringen, doch der Mann weigerte sich, das Gleichgewicht zu verlieren, blieb auch weiterhin auf den Beinen. Mit den nackten Füßen wirbelte er immer wieder Sand auf.

Bis Susan Tukwila näher trat und dem Ryol einen Karateschlag an den Bauch versetzte – daraufhin erschlaffte er sofort. Kim seufzte erleichtert.

»Das wär's dann wohl.« Paris stand auf und hinterließ eine kleine Mulde im Sand. Seine Schultern schmerzten noch immer dort, wo sich ihm die dunkelbraunen Nägel des Ryol in die Haut gebohrt hatten. Er betrachtete die betreffenden Stellen – hier und dort drang tatsächlich Blut aus kleinen Wunden. *Auch das noch,* dachte Paris und fragte sich, ob ein Abstecher zur Krankenstation der *Voyager* nötig war.

Doch zuerst mußte er sich um Naxor kümmern. Laazias überaus eifersüchtiger Verehrer hockte nicht weit entfernt und hielt sich noch immer das verletzte Knie. Alles deutete darauf hin, daß er keine Gefahr mehr darstellte. Paris hoffte, daß er sich geschlagen gab – immerhin konnte er jetzt nicht mehr auf die Hilfe seiner Freunde zurückgreifen.

»Haben Sie genug?« rief er dem hochmütigen Ryol zu.

Naxor hob den Kopf, und erneut blitzte Zorn in seinen grünen Augen. »Wie können Sie es wagen, in einem solchen Ton mit mir zu reden?« Seine heisere, kehlige Stimme klang drohend. »Tiere. *Neffaler*. Ich werde Ihnen zeigen, wie wenig mir Ihr lächerlicher Widerstand bedeutet.«

Er humpelte dem menschlichen Trio entgegen und atmete schwer. Seine Augen wurden größer, und die Pupillen erweiterten sich, bis das Grün fast völlig verschwand. Es blieben nur zwei dunkle Scheiben, wie schwarze Löcher, die Licht und Hoffnung verschlangen. *Das ist gespenstisch,* dachte Paris und bemühte sich, an seiner Selbstsicherheit festzuhalten. Er kam sich vor wie jemand, der auf einem Friedhof versuchte, eine fröhliche Melodie zu pfeifen.

»Leider habe ich eine schlechte Nachricht für Sie, Naxor«, sagte Tom. Es fiel ihm sehr schwer, nicht vor den leeren schwarzen Augen zurückzuweichen. Sie wirkten finsterer, als es eigentlich der Fall sein konnte. Ihre Schwärze schien nicht mehr zum normalen Spektrum zu gehören, sondern sich jenseits davon zu erstrecken, wie eine Art Antilicht. »Ihre Freunde können Ihnen jetzt nicht mehr helfen. Sie sind auf sich allein gestellt.«

»Das gilt auch für Sie«, hauchte Naxor.

Tukwila schnappte plötzlich nach Luft, und Kim keuchte. *Was hat das zu bedeuten?* fuhr es Paris durch den Sinn. Er drehte sich um und sah, wie Kim und Tukwila nach ihren Kehlen tasteten. Verblüffung zeigte sich in ihren Zügen. Sie schwankten und hatten ganz offensichtlich Mühe, auf den Beinen zu bleiben. Ihre Gesichter wirkten blaß, blutleer.

»Tom«, brachte Tukwila fast tonlos hervor. »Hilfe …«

Sie sank auf die Knie, kippte dann zur Seite und blieb im Sand liegen. Kim schaffte es, noch einige Sekunden länger stehenzubleiben, bevor er ebenfalls fiel und wie die junge Frau das Bewußtsein verlor. Paris eilte zu ihnen, überprüfte den Puls und lauschte flachen Atemzügen. Seine Gefährten lebten noch, dem Himmel sei Dank. Aber sie weilten im

Reich der Träume. *Wie ist das möglich?* dachte der Navigator. *Was hat Naxor mit ihnen angestellt?*

Er hörte das Lachen des Ryol und wandte sich ihm zu. »Verdammt! Diese Sache betraf nur Sie und mich.« Neue Entschlossenheit entstand in ihm. Was als Prügelei begonnen hatte, gewann nun eine ganz andere Bedeutung. Er mußte überleben, um Captain Janeway über Naxors geheimnisvollen Angriff auf Kim und Tukwila berichten zu können.

»Ja«, bestätigte der Ryol. »Sind Sie bereit, es allein mit mir aufzunehmen, ohne Ihre Leibwächter und Babysitter?«

Ich werde dir zeigen, wie bereit ich bin, dachte Paris. Abrupt sank er auf ein Knie, griff nach einer Handvoll Sand und warf ihn Naxor ins Gesicht. Das überraschte den Ryol. Er wankte zurück, rieb sich die schwarzen Partikel aus den Augen und spuckte. Paris nutzte die gute Gelegenheit, um vorzustürmen und seinem Gegner einen wuchtigen Hieb ans Kinn zu versetzen. Der Schlag ließ Naxor erzittern, brachte ihn jedoch nicht zu Fall. *Damit hätte ich einen Klingonen zu Boden geschickt,* dachte Tom enttäuscht und erinnerte sich an Laazias erstaunliche Kraft. *Wie stark sind die Ryol?*

Er machte sich keine allzu großen Sorgen. Seine bisherigen Beobachtungen und Erlebnisse deuteten darauf hin, daß die Ryol zwar sehr kräftig sein mochten, aber keine guten Kämpfer waren. *Es wird Zeit, sich auf die Starfleet-Ausbildung zu besinnen.* Er drehte sich um die eigene Achse und streckte dabei das Bein – sein Fuß traf Naxor am Unterkiefer. Unmittelbar im Anschluß daran packte er den arroganten Ryol an der goldgelben Mähne, zerrte ihn zur Seite und gab ihm einen Stoß. Der Mann taumelte über den Strand, und Paris trat erneut zu, traf ihn diesmal am verlängerten Rücken. Naxor verlor das Gleichgewicht, kippte nach vorn und versuchte, den Fall mit den Händen abzufangen. Wasser spritzte.

Paris stapfte durch die Brandung, spürte dabei warmen Sonnenschein auf den Schultern und nahm den Duft von Ingwer wahr. *Solange er in die Defensive gedrängt bleibt, kann er mit mir nicht das anstellen, was er mit Harry und Susan gemacht hat*, überlegte Paris. Er bückte sich, schlang den Arm um Naxors Hals und zog ihn zum Strand zurück. »Sagen Sie mir, was Sie mit meinen Freunden angestellt haben«, brummte er.

Der Ryol knurrte wie ein wildes Tier, und Paris schauderte unwillkürlich. Er erinnerte sich an zornige Tiger und *Sehlats*, die weniger gefährlich geklungen hatten. Naxor wand sich hin und her. Tom versuchte, ihn festzuhalten, doch es stellte sich heraus, daß er erneut die Kraft des Ryol unterschätzt hatte. Es gelang Naxor, sich zu drehen, und plötzlich blickte Paris in die Schwärze unter den Brauen seines Gegners.

Nein, fuhr es dem Menschen durch den Sinn. *Sieh ihm nicht in die Augen!*

Zu spät. Paris spürte, wie die Kraft aus ihm wich – Naxors schwarze Augen saugten sie aus ihm heraus. Seine Arme schienen sich in schweres Duranium zu verwandeln, und die Beine waren plötzlich so schlaff und gummiartig wie Neelix' berühmt-berüchtigte Haarnudeln. Er trachtete danach, sich an Naxor festzuhalten, aber die Finger gehorchten ihm nicht mehr. Als sich der Ryol endgültig aus der Umklammerung befreite, versuchte Paris, ihn im Auge zu behalten, doch die bleiernen Lider sanken immer wieder nach unten. Die Welt jenseits davon trübte sich immer mehr, verlor Farbe und Konturen.

Nie zuvor hatte er sich so müde gefühlt, nicht einmal nach den zermürbenden Tagen in der Strafkolonie der Föderation, aus der Captain Janeway ihn gerettet hatte. Jeder einzelne Atemzug kam einer gewaltigen Anstrengung gleich. Außerdem war ihm kalt. Ein seltsamer Frost tastete nach ihm, und er verspürte nur noch den Wunsch, sich zusammenzurollen, um sich einen Rest von Wärme zu bewahren. Die sanft an seinen Beinen entlangrollenden Wellen fühlten sich an, als bestünden sie aus Eiswasser, und die Zehen waren bereits tot. *Empfindet man auf diese Weise, wenn man langsam erfriert?*

Ein Schlag traf ihn am Rücken. *Naxor*, begriff Paris, aber er war viel zu schwach, um sich zur Wehr zu setzen. *Das ist nicht fair*, dachte er, als die Fäuste des Ryol erbarmungslos auf ihn herabschmetterten. Er wollte die Arme heben, doch die Glieder schienen überhaupt nicht mehr Teil seines Körpers zu sein. Er mußte einen weiteren Schlag einstecken, fiel daraufhin mit dem Gesicht nach unten ins Wasser.

Die jähe Kälte verdrängte einen Teil der Benommenheit aus ihm. Paris schluckte nach Ingwer schmeckende Nässe und hob den Kopf, um nicht zu ertrinken. Doch eine Hand drückte ihn zurück, in den schmierigen schwarzen Sand unter den Wellen.

»Neffaler!« zischte Naxor.

Spitze Fingernägel bohrten sich ihm ihn die Kopfhaut, als die Hand immer fester zudrückte. Feuchter Sand drang Paris in Mund und Nase. Er konnte nicht mehr atmen! Die entkräfteten Arme und Beine zuckten hilflos, als er vergeblich versuchte, sich aus Naxors Griff zu befreien. Alles in ihm drängte danach, Luft zu holen, doch die ganze Welt außerhalb seines Selbst schien nur noch aus Sand und Wasser zu bestehen. Dunkelheit wogte ihm entgegen, und er rechnete damit, Erinnerungsbilder seines Lebens am inneren Auge vorbeiziehen zu sehen. Sonderbarerweise entsann er sich nur daran, wie er die Warpbarriere durchdrungen und sich in eine Amphibie verwandelt hatte. *Jene Kiemen könnte ich jetzt gut gebrauchen,* dachte er.

Luft entwich aus seinem Mund, und er wußte, daß ihn nur noch wenige Sekunden von einem fatalen Atemversuch trennten. *Das Schiff,* fuhr es ihm durch den Sinn. *Jemand muß die* Voyager *warnen …*

Von einem Augenblick zum anderen verschwand der auf seinem Kopf lastende Druck. Starke Hände packten ihn an den Schultern und drehten ihn herum, was ihm die Möglichkeit gab, wieder Luft zu holen. Paris atmete mehrmals tief durch, dankbar und erleichtert. Warmer Sonnenschein vertrieb die Kälte aus ihm.

»Ist alles in Ordnung mit Ihnen, Lieutenant?« erklang eine vertraute Stimme.

Paris wandte den Blick von der Sonne ab und sah Tuvok, der neben ihm kniete. Der vulkanische Sicherheitsoffizier trug eine Uniform und achtete nicht darauf, daß Stiefel und Hose naß wurden.

»Ich glaube schon«, erwiderte Paris. Er schüttelte den Kopf, und kleine Tropfen stoben davon. *Das war knapp,* dachte er, als er sich Meerwasser und Sand aus den Augen rieb.

Sein Gegner fiel ihm ein. »Was ist mit Naxor?« fragte er besorgt.

»Derzeit stellt er keine Gefahr mehr dar«, sagte Tuvok und deutete auf eine reglose Gestalt in der Nähe. Der Ryol lag im flachen Wasser auf dem Rükken. Seine Augen waren geschlossen – *Zum Glück,* dachte Paris –, und der Mund stand offen.

»Interessant«, fuhr Tuvok fort und stand auf. »In Hinsicht auf biologische Daten über ihre Spezies haben die Ryol große Zurückhaltung geübt. Ich konnte nicht sicher sein, ob der vulkanische Nervengriff bei den Bewohnern dieses Planeten funktioniert.«

Paris spürte, wie die Kraft in ihn zurückkehrte. Er hatte noch immer das Gefühl, gerade den deltanischen Marathon hinter sich gebracht zu haben, aber wenigstens verlor er jetzt nicht mehr so schnell Energie wie ein gesprungener Dilithiumkristall. Er stand ebenfalls auf und half Tuvok dabei, Naxor aufs Trokkene zu ziehen.

Der Vulkanier bückte sich und hielt einen Injektor an den Hals des Ryol. »Wir sollten den anderen Besatzungsmitgliedern Bescheid geben und uns dann zur *Voyager* beamen. Es gibt gewisse Dinge, die wir mit dem Captain erörtern müssen.«

»Ganz meine Meinung«, pflichtete Paris dem Vulkanier bei. Er sah sich auf dem wieder ganz friedlich wirkenden Strand um. Von den insgesamt acht Humanoiden in diesem Bereich des schwarzen Ufers waren nur noch er selbst und Tuvok auf den Beinen. Und allein der Vulkanier trug Kleidung, die sich nicht unbedingt für ein Sonnenbad eignete. In seiner feuchten Starfleet-Uniform wirkte der vulkanische Sicherheitsoffizier am Strand völlig fehl am Platz, und Paris fragte sich zum erstenmal: *Was hat Tuvok überhaupt hierhergeführt?*

B'Elanna fluchte auf klingonisch, als Kes ihren Arm mit einem Anästhetikum behandelte. Der Schmerz mußte recht intensiv sein, vermutete die Ocampa – normalerweise versuchte Torres, die klingonischen Aspekte ihres Selbst zu unterdrücken.

»In einigen Sekunden müßte es besser werden.« Kes legte den Injektor beiseite. »Sie sollten jetzt spüren, wie sich Taubheit in Ihrem Arm ausbreitet.«

»Ja«, brachte Torres zwischen zusammengebissenen Zähnen hervor. »Das Mittel wirkt.« Mit dem einen Fuß klopfte sie ungeduldig auf den Boden der Krankenstation. Sie hatte es abgelehnt, sich auf einem

Biobett auszustrecken – angeblich waren ihre Verletzungen minimal. Kes fragte sich, ob eine derartige Sturheit zu den Eigenschaften aller Klingonen gehörte. B'Elanna war die einzige Klingonin weit und breit – vermutlich die einzige im Delta-Quadranten –, doch Tom und Harry meinten, das Temperament der Chefingenieurin sei typisch für die klingonische Spezies. Kes hatte den Doktor einmal nach Klingonen gefragt und anschließend einen dreißig Minuten langen Vortrag über die Komplexität ihres zweiten Nervensystems gehört. Die entsprechenden Informationen erwiesen sich zwar als recht interessant, stellten jedoch nicht unbedingt das dar, worüber sie Bescheid wissen wollte. Kes' Interesse galt nicht in erster Linie der Anatomie, sondern dem Denken und Empfinden eines jeden neuen Volkes, das sie kennenlernte.

Derzeit konnte der holographische Arzt keine Vorträge halten. Er widmete seine ganze Aufmerksamkeit Fähnrich Jourdan, die auf dem primären Biobett lag, unter einem chirurgischen Stabilisierungsgerüst. Kes blickte auf die Anzeigen des Displays über dem Kopf der Patientin. Zwar war die junge Frau recht schwer verletzt worden, aber ihre Biodaten sahen ganz gut aus. Da sich der Doktor um sie kümmerte, blieb B'Elanna Kes überlassen.

»Sie hatten viel Glück«, sagte die Ocampa und behandelte Torres' Arm mit einem dermalen Regenerator. »Es hätte viel schlimmer kommen können.«

»Ich fühle mich nicht besonders glücklich«, brummte die Chefingenieurin und betrachtete ihren rechten Arm. Die Emissionen des Regenerators ließen Blasen und Risse in der Haut allmählich verschwinden.

»Dauert es noch lange?« fragte sie ungeduldig. »Ich muß zu dem verdammten Strand.«

»Zum Strand?« Kes sah von ihrer Arbeit auf, und es lief ihr kalt über den Rücken. B'Elannas Interesse am Strand schien ganz und gar nicht typisch für sie zu sein. Kes kannte die Chefingenieurin nicht besonders gut, aber sie konnte sich Torres kaum als jemanden vorstellen, der an einem Sonnenbad oder dergleichen Gefallen fand.

Die Ocampa spürte, wie sich ihre Intuition regte. *Dies ist wichtig*, dachte sie und holte tief Luft. »Wieso interessieren Sie sich für den Strand?«

»Schon gut«, erwiderte B'Elanna schroff. »Bringen Sie meinen Arm in Ordnung und lassen Sie mich dann zur Arbeit zurückkehren.«

»Eben sprachen Sie davon, den Strand aufzusuchen«, sagte Kes. »Haben Sie dort zu tun? Bitte, ich möchte es wirklich wissen.«

B'Elanna vernahm die Eindringlichkeit in Kes' Stimme und musterte sie argwöhnisch. »Warum fragen Sie? Gibt es irgendeinen Grund, warum ich den Strand nicht aufsuchen sollte?«

»Vielleicht«, räumte Kes ein. Sie hatte nicht nur Neelix von ihren Befürchtungen erzählt, sondern auch Tuvok und dem Doktor – es handelte sich also nicht um ein Geheimnis. »Ich habe sonderbare ... Gefühle in Hinsicht auf den Strand und glaube, daß es dort etwas gibt, von dem wir nichts erfahren sollen.«

Die Ocampa beobachtete, wie es in B'Elannas Augen blitzte – offenbar wußte sie irgend etwas über den Strand. Torres hatte eigene Fragen und suchte nach betreffenden Antworten.

»Vielleicht sollten wir unsere Erfahrungen austauschen«, sagte Kes.

Torres richtete einen nachdenklichen Blick auf die Ocampa. Kes begriff, daß sie schwach und wenig eindrucksvoll wirkte, wenn man klingonische Maßstäbe anlegte. *Ich bin keine klingonische Kriegerin,* dachte sie. *Aber ich kann mich um mich selbst kümmern.*

Schließlich nickte B'Elanna. »Ja, das könnte durchaus sinnvoll sein«, sagte sie und rollte den Ärmel herunter. Abgesehen von einer leichten Rötung wirkte der Arm wieder ganz normal.

Torres drehte den Kopf und sah zum Doktor, der noch immer damit beschäftigt war, die fragile menschliche Hülle von Erin Jourdan zu reparieren. Die junge Frau lebte, war jedoch bewußtlos.

»Wahrscheinlich kann er Hilfe gebrauchen«, meinte die Chefingenieurin. »Wir treffen uns um sechzehn Uhr Bordzeit im Transporterraum Zwei.«

»Einverstanden«, bestätigte Kes. Sie konnte es gar nicht abwarten, von Torres zu hören, was sie über den rätselhaften Strand herausgefunden hatte.

Vielleicht gelang es ihnen gemeinsam, das Geheimnis zu lüften.

10

Für eine Tasse starken Kaffee wäre Captain Janeway bereit gewesen, es mit einem ganzen Borg-Schwarm aufzunehmen. Sie hatte das Gefühl, praktisch rund um die Uhr ihre beste Galauniform zu tragen, und die auf ihr lastende Bürde der Erschöpfung wurde immer schwerer. *Ich brauche eine Woche Entspannung auf dem Holodeck, um mich von diesen ›Ferien‹ auf Ryolanow zu erholen,* dachte sie. Aber sie war gern bereit, die schier endlosen diplomatischen Gespräche auch weiterhin hinzunehmen, wenn ihre Crew dadurch Gelegenheit bekam, den dringend benötigten Landurlaub zu genießen. Janeway fühlte sich persönlich dafür verantwortlich, daß die Besatzungsmitglieder nicht mehr als unbedingt nötig an den Konsequenzen ihrer Entscheidungen litten. Um das zu gewährleisten, schreckte sie nicht vor dem Opfer zurück, an einem weiteren Bankett oder Empfang teilzunehmen.

Die Sonne neigte sich dem Horizont entgegen, und Janeway war zu einer Verabredung mit Varathael unterwegs. Sie spürte dumpfen Schmerz in den Beinen und versuchte, ihn zu ignorieren, als sie in einer von Ryolalers Pyramiden durch ein Labyrinth aus Korridoren eilte. Sie brauchte sich nicht mehr von einem Ryol begleiten zu lassen, denn inzwischen kannte sie die Ämter und Büros der Regierung besser, als ihr lieb war. Türkisfarbene Teppiche bedeckten den Boden, präsentierten goldene und rote Wirbelmuster.

Seidige Tapisserien in allen Regenbogenfarben hingen an glatten Marmorwänden, und eine geschickte Anordnung aus Spiegeln und Fenstern verteilte den scharlachroten Sonnenschein in allen Räumen. Janeway brachte eine weitere Ecke hinter sich und bemerkte einen älteren Neffaler, der eine reflektierende Scheibe in der Decke reinigte. Er benutzte dafür einen langen Stab, an dem eine Bürste befestigt war. Das kleine Wesen sah nicht auf, als sie an ihm vorbeiging, widmete sich auch weiterhin der Arbeit.

Janeway runzelte die Stirn. Die Ryol waren freundlich und sehr großzügig, aber die Neffaler wurden von ihnen fast grausam behandelt. Im Lauf der Jahrhunderte hatte die Föderation strenge Richtlinien entwickelt, die zwischen der legitimen Verwendung von Tieren und der Ausbeutung weniger hochentwickelter Spezies unterschieden. Vermutlich hätte sich bei einer genauen Überprüfung herausgestellt, daß Ryolanow nicht alle notwendigen Voraussetzungen erfüllte, um Mitglied der Föderation zu werden.

Doch darum ging es hier nicht. Was auch immer man davon halten mochte: Die Erste Direktive bedeutete, daß es sich bei den Beziehungen zwischen Ryol und Neffalern um eine innere Angelegenheit dieses Planeten handelte, in die sich Außenweltler nicht einmischen durften. *Trotzdem,* dachte Janeway. *Es käme mir nie in den Sinn, meinen Hund so zu behandeln, wie die Ryol mit den Neffalern umgehen.*

Kurze Zeit später erreichte sie das private Quartier von Varathael – es befand sich genau im Zentrum der Pyramide. Nur ein dicker Samtvorhang separierte die Residenz des Ältesten vom breiten Flur. Der offensichtliche Mangel an Sicherheitsvorkehrungen beeindruckte Janeway noch genauso wie bei ihrem ersten Besuch in Varathaels Gemächern. Die Gesellschaft der Ryol mußte tatsächlich sehr stabil und friedlich sein, wenn das Regierungsoberhaupt auf Wächter und Empfangspersonal verzichten konnte. *Die Cardassianer könnten diese Stadt innerhalb einer Stunde übernehmen,* überlegte Janeway und fühlte fast so etwas wie Schuld, weil sie in militärischen Bahnen dachte. Andererseits: Vermutlich war es nur eine Frage der Zeit, bis die Kazon, Vidiianer oder ein anderes aggressives Volk auf Ryolanow stießen. *Vielleicht sollte ich Varathael darauf ansprechen und ihn davor warnen, Fremde zu vertrauensvoll zu empfangen. Oder käme er dadurch auf die Idee, Menschen für kriegerisch und paranoid zu halten?* Janeway seufzte leise, als sie einen weiteren Grund sah, sich Sorgen zu machen. Gleichzeitig wußte sie, daß ihr gar nichts anderes übrigblieb, als sich mit solchen Dilemmas abzufinden. Ein Erstkontakt war nie leicht, sondern immer eine problematische Angelegenheit, die jede Menge Takt und Feingefühl erforderte.

Gedämpfte Stimmen erklangen hinter dem schweren, burgunderroten Vorhang. Janeway zögerte vor dem Zugang, weil sie den Ältesten nicht stören wollte. Varathael und sie hatten vereinbart, sich hier zu treffen und anschließend eine *Sotul*-Plantage zu besichtigen. Sie wußte nicht genau, was sie erwartete, aber vermutlich standen ihr einige Weinproben und Ansprachen bevor. Janeway nahm sich vor, nicht zuviel zu trinken. *Sotul*-Wein war recht stark und wirkte fast ebenso nachhaltig wie romulanisches Bier. Als Kommandantin der *Voyager* wollte sie sich die Peinlichkeit ersparen, angetrunken vor fremden Würdenträgern zu erscheinen

Eigentlich konnten die Würdenträger von Ryolanow kaum ehrwürdiger sein als Varathael. Wenigstens bot der Älteste angenehme Gesellschaft – dafür war Janeway dankbar. Bei den Oberhäuptern gewisser anderer Völker, von einigen hohen Tieren der Föderation ganz zu schweigen, wurden diplomatische Bemühungen von extremer Langeweile begleitet. Sie erinnerte sich an den andorianischen Premierminister, der bei einem Vortrag an der Starfleet-Akademie mehrere Stunden damit verbracht hatte, die Vorzüge von blauer Haut zu rühmen. Varathael hingegen war charmant und intelligent. Abgesehen von der nicht gerade sehr rücksichtsvollen Behandlung der Neffaler – und Janeway achtete darauf, in dieser Hinsicht keine voreiligen Schlüsse zu ziehen – schienen die Ryol sehr sympathisch zu sein. Hoffentlich hatten sie ihrerseits einen guten Eindruck von der Vereinten Föderation der Planeten gewonnen. *Irgendwann erreichen anderen Forscher den Delta-Quadranten*, dachte Janeway. *Vielleicht kann die* Voyager *gute Vorarbeit leisten für zukünftige friedliche Beziehungen zwischen diesem Teil der Galaxis und dem Alpha-Quadranten. Wenn unsere lange Reise in dieser Hinsicht Gutes bewirkt, so bleiben unsere Anstrengungen und Mühen nicht umsonst.*

Die Stimmen auf der anderen Seite des Vorhangs wurden lauter. Janeway glaubte, Varathaels Stimme zu erkennen, aber es gab einen drohenden Klang in ihr, den sie nie zuvor gehört hatte. Sie konnte keine einzelnen Worte verstehen und versuchte es auch gar nicht, doch der Älteste schien recht zornig zu sein.

Janeway runzelte erstaunt die Stirn. Sie konnte sich kaum etwas in diesem tropischen Paradies vorstellen, das den ruhigen Varathael so sehr in Rage brachte.

Auch die zweite Stimme hörte sich vertraut an, aber es gelang der Kommandantin zunächst nicht, sie zu identifizieren. Sie klang nicht in dem Sinne zornig, eher verzweifelt. Von wem auch immer sie stammte: Die betreffende Person schien sich zu fürchten.

Vor Varathael? dachte Janeway. Das erschien ihr sehr unwahrscheinlich. Und doch … Sie erinnerte sich an Chakotays Schilderungen in Hinsicht auf seinen geistigen Ausflug in eine öde Welt, an die dortige Begegnung mit einem unheilvollen Wesen. Hatte das Paradies namens Ryolanow auch Schattenseiten? Es widerstrebte Janeway, an so etwas zu glauben, aber sie konnte eine solche Möglichkeit nicht ausschließen.

Sie erstarrte förmlich, als sie ein ganz bestimmtes Wort hörte – hinter dem Vorhang hatte jemand die *Voyager* erwähnt. Unbehagen regte sich in ihr, und sie wich ein wenig von dem dicken Samt zurück, um nicht zu lauschen. *Vielleicht sollte ich später zurückkehren,* dachte sie und spielte auch mit dem Gedanken, den automatischen Translator zu deaktivieren. Doch dann setzten sich Vorsicht und Verantwortungsgefühl durch: Sie trat näher als zuvor an den Vorhang heran und spitzte die Ohren. *Zum Teufel mit den guten Manieren. Wenn es um meine Crew geht, muß ich Bescheid wissen.*

Sie konzentrierte sich auf das Gespräch und erkannte auch die zweite Stimme: Naxor. *Ach, Tom, was haben Sie diesmal angestellt?* Zu welchem Zwischenfall auch immer es gekommen sein mochte – bestimmt war Lieutenant Paris darin verwickelt. Und wenn Paris mit jener Sache zu tun hatte, die den Ältesten zornig werden ließ, so betraf sie vermutlich auch Harry Kim. *Wenigstens kann ich sicher sein, daß Neelix derzeit das Essen vorbereitet,* dachte die Kommandantin. *Und daß sich B'Elanna mit dem Triebwerk beschäftigt – hoffe ich jedenfalls.*

Janeway spannte die Muskeln, um vom Vorhang zurückzuweichen, falls sich jemand nähern sollte. Sie hob die eine Hand zum Insignienkommunikator, für den Fall, daß ein rascher Transfer notwendig wurde, um einer peinlichen Situation zu entgehen. Nicht vorbereitet war sie auf den markerschütternden Schrei, der plötzlich hinter dem Vorhang erklang, der von Panik und Qual kündete. Janeways glaubte zu spüren, wie ihr Herzschlag für einige Sekunden aussetzte. Sie konnte kaum glauben, daß ein intelligentes Wesen imstande war, ein solches Geräusch von sich zu geben.

Ein jäher Adrenalinschub erfaßte die Kommandantin, und sie handelte aus einem Reflex heraus – einen derartigen Schrei konnte sie unmöglich ignorieren. Die rechte Hand holte den Phaser hervor, und die andere zerrte den Vorhang beiseite.

Mit einem Blick nahm sie die Szene wahr.

Sie sah einen funkelnden Kronleuchter, darunter einen Schreibtisch aus lackiertem Holz, einen Teppich, der viele verschiedene Muster aufwies und dessen Farben zu denen von Couch und Sesseln paßte. Und in dieser Umgebung wand sich Naxor in einer Agonie, die ganz offensichtlich von Varathael hervorgerufen wurde. Er kniete, und hinter ihm stand der Älteste, mit den Händen an den nackten Schultern des jüngeren Ryol. Es fand keine sichtbare Gewalt statt, doch Naxor schrie so gequält, als zerrte ihm Varathael langsam die Eingeweide aus dem Leib. Er verdrehte die Augen so sehr, daß nur noch das Weiße in ihnen zu sehen war. Der Mund stand weit offen, während Naxor heulte und dabei am ganzen Leib bebte.

Fassungslos beobachtete Janeway, wie sich der junge Mann zu verändern begann. Das glatte Gesicht wurde schmal und hohlwangig. Dunkle Ringe bildeten sich unter den Augen. Die Haut veränderte sich, verlor ihre gesunde blaue Tönung und gewann statt dessen ein farbloses Grau. Muskeln schienen sich einfach aufzulösen, und zurück blieb eine dürre Gestalt, die nur noch aus trockener Haut und spröden Knochen zu bestehen schien. Innerhalb weniger Sekunden verwandelte sich Naxor in jemanden, der aussah, als hätte er viele Wochen in einem cardassianischen Arbeitslager verbracht, und die ganze Zeit über schrie er.

Der jüngere – und jetzt greisenhaft anmutende – Ryol bot einen gräßlichen Anblick, aber die Veränderungen in Varathaels Gesicht fand Janeway noch entsetzlicher. Der würdevolle Älteste wirkte plötzlich wie ein blutdürstiger Dämon aus der klingonischen Mythologie. Er hatte die Zähne zusammengebissen, und sein Gesicht kam einer Grimasse gleich, in der seine scharfen Züge besonders deutlich hervortraten. Die grauen Strähnen verschwanden aus seinem Haar, das wieder einen jugendlich frischen goldgelben Glanz gewann, während gleichzeitig die Farbe aus Naxors Mähne wich. Varathaels braune Fingernägel bohrten sich tiefer in Naxors faltige Haut, und wässeriges Blut drang aus den kleinen Wunden. Die einst grünen Augen unter den geschwungenen gelben Brauen waren jetzt zwei schwarze Strudel, gefüllt mit Leere. Er schien in Ekstase zu sein und die Verzückung so sehr zu genießen, daß er Janeway überhaupt nicht bemerkte.

Sie konnte das Geschehen nicht stumm beobachten. »Hören Sie auf!« entfuhr es ihr. »Sie bringen ihn um!«

Der Blick von Varathaels leeren Augen glitt zu ihr. Er ließ Naxor los, der sofort erschlaffte und auf den Teppich sank – Janeway wußte nicht, ob er noch lebte. Der Älteste versuchte, sich wieder zu fassen und seinem Gesicht einen zivilisierteren Ausdruck zu geben. Als er sprach, klang seine Stimme kehlig und guttural.

»Es tut mir sehr leid, daß Sie dies gesehen haben, Captain Janeway«, sagte Varathael. Er trat einen Schritt näher, und die Kommandantin wich instinktiv zurück. Seine Augen waren noch immer so schwarz wie die Ufer von Ryolanow. »Bitte belasten Sie sich nicht damit. Sie müssen sich bereits um viele andere Dinge kümmern und sollten sich keine Sorgen wegen etwas machen, das Sie nicht verstehen. Diese Last möchte ich Ihnen nehmen. Erlauben Sie mir, die Angehörigen meines Volkes auf unsere Art und Weise zu behandeln. Lassen Sie sich davon nicht beunruhigen. Am besten denken Sie gar nicht mehr daran ...«

Der Tonfall war beschwichtigend und wirkte fast hypnotisch. Janeway fühlte sich vom Rhythmus der Worte halb betäubt, und die Schwärze in den Augen schien sie zu verschlingen. Nun, was die Ryol miteinander anstellten, ging sie nichts an. Die Erste Direktive befreite sie von der Pflicht, in irgendeiner Weise zu intervenieren. Oder? Varathael kam einen weiteren Schritt näher, und dann noch einen. Ihre Besorgnis schien sich in den finsteren Augen zu verflüchtigen. Wie einfach war es doch, den Rat des Ältesten zu beherzigen und die ganze Sache einfach zu vergessen. Bestimmt drohte Naxor keine direkte Lebensgefahr. Varathael konnte doch nicht so skrupellos sein, einen Artgenossen umzubringen ...

Der Älteste streckte die Hand nach ihr aus, und Janeway spürte, wie ihr die Spitzen der braunen Fingernägel über die Wangen strichen.

Nein! Sie neigte den Kopf nach hinten und wich erneut zurück. Jäh fiel die Trance von ihr ab, und sie klopfte auf den Insignienkommunikator.

»Janeway an *Voyager*. Beamen Sie mich an Bord – sofort.«

»Warten Sie!« rief Varathael und eilte ihr entgegen. Die Ruhe verschwand aus seinen Zügen, wich verärgerter Boshaftigkeit. »Lassen Sie es mich erklären!«

Der Transporterstrahl erfaßte Janeway und trug sie fort.

Die Kommandantin betrat den Kontrollraum – ein Turbolift hatte sie direkt zur Brücke gebracht. Chakotay stand sofort auf, um dem Kommandosessel Janeway zu überlassen. »Der Älteste versucht, einen Kom-Kontakt herzustellen, Captain«, sagte er.

»Kann ich mir denken«, erwiderte Janeway. »Commander, Mr. Tuvok ... Bitte begleiten Sie mich in den Bereitschaftsraum. Mr. Paris, Sie haben das Kommando.«

Tuvok wandte sich von der taktischen Station ab. »Ich würde vorschlagen, daß uns Lieutenant Paris Gesellschaft leistet, Captain. Er ist in einen Zwischenfall verwickelt, von dem Sie erfahren sollten.«

Janeway musterte den jungen Navigator und bemerkte blaue Flecken im Gesicht und am Hals. Er schien einen Kampf hinter sich zu haben, und sie ahnte, wer der Gegner gewesen war.

»Naxor?« fragte sie Paris.

Er nickte bestätigend.

Schon wieder Naxor, dachte Janeway. *Vielleicht hat Varathael ihn deshalb bestraft.* »Na schön«, sagte sie und bedeutete einem anderen Brückenoffizier namens Zon Kellar, Paris an den Navigationskontrollen zu vertreten. »Ich habe Ihnen ebenfalls einiges zu erzählen.«

»Was sollen wir in Hinsicht auf die Kommunikationsversuche des Ältesten unternehmen, Captain?« fragte Kellar.

»Halten Sie ihn hin«, entgegnete Janeway.

Kurze Zeit später saß Janeway zusammen mit Chakotay, Tuvok und Paris am Konferenztisch. Sie beschrieb ihre Begegnung mit Varathael und hörte dann aufmerksam zu, als Paris die Auseinandersetzung am Strand beschrieb. Mit einigen Zwischenfragen stellte sie fest, daß die heftige Konfrontation mit Naxor und seinen Freunden kurz vor ihren Beobachtungen im Quartier des Ältesten stattgefunden hatte. Möglicherweise hatte Varathael Naxor zur Rechenschaft gezogen, auf seine Art und Weise – das konnte Janeway durchaus verstehen. Doch eine so brutale Behandlung …

»Man kann sich kaum ein Verbrechen vorstellen, das solche Qualen als Strafe rechtfertigt«, sagte Janeway. *Ganz zu schweigen von der Ekstase, mit der Varathael die Bestrafung vornahm.*

»Meine Besorgnis gilt weniger dem Umstand, daß sowohl Naxor als auch Varathael Gewalt anwandten, sondern vielmehr der Art der beobachteten Aggressionen«, ließ sich Tuvok vernehmen. »Ganz offensichtlich verfügen die Ryol über Fähigkeiten, die den meisten Humanoiden fehlen.«

»Und es gibt bei ihnen eine dunkle Seite, die sie vor uns verbergen«, fügte Chakotay hinzu.

Janeway vermutete, daß sich seine Worte auch auf die Erlebnisse in der geistigen Welt bezogen.

»Das ist bei den meisten intelligenten Spezies der Fall«, meinte Tuvok. »Insbesondere beim ersten Kontakt mit einer fremden Zivilisation.«

Ein guter Hinweis, dachte Janeway. *Mir läge kaum etwas daran, die Menschheit einer anderen Spezies vorzustellen, indem ich von den Eugenischen Kriegen oder der spanischen Inquisition erzähle.*

»Eins steht fest«, sagte Paris. »Die Ryol sind wesentlich gefährlicher, als es zunächst den Anschein hat. Naxor hätte fast das Leben aus mir herausgesaugt. Harry und Susan erging es nicht viel besser.«

»In welchem Zustand befinden sie sich?« fragte Janeway und befürchtete plötzlich, daß es Kim und Tukwila ähnlich ergangen sein mochte wie Naxor bei Varathael. Sie schauderte innerlich, als sie sich vorstellte, wie Harry Kim innerhalb weniger Sekunden zu einem Greis metamorphierte.

»Sie sind noch in der Krankenstation«, sagte Chakotay. »Aber der Doktor macht sich keine großen Sorgen um sie. Beide sind erschöpft und leiden an einer leichten Anämie, doch sie erholen sich schnell. Dauerhafter Schaden wurde glücklicherweise nicht angerichtet.«

»Freut mich, das zu hören«, erwiderte Janeway. Sie sah sich am Tisch um, musterte die ernsten Mienen der Offiziere. »Die Frage lautet: Was unternehmen wir jetzt? Wie viele Besatzungsmitglieder sind derzeit auf dem Planeten?«

»Siebenundfünfzig, um ganz genau zu sein«, sagte Tuvok. »Sie alle könnten zu Geiseln werden. Ich schlage vor, sie unverzüglich an Bord zu beamen.«

»Wir sollten nichts überstürzen«, wandte Janeway ein. »Soweit wir bisher wissen, ist Naxor der einzige Ryol, der versucht hat, uns in irgendeiner Form zu schaden, und er scheint alles andere als typisch zu sein. Alles deutet darauf hin, daß er von Varathael streng bestraft wurde. Inzwischen dürfte er keine Gefahr mehr für uns darstellen.« Sie zögerte und erinnerte sich daran, daß Varathael unmittelbar vor dem Transfer versucht hatte, sie mit einem verzweifelten Sprung zu erreichen. War er bestrebt gewesen, sie der gleichen Behandlung zu unterziehen wie Naxor? Ganz deutlich entsann sie sich an die ekstatische Verzückung in den Zügen des Ältesten, und einmal mehr fragte sie sich, wozu er fähig sein mochte.

»Annullieren Sie jeden zukünftigen Landurlaub«, ordnete die Kommandantin an. »Wir schicken niemanden mehr auf den Planeten. Beginnen Sie gleichzeitig damit, die Crewmitglieder nach und nach zurückzurufen. Es soll nicht nach einem hastigen Abzug unserer Leute aussehen, sondern nach einem ganz normalen Ende der Ferien. Alles klar?«

»Ja«, bestätigte Chakotay. »Die nächste Schicht beginnt in einigen Stunden, und einige Besatzungsmitglieder werden ohnehin zurückerwartet.«

»Gut.« Janeway nickte. »Mit ein wenig Glück sind alle wieder an Bord, bevor die Ryol etwas merken.«

»Ich verstehe das nicht«, sagte Paris. »Was hat es mit den Ryol wirklich auf sich? Und was wollen sie von uns?«

»Vielleicht bin ich bald imstande, Antworten zu liefern«, meinte Tuvok. »Mit der Hilfe des Doktors.« Er wandte sich dem Computerschirm in der Mitte des Tisches zu, auf dem das immer ein wenig mürrisch wirkende Gesicht des holographischen Arztes erschien. »Entschuldigen Sie bitte, Doktor. Haben Sie inzwischen die Probe analysiert, die ich Ihnen zur Verfügung stellte?«

Probe? wiederholte Janeway in Gedanken. Worauf bezogen sich die Worte des Vulkaniers?

»Nein, noch nicht«, erwiderte das Hologramm. »Vielleicht erinnern Sie sich vage daran, daß ich auch noch andere Pflichten wahrnehmen muß, und dazu gehört auch die Überwachung der Rekonvaleszenz der Fähnriche Kim und Tukwila.«

»Natürlich«, warf Janeway diplomatisch ein. »Wie geht es Ihren Patienten, Doktor?«

Das Bild des Holo-Arztes wich vom Schirm. Tukwila und Kim wurden sichtbar – unter silbrig glänzenden Decken lagen sie nebeneinander auf Biobetten. »Oh, sie werden überleben, was sie allerdings nicht der schwächenden Kraft verdanken, mit der sie es auf dem Planeten zu tun bekamen. Die Intensität ihrer bioelektrischen Felder lag um fünfzehn Prozent unter dem für Menschen empfohlenen Niveau, während es bei Metabolismus und allgemeiner Blutchemie deutliche Hinweise auf einen Energieschwund gab – meine Replikatoren sind pausenlos im Einsatz, um all jene Vitamine zu produzieren, die während der nächsten Wochen gebraucht werden. Außerdem kam es zu erheblichen Belastungen im Bereich der Zellstruktur. Ich möchte Sie nicht mit Einzelheiten langweilen ...«

»Wir wissen Ihre Bemühungen sehr zu schätzen, Doktor.« Janeway sah zu Tuvok. »Sie erwähnten eine Probe.«

Der Vulkanier nickte. »Nachdem ich Naxor überwältigte, war ich so frei, eine Probe seiner DNS zu nehmen.«

»Aus welchem Grund?« fragte Chakotay.

»Bisher sind die Ryol allen unseren Versuchen ausgewichen, biologische Daten über sie zu bekommen. Die Erfahrung lehrt mich: Je schwerer Geheimnisse zu lüften sind, desto bedeutender sind sie. Als es zwischen Mr. Paris und Naxor zu der Auseinandersetzung kam, bot sich mir eine Chance, wichtige Daten zu gewinnen, und ich beschloß, sie zu nutzen.«

»Glücklicherweise sind Sie genau zur richtigen Zeit erschienen«, sagte Paris. »Nun, eins ist mir noch immer nicht ganz klar: Wieso befanden Sie sich überhaupt auf dem Strand?«

Gute Frage, kommentierte Janeway in Gedanken. Die Antwort interessierte sie sehr.

»Kes hatte zuvor meine Aufmerksamkeit auf das Ufer gerichtet«, begann Tuvok und erzählte dann von den beunruhigenden psychischen Signalen, die Kes aus dem Meer empfing. »Ich ging auf der Suche nach einem ähnlichen mentalen Erlebnis am Strand entlang, als ich feststellte, daß Lieutenant Paris und die anderen Hilfe brauchten.«

»Haben Sie etwas gespürt?« fragte Janeway und beugte sich zu Tuvok vor. »Bevor Sie Naxor und Mr. Paris begegneten?«

»Nein«, entgegnete der Vulkanier. »Was einzig und

allein bedeutet, daß die vorliegenden Daten nicht schlüssig sind. Wie ich schon Kes erklärte: Die telepathischen Fähigkeiten von Vulkaniern und Ocampa weisen erhebliche Unterschiede auf. Es ist durchaus möglich, daß Kes ein Phänomen bemerkte, das meiner Aufmerksamkeit entging.«

Janeway wechselte einen Blick mit dem Ersten Offizier, der ernst nickte. *Erst Chakotay und jetzt auch Kes,* dachte sie. Zu viele Mitglieder ihrer Crew ahnten Schlimmes in Hinsicht auf Ryolanow. Vielleicht war der Planet doch nicht jenes vollkommene Paradies, das er zu sein schien.

»Was halten Sie davon?« fragte Janeway den Vulkanier. »Könnte Kes tatsächlich etwas gespürt haben?«

Tuvok zögerte kurz, bevor er antwortete: »Kes mag relativ jung und unerfahren sein, aber sie leidet keineswegs an einer unkontrollierten Phantasie. Wenn sie darauf besteht, im Meer etwas wahrgenommen zu haben, das ihr Angst einjagte, so sollten wir davon ausgehen, daß dort tatsächlich etwas existiert.«

»Der Strand!« entfuhr es dem holographischen Arzt plötzlich. Das Gesicht auf dem Computerschirm veränderte sich, wirkte jetzt nicht mehr verdrießlich, sondern besorgt.

»Was ist, Doktor?« fragte Janeway.

»Der Strand«, wiederholte er. »Dorthin brachen Kes und Lieutenant Torres auf, kurz bevor Mr. Tuvok, Kim und Tukwila die Krankenstation erreichten. Sie sind jetzt am schwarzen Ufer!«

11

Es war dunkel geworden, und ein kühler Wind wehte von der Bucht, ließ Kes frösteln. Sie bedauerte es nun, keine Jacke für diese nächtliche Expedition mitgebracht zu haben. Jene Kleidung, die sie für gewöhnlich an Bord der *Voyager* trug, bot kaum Schutz vor der kalten Brise. Im Vergleich mit dem ersten Abend am Strand schien die Temperatur diesmal erheblich niedriger zu sein.

»Hier, Schatz«, sagte Neelix. »Nimm das.« Er zog die gemusterte Jacke aus – unter ihr kam ein noch bunteres Hemd zum Vorschein – und streifte sie Kes über die Schultern, nachdem er seinen Insignienkommunikator abgenommen und am Hemd befestigt hatte. Die Ocampa nahm das wärmende Kleidungsstück dankbar entgegen, obwohl sie vermutete, daß die von ihr wahrgenommene Kühle größtenteils psychologischer Natur war. Etwas in ihr fürchtete sich davor, erneut den gräßlichen telepathischen Schrei zu hören.

»Pscht!« B'Elanna Torres bedachte Neelix mit einem finsteren Blick. »Eigentlich sollten wir gar nicht hier sein, erinnern Sie sich?«

Das seltsame Trio schlich durchs dichte Gebüsch am Rande des Strands und mied dabei die Nähe der Lampen im Bereich des Pfads. Grüne und purpurne Ranken, die in den Schatten fast schwarz wirkten, strichen Kes über die Wangen, als sie vorsichtig weiterkroch. Der Duft vieler Blüten überlagerte das

Ingweraroma des Meers. Gelegentlich spürte die Ocampa, wie ihr kleine Insekten über die Hände krabbelten. Sie hoffte inständig, daß sich unter den Sträuchern keine Schlangen oder Eidechsen verbargen.

Neelix übernahm die Führung, blieb vor Torres und Kes.

»Weißt du«, wandte er sich an die Ocampa, »dies erinnert mich an die Zeit, als ich einer ganzen Kompanie von Tzuni-Guerillas entkam, indem ich durch die berühmten Schwimmenden Gärten von … Au!«

Torres hatte die Hand um Neelix' Fußknöchel geschlossen und drückte zu. »Sie sollen still sein!« preßte sie zwischen zusammengebissenen Zähnen hervor. »Ich verstehe überhaupt nicht, warum Sie unbedingt mitkommen mußten.«

Neelix senkte die Stimme – ein wenig. »Sie haben doch nicht von mir erwartet, meine liebe Kes ganz allein unbekannten Gefahren zu überlassen, oder? Außerdem konnten Sie an Bord der *Voyager* keinen Verbündeten mit mehr List und Schläue finden. Es ist allgemein bekannt, daß Talaxianer selbst in finsterer Nacht gut sehen können und darüber hinaus so leise schleichen wie ein *Vustoorsyl* auf der Pirsch.«

Kes hörte, wie Torres nur wenige Zentimeter entfernt mit den Zähnen knirschte.

B'Elanna wandte sich an die Ocampa. »Was *sehen* Sie nur in ihm?« brachte sie fast verzweifelt hervor. »Das habe ich mich immer gefragt.«

Kes überlegte, wie sie ihre Beziehung zu Neelix mit für Torres verständlichen Worten beschreiben sollte. »Es ist seine Unabhängigkeit«, sagte sie. »Er war viel zwischen den Sternen unterwegs, überlebte allein mit seinem Einfallsreichtum und besuchte Hunderte von Welten. Meine Heimat hingegen bestand aus einer unterirdischen Stadt, und wir wußten nichts vom

Universum jenseits davon. Wir führten ein sicheres und geschütztes Leben, dem es jedoch an Freiheit mangelte. Der Beschützer kümmerte sich um uns, und dadurch verloren wir unsere Selbständigkeit. Neelix stellt das genaue Gegenteil jenes abgekapselten Lebens dar, aus dem ich floh. Er ist all das, was ich jemals sein wollte.«

»Oh«, erwiderte Torres leise. Kes' leidenschaftliches Bekenntnis schien sie zu überraschen. Sie blickte durchs Dickicht und beobachtete den kriechenden Neelix so, als sähe sie ihn zum erstenmal. »Nun, ich muß gestehen, daß mir Ihre Heimatstadt nicht sehr gefiel«, sagte sie. Kes erinnerte sich daran, daß B'Elanna fast gestorben wäre, als der Beschützer sie mit seiner DNS infizierte. »Ich schätze, im Vergleich mit jenem Ort kann ein Leben mit Neelix erstrebenswert erscheinen.«

Unsere Beziehung beschränkt sich nicht nur darauf, dachte die Ocampa. *Es gibt in ihr noch viel mehr, als Sie jemals verstehen können*. Sie fragte sich, ob B'Elanna jemals jemanden so sehr geliebt hatte wie sie Neelix. Kannten Klingonen das Phänomen der Liebe? Kes nahm sich vor, den Doktor danach zu fragen. Die medizinischen Dateien der *Voyager* enthielten sicher viele Informationen über Klingonen.

Vom nahen Weg her erklang das Geräusch von Schritten. Kes erstarrte, wie auch ihre beiden Begleiter. Genügte die üppige Vegetation, um sie zu verbergen? Sie verspürte den Wunsch, noch tiefer ins Dickicht zurückzuweichen, doch sie wagte nicht, sich zu bewegen. Mit angehaltenem Atem lauschte sie und hoffte, daß sich die Schritte wieder entfernten. *Bitte*, dachte sie. *Geh weiter, ohne uns zu entdecken*!

Der Unbekannte blieb stehen. »Hallo?« erklang eine tiefe Stimme mit unverkennbarem Ryol-Akzent. »Ist da jemand?«

Er hat uns bemerkt! Verzweiflung stieg in Kes' auf. Als Kind hatte sie in den vielen Ecken und Winkeln der unterirdischen Stadt oft Verstecken gespielt, doch nie zuvor war ihr Wunsch nach Unsichtbarkeit so intensiv gewesen. *Vielleicht passiert nichts, wenn wir auch weiterhin reglos bleiben …*

Blätter raschelten leise, als sich B'Elanna Torres in Bewegung setzte und wie ein Geschöpf der Nacht in Richtung Weg kroch. Kes sah ihr erschrocken nach. *Ist sie übergeschnappt?* fuhr es ihr durch den Sinn. *Was hat sie vor?*

Ein Lichtstrahl strich übers Gebüsch. Kes erinnerte sich an den strahlenden Kristall, den der Ryol verwendet hatte, von dem Neelix und sie bei ihrem letzten nächtlichen Ausflug zum Strand überrascht worden waren. Es gab keine Möglichkeit für sie, sich vor einer solchen Helligkeit zu schützen, und das bedeutete: Es war nur noch eine Frage der Zeit, bis man sie fand. Welchen Plan auch immer Torres verfolgte – sie konnte nur dann einen Erfolg erzielen, wenn der Wächter irgendwie abgelenkt wurde.

»Hier bin ich!« platzte es aus Kes heraus. Abrupt stand sie auf; das grüne und purpurne Dickicht reichte ihr bis zu den Hüften.

Die Ocampa wandte sich dem Licht entgegen, und hinter dem blendenden Schein erkannte sie die Silhouette eines Ryol. War er bewaffnet? Es ließ sich kaum feststellen, aber Kes zweifelte daran. Bisher hatte sie nirgends auf Ryolanow irgendwelche Anzeichen von Waffen bemerkt. *Sind die Ryol wirklich so friedlich?* überlegte sie. *Nun, vielleicht ist das tatsächlich der Fall.*

Aber warum klopfte ihr das Herz dann bis zum Hals empor? Weder sie noch Neelix hatten daran gedacht, einen Phaser mitzunehmen. Bei Torres war sie in dieser Hinsicht nicht so sicher. Eins stand fest:

Ein Tricorder gehörte zur Ausrüstung der Chefingenieurin.

»Wer ist da?« Für einen Ryol klang die Stimme des Wächters erstaunlich kühl. »Identifizieren Sie sich.«

»Ich bin Kes und komme vom Raumschiff *Voyager*«, erwiderte die Ocampa. »Vielleicht sind wir uns schon einmal begegnet.« *Wo ist B'Elanna? Was stellt sie an?* »Ich gehöre zu Captain Janeways Crew.«

»Sind Sie allein?« fragte der Wächter. Der Lichtstrahl glitt fort von ihr und wanderte übers Gebüsch hinweg, erhellte das Dickicht – auch an jener Stelle, an der sich eben noch B'Elanna Torres befunden hatte. Panik quoll in Kes empor. Sie wußte, daß die Chefingenieurin – und Neelix – nicht weit sein konnten.

»Ja!« behauptete sie, trat dem Wächter entgegen und lächelte dabei betont unschuldig. Langsam hob sie die Arme und versuchte, unsicher und verlegen zu wirken. Es ging ihr darum, den Wächter vom Gebüsch abzulenken.

»Rühren Sie sich nicht von der Stelle!« befahl der Ryol und bewegte den Kristall auch weiterhin so, daß der davon ausgehende Lichtstrahl übers Buschwerk strich. *Wir sind erledigt*, dachte Kes. Sie versuchte sich einzureden, daß von dem Wächter keine echte Gefahr ausging. *Was können die Ryol schlimmstenfalls mit uns anstellen? Wollen sie uns dem Captain übergeben und Bestrafung verlangen?* Derartige Vorstellungen erschienen Kes zwar vernünftig und plausibel, aber sie vertrieben die Unruhe nicht aus ihr. Es ging um mehr als nur eine Peinlichkeit – die mentalen Stimmen hatten sie davon überzeugt.

Zweige knackten, und Ranken zitterten, als Neelix aufstand. »Ersparen Sie sich weitere Mühe, guter Mann«, wandte er sich an den Wächter. »Sie haben mich gefunden.« Und zu Kes: »Danke, daß du mich schützen wolltest, Schatz, aber es hat ganz offensichtlich keinen Sinn, sich noch länger zu verstecken. Dieser Mann ist zu schlau.«

»Bleiben Sie, wo Sie sind«, sagte der Wächter und musterte Neelix im Licht des Kristalls. Kes wurde nicht mehr geblendet und konnte den Ryol deutlicher erkennen. Er sah wie jener Mann aus, der sie schon einmal daran gehindert hatte, den nächtlichen Strand aufzusuchen, aber sie konnte nicht sicher sein, ob es sich wirklich um die gleiche Person handelte. Mit ihrer außerordentlichen physischen Attraktivität wirkten die Ryol fast uniform. Zumindest war dieser Wächter ebenso groß und eindrucksvoll. Über der knappen Badekleidung trug er ein langes, ärmelloses Hemd, vermutlich ein Zugeständnis an die Abendbrise. Sandalen schützten die Füße vor dem kalt gewordenen Sand.

Argwohn zeigte sich im Gesicht. »Der Strand ist gesperrt. Was machen Sie hier?«

»Sie glauben mir wahrscheinlich nicht, wenn ich sage, daß wir hier nach Dilithiumkristallen suchten, oder?« entgegnete Neelix. »Nein, natürlich nicht. Dachte ich mir. Und wenn ich hinzufüge, daß sie einen großen sentimentalen Wert für uns haben?«

Der Wächter wirkte sehr skeptisch und keineswegs amüsiert. *Wenn es wirklich der gleiche Mann ist, glaubt er vielleicht, daß Neelix und ich allein gekommen sind, so wie beim letztenmal. Dann hätte B'Elanna eine Chance, von hier zu entkommen.*

»Neelix kann nichts dafür«, sagte sie. »Es ist alles meine Schuld. Ich habe ihn bedrängt, mich noch einmal hierherzubringen. Es ist eine wundervolle Nacht, wie geschaffen für ein mitternächtliches Bad. Ich konnte der Versuchung einfach nicht widerstehen.«

»Die Gezeiten sind sehr gefährlich«, erwiderte der Wächter. Das Licht des Kristalls sprang zwischen

Neelix und Kes hin und her. »Sie sollten nicht hier sein.«

»Ich weiß«, sagte Kes. »Es tut mir leid. Wir gehen jetzt.« *Und versuchen es noch einmal, sobald sich uns eine Chance dafür bietet.*

Langsam ließ sie die Arme sinken, während der Wächter nachdachte. Einige hoffnungsvolle Sekunden lang glaubte sie tatsächlich, mit Worten einen Ausweg zu finden. Dann schüttelte der Ryol ernst den Kopf. »Ich fürchte, Sie müssen mich begleiten.«

Wohin? fragte sich Kes. Vor ihrem inneren Auge formten sich Bilder von Kerkern und schlimmeren Dingen. Sie erinnerte sich an die qualerfüllten Schreie der körperlosen Stimmen und fragte sich, ob sie die *Voyager* jemals wiedersehen würde.

Der rationale Teil ihres Selbst wies darauf hin, daß sie zu heftig reagierte, daß die friedlichen und gastfreundlichen Ryol wohl kaum jemanden hinrichten würden, nur weil er des Nachts den Strand betreten hatte. Doch ein anderer, tiefer in ihre verwurzelter Aspekt ihres Wesens rief eine Warnung, die Kes nicht ignorieren konnte. Zum erstenmal sah sie den muskulösen Wächter als eine mögliche Gefahr und überlegte, ob es ihr und Neelix gelingen würde, ihn zu überwältigen. *Es dürfte mir bestimmt sehr schwer fallen, so etwas dem Captain zu erklären.*

Der Ryol schien ihre Gedanken zu lesen. »Kommen Sie her, langsam. Und Sie ebenfalls«, fügte er hinzu und deutete dabei auf Neelix.

Kes wechselte einen unsicheren Blick mit dem Talaxianer. *Was machen wir jetzt?* Ihre Hand blieb in der Nähe des Insignienkommunikators, als sie in Erwägung zog, sich mit der *Voyager* in Verbindung zu setzen und einen sofortigen Transfer zu veranlassen. *Falls es notwendig wird,* dachte sie. Aber vielleicht ließ sich das gegenwärtige Problem doch noch irgendwie mit Worten lösen. In dieser Hinsicht verfügte Neelix über nicht unerhebliches Talent. Sie strich die korallen- und anemonenartigen Pflanzen beiseite, näherte sich mit langsamen und vorsichtigen Schritten dem Weg. Neelix setzte sich ebenfalls in Bewegung, und der Ryol beobachtete sie beide aus milchigen grünen Augen.

Jene Augen wurden plötzlich groß, als der Wächter abrupt nach hinten kippte und fiel. B'Elanna Torres kam direkt vor ihm aus dem Gebüsch und knurrte triumphierend, noch bevor der Kopf des Ryol aufs Pflaster prallte. Kes vernahm ein dumpfes Pochen und verzog voller Anteilnahme das Gesicht.

B'Elanna trat neben den gestürzten Mann und hob beide Fäuste, aber sie brauchte gar nicht zuzuschlagen. Der Ryol blieb liegen, hatten offenbar das Bewußtsein verloren.

Trotz ihrer natürlichen Empathie fühlte sich Kes von Erleichterung erfaßt.

Dennoch war ein Teil von ihr erschrocken. »Was haben Sie getan, B'Elanna!« entfuhr es ihr.

»Ich?« erwiderte Torres und wandte sich von dem Ryol ab. »Überhaupt nichts. Er ist auf dem Sand ausgerutscht.« Sie kehrte dem Wächter den Rücken zu, steckte einen Phaser an ihren Gürtel und ging in Richtung Strand. »Nun?« Sie warf einen Blick über die Schulter. »Kommen Sie mit oder nicht?«

Kes zögerte nicht, verließ den beleuchteten Weg und folgte der Chefingenieurin.

»Neelix?« rief sie.

»Nur einen Augenblick, Schatz.« Der Talaxianer eilte zu dem bewußtlosen Wächter und nahm ihm etwas aus der Hand. Kes war verwirrt – bis sie ein weißes Glühen zwischen Neelix' Fingern sah. *Natürlich*, dachte sie. *Der Kristall.*

»Den können wir vielleicht gebrauchen«, sagte Neelix.

Im Licht des Kristalls schlossen sie rasch zu Torres auf, die mit dem Tricorder in der Hand über den Strand stapfte. Der Weg blieb immer weiter hinter ihnen zurück, als das Trio einen Fuß vor den anderen setzte und nach der Wassergrenze suchte. Der Boden erwies sich als sehr uneben. Kes stolperte mehrmals über kleine, dünenartige Ansammlungen schwarzer Kugeln.

»Ich helfe dir«, bot sich Neelix an und griff nach dem Arm der Ocampa.

Je weiter sie sich von dem Weg entfernten, desto mehr brauchten sie das Licht des Kristalls. Dunkle Nacht umgab sie, und die Finsternis schien sich zu verdichten. Kes spürte, wie die Ruhe in sie zurückkehrte, und nach einer Weile hörte sie das Rauschen von Wellen. Es schien aus weiter Ferne zu kommen.

Das galt auch für die Schreie. Kes fühlte ihre Präsenz an der Peripherie ihres Selbst, und sie achtete darauf, eine sichere mentale Distanz zu wahren. Sie hatte das von Qualen und Verzweiflung kündende Kreischen schon einmal gehört und wußte, daß es keine weiteren Informationen für sie bereithielt. Diesmal mußte sie jenseits der Schreie Ausschau halten, um das unbekannte Entsetzen zu finden, aus dem Schmerz und Furcht wuchsen.

Weich jetzt nicht zurück, dachte Kes und klammerte sich so an Neelix' Arm fest, als sei er ihre einzige Verbindung zur Realität. »Ich verstehe das nicht«, sagte sie. »Inzwischen hätten wir doch längst das Wasser erreichen sollen, oder? Ich erinnere mich nicht daran, daß es so weit vom Weg entfernt ist.«

»Wir haben Ebbe«, sagte Torres, die einige Meter vor Kes und Neelix ging. »Zumindest in dieser Hinsicht haben die Ryol nicht gelogen.« Sie ging mit recht energischen Schritten. In ihrem menschlich-klingonischen Gesicht zeigte sich Entschlossenheit.

Für Kes waren Gezeiten ein völlig neues Konzept, aber sie verstand im großen und ganzen, worum es ging: Der Teil des Strands, über den sie jetzt gingen, befand sich tagsüber unter dem Wasser. Tatsächlich fühlte sich der Sand feuchter und glitschiger an, je weiter sie gingen. Hier und dort bildete er eine Art Schlamm, der mit mehr oder weniger Nachdruck zu versuchen schien, die Stiefel der Ocampa festzuhalten. *Das Meer kann doch nicht mehr weit entfernt sein*, dachte sie.

»Äh ... wonach suchen wir eigentlich, Schatz?« fragte Neelix leise. Er senkte den Blick und betrachtete die dunkle Masse des Strands. Feuchtigkeit kroch in den Hosenbeinen nach oben, bescherte dem hellgrünen Stoff Dunkelheit.

»Nach Antimaterie«, antwortete Torres. »Obwohl es mir ein Rätsel ist, warum sie unter soviel Sand, Schlamm und Wasser lagert.« Sie blickte auf die Anzeigen ihres Tricorders und runzelte die Stirn – einige der Daten im Display schienen ihr nicht zu gefallen.

Suche auch ich nach Antimaterie? überlegte Kes. Sie hielt es für vernünftig anzunehmen, daß eine Verbindung zwischen B'Elannas seltsamen Sensoranzeigen und ihren eigenen Empfindungen in bezug auf das schwarze Ufer existierte. Andererseits konnte sie sich kaum vorstellen, was irgendwelche technischen Vorrichtungen – ganz gleich, wie sie beschaffen sein mochten – mit den körperlosen Schreien zu tun hatten. Kes mußte sich eingestehen, daß sie eigentlich gar nicht wußte, wonach sie suchte. Nur in einem Punkt herrschte kein Zweifel: Die Antwort wartete irgendwo in der Finsternis vor ihr.

Torres blieb so plötzlich stehen, daß Kes und Neelix fast gegen sie stießen.

»Was ist los?« fragte der Talaxianer.

»Dort.« Torres deutete zum Ende des erhellten Bereichs. Neelix hob den Kristall, damit sie alle besser sehen konnten.

Etwa zehn Meter weiter vorn endete das schlammige Ufer im… Nichts. Jenseits des Strands erstreckte sich nur Schwärze. Kes lauschte – das Rauschen der Wellen war noch immer weit entfernt und kam nicht aus der finsteren Leere vor ihnen.

»Eine Unterwasserklippe«, sagte Neelix.

»Die sich jetzt allerdings nicht unter Wasser befindet«, fügte Torres hinzu. »Zum Glück haben Sie den Kristall mitgebracht, Neelix. Andernfalls hätten wir einen Sturz in die Tiefe riskiert.«

»Danke«, sagte der Talaxianer und wirkte ein wenig selbstgefällig. »Es zahlt sich immer aus, vorbereitet zu sein. Man weiß nie, wann man etwas braucht, das man fast zurückgelassen hätte. So wie man Vater damals sagte, kurz bevor uns die doppelt abgeschirmten Meteoritenabsorber ausgingen…«

»Schon gut«, sagte Torres scharf und sah Kes an. »Was jetzt?«

Die Ocampa atmete tief durch, bevor sie ganz vorsichtig ihre mentalen Schilde senkte. Fast sofort heulten die Schreie durch den psychischen Äther, noch lauter und verzweifelter als vorher. Von wem auch immer sie stammten: Kes gewann den Eindruck, direkt über ihrem Ursprung zu stehen. Sie fühlte, wie die Vibrationen des Heulens durch ihren Körper glitten und ihre Knochen erzittern ließen, von den Füßen bis zum Schädel. Es war mehr, als sie ertragen konnte. Die Schreie füllten ihr ganzes Wesen und erstickten sie, hallten in ihren Lungen wider, um dann durch den Hals zu dringen und sich zwischen den Lippen hervorzupressen.

Etwas in Kes reagierte, und die mentalen Schilde

kamen wieder nach oben, verbannten die fremden Schreie aus ihrer psychischen Welt. Sie schauderte heftig und fand sich in Neelix' Armen wieder. Mit einer Hand hielt er ihr den Mund zu.

»Pscht«, machte er, und daraufhin begriff Kes, daß sie wirklich geschrien hatte.

Sie nickte und bedeutete Neelix damit, daß sie sich wieder unter Kontrolle hatte. Mitfühlende gelbe Augen musterten sie, suchten nach einer Bestätigung und fanden sie. Der Talaxianer nahm die Hand fort. Kes seufzte und lehnte sich an Neelix.

»Was ist passiert?« fragte der Talaxianer leise. »Du hast mir einen ordentlichen Schrecken eingejagt.«

»Es ist jetzt nicht mehr weit«, sagte Torres.

Kes schenkte der Chefingenieurin keine Beachtung, nahm ihre ganze Kraft zusammen und löste sich von Neelix. Langsam trat sie an den Rand der Klippe heran und starrte in den dunklen Abgrund.

»Sie sind irgendwo dort unten«, sagte die Ocampa.

»Wer?« fragte B'Elanna.

»Sie«, erwiderte Kes »Die Opfer.«

Der Insignienkommunikator des Captains piepte und unterbrach die Besprechung im Bereitschaftsraum. Die Kommandantin erhob sich und klopfte auf das kleine Gerät.

»Hier Janeway. Ich höre.«

»Transporterraum Zwei, Captain. Die Tochter des Ältesten ist für eine Besichtigungstour eingetroffen.«

Auch das noch, fuhr es Janeway durch den Sinn. Sie hatte Laazias angekündigten Besuch an Bord der *Voyager* völlig vergessen. *So etwas hat mir jetzt gerade noch gefehlt.* »Ist sie allein?« fragte sie und befürchtete, daß Varathael beschlossen hatte, seine Tochter zu begleiten.

»Nein«, lautete die Antwort aus dem Transporterraum Zwei. Die Stimme gehörte Lieutenant Zon Kellar, einem erfahrenen Techniker und begeisterten Amateurmusiker. »Sie hat sechs Begleiter mitgebracht.«

»Befindet sich der Älteste unter ihnen?«

»Nein, Captain. Die Ryol scheinen alle in Laazias Alter zu sein.«

Dem Himmel sei Dank dafür, dachte Janeway. Sie wollte Varathael erst dann wieder begegnen, wenn sie eine klare Vorstellung von den Absichten der Ryol hatte. Doch welche Entscheidungen sollte sie in Hinsicht auf die bereits vereinbarten Besichtigungen an Bord treffen? Sie sah sich am Tisch um. Die Gesichter von Chakotay, Tuvok und Tom Paris wiesen deutlich darauf hin, daß sie alle Lieutenant Kellars Mitteilung gehört hatten. Paris' Unbehagen war offensichtlich. Unter anderen Umständen hätte Janeway vielleicht eine gewisse Schadenfreude angesichts der Verlegenheit des Navigators gespürt, doch die Lage war viel zu ernst, um sich solchen Empfindungen hinzugeben.

»Irgendwelche Vorschläge?« fragte sie die versammelten Offiziere.

»Ich rate zu Vorsicht«, sagte Tuvok. »Bis wir mehr wissen, müssen wir davon ausgehen, daß die Ryol eine möglicherweise gefährliche Lebensform sind.«

»Ich bin geneigt, Ihnen zuzustimmen«, sagte Chakotay. »Obgleich ich als Grund dafür nur eine Ahnung anführen kann. Allerdings eine ziemlich stark ausgeprägte Ahnung.«

Jene Art von Ahnung, die Sie Ihrem Seelenfreund verdanken, dachte Janeway. Sie wußte aus Erfahrung, daß dieser indianische Mystizismus alles andere als absurd war.

»Danke für Ihre Hinweise«, sagte sie. »Nun, wir haben bereits einige Besichtigungstouren für verschiedene Würdenträger der Ryol veranstaltet, ohne daß es zu irgendwelchen Zwischenfällen kam. Außerdem sollten wir auch berücksichtigen, daß unsere Beziehungen zu den Ryol eine kritische Phase erreicht haben – wenn wir die Tochter des Ältesten brüskieren, könnte alles noch schlimmer werden. Wir sollten nichts überstürzen, meine Herren. Naxor und einige Freunde von ihm haben Tom und seine Begleiter angegriffen, zugegeben, aber abgesehen davon gibt es nicht die geringsten Anzeichen für feindliche Absichten der Ryol. Ganz im Gegenteil: Jener Ryol, der für die Aggressionen gegen uns verantwortlich war, wurde außerordentlich streng bestraft.«

Wir haben bereits genug Feinde in diesem Quadranten, fügte Janeway in Gedanken hinzu. Manchmal besorgte sie der Umstand, daß sie bisher nicht imstande waren, mit einem hochentwickelten Volk im Delta-Quadranten ein dauerhaftes Bündnis zu schließen. Für gewöhnlich lief Starfleet nicht vor fremden Kulturen weg, sondern versuchte alles, um Kontakte mit ihnen zu knüpfen.

»Es gibt noch einen weiteren Aspekt«, sagte Janeway. »Wenn es zwischen uns und den Ryol zu einem Bruch kommt, sollten alle Besatzungsmitglieder zurückgekehrt sein.«

Droht B'Elanna und den anderen auf dem Strand Gefahr? Vielleicht. Aber Janeway zögerte, sie zurückzurufen, bevor sie das Geheimnis von Ryolanow gelüftet hatten. Möglicherweise hing das Schicksal der *Voyager* von den Informationen ab, die Torres und ihre beiden Begleiter auf dem Planeten gewannen. *Findet heraus, was ihr herausfinden könnt*, dachte sie. *Und kehrt anschließend sofort zurück.*

»Ihre Analyse ist logisch«, sagte Tuvok. »Dennoch kann ich nicht empfehlen, den Ryol Zugang zur *Voya-*

ger zu gestattet, solange wir nicht über ihre wahren Absichten Bescheid wissen.«

»Ich teile Ihre Besorgnis«, erwiderte Janeway. »Aber wir müssen auch diplomatisch sein.« Sie wandte sich an Paris. »Lieutenant, wir müssen uns um wichtigere Dinge kümmern, und deshalb bitte ich Sie: Sprechen Sie mit Laazia und ihren Begleitern; lassen Sie sich irgendeinen Grund einfallen, um die geplante Besichtigung des Schiffes auf unbestimmte Zeit zu verschieben. Haben Sie irgendein Problem damit?«

Wenn Paris Bedenken in bezug auf diesen besonderen Auftrag hatte, so gelang es ihm gut, sie zu verbergen. Er zögerte nur ein oder zwei Sekunden lang. »Nein, Ma'am.«

»Ausgezeichnet«, sagte Janeway. »Ich weiß, daß ich mich auf Ihr Urteilsvermögen und auch Ihre Diskretion verlassen kann.« Sie stand auf. »Ich glaube, damit wäre zunächst alles geklärt. Chakotay, übernehmen Sie das Kommando auf der Brücke. Tuvok, Sie kommen mit mir. Wir statten der Krankenstation einen Besuch ab, um festzustellen, ob der Doktor etwas über die DNS der Ryol herausgefunden hat. Vielleicht kann er bei den Analysen Hilfe gebrauchen – immerhin weilt Kes auf dem Planeten.«

»Captain ...«, sagte Paris, als die Kommandantin zur Tür ging. »Was ist mit Kes und den anderen?«

Gute Frage, dachte Janeway. Sie verabscheute die Vorstellung, Mitglieder ihrer Crew Gefahren auszusetzen. In diesem speziellen Fall tröstete sie sich mit dem Gedanken, daß weder B'Elanna noch ihre Begleiter um Hilfe gebeten hatten.

»Ich glaube, wir können derzeit davon ausgehen, daß sie allein zurechtkommen«, sagte Janeway.

Seid vorsichtig, dachte sie. *Und kehrt bald an Bord zurück.*

»Ich bin nicht sicher«, sagte Neelix. »Aber ich glaube, ich sehe eine Art Höhleneingang.«

Zwanzig Meter trennten den oberen Rand der Klippe vom Grund der Bucht. Neelix hing mit dem Kopf nach unten, während Torres und Kes ihn an den Beinen festhielten – sie knieten im feuchten Sand. Die Hosenaufschläge des Talaxianers waren naß und schlüpfrig, aber Kes hatte beide Hände mit großer Entschlossenheit um die Fußknöchel ihres Lebensgefährten geschlossen – sie wollte auf keinen Fall riskieren, daß er in die Tiefe stürzte.

»Ich weiß überhaupt nicht, warum ich mich von euch zu so etwas überreden ließ«, kommentierte Neelix. »Als die Natur uns Talaxianer schuf, sah sie vor, daß sich der Kopf *über* den Füßen befindet.«

»Hören Sie auf zu schwatzen«, sagte Torres. Es verbesserte ihre Stimmung nicht, im kalte Sand zu knien. »Können Sie sonst noch etwas sehen?«

»Nein, eigentlich nicht«, antwortete Neelix. »Nur jede Menge Schlamm und Felsen. Die Klippe wirkt recht massiv. Offenbar gibt es ein festes Felsfundament unter all dem Sand.«

Ich wußte es, dachte Kes und glaubte sich in ihrer Vermutung bestätigt, daß unter der Bucht etwas existierte. Die Schreie kamen von dort unten. Sie hörte das Heulen und Kreischen noch immer, jenseits ihrer mentalen Schilde.

Zusammen mit B'Elanna zog sie Neelix auf den Strand vor der Klippe zurück. Das Gesicht des Talaxianers war zunächst gerötet, doch die Schwerkraft sorgte innerhalb kurzer Zeit dafür, daß das überschüssige Blut aus dem Kopf in den Körper zurückkehrte. Die schlammverschmierte Felswand hatte dunkle Streifen auf seiner Kleidung hinterlassen.

Die Anstrengung, Neelix nach oben zu ziehen,

brachte Kes außer Atem, und sie schnaufte eine Zeitlang. Anschließend verspürte sie eine seltsame Kühle, obgleich sie die Jacke des nun ziemlich schmutzigen Talaxianers trug.

B'Elanna warf einen kurzen Blick auf die Anzeigen ihres Tricorders und sah dann Neelix an. »Der nächste Schritt dürfte darin bestehen, die Höhle zu untersuchen.«

»Ja!« pflichtete Kes der Chefingenieurin bei und war von dem Nachdruck in ihrer Stimme überrascht. Sie näherte sich dem Klippenrand und blickte zum Meeresgrund hinab. Es war ein weiter Weg. »Wie sollen wir nach unten gelangen?«

»Keine Ahnung«, sagte Neelix. »Wenn ich doch nur ein Seil mitgebracht hätte.«

»Ich dachte, Talaxianer sind immer auf alles vorbereitet«, meinte B'Elanna trocken. Kes fand Torres' Sarkasmus immer ärgerlicher, vor allem dann, wenn er sich auf Neelix bezog. Sie widerstand der Versuchung, einige scharfe Worte an die Chefingenieurin zu richten. *Es liegt an unserer besonderen Mission*, dachte sie. *Sie erfüllt uns alle mit Anspannung.*

»Reicht der Schlamm dort unten aus, um den Aufprall zu dämpfen?« wandte sich die Ocampa an ihre beiden Begleiter.

Neelix schüttelte den Kopf. »Ich würde ein solches Risiko nicht eingehen. Vielleicht erstreckt sich nur wenige Zentimeter unter dem Schlamm massives Felsgestein.« Nachdenklich kratzte er sich am Kinn, und seine schmutzigen Finger hinterließen mehrere Flecken. »Wenn wir aus unseren Körpern eine Leiter formen ...«

»Mir sind bei derartigen Problemen High-Tech-Lösungen lieber.« B'Elanna erhob sich und klopfte auf ihren Insignienkommunikator. »Torres an *Voyager*. Erbitte einen sofortigen lokalen Transfer. Beamen Sie mich und die beiden Personen in meiner Nähe zu folgenden Koordinaten.«

Kes hörte, wie Torres einen Ort nannte, der sich etwa fünf Meter vor und zwanzig Meter unter ihnen befand. Unmittelbar darauf spürte sie das vertraute Prickeln des Transfers. Goldenes Schimmern erschien vor ihren Augen, und es summte. Die Umgebung wechselte: Kes kniete plötzlich auf dem Meeresgrund vor der Klippe. Torres und Neelix standen beziehungsweise hockten neben ihr.

»Seht nur!« Neelix stand auf und streckte den Arm aus. »Dort!«

Er meinte den Eingang der Höhle, die er zuvor gesehen hatte: Unter einem bogenförmigen Felsvorsprung zeigte sich eine mit Dunkelheit gefüllte Öffnung. Sie schien groß genug zu sein, um zwei nebeneinander stehenden und normal gewachsenen Humanoiden genug Platz zu bieten. Neelix leuchtete mit dem Kristall in den Tunnel, der sich an die Öffnung in der hohen Felswand anschloß, doch das Licht reichte nur einige Meter weit. Was sich jenseits davon befand, blieb in der Finsternis verborgen.

Torres richtete ihren Tricorder auf einen Höhleneingang und blickte dann auf die Anzeigen. »Wir sind auf dem richtigen Weg«, verkündete sie. »Hier gibt es Subraumstörungen, die über dem statistischen Durchschnitt für normale Materie liegen.«

Kes schauderte kurz, erhob sich und blickte in die dunkle Öffnung. Sie schlang die Arme um sich selbst, suchte auf diese Weise nach etwas mehr Wärme. Ganz deutlich spürte sie, daß sie sich dem Geheimnis der Schreie näherten. *Wir sind fast da*, dachte sie.

Die Vorstellung, etwas Entsetzlichem zu begegnen, erfüllte Kes mit prickelnder Unruhe, und sie mußte sich zum ersten Schritt in Richtung Höhle zwingen.

Wir kommen, teilte sie den Stimmen mit. *Euer langes Warten ist vorbei. Bald bin ich bei euch.*

Kes, Neelix und Torres stapften durch den Schlamm und näherten sich dem Eingang der Höhle. Der Geruch von Ingwer war fast überwältigend. Die Ocampa hielt sich den Mund zu, um nicht zu würgen.

»Ich gehe als erster hinein«, bot sich Neelix an und hielt den Kristall in Augenhöhe. Er trat unter den Felsvorsprung und blickte von dort aus noch einmal zurück. »Mir fällt gerade ein... Weiß jemand von euch, wann die Flut kommt?«

Kes schüttelte den Kopf. Sie wußte nur eins: Morgens, wenn der Strand wieder freigegeben wurde, stand dieser ganze Bereich – die hohe Klippe sowie die Schlammflächen – mehrere Meter tief unter Wasser. Es war ein erschreckender Gedanke, insbesondere für jemanden, der gerade erst begonnen hatte, schwimmen zu lernen.

»Ich weiß es nicht«, gestand sie. Auch Torres fehlten entsprechende Informationen.

»Das habe ich befürchtet«, sagte Neelix. »Nun, in dem Fall sollten wir uns besser beeilen.«

Sie traten in die Finsternis und folgten dem Verlauf eines Tunnels, der recht steil in die Tiefe führte, in den Bereich unter der Klippe. Ein dünnes Rinnsal aus goldenem Wasser lief über den Weg. Kes bedauerte, daß es sich nicht um trinkbares Wasser handelte – ihr Hals war wund vom Schreien.

Der Tunnel wirkte zunächst wie eine natürliche Formation, aber je tiefer sie kamen, desto deutlicher wurden die Hinweise auf einen künstlichen Ursprung. Schlammbedeckter Felsboden wich glatter Schwärze, in der Schlitze restliches Meerwasser ablaufen ließen. Obsidianschwarze Wände ragten exakt im rechten Winkel nach oben und formten eine gewölbte Decke. Kes zweifelte nicht daran, daß jemand diesen Tunnel aus einem ganz bestimmten Grund angelegt hatte. *Außerdem haben die Erbauer darauf geachtet, daß der Eingang wie eine natürlich entstandene Öffnung in der Felswand aussieht*, dachte Kes. Aber warum befand sich der Zugang ausgerechnet an einem Ort, der tagsüber nicht zugänglich war? Und: Wohin führte der Tunnel?

»So gefällt es mir schon besser«, sagte Torres, als sie neben Kes ging und immer wieder mit dem Tricorder sondierte. »Dies könnte tatsächlich der Ort sein, an dem die Ryol Antimaterie aufbewahren.«

Vielleicht, dachte Kes. Aber sie wußte auch, daß sich noch viel mehr hier unten verbarg. Antimaterie schrie nicht.

Schließlich entdeckten sie eine Tür: eine Metallwand, die ihnen den Weg versperrte. Ihr silberner Glanz bildete einen auffallenden Kontrast zu den schwarzen Wänden des Korridors. Nur ein Griff in halber Höhe wies darauf hin, daß es sich tatsächlich um eine Tür handelte und nicht um eine Barriere. Neelix schloß die freie Hand darum und zog, doch seine Bemühungen führten nicht zum Erfolg – die Tür blieb auch weiterhin geschlossen.

»Verriegelt«, sagte er und wischte sich Schweiß von der Stirn. »Eine Sackgasse.«

»Duranium«, stellte Torres mit einem Blick aufs Display des Tricorders fest. »Drei Zentimeter dick.« Sie betrachtete eine kleine Ansammlung von Rost am Rand. »Diese Tür scheint seit langer Zeit nicht mehr benutzt worden zu sein.« Sie holte ihren Phaser hervor.

»Warten Sie!« entfuhr es Kes. »Was haben Sie vor?«

»Haben Sie eine bessere Idee?« Torres erhöhte die energetische Emissionsstufe des Phasers und richtete ihn auf die Tür. Rote Energie zischte und traf das Metall dicht über dem Griff. Das silbergraue Duranium verfärbte sich, als seine Temperatur rasch wuchs, wurde blau und dann weiß. Tropfen aus geschmolzenem Metall rannen nach unten und bildeten eine Lache auf dem Boden. Kes wich instinktiv zurück.

Schließlich nahm B'Elanna den Finger vom Auslöser ihrer Waffe. Ein etwa faustgroßes Loch zeigte sich nun über dem Türgriff. »Warten Sie ein wenig, bis sich das Metall abgekühlt hat«, wandte sie sich an Neelix. »Versuchen Sie es dann noch einmal.«

Kes schluckte hart. Ihr erschien diese Sache fast wie ein gewaltsamer Einbruch. Aber Torres hatte recht: Es gab keine Alternativen, wenn sie herausfinden wollten, was die Ryol hier unten verbargen.

Es dauerte einige Minuten, bis die Tür wieder berührt werden konnte. Neelix pustete nervös auf den Griff, bevor er die Hand danach ausstreckte. Als das befürchtete Zischen verbrennender Haut ausblieb, formten die Lippen des Talaxianers ein erleichtertes Lächeln. Er schloß die Finger fest um den Griff und zog.

Es quietschte laut, und die Tür schwang auf. Torres hielt den Phaser schußbereit, nur für den Fall, daß etwas Feindseliges auf der anderen Seite des Zugangs lauerte.

Kes spürte, wie ihr Herz schneller schlug. Was erwartete sie auf der anderen Seite der Tür?

Trümmer.

Vor ihnen ragte eine Ansammlung von geborstenem Metall auf, umgeben von der Stille eines Grabs. Hinter der Tür erstreckte sich ein schmaler Sims, und von dort aus blickten Kes und ihre Begleiter auf die Reste eines Raumschiffs.

Große runde Säulen stützten die steinerne Decke jener künstlichen Höhle, in der das Wrack ruhte. Das fremde Schiff war gewaltig, mindestens zwanzigmal so groß wie die *Voyager*, aber selbst die alles andere als technisch orientierte Kes erkannte auf den ersten Blick, daß es nie wieder fliegen würde. Die Außenhülle bestand aus einem reflektierenden grünen Material, das hier und dort noch immer glänzte. An Dutzenden von Stellen zeigten sich mehr oder weniger breite Risse darin, durch die man das Chaos im Innern erkennen konnte. Irgendwann einmal mochte das Schiff zylindrisch gewesen sein, aber jetzt wirkte es wie verdreht, und viele Trümmer ragten aus dem Rumpf – unter solchen Umständen war es schwer, sich die ursprüngliche Form vorzustellen. Von Ruß geschwärzte Stellen wiesen darauf hin, daß es in verschiedenen Bereichen des Raumers gebrannt hatte. Große Rostflecken ließen erahnen, wie lange das Wrack bereits an diesem Ort ruhte. Spinnweben in der Größe eines Holodecks erstreckten sich in großen Löchern, und der Staub von Jahrhunderten, vielleicht sogar von Jahrtausenden, bedeckte alles.

Für eine Ocampa wie Kes bedeuteten acht oder neun Jahre ein ganzes Leben. Für sie war das Alter des Wracks noch weitaus beeindruckender als seine Ausmaße.

»Natürlich!« Torres sondierte das Raumschiff aufgeregt. »Ich hätte es mir denken können. Vermutlich sind alle noch verwendbaren Dinge demontiert worden, aber bestimmt gibt es noch Antimaterie im Warptriebwerk. Vielleicht befinden sich dort sogar noch einige Dilithiumkristalle!«

»Glauben Sie, wir können Bergungsrechte beanspruchen?« fragte Neelix, der B'Elannas Enthusiasmus teilte. Er drehte den Kristall, wodurch das Licht über den Rumpf hin und her wanderte.

Torres rollte mit den Augen. »Ich schätze, die Ryol können glaubhaft machen, daß sie schon vor uns von der Existenz des Wracks wußten. Immerhin hat jemand den Tunnel angelegt und hier die Decke abgestützt.«

»Oh.« Die Begeisterung des Talaxianers ließ nur ein wenig nach. »Aber bestimmt läßt sich hier trotzdem das eine oder andere beschaffen. Glauben Sie mir. Ich habe schon mit alten, aufgegebenen Raumschiffen gehandelt, als Sie noch in den klingonischen Kindergarten gingen.«

Kes interessierte sich nicht für Bergungsrechte und Dilithium. Ihr Blick glitt übers Wrack. *Ist dies die Antwort?* überlegte sie. *Seid ihr alle vor langer Zeit beim Absturz dieses Raumschiffs ums Leben gekommen? Schreit ihr deshalb?*

»Erkennst du das Konstruktionsmuster?« fragte sie Neelix. »Kannst du feststellen, wer mit diesem Schiff hierherkam?«

»Hm, ich bin mir nicht sicher.« Im Licht des Kristalls beobachtete der Talaxianer Einzelheiten des Schiffes. »Weder Kazon noch Trabe. Auch keine haakonianische Konfiguration. Es gibt gewisse Ähnlichkeiten mit den Schiffen des alten pahkarpianischen Reiches, aber sie sind kaum der Rede wert. Um ganz ehrlich zu sein: Das Wrack ist in einem so schlechten Zustand, daß eine Gruppe aus Historikern, Archäologen *und* Technikern notwendig wäre, um seinen Ursprung herauszufinden.«

»Ich verstehe«, sagte Kes. Ihr Blick klebte an dem Wrack fest, und sie versuchte sich vorzustellen, was beim Absturz geschehen sein mochte. »Glaubst du, daß damals jemand überlebt hat?«

Neelix vernahm den Kummer in Kes' Stimme und antwortete voller Anteilnahme: »Ich weiß es nicht, Schatz. Vielleicht können uns die Ryol Auskunft geben. Wie dem auch sei: Seit dem Absturz ist ganz offensichtlich viel Zeit vergangen. Wenn es Überlebende gab, so sind sie längst tot.«

Nein, dachte Kes. *Das stimmt nicht*. Sie wußte nicht, worauf ihre Gewißheit basierte, aber sie war ganz sicher. Hier gab es noch mehr, als sich den Blicken darbot, eine noch viel größere Tragödie, als das Wrack zunächst vermuten ließ. Der Absturz war nur der Anfang ...

»Laßt uns näher herangehen«, sagte sie. »Ich möchte mich im Innern des Schiffes umsehen.«

Transporterraum Zwei ließ sich vom Bereitschaftsraum des Captains aus bequem und schnell per Turbolift erreichen. Während sich Tom Paris von der Transferkapsel durch die *Voyager* tragen ließ, dachte er an die bevorstehende Begegnung mit Laazia. *Es sollte nur ein oder zwei Minuten dauern, sie zurückzuschicken. Kein Problem. Ich werde bestimmt damit fertig.*

Die Tür öffnete sich, und Paris blickte in die bezaubernden Augen der jungen Ryol.

»Tom!« rief Laazia mit einem deutlichen Vibrato in der Stimme.

Sie war noch hinreißender, als er sie in Erinnerung hatte. Die Tochter des Ältesten trug einen indigoblauen Umhang über einem Kleid aus türkisfarbener Seide. Der Umhang reichte fast bis zum Boden, und eine silberne Spange hielt ihn am Hals zusammen. Das Kleid wies vorn einen langen Schlitz auf und schimmerte bei jeder Bewegung, fing die Aufmerksamkeit des Beobachters ein und lenkte sie auf die Konturen des Körpers. Die Füße steckten in eleganten Sandalen, ebenso türkisfarben wie das Kleid. Silberner Schmuck glänzte an Ohren, Fingern, Handgelenken und Fußknöcheln. Schwarze Strähnen zeigten sich im kurzen blonden Haar.

»Lieber Tom, ich habe nicht zu hoffen gewagt, daß Sie uns begrüßen«, sagte Laazia. »Es ist eine wundervolle Überraschung.« Der Umhang wehte, als sie zu den anderen Ryol deutete. »Das sind meine Freunde und Kollegen. Erinnern Sie sich an Romeela und Sitruua? Harry Kim hat sie bestimmt nicht vergessen.«

Nur mit Mühe wandte Paris den Blick von Laazia ab und musterte die übrigen Besucher. Erleichtert stellte er fest, daß Naxor und seine Kumpane nicht zu der Gruppe gehörten. Sechs Ryol begleiteten Laazia, drei Männer und drei Frauen. Paris glaubte, die meisten von ihnen schon einmal auf Ryolanow gesehen zu haben.

Lieutenant Kellar und zwei Sicherheitswächter standen an den Transporterkontrollen. Der Navigator nahm ihre Präsenz mit Dankbarkeit zur Kenntnis. *Vor wem fürchte ich mich?* dachte er. *Vor Laazia oder vor mir selbst?*

»Willkommen an Bord der *Voyager*«, sagte er im Tonfall eines freundlichen Fremdenführers. »Mein Name ist Tom Paris, wie die meisten von Ihnen bereits wissen. Captain und Erster Offizier sind derzeit beschäftigt, aber Captain Janeway beauftragte mich, Sie an Bord zu begrüßen. Ich bitte Sie um Entschuldigung dafür, daß die geplante Besichtigungstour leider verschoben werden muß.«

»Sie muß verschoben werden?« wiederholte Laazia überrascht. Die anderen Ryol murmelten enttäuscht.

»Ich fürchte, ja«, bestätigte Paris. »Die *Voyager* wurde von einer plötzlichen kosmischen Strahlenfluktuation kontaminiert. Es ist keine sehr ernste Sache, aber wir müssen eine vollständige Baryonen-Säuberung des ganzen Raumschiffs durchführen, und Sie könnten Reststrahlung ausgesetzt werden, wenn Sie an Bord bleiben.« Er seufzte. »Eine sehr bedauerliche Angelegenheit, aber leider läßt sich nichts daran ändern. Wir vereinbaren einen neuen Termin für die Besichtigung, sobald das Schiff dekontaminiert ist.«

Kaufen sie mir das ab? überlegte Paris. Hoffentlich hatte Laazia keine Physiker oder Strahlungsexperten mitgebracht.

Seine Worte galten der ganze Gruppe, doch die Ryol überließen es Laazia, eine Antwort zu geben. »Wir haben uns sehr gefreut ... Die Dekontamination des Schiffes kann doch nicht so gefährlich sein, oder?«

»Nein, natürlich nicht«, erwiderte Paris und lächelte. »Aber der Captain möchte bei so wichtigen Gästen wie Ihnen kein Risiko eingehen, zumal wir kaum etwas über Ihre Physiologie wissen. Vielleicht reagieren Sie empfindlicher auf Baryonen als wir.«

Paris glaubte, daß seine improvisierte Erklärung plausibel genug klang, aber Laazia gab nicht so einfach auf. »Bitte, Tom, können wir nicht wenigstens ein bißchen von Ihrem Schiff sehen? Wie wär's mit einem kurzen Blick ins Kontrollzentrum? Dabei handelt es sich doch um das Herz des Schiffes, nicht wahr?«

Keine gute Idee, dachte Paris. *Bevor ihr die Brücke besuchen könnt, müssen wir mehr über euch und eure Absichten herausfinden.* »Das ist derzeit leider nicht möglich«, sagte er. »Der Erste Offizier Chakotay führt einige sehr komplexe Flugsimulationen durch und darf nicht gestört werden.« Er zuckte mit den Achseln. »Außerdem gibt's dort ohnehin nichts Interessantes zu sehen, nur einige langweilige Leute bei der Arbeit. Die Vorgänge im Kontrollraum haben nichts Spektakuläres.«

Paris hoffte, daß es aufrichtig klang.

»Ich verstehe.« Laazia trat so nahe an Paris heran, daß ihr Cape ihn fast umhüllte. Der Duft ihres Parfüms ließ ihn erschauern. Ganz deutlich spürte er die Körperwärme der jungen Frau. »Wenn das so ist, sollten wir vielleicht Ihr Quartier aufsuchen«, hauchte sie.

»Oh«, murmelte Paris. Mit einem solchen Frontalangriff hatte er nicht gerechnet. *Dem Himmel sei Dank dafür, daß ich nicht rot werde.* Er sah zu Lieutenant Kellar und den beiden Sicherheitswächtern. *Haben sie Laazias Worte gehört?* fragte er sich. *Und was würde der Captain davon halten?* Er blickte an Laazia vorbei zu den anderen Ryol. »Glauben Sie nicht, daß es in meiner Kabine ein wenig zu voll werden könnte?«

»Die anderen warten draußen, wenn Ihnen das lieber ist«, erwiderte Laazia und senkte ihre kehlige Stimme noch etwas mehr. Mit einer Hand berührte sie Paris an der Brust, und die malachitgrünen Augen unter den dunklen, geschwungenen Wimpern schienen direkt in die Seele des Navigators zu sehen. Er konnte den Blick einfach nicht abwenden. Laazias Pupillen waren wie zwei kleine schwarze Löcher, deren Gravitation an seinem Denken und Empfinden zerrte, es in eine ganz neue Richtung zwangen. »Sie sind sehr diskret.«

Laazia schnippte mit den Fingern der freien Hand, und sofort formten die anderen Ryol einen schützenden Kreis um Paris und die Erbin des Ältesten. Ein nochmaliges Fingerschnippen sorgte dafür, daß die sechs Männer und Frauen Paris und Laazia den Rükken zukehrten.

»Lieutenant Paris?« rief Kellar besorgt.

»Es ist alles unter Kontrolle«, versicherte ihm der Navigator und starrte auch weiterhin in Laazias grüne Augen. *Glaube ich.* Die Pupillen der jungen Frau wurden größer und dunkler. Ein schlechtes Zeichen, erinnerte er sich, aber es war ihm gleich: Die Augen schienen eine direkte Verbindung zu seinem

Nervensystem geschaffen zu haben. »Ihre Freunde sind gut ausgebildet, wie ich sehe«, sagte er und trachtete danach, auch weiterhin salopp zu klingen. Doch die eigene Stimme schien einem Fremden zu gehören.

»Natürlich«, entgegnete Laazia und lachte glucksend. »Niemand bringt es auf Dauer fertig, nein zu mir zu sagen.«

»Wirklich niemand?« fragte Paris und fürchtete sich fast vor der Antwort.

Laazia verlor keine Worte mehr. Ihr Blick reichte noch immer bis zu den fernsten Winkeln seines Selbst, als sie sich vorbeugte und Paris küßte – der glaubte, von einem Phaserstrahl getroffen zu werden. Er mußte sich an der Ryol festhalten, um nicht das Gleichgewicht zu verlieren. Entschlossenheit, Kraft und Widerstand lösten sich in der Hitze des Kusses und in seinen Verheißungen auf. Er spürte, wie die schützenden Barrieren in seinem Innern zerbröckelten. *Auf was lasse ich mich ein?* erklang eine schnell leiser werdende Stimme in seinem Innern. *Warum kann ich mich ihr nicht widersetzen?*

Laazia wich ein wenig fort, und Paris schnappte wie ein Ertrinkender nach Luft.

»Und jetzt …«, raunte die Ryol. »Zu Ihrem Quartier.«

»Ja«, murmelte Paris verwirrt und desorientiert. Waren Laazias Augen nicht grün gewesen? Jetzt zeigten sie fast nur noch Schwärze.

Spinnweben, grau und klebrig, hingen wie Vorhänge in den krummen Korridoren des Wracks. Die Luft roch muffig und *alt*. Überall lag Staub. Sechsbeinige Wesen, die wie eine Mischung aus Spinne und Maus aussahen, hasteten fort, um sich in den Schatten zu verbergen, wenn das Licht von Neelix' Kristall sie erfaßte. Kes glaubte, sie unterm Boden und in den Wänden krabbeln zu hören.

Unter den Spinnweben und dem Staub zeigten sich seltsame Hieroglyphen an den Wänden. Neelix kannte die meisten Sprachen des Delta-Quadranten, aber selbst er konnte die Zeichen nicht deuten. Torres zeichnete sie mit dem Tricorder auf. Der Bordcomputer sollte eigentlich imstande sein, mit Hilfe jener Algorithmen, die auch der automatische Translator verwendete, eine Übersetzung vorzunehmen.

Wahrscheinlich sind es nur Richtungshinweise, vermutete Kes. Trotzdem konnte es nicht schaden, sie später zu entziffern.

Tote Insekten sowie Knochen- und Fellreste hingen in den Spinnweben, doch nach den Überbleibseln größerer Geschöpfe hielt Kes vergeblich Ausschau. »Bisher haben wir keine Skelette von Besatzungsmitgliedern gefunden«, sagte die Ocampa. »Glauben Sie, die ganze Crew hat den Absturz überlebt?«

Wer wart ihr? fragte sie sich. *Und was ist mit euch passiert?*

»Schwer zu sagen«, erwiderte Neelix. Er zerriß eine große Spinnwebe, machte damit den Weg für Kes und B'Elanna frei. »Wenn es Überlebende gab, haben sie die Toten vielleicht fortgebracht, um sie zu begraben oder zu verbrennen.«

Torres sondierte mit ihrem Tricorder. »Alles deutet darauf hin, daß versucht wurde, technische Komponenten aus dem Schiff zu bergen. Ich stelle erhebliche Lücken in den Kommunikations- und Energietransfersystemen fest. Jemand hat das Wrack ausgeräumt, und zwar vor langer Zeit.«

»Aber es blieb Antimaterie zurück«, warf Neelix ein.

Torres nickte. »Ohne geeignete Ausrüstung ist der Transport von Antimaterie sehr gefährlich. Es könnte sicherer gewesen sein, sie einfach an Ort und Stelle zu lassen.« Erneut warf sie einen Blick auf die Anzeigen des Tricorders und deutete dann zum rückwärtigen Bereich des Schiffes. »Ich glaube, ich habe den Maschinenraum lokalisiert. Dort entlang.«

»Nein«, sagte Kes. »Ich meine, noch nicht.« Sie fühlte etwas, das sie in eine andere Richtung zog – der Ruf kam aus dem unteren Bereich des alten Raumschiffs.

Die Ocampa trat an Neelix vorbei und hob die Hand, um die Spinnweben beiseite zu streichen. Klebrige graue Fasern blieben an ihrer Uniform haften und schienen zu versuchen, sie zurückzuhalten. Kes setzte den Weg fort und folgte dabei dem Lichtschein von Neelix' Kristall. Ihre Schritte hallten dumpf im langen Korridor wider. *Weiter nach vorn*, dachte sie, ohne zu wissen, weshalb sie so sicher war. *Dorthin müssen wir*.

»Was ist los?« fragte Torres ungeduldig. Ganz offensichtlich traute sie ihrem Tricorder mehr als Kes' Intuition. »Wonach suchen Sie eigentlich?«

»Hier.« Kes kniete und wischte Staub beiseite. Das Licht fiel auf eine halbmondförmige Öffnung im metallenen Boden. Die Ocampa schob ihre Hand hinein und ertastete den gewölbten Rand einer etwa zwei Zentimeter dicken Stahlplatte: Es handelte sich um eine runde Luke, nur teilweise geöffnet. Kes zog an der Platte, aber sie rührte sich nicht von der Stelle. Sie biß die Zähne zusammen und versuchte es erneut, spannte die Muskeln und nahm ihre ganze Kraft zusammen. Zuerst widerstand die Luke ihren Bemühungen, aber dann rutschte sie ein wenig weiter unter das Bodensegment, und die Öffnung wurde etwas größer. Es war nicht viel, aber wenigstens hatte Kes bewiesen, daß sich die Luke tatsächlich bewegen ließ. Sie seufzte erleichtert.

»Ich helfe dir, Schatz.« Neelix wollte den Kristall beiseite legen und hielt nach einer geeigneten Stelle Ausschau.

»Schon gut«, brummte Torres. »Ich kümmere mich darum.« Sie kniete sich neben Kes in den Staub und reichte ihr den Tricorder. Dann griff sie mit beiden Händen nach der Luke und versuchte, sie ganz aufzuziehen. Ein leises Knurren kam ihr über die Lippen, als sie gegen massive Korrosion ankämpfte. Rostiges Metall protestierte mit lautem Quietschen – ein Geräusch, das in Kes' empfindlichen Ohren schmerzte. Schließlich gab die Luke nach: Im Boden bildete sich ein rundes Portal mit einem Durchmesser von fast drei Metern.

Neelix trat vor und richtete das Licht des Kristalls in die Öffnung. Kes blickte nach unten und bemerkte eine Wendeltreppe, die immer tiefer in die unteren Bereiche des großen Schiffes führte. Stimmen drangen nach oben, hörbar nur für Kes, und sie schienen in ihrem Kopf lauter zu werden.

»Sie sind dort unten«, sagte die Ocampa.

»Wer?« fragte Torres und wischte sich die staubigen Hände an der Uniform ab. »Jagen Sie Gespenster?«

»Vielleicht«, entgegnete Kes. Sie wußte, daß B'Elanna eine rein wissenschaftliche Erklärung bevorzugt hätte. »Ich habe Ihnen von meinen Empfindungen erzählt. Wie würden Sie das Phänomen beschreiben?«

Torres zögerte kurz. »Vielleicht handelt es sich um die Überreste eines so verheerenden Ereignisses, daß davon auch weiterhin Psi-Wellen ausgehen und sich im Raum-Zeit-Kontinuum ausbreiten. Ich bin Technikerin, keine Telepathin, aber mir ist klar, daß psionische Energie nachweisbare Auswirkungen auf die physische Welt haben kann.«

Diese Erklärung klang für Kes so gut wie irgendeine andere. »Ich weiß nur, daß die Schreie von unten kommen. Deshalb schlage ich vor, daß wir uns dort umsehen.«

Torres dachte kurz nach. »Na schön«, sagte sie schließlich. »Vielleicht ist wirklich etwas dran an den Dingen, die Sie spüren.« Sie nahm den Tricorder entgegen und befestigte ihn am Gürtel. »Ich schätze, es wird noch eine Weile dauern, bis wir Antimaterie finden.« Sie kletterte durch die Öffnung und erreichte die Wendeltreppe. »Also los«, forderte sie ihre Begleiter auf.

Die Wendeltreppe führte in die Tiefe, von einer Ebene des Schiffes zur nächsten. Kes zählte sie: eins, zwei, drei, vier ... Die Luft schien immer kühler und feuchter zu werden, je weiter sie nach unten vorstießen. Torres ging voran, und das von Neelix' Kristall ausgehende Licht leuchtete an Kes und ihr vorbei, projizierte kurzlebige Schatten auf den Boden.

Nach dreizehn Decks erreichten sie schließlich das Ende der Treppe, und das Trio fand sich in einem großen Gewölbe wieder, das nach einer Art Frachtraum aussah. Geborstene Stützgerüste hingen wie sonderbare Stalaktiten von der gewölbten Decke herab. Weit oben glitten geflügelte Geschöpfe hin und her: Sie wirkten wie Frösche, hatten jedoch Flughäute, die von den Fingern bis zu den Zehen reichten. Der Boden des geradezu riesigen Frachtraums schien durch den Aufprall des Schiffes teilweise aufgeplatzt zu sein. Sand und Steine zeigten sich an vielen Stellen, und Felsen ragten durch Risse in der Außenhülle. Purpurnes Moos wuchs auf ihnen.

Neelix ließ das Licht des Kristalls durchs Gewölbe wandern, doch es fiel nur auf Trümmer oder verlor sich in Leere.

»Hier gibt es nichts«, sagte Torres und schnitt eine finstere Miene. »Wir vergeuden nur unsere Zeit.«

Kes achtete nicht auf sie. Es fiel ihr schwer, außer dem Heulen peinerfüllter Stimmen aus der Vergangenheit noch etwas anderes wahrzunehmen. Sie war jetzt ganz dicht am Ziel ihrer Suche, was dazu führte, daß die Schreie ein gespenstisches Crescendo erreichten, sie dazu drängten, jetzt auf keinen Fall aufzugeben.

Die Ocampa eilte an Torres und Neelix vorbei, näherte sich einer großen Ansammlung von Sand und Steinen am nördlichen Ende des Frachtraums. Sie fühlte sich wie besessen. Das Empfinden erschreckte sie.

Doch der fremde Drang ließ ihr keine Wahl. Neelix und Torres sahen überrascht zu, als sie begann, in dem Haufen zu graben, der sich auf dem zerbrochenen Boden des alten Raumschiffes angesammelt hatte. Erdklumpen und Steine flogen fort, als Kes grub und suchte. Wonach? Das wußte sie selbst nicht. Sie begriff nur, daß sie jetzt nicht innehalten konnte und weitergraben mußte.

»Begreift ihr denn nicht?« rief sie ihren Gefährten zu. »Sie sind nicht auf dem untersten Deck des Schiffes, sondern *unter* dem Wrack!«

Und dann fand sie etwas: Ein Knochen ragte vor ihr aus dem Sand. Vielleicht stammte er von einem Arm oder Bein; vielleicht war es auch eine Rippe. Der Anblick bestärkte sie in ihrer Entschlossenheit. Erneut grub sie und legte innerhalb weniger Minuten die obere Hälfte eines auf der Seite liegenden Skeletts frei. Nur wenige Zentimeter von Kes' Fingerspitzen entfernt lag ein brauner, gesplitterter Schädel, der etwas kleiner sein mochte als ihr eigener, aber zweifellos von einem Humanoiden stammte. Leere Augenhöhlen – zu groß für den kleinen Schädel – starrten zur Ocampa empor.

Ich habe euch gefunden! dachte sie triumphierend und atmete tief durch. *Erzählt mir, wer ihr seid.*

»Na, da will ich doch eine gristakeanische Gossenschlange sein!« entfuhr es Neelix. Zusammen mit Torres schloß er zu Kes auf, als ihre Fingerspitzen den Schädel berührten …

Es war ein friedlicher, sonniger Nachmittag. Am Himmel zeigte sich glänzendes Rosarot, genau richtig für diese Jahreszeit. Loowo beobachtete, wie ihre Kinder auf der Wiesen spielten, während sie Süßwurzeln zerrieb und für das Abendessen vorbereitete. Sie waren gesund und stark, ihre Kinder. Fleat, ihr Partner, sammelte frische Pilze zwischen den hin und her schwingenden Filamenten des hohen Grases. Sein rotes Fell glänzte im Sonnenschein. Gelegentlich trug der Wind den verlockenden Duft des viele Kilometer entfernten Meeres mit sich. Vögel zwitscherten, und Loowo sang leise während der Arbeit. In der Ferne sah sie andere Familien, ihre Freunde und Nachbarn; sie alle genossen den warmen Nachmittag. Loowo lächelte, zufrieden mit ihrem Leben und ihrer Welt. Sie dachte daran, noch ein Kind mit Fleat zu haben, vielleicht in diesem Sommer.

Plötzlich verstummten die Vögel. Loowo vernahm ein grollendes Donnern, das vom Himmel selbst zu kommen schien. Sie hob den Kopf und sah etwas Großes und Schwarzes, das sich vor den scharlachroten Glanz der Sonne schob, am Himmel immer mehr anschwoll und der Welt Schatten brachte. Loowo schrie und lief zu ihren Kindern, aber es war bereits zu spät. Die Dunkelheit schmetterte auf sie alle herab, begrub sie für immer und ewig unter sich. Es blieb nur endlose erstickende Schwärze, Jahr für Jahr, Jahrhundert für Jahrhundert, gefangen in Finsternis und Vergessen …

Kes' Hand zuckte so plötzlich zurück, als hätte sie einen elektrischen Schlag erhalten. Tränen strömten ihr über die Wangen. »Sie alle starben vor langer Zeit«, brachte sie schluchzend hervor. »Das Raumschiff stürzte auf sie herab. Durch den Aufprall entstand die Bucht, und die sterblichen Überreste der Einheimischen blieben unter dem Meer. Wie schrecklich!«

»Wer starb hier?« fragte Neelix. Er drückte die Ocampa vorsichtig an seine schmutzige Brust und versuchte, sie zu trösten und zu verstehen. Kes war sehr dankbar für die Umarmung – mit diesem Alptraum konnte sie nicht allein fertig werden. »Die Ryol?«

»Nein«, erwiderte Kes bitter. »Nicht die Ryol.« Widerstrebend wandte sie sich von Neelix' Trost und Wärme spendender Präsenz ab und blickte erneut zum Skelett. Torres stand in der Nähe und sondierte den Boden mit ihrem Tricorder.

»Erstaunlich«, sagte B'Elanna. »Ich registriere teilweise fossilisierte organische Reste unter uns, und zwar in allen Richtungen. Hier müssen Dutzende, vielleicht sogar Hunderte von Individuen begraben liegen.«

»Eine ganze Gemeinschaft«, meinte Kes. »Innerhalb weniger Sekunden ausgelöscht.« Sie wagte es nicht, die Knochen noch einmal zu berühren, pustete statt dessen den Staub fort, der eine Knochenhand bedeckte – bis die kleinen, schmalen Knochen von insgesamt *sechs* Fingern sichtbar wurden.

»Nein, hier starben keine Ryol, sondern Neffaler«, sagte Kes.

12

»Faszinierend«, sagte Tuvok.

»Bemerkenswert«, pflichtete ihm der Doktor bei. »Dafür kann es nur eine Erklärung geben.«

»Ja«, bestätigte der Vulkanier. »Die Logik ist zwingend und unanfechtbar.«

»Heraus damit«, sagte Captain Janeway. »Was haben Sie in Erfahrung gebracht?«

Sie befanden sich in der Krankenstation, und Janeway stand zwischen den beiden Biobetten von Harry Kim und Susan Tukwila. Erleichtert stellte sie fest, daß sich beide Besatzungsmitglieder gut zu erholen schienen, und es freute sie, einige Minuten in ihrer Gesellschaft verbringen zu können. Musik klang durch die medizinische Abteilung der *Voyager*, als der sitzende Kim auf seiner Klarinette spielte. Susan hingegen brachte ihre Besorgnis darüber zum Ausdruck, nicht rechtzeitig ihren bald beginnenden Dienst antreten zu können. Moralprobleme oder nicht: Inzwischen fühlte sich Janeway in Hinsicht auf die Crew viel ruhiger. *Vielleicht ist sie in besserer Verfassung, als ich bisher dachte,* dachte sie. *Man nehme nur Harry und Susan. Ganz gleich, womit uns der Delta-Quadrant auch konfrontiert – wir geben nicht auf.*

Während Janeway die verletzten Crewmitglieder besuchte, analysierten Tuvok und der holographische Arzt die von Naxor stammende Gewebeprobe. Sie waren gerade aus dem Labor gekommen, mit einem kleinen Computer, der sicher viele interessante Daten enthielt.

Janeways Neugier wuchs. *Was steckt wirklich hinter unseren neuen ›Freunden‹ auf Ryolanow?* fragte sie sich. Es gab noch immer keine eindeutigen Beweise dafür, daß die Ryol feindliche Absichten in Hinsicht auf die *Voyager* hatten, doch inzwischen nahm Janeways Argwohn immer mehr zu.

Tuvok und der Doktor wechselten einen kurzen Blick – sie schienen nicht ganz sicher zu sein, wer als erster sprechen sollte.

»Ich überlasse Ihnen den Vortritt«, sagte der Doktor. »Immerhin waren Sie es, der uns die DNS-Probe beschafft hat.«

»Wie Sie meinen«, erwiderte Tuvok. »Captain, es gibt deutliche Anzeichen dafür, daß die Ryol nicht von diesem Planeten stammen. Ihre genetische Struktur hat keine Ähnlichkeit mit der anderer Lebensformen auf Ryolanow. Sie stellen zweifellos das Ergebnis einer anderen Evolution dar.«

»Sind Sie sicher?« fragte Janeway.

»Ich möchte Ihnen etwas zeigen.« Tuvok führte Janeway ins Laboratorium der Krankenstation, und dort präsentierte ein großer Bildschirm zweidimensionale Modelle von drei verschiedenen DNS-Fragmenten. Farbige Markierungen hoben die unterschiedlichen Aminosäuren hervor. »Die Segmente auf der linken Seite stammen von einem geflügelten Säugetier und einem Strauch. Das Segment auf der rechten Seite hingegen gehört zu Naxors Genstruktur. Man kann deutlich erkennen, daß die ersten beiden Proben mehrere Sequenzen gemeinsam haben – sie sind auch in allen anderen von uns untersuchten Lebensformen anzutreffen. In der Ryol-DNS fehlen diese Sequenzen. Dafür weist sie einige Nukleotide auf, die in Flora und Fauna des Planeten nicht existieren.« Der Vulkanier deutete auf einige bernsteinfarbene Symbole an der Ryol-Doppelhelix.

»Ja«, sagte Janeway. Sie war mehr Technikerin als Biologin, was sie jedoch nicht daran hinderte, die Diskrepanzen zu erkennen.

»Entweder kommen die Ryol von einem anderen Ort«, sagte der Doktor und bezog sich damit auf Tuvoks Ausführungen, »oder alle anderen Lebensformen sind importiert: Pflanzen, Insekten, Vögel, Affen, Bakterien und Pilze.« Er sah aufs Display des kleinen Computers. »Um ganz ehrlich zu sein: Ich halte die zuerst genannte Möglichkeit für wahrscheinlicher. Die Ryol sind Immigranten.«

»Oder Eroberer«, sagte Janeway und dachte über die mögliche Bedeutung dieser Entdeckung nach. Sie nahm den Computer vom Holo-Arzt entgegen und ließ die Daten über Tier- und Pflanzenwelt von Ryolanow durchs Display scrollen. Es konnte kein Zweifel daran bestehen, daß Tuvok und der Doktor die richtigen Schlüsse gezogen hatten. »Grundsätzlich gibt es nichts daran auszusetzen, einen fremden Planeten zu kolonisieren – in der Föderation ist so etwas praktisch Routine. Aber warum sollte den Ryol daran gelegen sein, diesen Umstand geheimzuhalten? Was verbergen sie vor uns?«

»Vielleicht trafen die Ryol vor so vielen Generationen auf diesem Planeten ein, daß sie ihren wahren Ursprung längst vergessen haben«, spekulierte Tuvok.

»Oder sie sind schlicht und einfach der Ansicht, daß uns diese Sache nichts angeht«, warf der Doktor ein.

»Ich verstehe, was Sie meinen«, sagte Janeway. Beide Erklärungen für die sonderbare Zurückhaltung der Ryol erschienen ihr plausibel. Das von der Ryol-DNS enthüllte Geheimnis mochte faszinierend sein, aber allein für sich genommen bot es kaum einen Grund zu Besorgnis. Doch angesichts der jüngsten Ereignisse vermutete Janeway ein anderes Motiv hinter den Geheimhaltungsbestrebungen der Ryol. Fürchteten sie vielleicht, daß die *Voyager* Anspruch auf den Planeten erheben könnte, wenn bekannt wurde, daß die Ryol nicht von dort stammten? Das erschien unwahrscheinlich. Janeway war absolut sicher, daß sie selbst und ihre Crew durch nichts auf irgendwelche expansionistischen Absichten hingewiesen hatten. *Wir haben betont, auf der Durchreise zu sein,* dachte die Kommandantin. *Wenn die Ryol nicht wollten, daß wir sie besuchen – warum luden sie uns dann ein, die vielen Schönheiten ihrer Welt zu genießen? Auf diese Weise entmutigt man keinen potentiellen Eroberer.*

Noch immer glitten genetische Daten durch das Display des kleinen Computers, den Janeway in der Hand hielt. Tuvok hatte die einheimischen Lebensformen des Planeten mit großer Sorgfalt katalogisiert. Während Janeway die Darstellungen betrachtete, erschien das Bild einer semihumanoiden Gestalt.

»Einen Augenblick«, sagte sie und unterbrach das Scrollen.

Ihr fiel etwas ein, und vor dem inneren Auge entstand ein ganz bestimmtes Bild. Es zeigte ihr einen kleinen Primaten mit rötlichem Fell, der ein Tablett mit Vorspeisen trug. »Was ist, wenn der Planet bereits bewohnt war, als die Ryol eintrafen?«

»Ich verstehe nicht ganz, was Sie meinen«, erwiderte der Doktor. Janeway erinnerte sich daran, daß der holographische Arzt vermutlich das einzige Besatzungsmitglied war, das die ›Tiere‹ der Ryol nicht kennengelernt hatte. *Vielleicht befanden sich die wahren Einheimischen des Planeten die ganze Zeit über in unserer*

Nähe, überlegte sie. *Wir hätten eben besser auf den Zimmerservice achten sollen.*

Tuvok verstand, worauf die Kommandantin hinauswollte. »Die Neffaler?« fragte er. »Eine interessante Vermutung, obwohl ich nicht weiß, wieso sich deshalb unsere Beziehungen zu den Ryol verändern sollten. Die Erste Direktive verbietet es, Einfluß auf eine bestehende soziale Ordnung zu nehmen, ganz gleich, auf welche Weise sie entstanden sein mag.«

»Ja«, bestätigte Janeway. »Und in dieser Hinsicht habe ich ein ziemlich schlechtes Gefühl. Wieviel haben uns die Ryol verschwiegen, und aus welchem Grund?« *Wenn sie fähig sind, eine Spezies auszubeuten – warum dann nicht auch eine andere?*

Ihr Insignienkommunikator piepste und lenkte sie von diesen Überlegungen ab.

»Hier Chakotay«, erklang die Stimme des Ersten Offiziers. »B'Elanna hat sich vom Planeten gemeldet. Sie meint, es sei sehr wichtig.«

»Verbinden Sie mich mit ihr«, sagte Janeway. Eine Sekunde später hörte sie Torres. Starke Statik knisterte, so als müßten die von B'Elanna gesendeten Kom-Signale mehrere Abschirmungen durchdringen. Wo hielt sich die Chefingenieurin auf?

»Sie würden es nicht für möglich halten, was wir hier unten entdeckt haben, Captain«, sagte Torres.

»Stellen Sie meine Phantasie auf die Probe«, entgegnete Janeway.

»Endlich allein«, sagte Laazia und fügte diesen Worten ein kehliges Lachen hinzu. Der Umhang verhüllte die Konturen ihres Körpers, als sie sich in Paris' Quartier umsah. Im matten Licht hatte es den Anschein, als seien die Augen der Ryol in ständiger Veränderung begriffen: Aus Grün wurde Schwarz, das sich dann erneut in Grün verwandelte. Paris saß auf dem Rand seines Bettes, wie hypnotisiert von jenen Augen.

Er spürte eine sonderbare Benommenheit. Ein Teil von ihm wußte, daß er einen Fehler machte, daß sich Laazia nicht an diesem Ort befinden sollte. Aber er brachte es einfach nicht fertig, sie zurückzuweisen. Er fühlte sich wie ein Passagier in seinem eigenen Körper, unfähig dazu, die gegenwärtige Ereigniskette aufzuhalten und den katastrophalen Pfad zu verlassen, über den ihn die Tochter des Ältesten führte.

Ihre Begleiter waren wie versprochen im Korridor zurückgeblieben. *Wie lange war er mit Laazia zusammen?* dachte Paris. Seit zehn Minuten? Dreißig? Es fiel ihm schwer, sich an seinen ursprünglichen Auftrag zu erinnern. Es schien eine Ewigkeit her zu sein, seit ihn Captain Janeway aufgefordert hatte, Laazia und ihre Gruppe auf den Planeten zurückzuschicken. *Ich habe erneut versagt*, fuhr es ihm durch den Sinn. *Ich versage immer.*

»Allein«, wiederholte die Ryol. »Nicht mehr von neugierigen Augen beobachtet. Ausgezeichnet.« Sie strich den Umhang über die Schultern zurück, ging dann vor Paris in die Hocke und beugte sich vor, bis nur noch wenige Zentimeter ihre Augen voneinander trennten. »Erzählen Sie mir alles über die Brücke und ihre Verteidigungssysteme.«

Wie bitte? Paris hatte gewiß nicht damit gerechnet, daß ausgerechnet so etwas in seinem Quartier geschah. »Die Brücke?« brachte er hervor. Trotz der Überraschung verdichtete sich die Benommenheit zu einem Nebel, in dem die Gedanken immer träger dahinglitten. Tief verborgen in diesem Dunst flüsterte eine warnende Stimme, aber ihre Worte zerfaserten sofort.

»Ja.« Laazia sprach ganz langsam, wie zu einem Kind, und ihre Augen waren jetzt so schwarz wie der

Kern sterbender Sonnen. »Beginnen Sie mit den Sicherheitssystemen der Brücke, und erklären Sie mir anschließend die Struktur des Kommunikationssystems an Bord Ihres Schiffes. Erzählen Sie mir alles, Tom.«

Nein! heulte es hinter seiner Stirn, doch die Lippen weigerten sich, diese eine Silbe zu formen. Eine gräßliche Schwäche erfaßte ihn, so als sei er von einem lähmenden Phaserstrahl getroffen worden. Er spürte, wie ihm die Kraft aus den Muskeln wich, und die Gravitation schien sich zu verdoppeln. Mit großer Mühe widerstand er der Versuchung, sich ganz aufs Bett sinken zu lassen. Er versuchte, den Blick von Laazias schwarzen Augen abzuwenden, aber mit der einen Hand hielt sie sein Kinn fest und zwang ihn, sie auch weiterhin anzusehen. *Dies muß aufhören,* dachte er. *Ich sollte die Sicherheitsabteilung verständigen.*

»Die für den Notfall bestimmten Phaser sind an vier verschiedenen Stellen auf der Brücke untergebracht: bei der taktischen Konsole, der Sicherheits- und wissenschaftlichen Station sowie bei den technischen Kontrollen. Die Waffen sind auf Betäubung justiert, können aber auch ...«

Hör auf, dachte Paris. *Hör auf.* Doch Lippen und Zunge blieben auch weiterhin in Bewegung, verrieten sowohl die *Voyager* als auch ihn selbst. Verzweiflung überlagerte die Besorgnis, verschwand dann in einem sich verdichtenden Nebel aus Benommenheit.

Laazia neigte das Kinn des Menschen nach oben, um den Blickkontakt nicht zu unterbrechen, als sie sich erhob. Ein grimmiges Lächeln erschien in ihrem Gesicht. »Erzählen Sie mir mehr«, sagte sie.

Fliegende Frösche segelten weit über ihr durch den Frachtraum des Wracks, als Torres Captain Janeway von ihrer Entdeckung berichtete. »Offenbar fand die Bruchlandung des fremden Schiffes vor vielen Generationen statt«, sagte sie. »Und dabei löschte es eine Neffaler-Gemeinschaft aus. Kes meint, die ursprünglichen Neffaler waren intelligent, aber noch auf einer präindustriellen Entwicklungsstufe.«

Captain Janeway schien kaum überrascht zu sein, obwohl es den drei Besatzungsmitgliedern der *Voyager* schwerfiel, sie zu verstehen. Die Kom-Signale des Schiffes wurden gestört, nicht nur von der Masse des Raumschiffwracks, sondern auch von dem Schild, den die Ryol im Bereich der Bucht konstruiert hatten. *Wenn die Flut kommt, ist vielleicht gar keine Verständigung mehr möglich*, dachte B'Elanna.

»Es handelt sich eindeutig um ein Ryol-Schiff«, sagte Janeway. »Diese neuen Informationen bestätigen einige andere Daten, die der Doktor und Tuvok für uns gewannen. Jetzt ergibt alles einen Sinn. Die Ryol sind auf diesem Planeten gestrandet, als ihr Schiff abstürzte.«

Sie saßen hier fest, überlegte Torres. *Bis wir kamen.* Sie schauderte unwillkürlich. *Man muß keine Halbklingonin sein, um eine gefährliche Situation als solche zu erkennen.* »Ich glaube, wir sollten unverzüglich zur *Voyager* zurückkehren, Captain. Können Sie uns von hier aus an Bord beamen?«

»Wir versuchen es«, erwiderte Janeway. »Bitten Sie Neelix, einige Knochenproben für eine genaue Analyse mitzubringen.«

Torres drehte sich gerade zu Neelix um, als weiter hinten etwas knackte. Sie wirbelte um die eigene Achse, zog den Phaser und hörte, wie in den Schatten einige Meter entfernte kleine Steine knirschten. *Ungeziefer?* fragte sie sich. *Oder etwas Gefährlicheres?*

B'Elanna trachtete danach, die Dunkelheit des riesigen Frachtraums mit ihren Blicken zu durchdringen. »Neelix!« rief sie. »Hierher!«

Der Talaxianer richtete das Licht des Kristalls in die entsprechende Richtung. Es fiel auf drei hochgewachsene Gestalten, die bei der Wendeltreppe standen. Goldene Mähnen umrahmten ihre Gesichter; Muskeln zeichneten sich unter bronzefarbener Haut ab. Einer der Männer trat vor – er trug einen roten Edelstein an einer silbernen Halskette. Torres hörte, wie Kes nach Luft schnappte, als sie den Ältesten erkannte.

»Sie hätten nicht hierherkommen sollen«, sagte Varathael. »Es war noch nicht nötig, daß Sie dies hier sehen.« Zwei jüngere Ryol begleiteten ihn. Torres glaubte, in einem von ihnen den Strandwächter zu erkennen, den sie zuvor ins Reich der Träume geschickt hatte. *Hoffentlich ist er mir deshalb nicht böse.*

»Ich fürchte, wir können Sie jetzt nicht einfach so gehen lassen«, fügte Varathael hinzu.

»Bleiben Sie, wo Sie sind«, sagte B'Elanna und richtete ihren Phaser auf den Ältesten. »Captain, hier bei uns hat sich eine schwierige Situation ergeben.«

»Was ist passiert?« Janeways Stimme drang aus dem Lautsprecher des Insignienkommunikators. »Es fällt uns schwer, den Transferfokus auf Sie zu richten. Befinden Sie sich unter der Oberfläche des Planeten?«

»Ja, und das ist noch nicht alles«, antwortete Torres. Sie dachte dabei an die Abschirmung der Bucht.

Der Älteste und die beiden anderen Ryol kamen näher, schenkten dem Strahler in B'Elannas Hand überhaupt keine Beachtung. *Vielleicht wissen sie nicht, was es mit einem Phaser auf sich hat,* dachte die Chefingenieurin.

»Dies ist eine Waffe«, sagte sie. »Wenn Sie nicht stehenbleiben, schieße ich damit auf Sie.«

Ein grausames Lächeln umspielte Varathaels Lippen. Lässig hob er die Hand und berührte den auf seiner Brust ruhenden Edelstein. Ein scharlachrotes Glühen umgab den Ältesten und die beiden anderen Ryol, projizierte die Silhouetten ihrer Körper an die Wände des Frachtraums. Das seltsame Schimmern begleitete die drei Männer, als sie sich Torres, Neelix und Kes näherten.

Die Sache gefällt mir nicht, dachte B'Elanna mit wachsender Besorgnis.

Sie betätigte den Auslöser des Phasers. Eine energetische Entladung sprang den drei Ryol entgegen und zerstob an dem scharlachroten Schild. Das Schutzfeld absorbierte die Energie, ließ sie nicht bis zu Varathael und seiner Eskorte gelangen.

»Verdammt!« fluchte Torres. Sie erhöhte die Emissionsstufe des Phasers bis aufs Maximum, aber die rote Barriere hielt den Energiestrahlen auch weiterhin stand.

»Na schön.« B'Elanna steckte die Waffe an ihren Gürtel zurück. »Dann versuchen wir's eben auf die traditionelle Weise.« Sie hob die Fäuste. »Wir drei gegen Sie drei. Kein Problem für uns, wenn Sie mich fragen.«

Zwar gab sich Torres optimistisch, aber es wäre ihr lieber gewesen, jetzt auf die Hilfe von Chakotay oder eines anderen Maquisarden zurückgreifen zu können. Sie hielt Neelix und Kes für alles andere als furchterregende Kämpfer, aber darauf wollte sie Varathael natürlich nicht hinweisen. *Wann haben die selbstherrlichen und verweichlichten Ryol zum letztenmal gegen etwas anderes gekämpft als einige unterernährte Affen?*

Dem Himmel sei Dank dafür, daß die Burschen keine eigenen Waffen mitgebracht haben, fügte B'Elanna in Gedanken hinzu.

»Torres!« erklang erneut die Stimme des Captains. »B'Elanna! Was geht bei Ihnen vor? Berichten Sie!«

Varathael wölbte eine Braue. »Ist das Captain Janeway?« fragte er. »Vor einigen Stunden kam es zwischen uns zu einem sehr bedauerlichen Mißverständnis. Bitte richten Sie ihr einen Gruß von mir aus.«

»Hier Torres«, meldete sich die Chefingenieurin. »Wir sind einigen Ryol begegnet, unter ihnen auch Varathael, und ergreifen Verteidigungsmaßnahmen.«

»So nennen Sie das?« erwiderte Varathael amüsiert.

Seine unerschütterliche Zuversicht war entnervend. Der Adrenalinspiegel in B'Elannas Blut stieg, als sie die Muskeln spannte, bereit dazu, sofort zu reagieren, falls Varathael oder seine Begleiter auf irgendeine Weise aktiv werden sollten. Sie wechselte einen raschen Blick mit ihren beiden Gefährten. Neelix hatte Kes einen Arm um die Taille geschlungen, und in der hoch erhobenen freien Hand hielt er den Kristall. Beide waren besorgt, aber dazu bereit, sich zur Wehr zu setzen. *Wirklich schade, daß Kes ihre besonderen mentalen Fähigkeiten nicht offensiv verwenden kann.* B'Elanna erinnerte sich daran, daß die so zart und hilflos wirkende Ocampa den Vulkanier Tuvok fast mit psionischem Feuer umgebracht hätte. Unglücklicherweise stellte sich jene Sache später als isolierter Zwischenfall heraus, den Kes nicht nach Belieben wiederholen konnte. *Jetzt hätten wir gute Verwendung für den einen oder anderen telepathischen Trick.*

Torres wartete darauf, daß Varathael angriff, aber der Älteste blieb unmittelbar vor ihr stehen. Das scharlachrote Kraftfeld um ihn herum pulsierte. B'Elanna wich sicherheitshalber zurück, um einen Kontakt mit dem Schild zu vermeiden. Varathael folgte ihr nicht, starrte sie nur aus seinen sonderbaren grünen Augen an. Torres beobachte verwirrt und erstaunt, wie die Pupillen größer wurden, das Grün fast völlig verbannten.

Was hat das denn zu bedeuten? fragte sich die Chefingenieurin.

Die Müdigkeit traf sie wie ein Schlag in die Magengrube. Torres keuchte und glaubte zu ersticken, als ihr etwas die Lebenskraft aus dem Leib saugte. So etwas hatte sie noch nie zuvor gespürt. Es handelte sich nicht um natürliche Erschöpfung, die sich im Lauf der Zeit ansammelte, um nach und nach immer intensiver zu werden. Irgend etwas in den jetzt schwarzen Augen des Ältesten zerrte die Energie mit Warpgeschwindigkeit aus Torres heraus. *Eine Art von bioelektrischer Übertragung,* vermutete B'Elanna, als ihr die Knie weich wurden. Sie sank zu Boden, blieb auf Knochen liegen, die von einem der ersten Opfer der Ryol stammten. Durch einen Schleier vor ihren Augen sah sie, wie Kes und Neelix der parasitären Präsenz des Ältesten ebenfalls zum Opfer fielen. Kes verdrehte so sehr die Augen, daß nur noch das Weiße in ihnen zu sehen war. Neelix trachtete danach, den erschlafften Leib der Ocampa aufrecht zu halten, doch für diese Bemühungen blieb ihm nur einige Sekunden lang genug Kraft. Dann sank er, zusammen mit Kes, auf den Haufen aus Sand und Knochen.

Torres konnte sie nicht länger sehen. Ihr Mund fühlte sich so trocken an wie eine vulkanische Wüste; Arme und Beine waren taub. Sie bemerkte kaum, wie sich Varathael bückte und ihren Insignienkommunikator nahm.

Er hielt sich das kleine Gerät vor den Mund. »Hallo, Captain? Lieutenant Torres und ihre Freunde können Ihnen nicht antworten. Ich glaube, wir haben eine Menge zu besprechen.«

Hören Sie nicht auf ihn, Captain! dachte B'Elanna wütend. *Bringen Sie die* Voyager *fort von hier!*

Klingonischer Zorn sorgte dafür, daß sie einige Sekunden länger bei Bewußtsein blieb. In Gedanken schwor sie, an dem Ältesten und allen anderen Ryol blutige Rache zu nehmen.

Dann konnte sie der Schwärze nicht länger widerstehen, und ihr Selbst schien sich aufzulösen.

13

Trotz ihrer jüngsten Verletzungen meldete sich Susan Tukwila pünktlich zum Brückendienst. *Gut für sie*, dachte Chakotay und hoffte, daß die Probleme mit der Moral an Bord aus der Welt geschafft waren. *Eine externe Gefahr sorgt sofort dafür, daß die Crew wieder zu einer Einheit wird.* Wenn es jetzt auch noch gelang, alle Besatzungsmitglieder zurückzuholen, ohne daß jemandem etwas zustieß ...

Der Erste Offizier saß im Kommandosessel und öffnete einen internen Kom-Kanal zum Transporterraum. »Wie sieht's aus?« fragte er. »Ist es Ihnen inzwischen gelungen, Torres und die anderen für den Transfer zu erfassen?« Von Captain Janeway wußte Chakotay, daß B'Elanna und ihre Gruppe auf Ryolanow in Schwierigkeiten geraten waren.

»Leider nein, Sir«, antwortete der Transporterchef. »Bei den anderen Crewmitgliedern konnten wir mühelos den Transferfokus ausrichten, aber im Bereich der Bucht, wo sich Torres und die anderen aufhalten, gibt es eine Abschirmung. Wir haben das Frequenzverhältnis der Phasenübergangsspulen erhöht, aber dadurch empfingen wir nur die Signale der Insignienkommunikatoren.«

Chakotay klopfte verärgert auf die Armlehne. Seiner Ansicht nach klang es immer mehr nach einer Geiselnahme. *Und genau das wollte der Captain vermeiden*, dachte er. »Verstehe«, teilte er dem Transporterchef knapp mit. »Chakotay Ende.«

Die Brückenoffiziere – eine Mischung aus ehemaligen Maquisarden und Starfleet-Angehörigen – warteten stumm auf Anweisungen. Chakotay fühlte ihre Blicke auf sich ruhen und überlegte, wie eine Rettung von Torres, Kes und Neelix möglich sein mochte.

»Fähnrich Tukwila«, sagte er, »aktivieren Sie die Fernbereichsensoren. Versuchen Sie, Lieutenant Torres und ihre Begleiter zu lokalisieren.«

Ohne die ID-Signale der Insignienkommunikatoren war es praktisch unmöglich, jemanden zu finden. Die Suche nach B'Elanna, Kes und Neelix kam dem Bemühen gleich, eine Stecknadel in einem planetengroßen Heuhaufen zu entdecken, aber vielleicht hatten sie Glück. *Wir müssen irgend etwas versuchen.*

Die Tür des Turbolifts im rückwärtigen Bereich der Brücke öffnete sich. Chakotay drehte den Sessel und rechnete damit, daß der Captain zurückkehrte, um während der gegenwärtigen Krise das Kommando zu übernehmen. Er erhob sich und war neugierig darauf, was Janeway von Tuvok und dem Doktor erfahren hatte.

Eine Überraschung erwartete ihn: Ryol kamen in den Kontrollraum, angeführt von niemand anders als Lieutenant Tom Paris. Die sechs Besucher – Männer und Frauen – schwärmten sofort aus und bezogen Aufstellung bei den wichtigsten Stationen. Eine hinreißende Ryol – ihr Kopfflaum wies ein tigerartiges Streifenmuster auf – näherte sich dem Befehlsstand. Paris folgte ihr, und in seinem Gesicht zeigte sich seltsame Benommenheit.

An der taktischen Konsole hinter dem Kommandosessel saß Lieutenant Assink, der von den terranischen Aleuten stammte. Er griff nach einem Phaser, aber eine andere Ryol-Frau war schneller. Sie stieß den Arm des Menschen fort vom Waffenfach und richtete dann den Blick auf Assink, der sofort in sich zusammensackte und nach Luft schnappte. Chakotay versuchte, sich nichts anmerken zu lassen, aber er war erschrocken. *Sie hat Assink nur angesehen,* dachte er besorgt. Ein Blick schien den Ryol zu genügen.

»Ich bin Laazia«, sagte die Anführerin der Gruppe und näherte sich dem Sessel, den Chakotay gerade freigegeben hatte. Im Gegensatz zu den anderen trug sie einen weiten Umhang, der bis zum Boden hinabreichte. »Erbin des Ältesten. Für die Ryol erhebe ich Anspruch auf dieses Schiff.« Sie ließ ihren Blick durch den Kontrollraum gleiten und vergewisserte sich, daß ihre Gefährten die richtigen Positionen eingenommen hatten. »Denkt an den Plan«, erinnerte sie die Ryol. »Verhindert, daß jemand die Kontrollen berührt. Gebt ihnen nicht die Chance, uns fortzubeamen.« Sie wandte sich an Paris. »Sammeln Sie die Phaser ein und isolieren Sie anschließend manuell die Brücke.«

»Glauben Sie nicht, daß ich dazu etwas zu sagen hätte?« erwiderte Chakotay. Er trat zwischen Laazia und den Kommandosessel. Die Starfleet-Ausbildung veranlaßte ihn zu einer ganz bestimmten Reaktion: Er klopfte auf seinen Insignienkommunikator. »Chakotay an Janeway«, sagte er mit entschlossener Miene. »Ryol haben die Brücke übernommen. Alarmstufe Rot. Ich wiederhole: Ryol haben ...«

Ein Schlag traf ihn ohne jede Vorwarnung mitten im Gesicht. »Seien Sie still!« zischte Laazia und löste den Insignienkommunikator von Chakotays Uniform. Die Wange des Ersten Offiziers brannte dort, wo ihn die Hand der Ryol-Frau getroffen hatte – ihre Kraft erstaunte ihn. Nun, wenigstens war es ihm gelungen, den Captain zu warnen.

Aus den Augenwinkeln beobachtete er, wie Susan Tukwila die Muskeln spannte, um ihm zu Hilfe zu kommen.

»Niemand rührt sich«, wies er die Crew an. »Bleiben Sie an Ihren jeweiligen Posten.« Chakotay schätzte die Situation rasch ein. Die Ryol schienen nicht bewaffnet zu sein, aber ganz offensichtlich brauchten sie keine Phaser oder etwas in der Art, um ihre Gegner zu überwältigen – dafür reichten ihre besonderen mentalen Fähigkeiten völlig aus.

Chakotay sah zu Tukwila und schüttelte den Kopf. Bis er eine klare Vorstellung von der Macht der Ryol gewonnen hatte, wollte er vermeiden, das Leben eines Besatzungsmitglieds zu riskieren. Eins stand fest: Laazia und ihre Begleiter verhielten sich so, als hätten sie nichts von der Brückencrew zu befürchten. *Ein schlechtes Zeichen*, dachte der Erste Offizier.

Paris bewegte sich wie ein Zombie, als er durch den Kontrollraum ging und die eingesammelten Phaser einem Ryol reichte, der sie wiederum an seine Artgenossen verteilte. Im Anschluß daran trat er zur derzeit nicht besetzten Sicherheitsstation. Chakotay versuchte, einen Blickkontakt mit Paris herzustellen, doch an dem maskenhaft starren Gesicht des Navigators änderte sich nichts.

»Was hat das alles zu bedeuten, Lieutenant?« fragte er scharf.

»Die Ryol brauchen dieses Raumschiff«, sagte Laazia und hob dabei wie gebieterisch das Kinn. »Sehen Sie darin eine Art Bezahlung für unsere Gastfreundschaft«, fügte sie mit einem spöttischen Lächeln hinzu.

»Ich habe nicht mit Ihnen gesprochen«, sagte Chakotay und wirkte dabei sehr ernst. »Beantworten Sie meine Frage, Lieutenant Paris.«

Paris starrte wie hypnotisiert zu Laazia. »Es tut mir leid, Commander«, erwiderte er, und seine Stimme war dabei kaum mehr als ein Murmeln. Wie eigenständige Wesen huschten die Finger über Schaltflächen. Chakotay ahnte, was Paris anstellte: Er aktivierte Kraftfelder, die den Kontrollraum vom Rest des Schiffes separierten.

Das Unbehagen des Ersten Offiziers wuchs.

»Ich kann nicht anders«, brachte Paris hervor.

Laazia näherte sich dem Navigator und strich ihm geistesabwesend über die Wange. »Sie haben keine Autorität mehr über ihn«, teilte sie Chakotay mit. »Er steht jetzt völlig unter meiner Kontrolle. Glauben Sie mir, Commander: Es hat keinen Sinn, ihn an seine Pflicht Starfleet gegenüber zu erinnern. Diese Dinge spielen für ihn keine Rolle mehr. Stimmt's, Tom?«

Laazia sah sich auf der Brücke um. »Wo ist Captain Janeway?«

Stille folgte den Worten der Ryol. Es lag Chakotay nichts daran, der Tochter des Ältesten einen zusätzlichen Vorteil zu gewähren. Er fragte sich, wie und wann es dem Captain gelingen mochte, mit einer Sicherheitsgruppe durch die Abschirmungen zu gelangen, die den Kontrollraum inzwischen vom Rest des Schiffes isolierten. *Und dann was?* dachte er und stellte sich einen Kampf zwischen Ryol und *Voyager*-Crew vor. Wie viele Phaser waren nötig, um die übernatürlichen Kräfte der Ryol auszugleichen? *Zum Glück konnte ich Janeway benachrichtigen, bevor die Schilde aktiv wurden,* dachte Chakotay.

Laazia griff nach dem Kinn des Ersten Offiziers und zwang ihn, den Kopf zu drehen. Spitze Fingernägel bohrten sich ihm in die Haut. »Wenn Sie mir die gewünschten Auskünfte verweigern, nehme ich Ihnen die Kraft des Lebens. Inzwischen dürfte Ihnen klar sein, daß ich dazu imstande bin.«

»Wissen Sie was, Tom?« brachte Chakotay zwischen zusammengebissenen Zähnen hervor. »Ich habe nie viel von Ihrem Geschmack bezüglich Frauen gehalten.«

Laazias Nägel übten noch stärkeren Druck aus, aber abgesehen davon reagierte sie nicht auf den Spott. »Mein Vater hatte recht«, sagte sie kühl. »Er meinte, ich müßte einen von Ihnen töten, um für die anderen ein Exempel zu statuieren.« Sie lächelte gnadenlos. »Raten Sie mal, wen ich ausgesucht habe.«

Die Augen der Tochter des Ältesten wurden plötzlich dunkel – ein Vorgang, den Chakotay aus Paris' Beschreibungen kannte. Er versuchte, den Blick abzuwenden, aber Laazia hielt seinen Kopf mit übermenschlicher Kraft fest.

Der Erste Offizier kniff die Augen zu, in der Hoffnung, sich damit schützen zu können, aber eine sonderbare Kühle erfaßte ihn und erfüllte seinen Leib. Aus zahllosen winzigen Löchern schien die Wärme aus ihm zu entweichen. Die Beine zitterten, und das Herz klopfte immer schneller. Er begriff, es mit jener bösartigen tierischen Präsenz zu tun zu haben, der er in seiner geistigen Welt begegnet war. *Akoo-cheemoya*, betete er, *großer Geist meiner Ahnen, bewahre mich vor diesem gräßlichen Dämon*.

»Nein!« erklang eine entsetzte Stimme.

Chakotay öffnete die Augen und sah, wie Susan Tukwila sprang. Der neben ihr stehende Ryol versuchte, sie an den Schultern festzuhalten, aber die ehemalige Maquisardin bewies, eine Kampfsportexpertin zu sein: Mit beiden Händen griff sie nach einem Arm des Ryol und machte dann eine Rolle vorwärts – mit dem Ergebnis, daß sich ihr Bewegungsmoment auf den Ryol übertrug und ihn durch die Luft fliegen ließ. Mit einem eleganten Satz war Tukwila wieder auf den Beinen, und gleichzeitig landete der Ryol auf dem Rücken, nur wenige Zentimeter entfernt von dem gewölbten Trennsegment zwischen der Kommandoplattform und den weiter hinten befindlichen Konsolen. Chakotay hörte, wie der Kopf des Mannes mit einem dumpfen Pochen auf den harten Duraniumboden prallte.

Mit einem Kampfschrei des Maquis stürzte Tukwila Laazia entgegen, die um die eigene Achse wirbelte und sich der Angreiferin zuwandte. Dadurch war der Schwäche erzeugende Blick nicht mehr auf Chakotay gerichtet. Er schwankte unsicher, was Paris veranlaßte, rein instinktiv zu handeln und die Sicherheitsstation zu verlassen, um den Ersten Offizier zu stützen. Chakotay widersetzte sich diesen Versuchen und zog den Arm so heftig zurück, daß er fast zur Seite gekippt wäre. Er trachtete danach, das Gleichgewicht zu wahren. Das Bild vor seinen Augen verschwamm, und er glaubte, eine seltsame schwarze Aura zu erkennen, die Laazia umgab und wie die Silhouette eines großen Tiers aussah.

Laazia schenkte dem, was hinter ihr geschah, nicht die geringste Beachtung. Das Grün verschwand fast völlig aus ihren Augen, als sie den Blick auf die heranstürmende Tukwila richtete. Deren Kampfschrei verwandelte sich in ein Röcheln, als sie die gespenstische Macht der Ryol zu spüren bekam.

»Nein, Laazia!« rief Paris, doch die Tochter des Ältesten lehnte es ab, Tukwila gegenüber Gnade walten zu lassen. Die junge Frau erbebte am ganzen Leib, und die Muskeln in ihrem Gesicht zuckten. Chakotay beobachtete den Vorgang entsetzt. Er wankte über die Kommandoplattform und versuchte, Laazia zu packen, aber die Ryol stieß ihn einfach beiseite, ohne den Blick von Susan Tukwila abzuwenden.

Der wuchtige Hieb verstärkte die Benommenheit des Ersten Offiziers, und gleichzeitig sah er, wie sich Tukwilas Gesicht veränderte. Es wirkte plötzlich eingefallen und hohlwangig, und die von Grauen erfüllten Augen lagen tief in den Höhlen. Die Lippen wichen zurück und offenbarten graues, blutleeres Zahnfleisch. Die Starfleet-Uniform hing weit und locker an einem plötzlich ausgemergelten Leib, der noch weiter zu schrumpfen schien. Tukwila konnte sich nicht mehr auf den Beinen halten, sank zu Boden und blieb unweit des Ryol liegen, den sie eben noch mühelos davongeschleudert hatte. Einige Sekunden lang keuchte sie, und dann herrschte Stille.

Zorn auf die Ryol-Frau brodelte in Chakotay, und er schwor, Susan Tukwilas Tod zu rächen. *Sie hatten es nicht verdient, auf diese Weise zu sterben*, dachte er.

Der dürre Leichnam mit dem im Schmerz erstarrten Gesicht erinnerte den Ersten Offizier an das Erscheinungsbild der Neffaler. Die affenartigen Wesen erweckten den Eindruck, im Dienst der Ryol dahinzusiechen und ihre vitale Energie verloren zu haben.

Aus irgendeinem Grund dachte Chakotay wieder an das Schattenwesen, das ihm in der geistigen Welt das Herz aus der Brust gerissen hatte.

»Das war fast zu leicht«, gurrte Laazia, und ein zufriedenes Lächeln erschien in ihrem Gesicht. »Sie hatte uns bereits viel gegeben. Während der letzten Tage haben wir sie immer wieder gekostet, und deshalb war nicht mehr allzuviel übrig.« Sie leckte sich die Lippen.

Sie trat an Chakotay heran, ragte wie eine blutdürstige Göttin vor ihm auf. Die dunkle Aura pulsierte um sie herum, warf einen tierischen Schatten auf die Schönheit ihrer Züge.

Jetzt weiß ich, wer du bist, dachte Chakotay. *Vor einigen Tagen haben mir meine Ahnen dein wahres Gesicht gezeigt.*

»Sagen Sie mir jetzt, wo sich der Captain befindet!« befahl Laazia.

»Nein!« Der Erste Offizier hatte gerade noch genug Kraft, um diese Antwort zu geben. Er wollte der Ryol auf keinen Fall nachgeben. *Je länger Captain Janeway frei bleibt, um so besser sind unsere Chancen.*

»Idiot«, erwiderte Laazia. Ihre Pupillen weiteten sich drohend. »Glauben Sie vielleicht, ich sei nicht imstande, sofort jemand anders zu töten? Da irren Sie sich. Je mehr Lebenskraft ich aufnehme, desto stärker werde ich. So ist es mit uns allen. Ihr Volk kann uns nicht widerstehen.«

»Das muß sich erst noch herausstellen«, ächzte Chakotay. Herausfordernder Starrsinn stand in seinem Gesicht geschrieben. *Das dachten auch die Cardassianer im Alpha-Quadranten.*

»Sie werden die nächsten Sekunden nicht überleben, wenn Sie sich auch weiterhin weigern, mir Auskunft zu geben«, sagte Laazia. Sie bückte sich und legte Chakotay die Hand auf die Brust. Sein Puls raste plötzlich, und trotz seiner Entschlossenheit schnappte er nach Luft. Kälte flutete ihm entgegen, der Frost eines arktischen Sturms, während die ganze Wärme seines Körpers durch ein Loch in der Brust zu entweichen schien. Erneut stand er inmitten der öden Berglandschaft seiner geistigen Welt, während sich ein Ungeheuer an seinem Herzen labte.

»Ah«, seufzte Laazia, und etwas in ihrer Miene wies auf Ekstase hin. »Das ist viel besser, Commander. Sie haben soviel zu geben …«

Chakotay wußte, daß er nicht mehr lange durchhalten konnte. *Ich muß bei Bewußtsein bleiben,* dachte er. *Um eine Möglichkeit zu finden, die Kraftfelder zu deaktivieren.* Aber er konnte weder die Hände heben noch die notwendigen Anweisungen erteilen. *Ich sterbe,* fuhr es ihm durch den Sinn. *Ebenso wie die arme Susan.* Er schnitt eine Grimasse, als er sich an ihren verschrumpelten Leichnam erinnerte. *Akoo-cheemoya, empfange meinen eigenwilligen Geist. Laß nicht zu, daß mir dieses scheußliche Geschöpf ewige Dunkelheit beschert …*

»Aufhören!« rief Tom Paris. Chakotay hatte fast vergessen, daß auch Paris in der Nähe weilte. »Der Captain befindet sich in der Krankenstation.« Er griff nach Laazias Hand und zog sie fort von Chakotay. »Es ist nicht nötig, daß Sie ihn auf diese Weise quälen.«

Die Tochter des Ältesten wirkte ebenso überrascht wie der Erste Offizier. »Was hat das denn zu bedeuten?« fragte sie, und in ihrer Stimme erklang ein Hauch von Faszination. »Gibt es da etwa einen letzten Rest von Rebellion? Oder sind Sie einfach nur eifersüchtig?« Laazia richtete ihren Blick auf Paris, der gehorsam zurückwich. »Nun gut«, fuhr sie fort, richtete sich auf und kehrte Chakotay den Rücken zu. »Für derartige Erfrischungen ist später noch genug Zeit.«

Sie wandte sich den Ryol zu, die noch immer auf den Beinen waren. Niemand von ihnen hielt es für nötig, sich um jenen Mann zu kümmern, den Susan Tukwila außer Gefecht gesetzt hatte. »Sie.« Laazia deutete auf die beiden Ryol in der Nähe des Turbolifts. »Suchen Sie die ›Krankenstation‹ auf und kümmern Sie sich dort um Captain Janeway. Ergreifen Sie energische Maßnahmen, falls sich Ihnen jemand in den Weg stellen sollte, aber verlieren Sie keine Zeit damit, die Lebenskraft Ihrer Gegner aufzunehmen. Wir können unserem Appetit frönen, sobald die *Voyager* wirklich uns gehört. Gehen Sie jetzt.«

Die beiden Ryol – ein Mann und eine Frau, beide mit bronzefarbener Haut und muskulös – verneigten sich kurz, bevor sie den Turbolift betraten und nur einen der erbeuteten Phaser mitnahmen. Chakotay beobachtete, wie sich die Tür des Lifts hinter ihnen schloß.

»Wissen Sie, Commander«, sagte Laazia, »ich brauche gar nicht Ihre Hilfe, um dieses Schiff zu übernehmen. Zwei Ryol genügen völlig, um mit Ihren lächerlichen Verteidigungsbemühungen fertig zu werden.«

Zum Glück ist der Captain gewarnt, dachte Chakotay. Die Krankenstation befand sich nur vier Decks unter der Brücke, und diese Entfernung legte die Transportkapsel des Turbolifts innerhalb weniger Sekunden zurück. Sein Gaumen war trocken, aber er sammelte genug Speichel, um zu antworten: »Dieses Schiff wird Ihnen nie gehören. Der Captain …«

Laazia gab ihm keine Möglichkeit, den Satz zu beenden. Ihr Fuß traf ihn am Kinn, und zwar mit solcher Wucht, daß er einige Zähne verlor. *Hoffentlich ist der Doktor auch für Zahnoperationen programmiert*, dachte er. *Vorausgesetzt natürlich, daß ich diese Sache lebend überstehe*. Die spitzen Nägel der Ryol hinterließen lange Striemen auf der Wange des Ersten Offiziers, dicht unter der Tätowierung. Er nahm den bitteren Geschmack von Blut wahr und spuckte vor Laazia auf den Boden. *Captain Janeway schafft es bestimmt, die Brücke wieder unter ihre Kontrolle zu bringen.* Er wußte nicht, auf welche Weise ihr das gelingen sollte, aber er wollte daran glauben. Gerade jetzt durfte er die Hoffnung nicht aufgeben.

»Ich will kein Wort mehr von Ihnen hören«, sagte Laazia. »Atmen Sie nicht einmal laut – andernfalls beende ich das Festmahl jetzt sofort.«

Die Ryol trat am liegenden Chakotay vorbei und nahm im Kommandosessel Platz. »Tom …« Sie strich wie zärtlich mit den Händen über die Armlehnen. »Bitte übernehmen Sie die Navigationskontrollen.«

Paris zögerte nur ganz kurz. Sein Blick wanderte zwischen Chakotays blutigem Gesicht und der wie königlichen Laazia auf ihrem neuen Thron hin und her. Er wirkte unsicher und verwirrt. *Vielleicht ist für ihn noch nicht alles verloren*, dachte Chakotay. *Na los, Paris. Erinnern Sie sich daran, auf welche Seite Sie gehören.*

»Für mich, Tom«, fügte Laazia in einem verführerischen Tonfall hinzu.

»Na schön«, murmelte Paris und sah nicht mehr zu Chakotay. Er schritt über die Brücke zu seiner Station, an der Fähnrich Krevorr saß, eine Ktaranerin, die immer wieder besorgt zu ihrem hochgewachsenen Ryol-Wächter aufsah.

»Überlassen Sie die Konsole mir«, wandte sich Paris an sie. Krevorr zögerte kurz und überlegte offenbar, wie sie sich verhalten sollte. Dann kam sie zu dem Schluß, daß es unmöglich war, die Navigationskontrollen gegen Paris und seine mächtigen Verbündeten zu verteidigen. Sie stand auf und wich beiseite.

Dem Himmel sei Dank, dachte Chakotay, der das Geschehen vom Boden der Brücke aus beobachtete. Er wollte nicht erleben müssen, wie ein weiteres Besatzungsmitglied einen ebenso gräßlichen wie nutzlosen Tod starb.

»Ausgezeichnet«, sagte Laazia. »So ist es richtig.« Sie lehnte sich im Kommandosessel zurück. »Lieutenant Paris, treffen Sie Vorbereitungen dafür, mit diesem Schiff auf dem Planeten Ryolanow zu landen.« Sie seufzte. »Unser langes Exil ist endlich vorbei!«

Es fiel den beiden Ryol nicht schwer, die Krankenstation zu finden – der Turbolift setzte sie direkt vor dem Eingang der medizinischen Abteilung ab. Die Effizienz der fremden Technik beeindruckte Sitruua sehr. Im Grunde genommen waren diese Leute nur eine neue Art von Neffalern, aber zweifellos verfügten sie über einige sehr nützliche Fähigkeiten. Ein erbeuteter Phaser ruhte in Sitruuas Hand, und sie freute sich bereits darauf, mit den Bordsystemen der *Voyager* zu arbeiten. *Endlich bekommen wir eine Möglichkeit, jenen abgelegenen Planeten zu verlassen!* Sie fragte sich, ob sie Ryolanow jemals vermissen würde, nachdem ihr Volk den ihm gebührenden Platz in der interstellaren Zivilisation bekommen hatte. *Wahrscheinlich nicht*, dachte Sitruua. Sie war nicht besonders nostalgisch.

Neben ihr schritt Nalec, ihr Gefährte und Liebhaber. Sie stellte fest, daß er die Krallen ausgefahren hatte – vermutlich konnte er es gar nicht abwarten, den Fremden gegenüberzutreten und ihre Essenzen aufzunehmen. Sitruua fröstelte. Im Vergleich mit der Wärme auf Ryolanow erschien ihr die Temperatur an Bord der *Voyager* als viel zu niedrig; sie bedauerte es, nicht mehr Kleidung zu tragen. *Wenn wir das Schiff ganz unter Kontrolle haben, sorgen wir sofort dafür, daß es hier wärmer wird.*

Am Zugang der Krankenstation waren keine Starfleet-Wächter postiert. Sitruua sah durch den sauberen, hell erleuchteten Korridor, ohne irgendeinen Fremden zu sehen. *Gut*, dachte sie und forderte Nalec mit einem knappen Wink auf, den Weg fortzusetzen. *Dadurch wird alles einfacher für uns.* Sie wollte so schnell wie möglich zur Brücke zurückkehren, mit der zum Gehorsam gezwungenen Kommandantin. Ein rasch errungener Sieg würde ihren Status in Laazias Gruppe erhöhen. Nalec und sie selbst galten in dieser Hinsicht bereits als privilegiert.

»Also los«, flüsterte sie Nalec zu. »Zeig keine Gnade.«

»Keine Gnade«, wiederholte er und fletschte die Zähne. Das Blitzen in seinen Augen gefiel ihr sehr, und sie bewunderte den kontrollierten Zorn in seiner Stimme. *Nicht einmal Naxor hat jemals so wild und räuberisch ausgesehen*, dachte Sitruua stolz. *Ich habe gut gewählt.*

Sie rechnete damit, daß sich die Tür der Krankenstation öffnete, als sie näher kamen – an Bord der

Voyager schienen alle Türen mit einem derartigen automatischen Mechanismus ausgestattet zu sein. Doch in diesem Fall blieb der Zugang geschlossen. Sitruua suchte nach einem Griff oder einer Klinke, fand aber nichts dergleichen. Vielleicht war das Konstruktionsmuster dieses Raumschiffes zu modern, soweit es einige bestimmte Komponenten betraf. Sie dachte an den Phaser und fühlte sich versucht, damit auf die Tür zu schießen, um einen unmittelbaren Eindruck vom Destruktionspotential der Waffe zu gewinnen. Andererseits widerstrebte es ihr, etwas zu beschädigen, das bald den Ryol gehören würde.

»Aufmachen!« rief sie den Personen zu, die sich auf der anderen Seite des Hindernisses befinden mochten. »Lassen Sie uns unverzüglich eintreten!«

Nalec wollte keine Zeit mit Worten verlieren. Er knurrte wütend und hämmerte an die Tür – seine Krallen hinterließen lange vertikale Kratzer in dem glänzenden Material. Er trat so heftig zu, daß das ganze Schott erbebte, wie Sitruua nicht ohne Genugtuung beobachtete. Einige weitere solche Schläge und Tritte genügten sicher, um diese lächerliche Barriere zu zerstören und den Fremden die Macht der Ryol mit aller Deutlichkeit vor Augen zu führen. Zweifellos verdienten sie Strafe dafür, auf diese Weise Widerstand zu leisten – wie schade, daß nicht genug Zeit zur Verfügung stand, um sie in angemessener Form leiden zu lassen. Derartige Disziplinarmaßnahmen mußten warten, bis sich die *Voyager* auf dem Planeten befand und ihre bisherige Crew auf die Ausbildung vorbereitet werden konnte. Sitruua fragte sich, wie lange es dauern mochte, die Fremden in Neffaler zu verwandeln. *Hoffentlich lernen sie schnell*, dachte sie. Die alten Neffaler waren so sehr verbraucht, daß sie ihren Nutzen fast verloren hatten.

Wie schön, bald neue Diener und gleichzeitig frische Nahrung zu haben.

Nalec faltete die Hände zu einer Faust und schmetterte sie an die bereits verbeulte Metalltür. Es krachte laut, und dieses Geräusch hallte im Korridor wider. Das Gesicht des Ryol war zu einer Fratze des Zorns verzerrt. Er holte aus, um der Tür einen neuerlichen Schlag zu versetzen – und genau in diesem Augenblick glitt sie mit einem leisen Zischen beiseite.

»Das dürfte erst einmal genug Vandalismus sein«, erklang eine scharfe Stimme. Sitruua und Nalec traten rasch durch den Zugang, bevor er sich wieder schließen konnte, und sofort stellten sie fest, woher die Stimme kam: von einem nicht besonders beeindruckend wirkenden Humanoiden, der eine blaue Starfleet-Uniform trug. »Ich bin das für den Notfall bestimmte holographische Medo-Programm«, sagte der Mann ruhig. »Wie kann ich Ihnen helfen?«

Sein Kopf war glatt und fast völlig haarlos. *Wie bei einer Frau,* dachte Sitruua verächtlich. Seine Augen erschienen ihr ein wenig trüb. Sie hielt diese Erscheinung für die armseligste und jämmerlichste Lebensform, der sie bisher begegnet waren. *Seltsam,* überlegte sie. *Ich kann mich nicht daran erinnern, ihn auf dem Planeten gesehen zu haben.*

»Wir sind wegen des Captains gekommen«, sagte sie in einem Tonfall, der deutlich machte, daß jeder Widerspruch sinnlos war. Sie sah sich in der Krankenstation um und hielt nach der menschlichen Frau namens Janeway Ausschau, aber es fehlte jede Spur von ihr. Auch die Behandlungsbetten erwiesen sich als leer. Nur eine Person hielt sich hier auf: der lächerliche Doktor. »Übergeben Sie uns die Kommandantin dieses Schiffes.«

»Tut mir leid«, erwiderte der Mensch. »Aber

Captain Janeway hat die Krankenstation verlassen. Außer mir und Ihnen hält sich hier niemand auf.«

Sitruua schnitt eine finstere Miene. Irgend etwas an der Art des Arztes ärgerte sie. Er war erstaunlich arrogant und selbstgefällig für jemanden, der in der Nahrungskette tief unter ihr stand. »Wo befindet sich Janeway?«

»Bedauere sehr«, sagte der Doktor. »Aber ich gebe nur medizinische Auskünfte. Für vermißte Personen bin ich nicht zuständig.« Er nahm ein glänzendes Instrument von einem nahen Tablett. »Möchten Sie sich vielleicht impfen lassen? Wie ich hörte, leiden mehrere Personen an talaxianischer Grippe.«

»Lassen Sie das Ding fallen!« fauchte Nalec. Seine Reflexe waren noch schneller als die Sitruuas. Er schloß die Finger um das Handgelenk des Menschen und zerrte den Arm nach oben, wodurch das Instrument zur Decke wies. »Neffaler!«

»Für Sie bin ich immer noch *Doktor* Neffaler«, entgegnete der fast kahlköpfige Mensch gelassen. »Und ich muß gestehen, daß mir dieser Name nicht sehr gefällt.«

Nalec ließ nicht los. Die Adern und Sehnen in seinem Arm traten deutlich hervor, als er noch fester zudrückte. Sitruua fragte sich wie beiläufig, wann das Handgelenk des Doktors brechen würde: bevor er gezwungen war, das Instrument loszulassen, oder nachher.

»Ich bitte Sie.« Der Mensch rollte empört mit den Augen. »Das ist ein Injektor, kein Phaser. Man könnte meinen, Sie wären noch nie im Behandlungszentrum eines Arztes gewesen.«

»Geben Sie auf«, grollte Nalec. »Andernfalls breche ich Ihnen alle Knochen im Leib und sauge das Mark aus ihnen!«

»Wie abscheulich!« erwiderte der Doktor. Er sah

zum umschlossenen Handgelenk empor. »Na schön«, sagte er und seufzte.

Zwei Dinge geschahen fast gleichzeitig. Der ›Injektor‹ fiel, traf Nalecs einen Fuß, hüpfte von dort aus zum anderen und prallte erneut ab, bevor er mit einem metallenen Klirren auf dem Boden liegenblieb. Und die Hand des Doktors löste sich mühelos aus Nalecs festem Griff. Sitruua blinzelte mit ihren hellgrünen Augen und konnte kaum glauben, was sie gerade gesehen hatte. Beim unstillbaren Verlangen des Ältesten hätte sie schwören können, daß die Hand des kahlköpfigen Menschen *durch* das Fleisch und die Knochen des Ryol geglitten war. So etwas konnte doch nur eine optische Täuschung sein, oder? Keiner der neuen Neffaler hatte derartige transdimensionale Fähigkeiten gezeigt.

»Kadaver!« verfluchte Nalec den Doktor. Eine Fußklaue war verletzt und angeschwollen; ihr Nagel wies in der Mitte einen Riß auf. »Stinkendes Aas!« Er fuhr die Handkrallen ganz aus und zielte damit nach der Kehle des Doktors.

»Sei vorsichtig!« rief Sitruua, die plötzlich eine Gefahr in dem ungewöhnlichen Menschen zu sehen begann. »Paß auf!«

Ihre Warnung kam zu spät. Nalecs Krallen passierten den Körper des Arztes so, als bestünde er aus leerer Luft. Das Bewegungsmoment trug den Ryol weiter, durch den immateriellen Gegner zum Tresen dahinter. Der Aufprall war heftig, und ein Tablett mit verschiedenen Gegenständen flog fort.

Nalec wirbelte wütend herum, und Schaum spritzte von seinen Lippen. In den Augen irrlichterte es, und die goldene Mähne umgab ein Porträt heißen Zorns.

»Warte!« Sitruua versuchte mit wachsendem Unbehagen, die außergewöhnliche Situation zu verstehen. »Er ist nur ein Trugbild, eine Illusion.«

»Nein!« zischte Nalec. »Ich habe ihn zuvor gespürt, und er hatte ebenso Substanz wie du und ich.« Er warf einen kurzen Blick auf den verletzten Fuß, sah dann wieder den Doktor an. »Auch seine Waffe war keine Illusion, glaub mir.«

Nalec hat recht, dachte Sitruua. Offenbar konnte man ihr die Verwirrung deutlich ansehen, denn der Doktor sprach erneut in seinem pedantischen Tonfall, der die Ryol mit solchem Zorn erfüllte.

»Es ist ganz einfach«, sagte er. »Ich kann Sie berühren.« Er streckte die Hand aus und zupfte an Nalecs Bart, riß ihm einige blonde Haare aus. »Aber Sie können keinen Kontakt mit mir herstellen.« Nalec handelte instinktiv und schlug nach dem Menschen, doch wieder trafen seine Krallen nur leere Luft, während die goldenen Barthaare zu Boden sanken. »Verstehen Sie jetzt?« fragte der Doktor. »Oder soll ich es Ihnen noch einmal zeigen?«

»Ich brauche Sie nicht zu berühren, um Ihnen Ihre ganze Lebenskraft zu nehmen«, stieß Sitruua hervor. Sie meinte es ernst, konnte die Provokationen dieses haarlosen Menschen einfach nicht mehr ertragen. Von einem Augenblick zum anderen vergaß sie den Auftrag, die Kommandantin der *Voyager* zu finden und unter Kontrolle zu bringen. Jetzt ging es nur noch darum, diesem armseligen Wesen zu zeigen, wer die wahren Herren des Kosmos waren. Sitruua durchbohrte den Doktor mit ihrem Blick und richtete das Verlangen auf ihn. Die Portale ihres Geistes öffneten sich weit, und psychische Tentakel tasteten nach dem Menschen, um seine vitale Kraft zu packen und sie aus ihm herauszuzerren …

»Entschuldigen Sie bitte«, sagte der Doktor. »Mit Ihren Augen scheint etwas nicht in Ordnung zu sein. Möchten Sie, daß ich sie untersuche? Eine zu starke Weitung der Pupillen könnte das Symptom verschiedener medizinischer Funktionsstörungen sein, hervorgerufen zum Beispiel von Drogenmißbrauch oder rigelianischem Hirnfieber.«

Arrrgh! Sitruua hätte ihrer Mischung aus Ärger und Enttäuschung am liebsten mit einem Schrei Luft gemacht. Nur bei anderen Ryol hatte sie erlebt, daß ihr Verlangen auf Widerstand stieß, manchmal sogar auf Leere. In diesem Fall suchte es vergeblich nach der Essenz des Doktors. Nur mit Mühe konnte sie die eigene Gier kontrollieren und vermeiden, daß sich der Hunger auf Lebenskraft gegen sie selbst richtete.

Der Zorn brannte immer heißer in ihr. Sitruuas Augen sahen den arroganten Neffaler, und ihre Ohren hörten seine selbstgefällige Stimme. Doch für ihr Verlangen schien er überhaupt nicht zu existieren. Ebensogut hätte sie versuchen können, dem Vakuum Vitalität zu entziehen. Wellen der Gier strömten aus ihren Augen und zerstoben an einer anderen Flut aus mentalem Hunger. *Bei den wilden Schatten unserer fernen Heimat!* fuhr es Sitruua durch den Sinn. *Auch Nalec versucht, die Lebenskraft des Doktors aufzunehmen, und ihm gelingt es ebensowenig wie mir!*

Ein oder zwei Sekunden lang rangen die beiden von Verlangen bestimmten mentalen Sphären miteinander, wie zwei Hunde, die mitten auf der Straße kämpften. Doch sie wichen rechtzeitig genug voneinander fort, um zu vermeiden, sich an der Lebenskraft des anderen zu laben. Mühsam kehrte Sitruua ganz in ihren Körper zurück, und der ungestillte Hunger schmerzte wie eine offene Wunde.

»Genug!« wandte sie sich keuchend an Nalec. Sein Gesichtsausdruck deutete darauf hin, daß er ebenfalls litt, während er sich bemühte, nicht erneut der Gier nachzugeben. »Laß uns nicht noch mehr Zeit an dieses … dumme Phantom vergeuden. Durchsuchen wir die Krankenstation. Wir müssen Captain Janeway finden!«

Der Doktor schüttelte den Kopf. »Sie hören mir nicht zu. Ich habe Sie bereits darauf hingewiesen, daß der Captain nicht hier ist. Unter anderen Umständen würde ich Sie bitten, einen Termin zu vereinbaren, aber leider halten Ihre Freunde meine Assistentin in einer Höhle gefangen.«

Gut, dachte Sitruua boshaft. *Hoffentlich wird die Lebenskraft ganz langsam aus ihr herausgesaugt, damit sie länger leidet.* Sie versuchte, den Worten des Doktors keine Beachtung zu schenken, während sie gleichzeitig seine Hände im Auge behielt, die ganz nach Belieben Substanz gewinnen oder immateriell werden konnten.

»Sieh dich im Laboratorium um«, wies sie Nalec an und näherte sich den mit vielen technischen Komponenten ausgestatteten Behandlungsliegen. »Ich suche hier.«

Ein schmales, schwarzes und silbernes Artefakt lag auf einem Tresen und weckte Sitruuas Aufmerksamkeit. Zuerst dachte sie, daß es sich um ein weiteres medizinisches Gerät handelte, das besonders exotischer Natur sein mochte. Bei genauerem Hinsehen erkannte sie das Musikinstrument, auf dem der Mensch namens Harry Kim für sie und Romeela gespielt hatte, vermutlich in dem Bemühen, sie zu beeindrucken. Die Melodie war recht angenehm gewesen, aber Romeela und sie hatten mehr Begeisterung gezeigt, als die Musik verdiente. *Beim Ältesten*, dachte sie. *Diese Neffaler sind so leicht zu manipulieren*. Sie warf dem Doktor einen kurzen Blick zu. *Ausnahmen bestätigen die Regel*.

Das Verlangen glühte noch immer in ihr, und die Klarinette erinnerte sie daran, wie herrlich es war, von der fremden Lebenskraft zu kosten. Die Reminiszenzen sorgten dafür, daß ihre Gier erneut wuchs. Zusammen mit ihrer Schwester Romeela hatte sie in jenen Tagen und Nächten immer wieder Harry Kims Vitalität genossen. Ein Lächeln erschien auf ihren Lippen, als sie einige Sekunden lang in Erinnerungen schwelgte. Harry war so fasziniert und verzückt gewesen, daß er überhaupt nicht gemerkt hatte, wie er nach und nach Lebenskraft verlor. Sitruua dachte daran, Harry Romeela zum Geschenk zu machen, sobald das Schiff ihnen gehörte und die Crew domestiziert war.

Sie leckte sich die Lippen, während sie an vergangene und zukünftige Freuden dachte. Als Nalec überrascht nach Luft schnappte, kehrte sie in die Gegenwart zurück und sah, wie ihr Gefährte auf die Knie sank. Der Kopf neigte sich von einer Seite zur anderen, und die Augen traten aus den Höhlen. Das kahlköpfige Phantom stand ganz in der Nähe und klopfte mit den Fingern auf einen Injektor.

»Sie haben keine Chance«, sagte er in seinem üblichen unerträglichen Tonfall. »Das waren fünfundzwanzig Kubikzentimeter unverdünntes Narkotrizarin. Ich weiß nicht, was für eine seltsame Lebensform aus dem Delta-Quadranten Sie sind, aber eine solche Dosis genügt, um einen Horta einschlafen zu lassen.«

Horta? wiederholte Sitruua in Gedanken. Sorge prickelte in ihr. *Was ist ein Horta?*

Der Doktor hatte auf heimtückische Weise versucht, Nalec zu vergiften, aber es gelang dem Ryol trotzdem, wieder auf die Beine zu kommen. Sitruua spürte neuerlichen Stolz auf ihren Liebhaber – er war unbezwingbar.

Selbst der arrogante Phantomdoktor schien beeindruckt zu sein. »Meine Güte«, sagte er. »Damit habe ich nicht gerechnet.« Rasch betätigte er die Kontrollen des Injektors. »Nun, vielleicht sind dreißig weitere Kubikzentimeter angebracht.«

Er hob das verdammte Gerät und preßte es an Nalecs Hals. Sitruua vernahm ein leises Zischen, und unmittelbar darauf wandte sich der Doktor von dem Ryol ab. Er hatte es so eilig, wieder immateriell zu werden, daß er halb durch die Wand des Laboratoriums stürzte – nur seine Beine blieben auf dieser Seite sichtbar.

Die Ryol-Frau hörte, wie der Injektor auf den Boden fiel.

Nalec schrie wütend, aber die zweite Dosis war zuviel für ihn. Seine Lider sanken nach unten, die Züge glätteten sich, und die Arme erschlafften. Sitruua trat fort von den leeren Betten, und ihre Hand schloß sich fester um den Phaser.

»Was haben Sie getan?« rief sie zornig.

»Das sollte eigentlich offensichtlich sein«, erwiderte der Doktor. Sein Kopf ragte durch die Wand, als er aufstand. Wenige Sekunden später befand er sich wieder ganz in der Krankenstation. »Bitte sagen Sie mir: Weisen alle Angehörigen Ihres Volkes eine so hohe Widerstandskraft Betäubungsmitteln gegenüber auf, oder handelt es sich dabei nur um eine besondere Eigenschaft Ihres Freunds?«

»Sie sind Nahrung«, knurrte Sitruua. »Das ist die einzige Bedeutung, die Sie alle für uns haben.« Ganz deutlich spürte sie das kalte Metall des Phasers an ihren Fingern. Steckte in dem kleinen Objekt genug Vernichtungskraft, um diesen Gegner zu eliminieren? Unsicher hob sie die Waffe – sie hatte noch nie zuvor einen Phaser benutzt – und richtete sie auf den Doktor.

Er wölbte eine Braue und schien sich ganz und gar nicht bedroht zu fühlen. »Wissen Sie, wie man damit umgeht?« fragte er. »Wenn ich Ihnen einen Rat geben darf: Legen Sie das Ding beiseite, bevor Sie sich verletzen.«

»Tote Nahrung«, zischte Sitruua. »Lebloses Fleisch für Aasfresser.« Sie betätigte den Auslöser und beobachtete zufrieden, wie ein blauer Strahl durch die Krankenstation zuckte und den Doktor am Hals traf, dicht unter dem unverschämten Mund. *Ja!* dachte sie begeistert. *Stirb!*

»Arrrgh!« rief der Doktor und verzerrte das Gesicht. Mit beiden Händen griff er sich den Hals und schwankte unsicher. »Der Schmerz! Die Agonie! Ich kann nichts mehr sehen ... Alles wird schwarz! O mein Gott, jetzt erwartet mich der holographische Himmel!«

Einen Augenblick, dachte Sitruua und runzelte die Stirn. Irgend etwas stimmte nicht.

Der Doktor straffte die Gestalt, und die Pein verschwand aus seinen Zügen. »Im Ernst«, sagte er ruhig. »Ich bin Arzt, kein Opfer. Ich fürchte, Sie müssen sich etwas Besseres einfallen lassen.«

Sitruua feuerte erneut und wählte dabei die maximale Emissionsstufe des Phasers. Der Strahl verursachte ein sonderbares Wabern dort, wo er auf den immateriellen Körpers des Doktors traf, aber er schien ihm nichts anhaben zu können. Eine deutliche Wirkung zeigte sich hingegen an der Wand weiter hinten. Sie glühte rot, und innerhalb weniger Sekunden brannte die Phaserenergie ein Loch ins Metall, durch das man ins Laboratorium sehen konnte. Ein akustischer Alarm ertönte, ausgelöst vermutlich von dem angerichteten Schaden.

Das Heulen der Sirene schmerzte in Sitruuas Ohren. Sie deaktivierte den Phaser, doch die Sirene blieb auch weiterhin aktiv.

»Ich glaube, das genügt jetzt«, sagte der Doktor streng. Er schritt durch die Krankenstation und griff unters Kopfkissen der nächsten Behandlungsliege. »In diesem Quadranten fällt es schwer genug, Nachschub an Medo-Material zu bekommen. Es ist alles andere als hilfreich, wenn Sie die hiesigen Einrichtungen mit einem Phaser beschädigen.«

Er holte ein Objekt hervor, das Sitruua vertraut erschien – ein Strahler.

»Ich muß gestehen, daß ich Injektoren solchen Waffen vorziehe«, meinte der Mensch. »Aber ich bin durchaus imstande, Gebrauch davon zu machen, falls es notwendig werden sollte. Ich schlage vor, daß Sie sich jetzt ergeben.«

Ein Ryol soll sich einem Neffaler ergeben? Sitruua heulte wütend. Dies war die letzte und größte Demütigung – mehr konnte sie einfach nicht ertragen. Mit voll ausgefahrenen Krallen griff sie an, um den Fremden zu zerfetzen, ihn in blutige Streifen zu reißen. *Wenn er genug Substanz hat, um eine Waffe zu halten, so hat er vielleicht auch genug Substanz, um zu sterben.* Das Gesicht des Menschen blieb unbewegt, doch Sitruua war entschlossen, einen entsetzten Schrei aus ihm herauszuholen. *Es werden nur einige schleimige Reste von dir übrigbleiben,* dachte sie.

Sie spürte den Phaserstrahl, bevor sie sein blaues Glühen sah. Eine seltsame Taubheit dehnte sich in ihrem Körper aus. Sie versuchte, der Wirkung des Strahls standzuhalten, doch Geist und Fleisch waren von dem vergeblichen Versuch geschwächt, die Kraft des Lebens aufzunehmen, und deshalb konnten sie keinen nennenswerten Widerstand mehr leisten. Als sie nur wenige Meter von Nalec entfernt auf den Boden sank, hörte sie noch einmal die unerträglich selbstgefällige Stimme des Doktors.

»Hm, ich denke, Phaser haben doch einen gewissen Nutzen.«

14

Die Turbolifte bieten keine Sicherheit, dachte Janeway als sie zusammen mit Tuvok und Harry Kim in Richtung Maschinenraum durchs Schiff eilte. Wenn die Ryol die Brücke unter Kontrolle gebracht hatten – und darauf wies Chakotays Warnung hin –, so konnten sie von dort aus maßgeblichen Einfluß auf die Bordsysteme nehmen. Janeway wollte unbedingt vermeiden, mit Tuvok und Harry in einem Turbolift festzusitzen und darauf zu warten, von den Ryol in Gewahrsam genommen zu werden. *Verdammt!* dachte sie. *Wie ist es den Ryol nur gelungen, die Brücke zu erreichen?*

Vermutlich haben sie irgend etwas mit Tom angestellt, überlegte sie und hoffte, daß Paris diese besondere Erfahrung überlebt hatte.

Mit schußbereitem Phaser lief Tuvok vor Janeway, dazu entschlossen, alle Gefahren vom Captain fernzuhalten. Kim bildete den Abschluß.

»Glauben Sie, daß mit dem Doktor alles in Ordnung ist?« rief der Fähnrich.

»Er kommt auch gut allein zurecht«, erwiderte Janeway. »Das hat er oft genug bewiesen.« Vermutlich hatte der holographische Arzt von ihnen allen am wenigsten zu befürchten – auf ein Hologramm wirkten sich die psychischen Angriffe der Ryol wohl kaum aus.

Sie erreichten den Zugang zu einigen vertikalen Jeffriesröhren. »Perfekt«, meinte Janeway. Der Maschinenraum befand sich auf Deck Elf, sechs Decks unter der Krankenstation und ganze zehn Decks von der Brücke entfernt. Nach den Turboliften boten die Jeffriesröhren die schnellste Möglichkeit, dorthin zu gelangen. *Eins nach dem anderen*, dachte sie und setzte Prioritäten. Letztendlich mußte sie zur Brücke zurück, um Chakotay und alle anderen zu befreien, die dort als Geiseln festgehalten wurden. Doch vorher ging es darum, die Ryol daran zu hindern, mit der *Voyager* fortzufliegen. Der Maschinenraum bot die besten Möglichkeiten, den Angreifern einen Strich durch die Rechnung zu machen. Schade nur, daß sie nicht auf die Hilfe von B'Elanna zurückgreifen konnten. Janeway hoffte, daß Torres, Kes und allen anderen noch auf dem Planeten befindlichen Besatzungsmitglieder keine unmittelbare Gefahr drohte.

Es geschah alles so schnell. Als der Transporter die Insignienkommunikatoren von Kes und den anderen transferierte, brach auch der Kontakt zu Varathael ab. Dann hörte Janeway plötzlich von Chakotay, daß Ryol die Brücke übernommen hatten. Tuvok versuchte daraufhin sofort, Gegenmaßnahmen gegen die Aggressoren einzuleiten, aber jemandem war es gelungen, den Kontrollraum vom Rest des Schiffes zu separieren: Kraftfelder verhinderten, daß jemand zur Brücke gebeamt werden konnte.

Wie haben die Ryol soviel über die Verteidigungssysteme der Voyager *herausgefunden?* fragte sich Janeway. Entsprechende Informationen waren nicht Teil des von ihr autorisierten Kulturaustauschs gewesen!

Wahrscheinlich hatte sie die Krankenstation gerade noch rechtzeitig verlassen, um einer Gefangennahme durch die Ryol zu entgehen. Tuvok bestand darauf, sie in Sicherheit zu bringen, und nach anfänglichem Widerstreben beugte sich Janeway der Logik des Vulkaniers. Es ging ihr gegen den Strich, einen strategischen Rückzug an Bord ihres eigenen Schiffes anzuordnen, aber noch waren sie und ihre beiden Begleiter nicht bereit, sich den Eindringlingen zum Kampf zu stellen. *Wir müssen vorsichtig sein*, dachte Janeway. *Wir wissen nicht, wozu die Ryol wirklich fähig sind*.

»Hier entlang, Captain«, sagte Tuvok und öffnete die Luke einer ganz bestimmten Jeffriesröhre. Trotz der kritischen Situation hielt er an seiner bewundernswerten vulkanischen Gelassenheit fest. »Geben Sie gut acht.«

»Nach Ihnen«, sagte Janeway. Hinter ihm schob sie sich dann in die Röhre hinein, ließ die Luke für Kim offen und griff nach den Sprossen. Tuvoks Stiefel verursachten ein Klacken, das dumpf von den runden Wänden widerhallte.

Während Janeway möglichst schnell durch die schmale Röhre nach unten kletterte, aktivierte sie ihren Insignienkommunikator und öffnete einen Prioritätskanal.

»Achtung, hier spricht der Captain«, sagte sie, und ihre Stimme klang aus Dutzenden von Lautsprechern an Bord des Schiffes. »Ryol haben die Brücke unter ihre Kontrolle gebracht. Versuchen Sie nicht, sich den Eindringlingen entgegenzustellen. Sie sind extrem gefährlich. Alle Besatzungsmitglieder, die nicht der Sicherheitsabteilung angehören, sollen sich unverzüglich in ihre Quartiere zurückziehen und dort bleiben, bis die gegenwärtige Krise überstanden ist. Das Sicherheitspersonal begibt sich sofort zum Maschinenraum. Ich bin dorthin unterwegs. Janeway Ende.«

Sprosse um Sprosse kletterte sie in die Tiefe, brachte ein Deck nach dem anderen hinter sich. Ihr Zorn auf die Ryol wuchs, als sie daran dachte, auf welche Weise sie von den angeblichen Gastgebern getäuscht worden waren. *Die Kazon gaben ihre Feind-*

seligkeit wenigstens ganz offen zu erkennen, dachte sie. *Die Ryol hingegen nutzten unser Vertrauen aus, um uns in eine Falle zu locken*. Ob Erste Direktive oder nicht: Janeway schwor sich, daß die Ryol es bald bereuen würden, Schiff und Crew bedroht zu haben.

»Soviel zum Landurlaub«, murmelte sie. »Hoffentlich bekommen wir Gelegenheit, uns von diesen Ferien zu erholen...«

»Nun, dies ist wirklich bedauerlich«, sagte der Doktor und betrachtete das handtellergroße Loch, das die Ryol mit ihrem erbeuteten Phaser in die Wand zwischen Laboratorium und Rekonvaleszenzbereich geschossen hatte. »Eine Schießerei in der Krankenstation. Die Verhältnisse in diesem Quadranten werden immer schlimmer.«

Die beiden Ryol lagen noch immer bewußtlos auf dem Boden. Der Doktor hielt seinen Phaser auf sie gerichtet, als er den Insignienkommunikator aktivierte. »Captain«, meldete er sich, »hier spricht der Doktor. Ich habe Ihre Durchsage gehört. Ist alles in Ordnung mit Ihnen?«

Die Stimme des Captains drang aus dem Lautsprecher des kleinen Kom-Geräts. »Wir haben den Maschinenraum fast erreicht.« Sie sprach schnell und schien ein wenig außer Atem zu sein. »Wie ist die Situation in der Krankenstation?«

Der Doktor erzählte von der Konfrontation mit den beiden Ryol und ihren Konsequenzen, betonte dabei seine eigenen Heldenhaftigkeit, die maßgeblich zur Überwältigung der Gegner beigetragen hatte. *Ich werde allmählich zum knallharten Krieger*, dachte er, mehr als zufrieden mit sich selbst.

Der männliche Ryol bewegte sich, hob benommen den Kopf – der Doktor betäubte ihn mit einem lässigen Phaserschuß. »Zwei Gefangene, beide unter Kontrolle«, teilte er Janeway mit. »Soll ich sie von Sicherheitswächtern abholen lassen?«

Die Kommandantin überlegte ein oder zwei Sekunden lang. »Nein, noch nicht. Ich möchte, daß Sie in Hinsicht auf die Ryol eine vollständige metabolische Analyse vornehmen. Je mehr wir über den Gegner wissen, desto größer wird die Chance, einen schwachen Punkt zu entdecken. Werden Sie allein damit fertig?«

Der Holo-Arzt sah zu den bewußtlosen Ryol. Er freute sich nicht gerade darauf, sie hochzuheben und zu den Liegen zu tragen, aber Hilfe war nicht unbedingt nötig. »Ich denke schon, Captain«, entgegnete er. »Ich kann die Biobetten so programmieren, daß sie die Hirnaktivität der beiden Gefangenen überwachen und ihnen Sedative verabreichen, wenn sie zu sich kommen.«

Außerdem ist es möglich, die Operationshauben über den beiden Ryol zu befestigen, fügte er in Gedanken hinzu. Normalerweise widerstrebte es ihm, die Bewegungsfreiheit der Patienten einzuschränken, aber in diesem Fall hielt er eine Ausnahme für angebracht. *Die Ryol haben einen ziemlich schlechten ersten Eindruck auf mich gemacht. Ich frage mich, warum die anderen Besatzungsmitglieder sie so sympathisch fanden?*

»Ausgezeichnet«, sagte Captain Janeway. »Geben Sie mir Bescheid, wenn Sie etwas Wichtiges über die Ryol herausfinden.«

»Natürlich«, bestätigte der Doktor. »Es ist mir noch immer ein Rätsel, wie der Mann dem Narkotrizarin so lange widerstehen konnte. Ich habe ihm genug verabreicht, um jeden normalen Humanoiden innerhalb von Nanosekunden zu betäuben.«

»Inzwischen dürfte klar sein, daß die Ryol alles andere als normal sind«, erwiderte Janeway. »Sonst noch etwas?«

Aus dem Lautsprecher des Insignienkommunikators drangen Geräusche, die darauf hinwiesen, daß sich eine Luke öffnete. Der Doktor zögerte kurz. »Captain, was ist mit... Kes und den anderen auf dem Planeten?«

Er wollte nicht direkt zugeben, welche Sorgen er sich um Kes machte. Er sah mehr in ihr als nur eine Assistentin. Sie war die erste Person, die ihn wie eine echte, lebendige Entität behandelt hatte. *Bitte kehren Sie zurück, Kes,* dachte er. *Ohne Sie wird meine Existenz an Bord dieses Schiffes sehr einsam sein.* »Es wäre eine ziemlich große Belastung für mich, wenn ich ganz allein alle in der Krankenstation anfallenden Arbeiten erledigen müßte.«

»Ich lasse Kes und die anderen nicht im Stich«, sagte Janeway mit einer besonderen Festigkeit in ihrer Stimme. »Das verspreche ich Ihnen. Janeway Ende.«

Nach dem Kom-Kontakt mit der Kommandantin warf der Doktor den beiden immer noch bewußtlosen Ryol einen neuerlichen Blick zu, bevor er den von der Frau erbeuteten Phaser aufhob und neben Fähnrich Kims Klarinette auf den Tresen legte. Dann seufzte er, beugte sich über den Mann, schlang ihm die Arme um den Oberkörper und zog ihn hoch. Er war noch schwerer, als er aussah.

»Warum hat Starfleet nicht daran gedacht, auch den einen oder anderen holographischen Sanitäter zu programmieren«, ächzte der Holo-Arzt, als er den Ryol zum nächsten Biobett trug.

»Tom ...«, sagte Laazia und schien sich im Kommandosessel recht wohl zu fühlen. »Wie lange dauert es noch, bis wir auf Ryolanow landen?«

»Nicht mehr lange«, erwiderte Paris und sah zum Hauptschirm. Der Planet – ein goldener Globus, der hier und dort purpurne und schwarze Flecken aufwies – befand sich im Zentrum des großen Projektionsfelds. Paris berührte Schaltflächen, verband die Navigationsstation mit den Kontrollen der Fernbereichsensoren. Der Planet schwoll an, was den Eindruck erweckte, daß sich die *Voyager* ihm näherte. *Für mich sieht's gut aus*, dachte Paris. *Aber fallen die Ryol darauf herein*?

Sein Bewußtsein gehörte wieder ihm. Der Schock angesichts von Susans Tod und Laazias Brutalität Chakotay gegenüber hatte Paris' Gehirn befreit – der Benommenheitsnebel löste sich auf. Er konnte jetzt wieder klar denken. *Vielleicht hat Laazia mich unterschätzt*, überlegte er. *Vielleicht dachte sie, Susans gräßliches Ende hätte mich endgültig eingeschüchtert. Das zeigt nur, wie wenig die Ryol uns Menschen verstehen.*

Aber was konnte er jetzt unternehmen, ohne sofort zu verraten, daß er wieder über einen freien Willen verfügte? Paris sah sich verstohlen auf der Brücke um und versuchte, die Situation einzuschätzen. Er widerstand der Versuchung, angesichts seines bizarren Dilemmas den Kopf zu schütteln. *Die Brücke ist von Fremden übernommen*, dachte er. *Und ich bin vielleicht der einzige, der etwas dagegen unternehmen kann.*

Die allgemeine Atmosphäre war spannungsgeladen. Laazia genoß noch immer ihren neuen Thron, den Kommandosessel, während die übrigen Ryol Chakotay und den Rest der Brückencrew bewachten. Der von Susan Tukwila außer Gefecht gesetzte Ryol-Mann hatte sich inzwischen erholt – eine Beule an seiner Stirn und die aufgeplatzte Lippe wiesen deutlich auf Susans Attacke hin. Paris vermied es, in Richtung der hinteren Konsolen zu sehen, wo Tukwilas verschrumpelter Leichnam lag. Sie war eine mutige, überaus geschickte Kämpferin gewesen, aber all ihre Fähigkeiten hatten ihr nichts genützt. *Es ging so schnell*, dachte Paris. *Ich konnte ihr nicht helfen. Es war einfach nicht genug Zeit!* Er wies sich selbst mehrmals darauf hin, daß ihn keine Schuld traf, daß er das hilflose Opfer einer fremden Macht gewesen war, aber deshalb fühlte er sich keineswegs besser.

Nicht weit von Tukwilas traurigen Überresten entfernt saß Chakotay hilflos auf dem Boden, die Hände mit Klebeband auf dem Rücken zusammengebunden. Zwar hatten die Ryol dem Ersten Offizier einen Teil seiner Lebenskraft genommen, aber offenbar wollten sie trotzdem kein Risiko eingehen. Paris spürte Chakotays vorwurfsvollen Blick im Rücken. *Geben Sie mir eine Chance*, dachte er. *Es ist alles ganz anders, als Sie glauben.*

Zwei Junioroffiziere – die Fähnriche Krevorr und Assink – saßen an der technischen und wissenschaftlichen Station. Ryol-Wächter befanden sich in ihrer Nähe und vertrauten auf ihre mentale Macht, um die Geiseln unter Kontrolle zu halten. *Mal sehen*, dachte Paris. *Mit Chakotay sind wir zu viert, und wir haben es mit fünf Ryol zu tun. Anders formuliert: Es sieht nicht besonders gut für uns aus.* Er hätte eine Replikator-Jahresration dafür gegeben, B'Elanna oder Harry auf der Brücke zu haben, ganz zu schweigen von Tuvok und dem Captain.

»Beeilen Sie sich, Tom«, drängte Laazia. »Ich kann es gar nicht abwarten, dieses Schiff meinem Vater zu übergeben. Außerdem ziehe ich in Erwägung, eventuell mit einer neuen beruflichen Laufbahn zu beginnen. Wie klingt ›Captain Laazia‹ für Sie?«

Paris erweckte auch weiterhin den Eindruck, ganz auf die Arbeit konzentriert zu sein. »Landungen auf einem Planeten können sehr schwierig sein«, sagte er. »Insbesondere dann, wenn man es mit einer so komplexen Orbitaldynamik zu tun hat. Die umgekehrt polarisierte Turbulenz des Quantengravitationsfelds kann sich ziemlich störend auf den Anflugvektor des aerodynamischen Prinzips auswirken.«

Die einige Meter entfernt sitzende Krevorr bedachte Paris mit einem erstaunten Blick. Die goldenen, katzenartigen Augen der Ktaranerin zeigten Verwunderung.

Paris versuchte, ihr ein telepathisches *Pscht* zu übermitteln. *Verraten Sie nichts. Ich muß improvisieren.* Er hütete sich davor, den Kopf zu drehen und zu Chakotay zu sehen, um festzustellen, ob der Erste Offizier verstanden hatte. Er wünschte sich sehr, die Verachtung aus Chakotays Zügen zu tilgen, aber er durfte auf keinen Fall riskieren, daß Laazia und ihre Artgenossen Verdacht schöpften. Fiel die Tochter des Ältesten auf seinen Unsinn herein? Es ließ sich kaum feststellen.

Dünne Falten bildeten sich in Laazias glatter Stirn, als sie versuchte, einen Sinn in Paris' Worten zu erkennen. *Ich frage mich, ob der automatische Translator dadurch auf eine harte Probe gestellt wird,* überlegte er. Aufregung entstand in ihm, als eine Idee Konturen gewann. *Die Ryol sind ebenso wie wir auf die Translatoren angewiesen. Das sollten wir vielleicht im Gedächtnis behalten …*

Laazia seufzte, zuckte mit den Schultern und kapitulierte vor den eindrucksvollen Bezeichnungen. »Wie Sie meinen«, sagte sie nach kurzem Nachdenken. »Landen Sie so schnell, wie es die Umstände erlauben.« Sie sah zu den anderen Ryol. »Der Älteste möchte bestimmt nicht, daß auch dieses Schiff abstürzt.«

Auch dieses Schiff? wiederholte Paris in Gedanken. Er wußte nicht, was Laazia damit meinte, aber es klang ganz so, als hätten es die Ryol einmal mit der Raumfahrt versucht. Konnte diese Information irgendwie gegen Laazia und die anderen verwendet werden? Bisher schien es bei den Ryol überhaupt keinen schwachen Punkt zu geben. Paris hoffte, daß sich durch die Untersuchung von Tuvoks DNS-Probe nützliche Daten ergaben. *Ich kann die Tochter des Ältesten und ihre Eskorte nicht auf Dauer hinhalten*, dachte er und hoffte, daß man ihm seine Nervosität nicht ansah. Ein dünner Schweißfilm sorgte dafür, daß der Uniformpulli an seinem Rücken festklebte.

Eine plötzliche Stimme riß ihn aus seinen Überlegungen. »Achtung«, ertönte es aus den Lautsprechern der internen Kommunikation, »hier spricht der Captain ...«

Paris unterdrückte ein Lächeln. Es war den Ryol nicht gelungen, Captain Janeway zu überwältigen! Hinter ihm sprang Laazia aus dem Kommandosessel. Wie erstarrt blieb sie stehen, lauschte Janeways Worten und fauchte dann voller Zorn. Auf der Brücke glühten die Indikatoren der Alarmstufe Gelb.

»Sie ist noch immer frei?« entfuhr es Laazia. »Ich kann es kaum glauben. Wie ist das möglich?«

»Offenbar haben Nalec und Sitruua versagt«, sagte der Ryol mit der Stirnbeule. An seinem Kinn klebte Blut von der geplatzten Lippe. Solche Verletzungen hätten den Ryol die Kampfbereitschaft der *Voyager*-Crew vor Augen führen sollen, fand Paris. »Vielleicht gelang es den Fremden, sie zu überwältigen.«

»Wie denn?« zischte Laazia, und es blitzte in ihren grünen Augen. Sie ballte die Hände zu Fäusten, als wollte sie damit auf einen unsichtbaren Gegner einschlagen. »Es sind *Neffaler*. Wir können ihnen ganz nach Belieben die Lebenskraft nehmen.«

»Ich weiß nicht, Erbin«, erwiderte der Ryol. Laazia bedachte ihn mit einem giftigen Blick. Allem Anschein nach neigten auch die Ryol dazu, auf die Überbringer schlechter Nachrichten böse zu sein. Die Tochter des Ältesten ließ sich wieder in den Kommandosessel sinken und strich sich mit langen, braunen Fingernägeln übers Kinn.

»Der Maschinenraum«, sagte sie. »Janeway will das Schiff sabotieren. Das darf ich nicht zulassen.« Laazia wandte sich den anderen Ryol zu und winkte gebieterisch. »Begeben Sie sich unverzüglich zum Maschinenraum. Ergreifen Sie alle notwendigen Maßnahmen und bringen Sie mir Janeway. Lebend oder konsumiert. Es ist mir gleich. Ich will sie nur hier haben, sofort!«

Die anderen vier Ryol eilten zum Turbolift. Eine schlanke Frau – Paris glaubte, sich an ihren Namen zu erinnern: Romeela – zögerte und hob einen Phaser. »Halten Sie das für klug, Erbin? Sollten nicht einige von uns hierbleiben, um Sie zu schützen?« Sie bot die Waffe der Tochter des Ältesten an.

»Sie glauben, ich brauche Schutz vor diesen Geschöpfen?« Laazia lachte abfällig. Ihr Blick glitt durch den Kontrollraum, verharrte kurz beim gefesselten Chakotay und wanderte dann weiter zu Paris und den anderen. »An jenem Tag, an dem ich nicht mehr mit so schwachen Wesen fertig werden kann, braucht mein Vater einen neuen Erben.« Sie nahm den Phaser entgegen und warf ihn in den Sessel, in dem normalerweise Chakotay saß. »Gehen Sie jetzt«, forderte sie die Ryol auf. »Bringen Sie Janeway hierher.«

Paris horte, wie sich die Tür des Turbolifts öffnete und dann wieder schloß. *Dies ist zweifellos eine interessante Entwicklung*, dachte er. *Vier Ryol sind fort, und damit bleibt nur noch eine übrig*. Er zog ein Dutzend Pläne in Erwägung und ließ sie alle wieder fallen. *Mir bleibt nur eine einzige Chance; ich kann mir keinen Fehler leisten*.

Mit ihren nächsten Worten bewies Laazia, daß sie nicht dumm war und ebenfalls nachgedacht hatte. »Sie.« Sie deutete auf Fähnrich Krevorr. »Verwenden

Sie Ihren Transporter, um weitere Ryol auf die Brücke zu holen. Beamen Sie Verstärkung vom Planeten an Bord.« Sie hielt den Blick auf Krevorrs Konsole gerichtet. »Seien Sie vorsichtig. Beim ersten Anzeichen von Verrat füge ich Ihre Knochen der Leiche hinter mir hinzu.«

Jetzt ist es soweit, dachte Paris. *Es geht los*. »Ich fürchte, so einfach ist das nicht«, sagte er, um Laazias Aufmerksamkeit von der hilflosen Ktaranerin abzuwenden. Er wollte vermeiden, daß Krevorr mit einer negativen Antwort den Zorn der Ryol herausforderte. Susan Tukwilas Tod entsetzte ihn noch immer – kein zweiter Brückenoffizier sollte auf eine so schreckliche Weise sterben.

»Warum denn nicht?« fragte Laazia und sah ihn an. Ihr verführerisches Gebaren löste sich jetzt rasch auf, als ihr Plan in Gefahr geriet, mit der *Voyager* auf Ryolanow zu landen. *Verlierst du allmählich die Kontrolle über die Situation?* fragte Paris wortlos. *Gut*.

»Weil … äh …« Er wollte mit weiterem technischen Kauderwelsch antworten, entschied sich dann aber dagegen. Irgend etwas sagte ihm, daß Laazia diesmal nicht darauf hereinfallen würde. »Weil wir außerhalb der Transporterreichweite sind.«

Paris berührte eine ganz bestimmte Schaltfläche, und das von den Fernbereichsensoren stammende vergrößerte Bild des Planeten verschwand vom Hauptschirm. Ryolanow wurde zu einem goldenen Fleck vor dem Hintergrund der Sterne.

»Was hat das zu bedeuten?« entfuhr es Laazia, als sie die Wahrheit erkannte. »Wir fliegen in die falsche Richtung!«

Jetzt wird abgerechnet, dachte Paris. *Und dazu muß ich alles auf eine Karte setzen*. Er zwang die *Voyager* so abrupt nach Steuerbord, daß die Trägheitsabsorber für einen Sekundenbruchteil überlastet wurden. Alle wurden aus ihren Sesseln gerissen, abgesehen vom Navigator, der sich an der Konsole vor ihm festhielt. Er blickte über die Schulter und beobachtete, wie Laazia aus dem Kommandosessel rutschte und auf den Boden fiel. Chakotay rollte hilflos zur Seite und stieß mit der Schläfe an die Kante der Funktionsstation. *Tut mir leid*, dachte Paris. *Das ließ sich leider nicht vermeiden*.

Er stabilisierte die Fluglage der *Voyager* wieder, sprang dann auf und lief zu Laazia, die mit dem Gesicht nach unten auf der Kommandoplattform lag. Der indigoblaue Umhang ruhte wie eine Decke auf ihr.

Paris rammte der Ryol die Knie in den Rücken und preßte mit beiden Händen Laazias Kopf auf den Boden, so daß er außerhalb ihres Blickfelds blieb.

»Sehen Sie mich nicht an!« rief er. »Rühren Sie sich nicht von der Stelle!«

Diesmal ließ er sich nicht von ihrer erstaunlichen Kraft überraschen. Mit seinem ganzen Gewicht drückte er die Tochter des Ältesten auf den Boden. Er hatte nur diese eine Chance, die Brücke wieder unter Kontrolle zu bringen, und er wollte sie auf keinen Fall vergeuden.

Mehrere Sekunden lang glaubte er, Laazia tatsächlich überwältigt zu haben.

Dann veränderte sich ihr Körper unter ihm …

Lieutenant Carey hatte gerade das Warptriebwerk deaktiviert, als das Schiff plötzlich nach Steuerbord kippte. Captain Janeway hielt sich an einem Stützpfeiler fest, um nicht das Gleichgewicht zu verlieren und zu fallen. »Was ist passiert?« rief sie Carey zu, der beide Hände um das System-Hauptdisplay geschlossen hatte. »Sind wir dafür verantwortlich?«

»Nein, Sir.« Der Boden schien zunächst die Absicht

aufgegeben zu haben, sich in eine Wand zu verwandeln. Carey wandte sich vorsichtig vom Display ab und wirkte erleichtert, als weitere Erschütterungen ausblieben. Verwirrt strich er sich durchs lokkige rote Haar. »Vor Ihrer Ankunft flog die *Voyager* mit Impulskraft. Die Deaktivierung des Warptriebwerks kann keine Wirkung auf unseren Kurs gehabt haben.«

»Verstehe«, sagte Janeway. Sie ließ den Stützpfeiler los, blickte sich um und hielt nach eventuellen Schäden Ausschau. Mehrere uniformierte Sicherheitswächter erhoben sich. Harry Kim half einem von ihnen auf die Beine, während Tuvok den Eingang im Auge behielt. Im Maschinenraum schien soweit alles in Ordnung zu sein. Überall standen bewaffnete und besorgt wirkende Besatzungsmitglieder.

»Wer zum Teufel fliegt das Schiff?« fragte Janeway laut. Eine Sekunde später fiel ihr die Antwort ein. »Paris«, fügte sie hinzu und lächelte. *Was auch immer Tom vorhat – hoffentlich klappt es.*

Sie wandte sich wieder Lieutenant Carey und den Hauptkontrollen zu. »Deaktivieren Sie auch den Impulsantrieb«, wies sie ihn an. »Dieses Schiff soll nirgendwohin fliegen, solange ich es nicht unter Kontrolle habe. Sind Sie sicher, daß von der Brücke aus keine Reaktivierung der Triebwerke möglich ist?«

Carey nickte. »Wir haben die entsprechenden Systeme so weit manipuliert, daß nicht einmal Lieutenant Torres neue Schaltwege für die Triebwerkskontrollen finden könnte. Geben Sie mir noch einige weitere Minuten Zeit – dann ist die *Voyager* vollkommen manövrierunfähig.«

Unbehagen regte sich in Janeway, als sie diese Worte hörte, aber sie wußte auch, daß ihnen keine Wahl blieb. Sie durften auf keinen Fall zulassen, daß die Ryol mit der *Voyager* irgendwohin flogen, und ein

Angriff auf die Brücke kam derzeit noch nicht in Frage. Eine Konfrontation mit den Ryol war erst dann möglich, wenn sie ein Mittel fanden, um sich vor der gespenstischen mentalen Macht des Gegners zu schützen. Andernfalls stand bei einem Kampf ihre Niederlage von vorneherein fest.

»Tuvok«, sagte Janeway zum vulkanischen Sicherheitsoffizier, »haben die Ryol irgendeine Möglichkeit, Verstärkung an Bord zu holen?«

»Das bezweifle ich«, erwiderte der Vulkanier. »Die letzten Navigationsdaten deuten darauf hin, daß wir uns außerhalb der Reichweite konventioneller Transporter befinden, und es gibt keine Hinweise darauf, daß den Ryol funktionstüchtige Raumschiffe zur Verfügung stehen. Wir müssen annehmen, daß sie mit der *Voyager* auf Ryolanow landen wollen, sobald sie dazu in der Lage sind.«

»Das werden wir verhindern«, sagte Janeway. Das Schiff war schon einmal von Fremden übernommen worden, von Seska und ihren Kazon, und die Kommandantin wollte nicht zulassen, daß sich so etwas wiederholte. »Solange wir die Triebwerke kontrollieren, halten wir uns vom Planeten fern.«

Sie hätte gern gewußt, was derzeit auf Ryolanow geschah. Ganz deutlich erinnerte sie sich an die arrogant und grausam klingende Stimme des Ältesten, bevor der Transporter B'Elannas Insignienkommunikator aus seinen Fingern beamte. *Wie kann ich ihn so falsch eingeschätzt haben?* dachte Janeway. *Bin ich vielleicht ebenso urlaubsreif wie alle anderen?* Immer wieder bekamen sie es mit Konflikten zu tun: Seit dem unfreiwilligen Transfer in den Delta-Quadranten hatten sie praktisch jede Woche um ihr Leben kämpfen müssen. Janeway sehnte sich nach der relativen Harmonie in der Föderation, und vielleicht war sie deshalb so schnell bereit gewesen, die Gastfreundschaft der angeblich sehr zivilisierten Ryol in Anspruch zu nehmen.

Doch sie durfte sich jetzt weder Schuldgefühlen noch Selbstmitleid hingeben. Inzwischen hatten sie Warptriebwerk und Impulsantrieb deaktiviert, was bedeutete: Bestimmt dauerte es nicht mehr lange, bis Laazia und ihre Gruppe versuchten, die Manövrierfähigkeit der *Voyager* wiederherzustellen.

»Na schön«, sagte Janeway laut genug, damit sie alle hörten. »Wir wissen, daß die Ryol bald kommen, und deshalb sollten wir alle notwendigen Vorbereitungen treffen. Gehen Sie in Verteidigungsposition.«

Mit schußbereiten Phasern schwärmten die Sicherheitswächter im Maschinenraum aus. Die meisten Männer und Frauen blieben im Bereich des Haupteingangs, aber es wurden auch alle anderen Zugänge bewacht, wie zum Beispiel Turbolift und Wartungstunnel. *Derzeit kann mich weder das eine noch das andere zur Brücke zurückbringen,* dachte Janeway.

Sie sah keinen Sinn in dem Versuch, den Maschinenraum mit Kraftfeldern zu schützen. Solange die Ryol die Brücke kontrollierten, konnte sie alle internen Schilde mit Prioritätsschaltungen deaktivieren. Außerdem vermittelten solche Schirmfelder ein falsches Gefühl der Sicherheit – ein Grund mehr für Janeway, von vorneherein auf sie zu verzichten. Tuvok teilte ihre Einschätzung.

»Im Kontrollraum steht den Ryol kein Proviant zur Verfügung«, meinte der Vulkanier. »Vielleicht halten sie nicht lange durch.«

»Ähnliches gilt auch für die Geiseln«, sagte Janeway und runzelte die Stirn. Entschlossen klopfte sie auf ihren Insignienkommunikator. »Janeway an Krankenstation. Wie sieht's aus, Doktor? Haben Sie etwas über die Fremden herausgefunden?«

»Man kann wohl kaum von mir erwarten, in weniger als einer Stunde alle Nuancen einer völlig fremden Physiologie zu analysieren«, entgegnete der holographische Arzt und klang ein wenig gereizt. »Wie dem auch sei: Die ersten Daten sind faszinierend.«

»In welcher Hinsicht?« fragte Janeway. Sie sah auch weiterhin zum Haupteingang, rechnete jede Augenblick mit einem Angriff der Ryol. Die Läufe von hochenergetischen Phasergewehren deuteten in die gleiche Richtung.

»Soweit ich bisher feststellen konnte, weist der Basismetabolismus eine beispiellose Verbindung mit ihren psionischen Fähigkeiten auf«, erklärte der Doktor. »Bei den Ryol sind RNS und Mitochondrien selbst auf dem Zellniveau psychisch reaktiv. Ihre Funktionsfähigkeit hängt von etwas ab, das man als überschüssige psychische Energie bezeichnen könnte. Zwar verfügen die Ryol auch über ein gewöhnliches Verdauungssystem, aber es ist rudimentärer Natur und praktisch überflüssig – es handelt sich um den Rest einer früheren Evolutionsphase. Den größten Teil ihrer Nahrung beziehen sie aus psychischer Energie, die sie von anderen Lebewesen gewinnen. Intelligente Spezies sind dabei die beste Quelle solcher Energie.«

»So wie wir und die Neffaler?« hakte Janeway nach. *Verdammt!* dachte sie. Tuvok irrte sich: Auf der Brücke mangelte es den Ryol nicht an Proviant – ihnen standen Chakotay und die anderen zur Verfügung.

»Vermutlich«, erwiderte der Doktor. »Obwohl ich erst noch einen Neffaler untersuchen müßte, um ganz sicher zu sein. Es wäre interessant, die langfristigen Auswirkungen von psychischem Parasitismus bei einer intelligenten Spezies über mehrere Generationen hinweg zu beobachten.«

»Hoffentlich bekommen wir keine Gelegenheit, es

selbst zu spüren«, sagte Janeway. »Wie gehen die Ryol dabei vor, Doktor? Gibt es irgendeine Möglichkeit, den Energietransfer zu blockieren?« Sie sah noch immer zum Eingang. Bisher zeigten sich dort keine Gegner, aber es dauerte bestimmt nicht mehr lange bis zum Angriff. »Damit verbinde ich derzeit mehr als nur akademisches Interesse.«

»Nun, es gibt da noch einen anderen Aspekt«, ließ sich der holographische Arzt vernehmen. »Allerdings betrifft er nicht direkt Ihre Frage.«

»Ich bin für jeden Hinweis dankbar.« Geben Sie mir eine Waffe, dachte Janeway. Etwas, mit dem ich das Schiff zurückerobern kann.

»Ich bemerkte das Phänomen nicht bei der Untersuchung der Ryol, sondern aufgrund meiner eigenen Beobachtungen«, erläuterte der Doktor. »Vielleicht ist Ihnen bekannt, daß meine Software mehrere Subroutinen enthält, die der eigenen Überwachung dienen. Hinzu kommen kontinuierliche Analysen meines Zustands. Ich kann einen detaillierten Bericht über meinen physischen und psychischen Status für jeden beliebigen Zeitpunkt erstellen.«

»Das ist sehr interessant«, sagte Janeway und hoffte, daß der Doktor bald auf den Kern der Sache kam. Die Ryol konnten den Maschinenraum jeden Augenblick angreifen, und unter solchen Umständen kam ihr die Geschwätzigkeit des holographischen Arztes alles andere als gelegen. »Allerdings weiß ich nicht, warum das in unserer gegenwärtigen Situation wichtig sein sollte.«

»Ich erwähnte bereits, daß die beiden Ryol, die ich in der Krankenstation überwältigt habe, ihre besonderen Fähigkeiten gegen mich einzusetzen versuchten«, fuhr der Doktor fort. »Das gelang ihnen natürlich nicht – meine Energien unterscheiden sich von denen einer organischen Entität. Wie dem auch sei:

Mit Hilfe meiner sensorischen Funktionen konnte ich die Ausbreitung der von den Ryol erzeugten psionischen Wellen beobachten. Da keine biologische Energie existierte, mit der sie interagieren konnten, kam es zu einem Strukturverlust, und es gab sogar Anzeichen einer Richtungsumkehr. Alles deutet auf die Möglichkeit einer negativen Rückkopplung hin, wenn der parasitäre Effekt kein Ziel findet.«

Janeway nickte langsam. »Mit anderen Worten: Hologramme führen bei den Ryol zu Verdauungsstörungen.« *Interessant*, dachte sie und spürte, wie sich Hoffnung in ihr regte. Noch vage Ideen formten sich. Irgendwie mußte es möglich sein, die Entdeckung des Doktors zu ihrem Vorteil zu nutzen.

»Oh, und noch etwas«, sagte der holographische Arzt.

»Ja?« fragte Janeway. *Was kommt jetzt?*

»Eine erste Analyse der Ryol-DNS deutet auf ein metamorphisches Potential hin.«

»Wie bitte?«

Im einen Augenblick preßte Tom Paris Laazia auf den Boden der Brücke, und im nächsten war die Frau unter ihm keine Frau mehr. Die atemberaubend schöne Tochter des Ältesten verwandelte sich.

Der Körper unter dem indigoblauen Umhang veränderte seine Konturen, wurde größer und muskulöser. Die unbedeckten Arme streckten sich, wurden doppelt so lang; ihre Gelenke knackten, als Fleisch und Knochen neue Form gewannen. Goldgelber Pelz bildete sich auf der Haut, vergleichbar mit dem Kopfflaum, und die Fingernägel metamorphierten zu Klauen. Paris hörte, wie der Stoff des Kleids riß, und er nahm einen sonderbaren Geruch wahr, der ihn an Moschus erinnerte, an ein gefangenes Tier.

Er versuchte, Laazia auch weiterhin festzuhalten,

obwohl der Leib unter ihm immer heftiger zitterte. Krevorr und Assink eilten ihm zu Hilfe, griffen nach den hin und her zuckenden Armen. Doch ihre Bemühungen blieben vergeblich. Die verwandelte Laazia schüttelte sich so heftig, daß Paris fortgeschleudert wurde. Er landete auf dem Rücken, nicht weit vom Kommandosessel entfernt.

Der Aufprall preßte ihm die Luft aus den Lungen, doch er wußte, daß er jetzt keine Zeit verlieren durfte. Er kam wieder auf die Beine und beobachtete, wie Assink und Krevorr vor dem Monstrum zurückwichen, das in der Mitte des Kommandobereichs stand.

»Laazia?« brachte Paris hervor und glaubte, seinen Augen nicht trauen zu können.

Das Knurren des Wesens war um einige Oktaven tiefer als Laazias kehlige Stimme, doch es hatten sich nicht nur die Stimmbänder verändert. Das Geschöpf war etwa drei Meter groß und von goldenem Pelz bedeckt. Fetzen des türkisfarbenen Kleids hingen an seinem Leib. Hier und dort glitzerte fehl am Platz wirkender Schmuck im Fell. Unter den großen Pfoten erinnerten nur noch einige Fetzen an die eleganten Ledersandalen. Der weite und lange Umhang, der zuvor bis zum Boden gereicht hatte, endete nun ein ganzes Stück über den Knien.

Tigerartige Streifen zeigten sich am Kopf des Monstrums, aber sein Erscheinungsbild erinnerte mehr an einen Wolf als an eine Raubkatze. Ein großes Maul mit elfenbeinfarbenen Reißzähnen zeigte sich dort, wo sich noch vor kurzer Zeit Laazias liebliches Gesicht befunden hatte, und darüber öffneten sich längliche Nüstern. Weißer, schaumiger Speichel tropfte auf den Boden. Die großen Ohren liefen noch spitzer zu als bei einem Vulkanier und deuteten zur Decke. Nur die Augen blieben unverändert, zeigten noch immer das gleiche Malachitgrün wie vorher.

Und ein solches Geschöpf habe ich geküßt? fragte sich Paris voller Ekel. Er sah zu den anderen Brückenoffizieren. Krevorr und Assink standen auf gegenüberliegenden Seiten der Kommandoplattform und schienen nicht recht zu wissen, was sie jetzt unternehmen sollten; ihre Blicke klebten an dem Wolfswesen fest. Chakotay – seine Hände waren noch immer auf dem Rücken zusammengebunden – starrte zu dem Ungetüm und erkannte es offenbar.

»Das Tier«, murmelte er.

Laazia knurrte erneut. Das Gewand war zerfetzt, aber der Umhang wehte hinter ihr, als sie sich drehte und dabei die Arme streckte. Fähnrich Krevorr duckte sich rechtzeitig, aber Assink wurde von einer Pranke getroffen und über die Navigationsstation hinweggeschleudert. Sie prallte an den Hauptschirm, und für eine halbe Sekunde wirkte sie fast wie ein Komet vor dem Sternenhimmel.

Paris staunte über die Kraft des Wesens. Nicht einmal Tuvok oder B'Elanna hätten Assink mit nur einem Hieb so weit fortstoßen können. *Ich schätze, ich sollte dankbar sein, daß sie nicht versucht, uns mit ihrem Unheilsblick zu erledigen,* dachte er. *Wahrscheinlich ist es zufriedenstellender, uns mit den Klauen zu zerfetzen.*

Laazia sah ihn herausfordernd an. *Vergiß es,* dachte Paris. Eine physische Konfrontation kam absolut nicht in Frage – bei einem Zweikampf gegen einen solchen Widersacher hatte er nicht die geringste Chance. Er mußte sich irgendeinen Vorteil verschaffen, aber wie?

Er sah sich auf der Brücke um. Was hatte ihn nur veranlaßt, alle für den Notfall bestimmten Phaser den Ryol auszuhändigen?

Einmal mehr blickte er zu dem riesigen Wesen auf und erinnerte sich daran, wer und was ihn kontrolliert hatte. *So etwas wird nie wieder geschehen*, schwor er sich.

Fähnrich Krevorr näherte sich vorsichtig Assink, offenbar um festzustellen, ob das bewußtlose Besatzungsmitglied verletzt war. Gleichzeitig behielt sie Laazia im Auge. Eine gute Reaktion, fand Paris. Es hatte ganz offensichtlich keinen Sinn, einen direkten Kampf gegen das Wesen zu führen. *Zugang zur Brücke*, erinnerte er sich. Er mußte die Kraftfelder irgendwie deaktivieren, was sich nur mit Hilfe der taktischen Konsole hinter dem Befehlsstand oder von Tuvoks Sicherheitsstation aus bewerkstelligen ließ.

Er wandte sich von Laazia ab und sprang über die Brüstung hinweg, die den Kommandoteil vom rückwärtigen Brückenbereich trennte. Unglücklicherweise war er nicht schnell genug. Eine Pranke des Monstrums traf ihn am Rücken, zerriß den Stoff der Uniform und hinterließ fünf blutige Striemen im Rücken. Heißer Schmerz durchzuckte Paris, und er schrie unwillkürlich. Mit der einen Schulter stieß er gegen die hintere technische Konsole, blieb dann neben einem anderen Schaltpult liegen.

Laazia heulte wütend und setzte ebenfalls über die Brüstung hinweg. Paris hörte, wie sie nur wenige Meter hinter ihm landete. Er orientierte sich schnell und nahm zur Kenntnis: Das Wesen stand nun zwischen ihm und der taktischen Konsole. Es kamen also nur noch die Kontrollen der Sicherheitsstation in Frage, um die separierenden Kraftfelder zu deaktivieren. Aber wie sollte er sie erreichen, bevor er die Pranken des werwolfartigen Etwas zu spüren bekam?

Er spürte noch immer Finger und Zehen, was bedeutete: Wirbelsäule und Nervenbahnen waren nicht verletzt. Doch der schmerzende Körper fühlte sich so an, als ließe er sich nur mit Mühe bewegen – bestimmte konnte er nicht schneller sein als Laazia und die Sicherheitsstation vor ihr erreichen. *Ich brauche mehr Zeit*, dachte er verzweifelt.

Er sah in die grünen Augen der Kreatur. Bildete er es sich nur ein, oder erschien tatsächlich die Andeutung eines grausamen Lächelns in der wolfsartigen Miene? Laazia schien seine schwierige Situation zu genießen – bis sie etwas am Rücken traf und ihr einen überraschten Schrei entlockte.

Chakotay. Trotz der gefesselten Hände war es ihm gelungen auf die Beine zu kommen und genau das Ablenkungsmanöver durchzuführen, das Paris brauchte. Der Navigator stieß sich ab, taumelte und fiel der Sicherheitsstation entgegen. Er hörte, wie sich Laazia wütend dem Ersten Offizier zuwandte, aber er sah nicht zurück. Statt dessen sank er in Tuvoks Sessel und achtete nicht darauf, daß sein Blut rote Flecken hinterließ. Er berührte die glühenden Schaltflächen und machte genau jene Verteidigungsmaßnahmen rückgängig, die er vor einer Stunde unter Laazias Kontrolle ergriffen hatte. *Was habe ich mir nur dabei gedacht?* überlegte er. Eine Sekunde später verdrängte er die Schuldgefühle, um sich ganz seiner Aufgabe zu widmen.

Ein lautes Keuchen veranlaßte ihn, den Blick von der Konsole abzuwenden. Er drehte den Kopf, und sofort stockte ihm der Atem: Laazia hatte Chakotay gepackt und die Klauen um seinen Hals geschlossen – die Füße des Ersten Offiziers baumelten mehr als einen Meter über dem Boden. Gurgelnde Laute kamen ihm über die Lippen, als sein Gesicht rot anlief und dann einen purpurnen Ton gewann, in dem sich die Linien der Tätowierung fast verloren. Schaum tropfte von Laazias Unterkiefer, als sie immer fester zudrückte und das Leben aus Chakotay herauspreßte.

Paris suchte nach einer Waffe, nach irgendeiner Waffe. Zuerst fand er nichts, aber dann bemerkte er einen silbernen Glanz unter dem Sessel des Ersten Offiziers: der Phaser, den Laazia so achtlos fortgeworfen hatte. Offenbar war er bei dem abrupten Flugmanöver der *Voyager* zu Boden gefallen. Paris sah sich rasch um – niemand sonst schien den Strahler bemerkt zu haben.

Fähnrich Krevorr – durch und durch Starfleet – rannte los, um Chakotay zu helfen. Im Uhrzeigersinn lief sie am Rand der Brücke entlang, geriet dabei kurz zwischen das Wesen und Paris. Sie schrie aus vollem Hals, sprang und rammte beide Stiefel an Laazias Rücken.

Ebensogut hätte sie versuchen können, einen Grizzlybär von den Beinen zu stoßen. Laazia schwankte nicht einmal. Sie drehte sich um, benutzt Chakotay wie eine Keule und schlug mit ihm nach Krevorr. Die Ktaranerin war nach ihrem Sprung auf den Beinen gelandet und in die Hocke gegangen, doch der herumschwingende Leib des Ersten Offiziers traf sie, bevor sie mit einem neuerlichen Angriff beginnen konnte. Krevorr prallte von den Anzeigetafeln an der Rückwand des Kontrollraums ab, blieb liegen und rührte sich nicht mehr.

Jetzt bin ich an der Reihe, dachte Paris. Er sprang zum Kommandobereich, rollte sich auf dem Boden ab, griff nach dem Phaser und schoß auf Laazia. Nach dem Angriff auf Krevorr wandte sie dem Navigator nicht mehr den Rücken zu – der Strahl traf sie mitten auf der Brust. Die Wucht der energetischen Entladung genügte, um sie zurücktaumeln zu lassen. Ihre Pranken lösten sich von Chakotay, aber sie blieb auf den Beinen.

Paris riß verblüfft die Augen auf. Selbst bei niedriger Emissionsstufe reichte die Energie eines Phasers bei dieser geringen Entfernung aus, um einen zornigen Klingonen außer Gefecht zu setzen. *Wie bringt sie es nur fertig, bei Bewußtsein zu bleiben?* fragte er sich.

»Warum bist du kein artiges Mädchen und schläfst hübsch brav ein?« murmelte er. Die Striemen in seinem Rücken brannten so, als stünden sie in Flammen. *Versuchen wir es mit einer höheren Emissionsstufe,* dachte er, betätigte die entsprechenden Kontrollen und sah dem Wesen herausfordernd in die Augen.

Die Augen. Zu spät erinnerte er sich an die Gefahr. *O nein.* Eine bereits vertraut gewordene Kühle breitete sich in ihm aus, tilgte Kraft und Entschlossenheit. Die Gedanken befahlen den Fingern, den Phaser auf maximale Energiestärke einzustellen, aber sie verweigerten den Gehorsam. Er war wie gelähmt, konnte sich weder bewegen noch den Blick von den hypnotischen grünen Augen abwenden, die das Geschöpf mit Laazias früherer Gestalt teilte. Die Kälte wurde zu einer schwerer Last, unter der die Knie nachzugeben begannen. Das aus den Wunden im Rücken tropfende Blut fühlte sich wie Eiswasser an. Ihm blieb nicht einmal genug Kraft, um auch weiterhin den Phaser festzuhalten. Die Waffe rutschte ihm aus der Hand und fiel mit einem metallenen Klacken zu Boden. *Tut mir leid, Captain,* dachte Paris. *Ich habe mir alle Mühe gegeben.*

Für einige Sekunden schien die ganze Brücke so grün zu werden wie die Augen der Ryol. Dann verdrängte Schwärze alles andere.

15

Energiestrahlen zuckten durch den Maschinenraum. Ein Dutzend Phasergewehre zischte wie ein Korb voller Schlangen. Captain Janeway ging hinter einem Stützpfeiler in Dekkung und feuerte mit einem Handphaser über die Köpfe der Sicherheitswächter hinweg, die den Haupteingang bewachten. Überrascht stellte sie fest, daß zwei ähnliche Strahlen von den Turboliften kamen. *Verdammt!* fluchte sie in Gedanken. *Die Ryol verfügen ebenfalls über Phaser. Wahrscheinlich stammen sie aus den Notfalldepots der Brücke.*

Sechs mit hochenergetischen Phasergewehren ausgestattete Besatzungsmitglieder bildeten die erste Verteidigungslinie. Sie knieten, so daß die hinter ihnen postierten Sicherheitswächter über ihre Köpfe hinwegschießen konnten. Janeway, Tuvok, Kim und einige Angehörige der technischen Abteilung bildeten die dritte Verteidigungslinie. Von kleinen Plattformen, Leitern und anderen höher gelegenen Stellen aus nahmen sie die Angreifer unter Beschuß. Scharlachrote Blitze rasten vom Maschinenraum in den Korridor und schufen eine undurchdringliche Barriere aus destruktiver Strahlung. Janeway *hoffte* zumindest, daß sie undurchdringlich war.

Der Angriff hatte vor einigen Minuten begonnen. Ohne jede Vorwarnung kamen mehrere bewaffnete Ryol – die Kommandantin zählte vier – aus dem Turbolift am Ende des Korridors. Die Sicherheitswächter eröffneten sofort das Feuer, doch das Resultat ließ sehr zu wünschen übrig.

Ganz offensichtlich wiesen die Ryol den Phaserstrahlen gegenüber eine hohe Widerstandskraft auf. Konzentriertes Feuer aus mehreren Gewehren trieb sie in Richtung Turbolift zurück, aber niemand von ihnen blieb auf dem Boden des Korridors liegen.

Ein roter Strahl fauchte in einem Abstand von nur wenigen Zentimetern an Janeway vorbei und hinterließ eine schwarze Brandspur an der Wand hinter ihr. Zum Glück erwiesen sich die Ryol als schlechte Schützen.

»Schießen Sie auch weiterhin!« wies die Kommandantin ihre Streitmacht an. Sie mußten die Ryol ständig unter Druck setzen, um zu verhindern, daß sie ihre psychischen Fähigkeiten einsetzen konnten. Wie groß war die maximale Reichweite des parasitären Effekts? Hatte der Gegner die Möglichkeit, sein psionisches Potential selbst dann einzusetzen, wenn er unter Beschuß stand? Janeway vermutete, daß sie bald Antworten auf diese Fragen finden würde.

»Sehen Sie nur, Captain!« entfuhr es Harry Kim, der knapp fünf Meter entfernt Posten bezogen hatte.

Die anderen Besatzungsmitglieder teilten Kims Überraschung. Mehrere Verteidiger schnappten entsetzt nach Luft, als die Ryol ihre humanoide Gestalt aufgaben und ein bedrohlicheres Erscheinungsbild wählten. Dichtes, goldgelbes Fell bedeckte die bronzefarbene Haut der Ryol, die zusätzliche Masse zu gewinnen schienen und immer größer wurden. Fingernägel verwandelten sich in Klauen, und Speichel tropfte von mehr als zwei Zentimeter langen Reißzähnen. Raubtierartiges Heulen und Knurren drang an Janeways Ohren, vermischte sich mit dem Fauchen der Phaserstrahlen und schuf eine noch unheilvollere Atmosphäre. Sie erinnerte sich an die Ausführungen des Doktors in Hinsicht auf Naxors DNS und nickte verstehend. »Metamorphisches Potential«, murmelte sie.

»Interessant, Captain«, kommentierte Tuvok, während er mit seinem eigenen Phaser feuerte. Er war ebenfalls hinter einem Pfeiler in Deckung gegangen. »Spezies mit gestaltwandlerischen Fähigkeiten sind außerordentlich selten.«

»Leider nicht selten genug«, erwiderte Janeway. Zwar konnte sie nicht ganz sicher sein, aber sie glaubte, zum erstenmal das wahre Erscheinungsbild der Ryol zu sehen. Zumindest wurde es ihrem Wesen gerecht. Sie erinnerte sich an Chakotays Beschreibung von seinem Ausflug in die geistige Welt und wußte, daß sie die gleiche bösartige Entität sah, die den Ersten Offizier bei seiner Seelenreise heimgesucht hatte. *Jetzt fallen die Masken*, dachte sie. *Jetzt sehen wir euch so, wir ihr wirklich seid*.

An den Wänden des Korridors hatten die Phaserstrahlen Dutzende von schwarzen Flecken und Streifen hinterlassen. Das Fauchen und Zischen der Entladungen schien noch lauter zu werden. *Wir treiben sie zurück*, dachte Janeway, und ein Teil von ihr nahm diesen Umstand mit skeptischem Erstaunen zur Kenntnis. Es konnte doch nicht so leicht sein, einen Sieg über die Ryol zu erringen …

Wenige Sekunden später kippte Lieutenant Stevenson – jemand aus der ersten Verteidigungslinie – zur Seite und blieb lang ausgestreckt auf dem Boden liegen. Das Phasergewehr glitt ihm aus den Händen, und eine Sicherheitsautomatik deaktivierte es. Neben Stevenson zitterte der Lauf des Gewehrs, mit dem Fähnrich Rodriguez schoß – die Waffe schien für ihn immer schwerer zu werden. Am anderen Ende der Reihe zeigte ein weiterer Sicherheitswächter ähnliche Anzeichen von Schwäche.

Janeway gewann plötzlich den Eindruck, daß der eigentliche Kampf erst jetzt begann: Die Ryol griffen nun auf ihre mentalen Fähigkeiten zurück, um die Verteidiger zu überwältigen. Die Kommandantin der *Voyager* sah über die Sicherheitswächter hinweg, die sich nicht gegen den Verlust von Lebenskraft wehren konnten. Sie bemerkte einen wolfsartigen Ryol, der in den Maschinenraum starrte und den Blick seiner schwarzen Augen auf die Männer und Frauen der ersten Verteidigungslinie richtete. Janeway zielte mit ihrem Phaser auf das böse Gesicht und empfand Genugtuung, als der Strahl das Wesen genau zwischen den Augen traf und es in den Turbolift zurückschleuderte.

»Ein ausgezeichneter Schuß, Captain«, lobte Tuvok, legte ebenfalls auf den Lift an und feuere.

»Übung macht den Meister, Mr. Tuvok«, erwiderte Janeway und freute sich darüber, den mentalen Angriff abgewehrt zu haben. *Laßt meine Crew in Ruhe!* dachte sie und hoffte halb, daß die Ryol ihre Gedanken lesen konnten – der Zorn in ihnen sollte noch heißer brennen als Phaserenergie.

Doch jener Ryol war nicht der einzige gewesen, der mit einer psionischen Attacke begonnen hatte. Besorgt stellte sie fest, daß weitere Sicherheitswächter zu Boden sanken. Andere taumelten, wischten sich Schweiß von der Stirn und versuchten, der Erschöpfung standzuhalten, die der von den Ryol ausgehende mentale Sog in ihnen entstehen ließ. Noch nicht vom Lebenskraftverlust betroffene Besatzungsmitglieder nahmen den Platz derjenigen ein, die das Bewußtsein verloren.

Kim stöhnte, und Janeway beobachtete, wie er auf einem der oberen Laufstege wankte. »O nein«, kam es ihm über die Lippen. »Nicht noch einmal.«

»Passen Sie auf, Fähnrich!« rief die Kommandantin. »Halten Sie sich am Geländer fest.«

»Ich versuche es, Captain«, brachte Kim hervor und keuchte. Er schloß die eine Hand ums Geländer, während er in der anderen den Phaser hielt und auf den Gegner schoß. Sein Gesicht wirkte blasser und hohlwangiger als sonst.

Janeway wandte den Blick von Kim ab und sah, wie ein nicht unbedingt für den Kampf ausgebildeter Techniker nach dem Gewehr eines bewußtlosen Bajoraners griff und auf die Ryol schoß. Der scharlachrote Strahl zuckte zu einem werwolfartigen Geschöpf, das sich anschickte, über die außer Gefecht gesetzten Verteidiger herzufallen. Es roch nach verbranntem Pelz, und der getroffene Ryol wich in die Sicherheit des Turbolifts zurück. Weitere Strahlen folgten ihm.

Hier findet eine Art Zermürbungskrieg statt, dachte Janeway. Bisher war es den Sicherheitswächtern und Technikern gelungen, die Barriere aus Energiestrahlen stabil genug zu halten, um die Ryol daran zu hindern, in den Maschinenraum vorzustoßen. Aber wie lange konnten sie den Gegner noch zurückhalten? Die *Voyager*-Crew genoß den Vorteil der zahlenmäßigen Überlegenheit, doch dieser Vorteil schrumpfte mit jedem weiteren Verteidiger, der das Bewußtsein verlor. Zum Glück war das Schiff weit genug von Ryolanow entfernt, um nicht in Transporterreichweite zu sein. Janeway vermutete, daß sie Chakotay und Paris dafür danken sollte.

Wie dem auch sei: Der Kampf durfte nicht so weitergehen wie bisher. Sie sah zu Tuvok – selbst in der stoischen Miene des Vulkaniers ließen sich inzwischen Anzeichen von Erschöpfung erkennen. Er preßte die Lippen zusammen, und kleine Schweißperlen zeigten sich auf seiner Stirn. Wenn sich die Dinge weiterhin auf die bisherige Weise entwickelten, würde es den Ryol schließlich gelingen, die Verteidiger so sehr zu schwächen, daß sie den Maschinenraum erobern konnten. Es wurde höchste Zeit, der Gleichung einen weiteren Faktor hinzuzufügen.

»Mr. Carey!« rief Janeway und machte erneut von ihrem Phaser Gebrauch. »Ist der Apparat vorbereitet, von dem wir gesprochen haben?«

»Fast«, erwiderte Carey. Hinter der Front des Konflikts bemühten sich Carey und einige Assistenten, gewisse Geräte und Instrumente so zu verändern, daß sie einen anderen als den vorgesehenen Zweck erfüllen konnten. »Die Sache ist schwieriger, als ich dachte.«

Wenn doch nur B'Elanna hier wäre, dachte Janeway. Nun, Carey war der zweitbeste Techniker an Bord der *Voyager*, sie selbst nicht mitgezählt.

Erneut griffen die Ryol an, und diesmal kamen sie fast bis zur ersten Verteidigungslinie, bevor es den noch einsatzfähigen Crewmitgliedern gelang, sie durch den Korridor zurückzutreiben. Kummervoll stellte Janeway fest, daß der Gegner Fortschritte erzielte, und zwar ziemlich schnell.

»Bitte beeilen Sie sich, Mr. Carey«, sagte sie. Für die *Voyager* wurde allmählich die Zeit knapp.

Was ist passiert? dachte Tom Paris, als er erwachte und pochenden Schmerz zwischen den Schläfen spürte – eine Tonne Latinum schien ihm auf den Kopf gefallen zu sein. Alle Muskeln in seinem Leib schienen gezerrt, und der Rest fühlte sich nicht viel besser an. Zuerst entsann er sich nicht daran, was geschehen war. Langsam öffnete er die Augen und stellte fest, wo er sich befand: im Kontrollraum der *Voyager*. Er lag flach auf dem Rücken.

Paris versuchte sich aufzusetzen, und dabei merkte er, daß seine Hände auf dem Rücken zusammengebunden waren. Die Fesseln schienen aus Stoff zu bestehen, aber das spielte kaum eine Rolle – angesichts seiner Erschöpfung hätte es sich auch um Rhodinium handeln können. Der Boden des Kontrollraums erwies sich als sehr unbequem; er war ganz offensichtlich als Schlafstätte ungeeignet.

»Willkommen zurück«, erklang eine vertraute Stimme. Paris drehte den Kopf und sah Chakotay, der ganz in der Nähe auf dem Boden saß. Auch der Erste Offizier war ein Gefangener, erinnerte er sich, als ihm die Einzelheiten von Laazias Angriff auf die Brücke einfielen. *Die Schilde,* dachte er. War es ihm gelungen, die separierenden Kraftfelder zu deaktivieren? Eigentlich zweifelte er kaum daran, aber als er sich nun umsah … Nirgends zeigten sich Sicherheitswächter im Kontrollraum. Captain Janeway hätte sicher die Chance genutzt, eine Einsatzgruppe auf die Brücke zu beamen – vorausgesetzt natürlich, daß sich ihr eine entsprechende Möglichkeit bot. War während seiner Bewußtlosigkeit irgend etwas mit ihr geschehen? Er mußte es unbedingt herausfinden.

Er rollte sich mehrmals hin und her, schaffte es schließlich, sich in eine sitzende Position zu bringen – um eine Sekunde später einen Schlag ins Gesicht zu bekommen.

»Idiotisches Wesen«, knurrte Laazia. Sie ragte vor Paris und Chakotay auf, mit Zorn in den malachitgrünen Augen. Sie hatte wieder humanoide Gestalt angenommen, zumindest in gewisser Weise. Paris' Wange brannte noch immer von dem Hieb, als er zur Tochter des Ältesten aufsah und feststellte: Ihr Erscheinungsbild vereinte nun humanoide Aspekte mit denen eines Wolfswesens. Lichter goldener Flaum – dem ähnlich, der zuvor den Kopf bedeckt hatte – war überall an einem Körper zu sehen, der sich ganz deutlich unter den Fetzen des türkisfarbenen Gewands zeigte. Im Gesicht war zwar keine nach vorn gewölbte Schnauze mehr zu sehen, aber die Ohren hatten ihre spitze Form behalten, ebenso wie die elfenbeinfarbenen Reißzähne im Mund. *Damit ich dich besser fressen kann*, dachte Paris.

»Sie haben mich enttäuscht, Tom«, sagte Laazia, und ihr Vibrato war noch rauher als sonst. »Ich bin sehr überzeugend gewesen, als ich den Anschein erweckte, Sie attraktiv zu finden. Aber trotzdem haben Sie mich verraten. Eine sehr dumme Entscheidung von Ihnen, Tom. Ich fürchte, daraus könnten sich negative Folgen für unsere Beziehung ergeben.«

»Das ist eine Frage der Perspektive«, erwiderte Paris und rechnete mit einem weiteren Schlag – oder mit noch Schlimmerem. Erneut sah er sich auf der Brücke um. Assink und Krevorr lagen reglos vor dem Hauptschirm, und er hoffte, daß sie nur bewußtlos waren. »Ich mußte *jemanden* verraten, und meine wichtigste Loyalität gilt nun einmal Captain und Schiff.«

Keiner von Laazias Artgenossen war zurückgekehrt, weder mit noch ohne Janeway. Paris hielt das für ein gutes Zeichen. Offenbar fiel es Laazia und ihren Freunden schwerer als erwartet, die *Voyager* unter ihre Kontrolle zu bringen.

»Neffaler!« zischte sie – offenbar gab es bei den Ryol keine schlimmere Beleidigung. Abrupt drehte sie sich um und ging fort. Den Umhang hatte Laazia über die Rückenlehne des Kommandosessels gelegt; er schien jede Bedeutung für sie verloren zu haben. Sie schritt am Kommandobereich vorbei und näherte sich der Navigationsstation. Paris spürte irrationalen Ärger, als er beobachtete, wie sich die Ryol *seiner* Station zuwandte.

Der Hauptschirm zeigte Ryolanow noch immer als einen kleinen Fleck vor dem Hintergrund der Sterne. Laazias Blick glitt zwischen dem zentralen Projektionsfeld und den Navigationskontrollen hin und her.

Paris nahm mit Erleichterung zur Kenntnis, daß die Ryol nichts mit den für sie sehr fremdartigen Schaltflächen anzufangen wußte. *Als Pilotin gibt sie nicht viel her*, dachte er und fragte sich, ob irgendein Ryol wußte, wie man ein Raumschiff flog.

»Schiff«, sagte Laazia mit gebieterischer Stimme. »Bring uns nach Ryolanow.«

Nicht schlecht, dachte Paris. Aber ganz so leicht waren die automatischen Systeme der *Voyager* nicht zu bedienen. *Sie brauchen einen erfahrenen Piloten*, fügte er in Gedanken hinzu, spürte dabei eine Mischung aus Genugtuung und Schadenfreude. *Sie brauchen mich.*

Chakotays Überlegungen zielten in die gleiche Richtung. »Freut mich, daß Sie noch immer auf unserer Seite sind«, sagte er leise.

»Oh, ich bitte Sie«, erwiderte Paris. »Sie haben doch nicht im Ernst geglaubt, ich würde Sie alle für ein hübsches Gesicht und zwei wohlgeformte Beine im Stich lassen?«

»Nun ...«, begann Chakotay.

»Na schön.« Paris seufzte. »Vielleicht habe ich Ihnen den einen oder anderen Grund gegeben, diesen voreiligen Schluß zu ziehen.« Der scherzhafte Tonfall verschwand aus seiner Stimme. »Im Ernst, Commander: Sie können auf mich zählen. Ich war eine Zeitlang weggetreten, aber jetzt bin ich wieder voll da.« Etwas leiser fügte er hinzu: »Wie steht's mit dem Captain? Wissen Sie etwas darüber?«

Chakotay schüttelte den Kopf. »Laazias Leute brachen zum Maschinenraum auf, und seitdem haben wir nichts mehr von ihnen gehört. Ich schätze, das sind gute Nachrichten.«

»Schweigen Sie!« zischte Laazia und bewies damit, daß sie mit ihren spitzen Ohren gut hören konnte. »Sie!« Sie richtete einen langen, krallenartigen Fingernagel auf Paris. »Sie feiger, jämmerlicher Mann! Zeigen Sie mir, wie man diese Kontrollen bedient.«

»Sehe ich vielleicht wie ein Fluglehrer aus?« erwiderte Paris sarkastisch. »Warum wenden Sie sich nicht an den Captain? Oh, natürlich, Sie haben Janeway noch nicht überwältigt.« Er reckte demonstrativ den Hals und blickte sich auf der Brücke um. »Was ist mit Ihren Freunden passiert? Sind sie vielleicht in Schwierigkeiten geraten?«

Wut verwandelte Laazias Gesicht in eine Fratze – Paris hatte ganz offensichtlich einen wunden Punkt berührt.

»Computer«, sagte die Ryol laut, »lokalisiere Captain Janeway.«

Es handelte sich um eine unschuldige Anfrage, und deshalb gab der Bordcomputer bereitwillig Auskunft. »Captain Janeway befindet sich derzeit im Maschinenraum«, erklang eine freundliche Frauenstimme. Laazia genoß ihren kleinen Sieg über die beeindruckende Technik der *Voyager* mit einem triumphierenden Lächeln.

Oh, oh, dachte Paris. *Sie hat allmählich den Dreh raus.* Es konnte gut sein, daß sich die Bordsysteme der *Voyager* als zu benutzerfreundlich erwiesen. *Außerdem sollten wir eins nicht vergessen: Wir haben keine Ahnung, welchen Entwicklungsstand die Wissenschaft der Ryol erreicht hat.* Vielleicht gehörte jemand zu Laazias Gruppe, der klare Vorstellungen davon hatte, wie die Systeme eines Raumschiffs funktionierten und wie man entsprechende Kontrollen bediente. Paris durfte sich nicht darauf beschränken, die Entwicklung der Ereignisse einfach abzuwarten – er mußte irgendeine Möglichkeit finden, die Pläne der Ryol zu sabotieren.

Laazia hatte es eilig. Sie wollte sich nicht bis zur Rückkehr ihrer Artgenossen gedulden, trat langsam an Paris heran, griff nach seinem Kinn und zwang ihn, sie anzusehen.

»Sie wissen ja, daß ich früher oder später alle gewünschten Informationen bekomme«, sagte sie und sprach wieder in ihrem verführerischen Tonfall. »Deshalb schlage ich vor, daß Sie mir sofort Auskunft geben, sich selbst und den anderen dadurch viel Leid ersparen.« Bedrohliche Dunkelheit erschien in den dunklen Augen, und Paris spürte, wie sich ein Teil seiner Entschlossenheit auflöste. *O nein*, dachte er. *Nicht noch einmal*. »Ihr könnt uns nicht widerstehen«, gurrte Laazia. »Fügt euch eurem unausweichlichen Schicksal. Zeigen Sie mir, wie man dieses Schiff fliegt, damit die Ryol das Kommando übernehmen können, wie es ihnen zusteht. Erklären Sie mir alles.«

Paris versuchte zu sprechen, aber sein Gaumen war völlig trocken. Er schluckte und sammelte genug Speichel, um die Worte zu formulieren, die er sich bereits zurechtgelegt hatte.

»Computer, deaktiviere die automatischen Translatoren, nur im Bereich der Brücke.«

Die grellen Strahlen verschwanden, und das gräßliche Fauchen verklang. Rolop, Erster Assistent der Erbin, spähte hinter dem Turbolift hervor und sah in Richtung der Verteidiger. Überrascht riß er die hellgrünen Augen auf: Der offene Eingang des Maschinenraums wirkte völlig verlassen. Er gab ein triumphierendes Heulen von sich. Die Neffaler hatten sich endlich zurückgezogen!

Er rief seinen Begleitern einen Befehl zu und eilte dann durch den Korridor, dem neu eroberten Territorium entgegen. In der einen Pranke hielt er einen schußbereiten erbeuteten Phaser, und in seinem Körper prickelte jene Vitalität, die er den erbärmlichen Gegnern gestohlen hatte. Einige Tage lang war er gezwungen gewesen, die Gestalt eines haarlosen Affen anzunehmen, und es fühlte sich gut an, zum Erscheinungsbild des Jägers zurückzukehren. Er schnupperte die steril anmutende Luft an Bord des Raumschiffs und glaubte fast, die Furcht der fliehenden Beute zu riechen.

Manow und Shiila schlossen zu ihm auf, knurrten und fauchten. Ein weiterer Jäger namens Paayra blieb bewußtlos im Turbolift zurück. Sie hatte den neuen Neffalern nicht genug Lebenskraft entziehen können, um ihren Energiewaffen zu widerstehen. Rolop erwog die Möglichkeit, ihr später zu gestatten, die letzten Essenzreste der überwältigten Gegner aufzunehmen.

Am anderen Ende des Korridors lagen mehrere reglose Humanoiden. Rolop spürte, daß noch Leben in ihnen steckte, aber er trieb seine Begleiter trotzdem weiter. Wenn der Captain gefangengenommen war, gab es noch Zeit genug, neue Vitalität zu genießen. Er sprang über die Bewußtlosen hinweg und fragte sich, wann und wo die restlichen Neffaler letzten Widerstand leisten würden.

Er fand die Antwort direkt hinter dem Haupteingang des Maschinenraums. Captain Janeway und ein knappes Dutzend Besatzungsmitglieder der *Voyager* standen vor einer großen, transparenten Säule in der Mitte des großen Raums. Konsolen umgaben den unteren Bereich der Säule, in der anorganische Energie waberte. Rolop hatte sich mit Raumschifftechnik befaßt und vermutete, daß die eindrucksvolle Apparatur eine wichtige Rolle bei den Materie-Antimaterie-Reaktionen spielte, aus denen das Warptriebwerk seine Energie bezog.

Ein stählerner Laufsteg führte mehrere Meter weiter oben um die Säule herum. Rolop hob den Blick und rechnete fast mit einem Hinterhalt, doch es befanden sich keine Humanoiden auf dem Laufsteg. Die einzigen Fremden weit und breit waren jene vor der Säule. Captain Janeway erkannte er auf den ersten Blick. Bewaffnete Wächter in gelben Uniformen umgaben die ernst blickende Frau.

»Kehren Sie um«, sagte Janeway. »Andernfalls müssen wir Gewalt gegen Sie anwenden.«

Rolops Lippen wichen zurück und offenbarten lange Reißzähne. War dieses Wesen selbstmörderisch, oder hatte es schlicht und einfach den Verstand verloren? Inzwischen sollte eigentlich kein Zweifel mehr an der absoluten Überlegenheit der Ryol bestehen. Rolop spürte, wie Kraft und Ausdauer zahlreicher Neffaler in seiner Brust brannten. Er fürchtete die Waffen der Fremden nicht, so ärgerlich sie auch sein mochten. Kein Neffaler konnte der Macht der Ryol auf Dauer standhalten – sie waren nur Nahrung, weiter nichts.

»Gebt auf«, sagte Rolop, und es fiel ihm nicht leicht, das primitive Sprechmuster der Fremden nachzuahmen. Er war bereit, ihnen eine Chance zur Kapitulation zu geben – aber eben nur eine.

»Niemals«, erwiderte Janeway. »Verlassen Sie mein Schiff.«

Rolop konnte die kolossale Dummheit dieses Geschöpfs einfach nicht verstehen. *Na schön,* dachte er. Er brauchte die humanoide Frau gar nicht mit Klauen und Reißzähnen zu erreichen, um sie zu erledigen. Seine Gedanken genügten, um sie in einen kleinen Imbiß zu verwandeln – er beschloß, ihr die ganze Lebenskraft zu nehmen.

»Trinkt ihre Vitalität«, wandte er sich an die anderen Ryol.

Sie setzten ihr Verlangen frei, schleuderten es den Neffalern entgegen. Die Humanoiden eröffneten das Feuer, aber ihre Waffen schienen noch schwächer zu sein als vorher. Scharlachrote Energie strich über Rolop hinweg und verursachte einen leichten Schmerz, der seinen Appetit noch steigerte. Er heulte lauter als die Strahlblitze, konzentrierte sich auf die Gier in seinem Innern, kehrte sie nach außen und griff mit ihr nach ...

Nichts?

Er gewann den Eindruck, sein Verlangen in die Leere geworfen zu haben. Es gab keine Lebenskraft, an der sie sich festhalten konnte. Rolop sah die vor ihm stehenden Humanoiden, spürte auch das Brennen der von ihnen ausgehenden Energiestrahlen, aber er fand keine Vitalität, die ihn vor den ständigen Entladungen schützen konnte. Als die Befriedigung seiner Gier ausblieb, wurde sie noch intensiver, fühlte sich an wie eine klaffende Wunde mitten in der Brust – eine Wunde, die Leere in Rolops Körper saugte. Das Nichts glitt über sein Rückgrat, dehnte sich hinter den Augen aus und schien das ganze Gehirn zu vereinnahmen. Er hatte sein Bewußtsein geöffnet, um das Leben aus einem Opfer zu reißen, doch jetzt konnte er die mentale Pforte nicht vor der Leere schließen, die immer weiter in ihn vordrang. Das eigene Verlangen flutete zu ihm zurück.

Rolop erbebte am ganzen Leib, und seine Arme und Beine zuckten. Aus dem triumphierenden Heulen wurde ein peinerfüllter Schrei. Die Augen wechselten immer schneller von Schwarz zu Grün und umgekehrt, als sich die Pupillen zusammenzogen und wieder weiteten. Er hörte zwei andere Schreie und vermutete, daß es Manow und Shiila ebenso erging wie ihm. Aus einem Reflex heraus versuchte er, einen Blickkontakt mit den Artgenossen herzustellen.

Fehler! Als er in Manows Augen sah, richtete sich der Fokus seines unkontrollierten Verlangens von den leeren Humanoiden auf den anderen Ryol. Gleichzeitig spürte er, wie doppelte fremde Gier an der eigenen Seele zerrte. Rolop kreischte schrill und war zusammen mit Manow und Shiila in einem Kreis aus fataler Rückkopplung gefangen. Sein Selbst schien in drei verschiedene Richtungen gezerrt zu werden. Außer Rand und Band geratene Gier zog an den Wurzeln der Essenz dieser drei Jäger – die Ryol fraßen gegenseitig ihre Lebenskraft, um der gräßlichen Leere zu entkommen.

Rolop versuchte, das eigene Verlangen zurückzuziehen, aber es war zu spät. Je mehr Energie er verlor, desto mehr brauchte er, was bedeutete: Er griff nach jeder Vitalität in Reichweite.

Das Bild vor seinen Augen trübte sich. Alles wurde dunkler, bis er kaum mehr die schattenhaften Konturen der Humanoiden und des Maschinenraums erkennen konnte. Sein Puls raste, und er konnte nicht mehr atmen. Benommenheit erfaßte ihn, und die Beine schienen sich unter ihm aufzulösen.

Er verlor das Bewußtsein, bevor er auf den Boden prallte.

Captain Janeway und die Sicherheitswächter ließen ihre Waffen sinken. Die drei Ryol zeigten nach wie vor ihr gräßliches normales Erscheinungsbild, und ihr Zucken ließ jetzt allmählich nach. Janeway wartete mehrere Sekunden lang, um ganz sicher zu sein, daß sich der Gegner nicht erholte und mit einem neuerlichen Angriff begann. Dann gelangte sie zu dem Schluß, daß diese Schlacht gewonnen war.

Sie wandte sich an Tuvok. »Offenbar haben wir es geschafft, sie außer Gefecht zu setzen.«

»In der Tat«, erwiderte der Vulkanier und schob den Phaser ins Halfter. Nicht von weit ihm entfernt seufzte Fähnrich Kim erleichtert. Nach dem Ende der psychischen Attacken kehrte allmählich Farbe in sein Gesicht zurück.

»Also gut«, sagte die Kommandantin. »Mr. Carey, wenn Sie so freundlich wären …«

Die Gestalten von Janeway und der anderen Besatzungsmitglieder flackerten kurz und verschwanden. Gleichzeitig schien eine identische Gruppe auf dem Laufsteg weit über den besiegten Ryol zu materialisieren. Wichtig war in diesem Fall das Wörtchen *schien*.

Janeway und die Sicherheitswächter hatten sich die ganze Zeit über auf dem Laufsteg befunden – ihr Bild war von speziellen holographischen Projektoren, die ihre Existenz Careys Improvisationskünsten verdankten, zum Boden des Maschinenraums projiziert worden. Gleichzeitig hatte ein eher primitiver Tarneffekt die echten Personen vor den Ryol verborgen.

Wir haben den Gegner gewissermaßen mit Spiegeln überlistet, dachte Janeway zufrieden. »Gute Arbeit, Mr. Carey«, sagte sie. »Das Trugbild war sehr wirkungsvoll.«

»Ein großer Teil des Verdienstes gebührt Lieutenant Torres«, erwiderte Carey bescheiden. »Sie hat versucht, technische Möglichkeiten zu finden, um dem Doktor bei einem Notfall den Transfer hierher in den Maschinenraum zu ermöglichen.« Er inspizierte einen der am Gerüst weiter hinten befestigten Projektoren. »Es gibt noch viele Dinge, die verbessert werden müssen, bevor wir regelmäßigen Gebrauch von der Apparatur machen können – das energetische Gefälle zwischen dem holographischen Auflösungssystem und den Hauptenergie-Transpondern bereitet uns erhebliches Kopfzerbrechen. Aber diesmal scheint alles richtig funktioniert zu haben.«

»Ja«, bestätigte Janeway. Sie kletterte eine Leiter

hinunter, um sich die besiegten Feinde aus der Nähe anzusehen. Die drei Ryol lagen reglos auf dem kalten Metallboden. Ihre Gesichter wirkten eingefallen und ausgezehrt, und die meisten Muskeln der jetzt dürren Körper schienen einen beträchtlichen Teil ihrer Substanz verloren zu haben. *Der Doktor hat recht*, dachte sie. Hologramme waren offensichtlich gegen die Angriffe der Ryol immun. Janeway wußte nicht, wie und warum holographische Bilder mit den parasitären Fähigkeiten der Ryol interagierten, aber eins stand fest: Diese Fremden waren sich selbst zum Opfer gefallen.

»Schade, daß wir keine Hologramme auf die Brücke projizieren können«, überlegte die Kommandantin laut.

Carey schüttelte den Kopf. »Dazu müßten erst die notwendigen Geräte installiert werden.«

Janeways Lächeln wich einem ernsten Gesichtsausdruck. Der Maschinenraum war erfolgreich verteidigt worden, und der nächste Schritt bestand darin, die Brücke zurückzuerobern. Doch vorher wollte die Kommandantin einen genauen Eindruck von der aktuellen Situation gewinnen. Sie schritt durch den großen Raum und stellte erleichtert fest, daß niemand getötet worden war. Tuvok schickte einige Sicherheitswächter zum Turbolift, um dort nach weiteren Ryol zu suchen, und Janeway klopfte auf ihren Insignienkommunikator, öffnete einen internen Kom-Kanal und setzte sich mit der Krankenstation in Verbindung.

»Hier Janeway«, sagte sie. »Wir haben drei Ryol-Gefangene, vielleicht sogar noch mehr. Derzeit sind sie bewußtlos, und ich möchte, daß sie genug Betäubungsmittel bekommen, um im Reich der Träume zu bleiben – damit sie sicher in Arrestzellen untergebracht werden können. Ich schicke eine Gruppe, die

Ihre beiden Gefangenen abholen soll. Bitte leisten Sie alle notwendige Hilfe.«

»Ich bin Doktor, kein Gefängniswärter«, erwiderte der holographische Arzt. »Trotzdem werde ich mir alle Mühe geben. Gibt es irgendwelche Neuigkeiten in Hinsicht auf Kes und ihre Begleiter?«

»Negativ«, sagte Tuvok, der einige Meter entfernt stand und die Frage gehört hatte. Er sprach in dem üblichen ruhigen Tonfall, und seine Stimme verriet keine Besorgnis. »Wir müssen davon ausgehen, daß die noch auf Ryolanow befindlichen Besatzungsmitglieder der *Voyager* Geiseln sind und die Brücke weiterhin von den Ryol kontrolliert wird.« Tuvok überlegte kurz und fuhr dann fort: »Mir ist etwas aufgefallen, Captain. Während des Kampfes war die Tochter des Ältesten nicht anwesend, und es gibt keinen Hinweis darauf, daß sie zu den metamorphierten Gefangenen gehört. Ist Ihnen ihre Präsenz aufgefallen?«

»Nein«, antwortete Janeway und versuchte nicht, ihren Ärger zu verbergen.

Ich kann es gar nicht abwarten, mit Laazia abzurechnen, dachte sie. *Und auch mit ihrem hinterhältigen Vater.* Über die Schulter hinweg blickte sie zu den wolfsartigen Ryol. *Mir ist gleich, wer oder was ihr seid – ich werde das Schiff wieder unter meine Kontrolle bringen und die gefangenen Crewmitglieder befreien.*

Laazia tobte. Sie packte Paris am Hals und hob ihn hoch, gab dabei seltsame Laute von sich, die nach einer Mischung aus Knurren, Fauchen und Bellen klangen. Der Navigator verstand sie nicht. *Vielleicht sollte ich dankbar dafür sein,* dachte er. *Ich bin ziemlich sicher, daß sie mir keine Komplimente macht.*

Durch die Deaktivierung des automatischen Translators saß Laazia im Kontrollraum der *Voyager* fest, ohne mit ihrer Umgebung kommunizieren zu können. Sie hatte keine Möglichkeit mehr, dem Computer Anweisungen zu erteilen, den Displays Informationen zu entnehmen oder Paris auf eine Weise zu drohen, die er verstand – obwohl ziemlich deutlich wurde, wie wenig sie von der aktuellen Situation hielt.

Die Ryol schleuderte den Navigator an die nächste Wand, und Schmerz zuckte durch Paris' Schultern, als er gegen die Tür des Bereitschaftsraums prallte. Noch immer glühten die Indikatoren der Alarmstufe Gelb, und ihr pulsierendes Licht verschmolz mit den schimmernden Punkten, die vor Toms Augen entstanden. Er spürte, wie sich die Wunden in seinem Rücken erneut öffneten und frisches Blut aus ihnen quoll.

In ihrem Zorn nahm Laazia ganz die ursprüngliche Gestalt der Ryol an: Sie wurde größer, und ihr Erscheinungsbild ähnelte immer mehr dem eines Tiers. Lange, krumme Reißzähne ragten aus der wolfsartigen Schnauze, und goldgelber Pelz bedeckte ihren Leib. Aus den Fingern wurden Klauen, die nach allem schlugen, was in ihre Reichweite geriet. Sie griff nach dem Umhang und zerfetzte ihn innerhalb weniger Sekunden, bohrte die Krallen dann in die gepolsterte Rückenlehne des Kommandosessels.

Paris beobachtete den Wutanfall und fragte sich entsetzt, wie es möglich gewesen war, daß ihn Laazias frühere Schönheit getäuscht hatte. Er bezweifelte, ob er jemals wieder ihrem Bann erliegen würde, wie sehr sie auch versuchen mochte, seine Lebenskraft aus ihm herauszusaugen. Immerhin kannte er jetzt die wilde Grausamkeit, die im Zentrum ihres Selbst lauerte.

»Ist das zu fassen?« brachte er hervor. »Ich habe einmal mit ihr getanzt …«

»Bestimmt haben Sie dabei nur an das Wohl des Schiffes gedacht«, spottete Chakotay. Blaue Flecken zeigten sich in seinem Gesicht, doch die Augen offenbarten einen zornigen Glanz.

»Natürlich!« Paris kroch so weit wie möglich fort von dem tobenden Werwolfwesen; die auf den Rükken gefesselten Hände erwiesen sich dabei als erhebliche Behinderung. *Ich bin wirklich froh, daß du nicht verstehen kannst, was wir sagen,* dachte er, während er die Laazia-Kreatur beobachtete.

Doch er konnte ihr nicht lange ausweichen. Der Blick grüner Augen, in denen Wahnsinn flackerte, richtete sich auf Paris. Speichel tropfte von den Reißzähnen, als sich Laazia näherte und dem Navigator dabei die Klauen entgegenstreckte. Ein dumpfes Knurren entrang sich ihrer Kehle. Ob der automatische Translator funktionierte oder nicht: An Laazias Absichten konnte kein Zweifel bestehen. Paris begriff, daß die Ryol mit ihm ebenso verfahren wollte wie zuvor mit ihrem Umhang.

Wie recht du hattest, Vater, dachte Paris und fühlte einen sonderbaren Fatalismus angesichts des sicheren Todes. *Du hast immer gesagt, es würde ein schlimmes Ende mit mir nehmen.*

Ein unangenehmer Geruch ließ ihn die Nase rümpfen. Zuerst glaubte er, daß es sich um Laazias animalischen Gestank handelte, doch dann stellte er fest, daß der Geruch aus allen Richtungen kam. *Was hat das zu bedeuten?* fragte er sich.

Laazia nahm den seltsamen Duft ebenfalls wahr und blieb stehen, nur drei Meter von Paris entfernt. Sie schnupperte mit geblähten Nüstern.

Chakotay hustete – er hockte neben Harry Kims Funktionsstation. Erleichterung durchströmte Paris, denn er begriff, daß ihm die Umstände eine Gnadenfrist gewährten. Er versuchte, den schweren Geruch zu identifizieren, der Assoziationen an Chemikalien oder Medikamente weckte.

Fast wie Weihrauch, dachte Paris. *Oder vielleicht ... Anästhezingas!*

Von einem Augenblick zum anderen begriff er, was der Captain plante. Offenbar durchschaute auch Laazia Janeways Absichten, denn sie sprang dem Navigator entgegen, ganz offensichtlich mit der Absicht, ihm die Kehle aufzureißen, bevor sie das Bewußtsein verlor. Die ausgestreckten Klauen – es klebte noch immer Paris' Blut an ihnen – rasten ihm entgegen.

So leicht sollst du es nicht haben, dachte Tom und war plötzlich nicht mehr bereit, sich einfach so mit dem Tod abzufinden. Er nahm seine ganze Kraft und warf sich so weit wie möglich zur Seite, mit dem Ergebnis, daß ihn Laazias Krallen um einige Zentimeter verfehlten, nicht seinen Körper trafen, sondern die Tür des Bereitschaftsraums. Deutlich hörte er, wie sie mit leisem Quietschen über festes Duranium kratzten.

Laazia versuchte, aufzustehen und mit einem neuerlichen Angriff zu beginnen, um Paris zu töten, aber das Anästhezin wirkte. Mit einem letzten wütenden Knurren sank sie auf den Boden der Brücke und blieb weniger als einen Meter vom Navigator entfernt liegen.

Paris drehte den Kopf und sah noch das Funkeln eines Transporterstrahls, bevor er ebenfalls das Bewußtsein verlor.

16

Der große Frachtraum des uralten Raumschiffwracks bildete einen feuchten und dunklen Kerker. Im Lauf der Nacht sank die Temperatur immer tiefer, und B'Elanna spürte, wie ihr der Frost in die Knochen kroch, einem Computervirus gleich, der sich in einer Datenbank ausbreitete. Mit Erleichterung nahm sie zur Kenntnis, daß keine weiteren Geiseln ins improvisierte Gefängnis gebracht wurden. Vielleicht waren sie nach wie vor die einzigen Gefangenen der Ryol. *Bleib ruhig*, dachte sie. *Halt dein Temperament unter Kontrolle. Bestimmt hat bereits eine Rettungsmission begonnen – es sei denn, den Ryol ist es gelungen, die* Voyager *unter ihre Kontrolle zu bringen.*

Die Chefingenieurin hockte auf dem sandigen, unebenen Boden und lehnte mit dem Rücken an einem Felsen, der sich durch die Außenhülle des alten Schiffes gebohrt hatte. Kleine amphibische Wesen flatterten weit oben, und Wasser tropfte von einem an mehreren Stellen gebrochenen Stützgerüst. Um ihre Gefangenen besser kontrollieren zu können, hatten die Ryol an bestimmten Stellen der Wände Lichtkristalle befestigt, und ihr ständiger weißer Glanz ging Torres immer mehr auf die Nerven. Kes und Neelix saßen Hand in Hand in der Nähe und spendeten sich gegenseitig Trost. B'Elanna fühlte sich plötzlich einsam und beneidete die beiden anderen Besatzungsmitglieder um ihre enge Beziehung.

»Natürlich«, sagte Neelix plötzlich und schlug sich mit der flachen Hand an die Stirn. Kes kauerte sich wortlos neben ihm zusammen und suchte vermutlich Schutz vor den mentalen Schreien der seit langer Zeit toten Neffaler. »Ich hätte mich gleich daran erinnern sollen – die Leeren.«

»Wovon reden Sie da?« fragte Torres.

»Es ist ein alter Mythos«, erklärte Neelix. »Kaum mehr als ein Schauermärchen. Wenigstens dachte ich das bis jetzt. Vor Jahrtausenden – noch bevor wir Talaxianer oder sogar die Trabe ins All vorstießen – gab es ein fast vergessenes Volk, das über einen großen Teil des Raumbereichs herrschte, den Sie als Delta-Quadranten bezeichnen. Den Legenden zufolge gingen aus diesem Volk Mutanten hervor, die sich von den Seelen anderer Lebewesen ernährten, weil sie selbst keine hatten.« Er bedachte Torres mit einem ernsten Blick. »Ich weiß nicht genau, was die Ryol mit uns anstellten, aber für mich fühlte es sich so an, als würde mir die Seele aus dem Leib gezerrt.« Er schauderte bei den Erinnerungen daran und blickte zu Boden.

»Die Leeren?« hakte Kes nach.

Neelix sah wieder auf. »So nannte man sie in den alten Geschichten. Angeblich gelang es schließlich unter großen Mühen und Opfern, alle Leeren gefangenzunehmen und sie zu verbannen. Man hörte nie wieder etwas von ihnen.« Neelix vollführte eine Geste, die dem Wrack galt. »Jetzt wissen wir, wo sie gelandet sind.«

Torres schnaufte ungeduldig. »Enthalten die Legenden irgendwelche nützlichen Hinweise? Geben sie Auskunft darüber, wie man die Leeren besiegen kann?«

»Nein, ich fürchte nicht«, erwiderte Neelix.

B'Elanna war keineswegs überrascht. Sie setzte

kaum Vertrauen in Mythen. Bei den Klingonen gab es tausend Legenden in Hinsicht auf Kahless und andere große Krieger der Vergangenheit. Torres hatte nie viel Sinn in ihnen gesehen. Sie zog wissenschaftliche Fakten irgendwelchen Märchen vor.

Andererseits mußte sie zugeben, daß die Leeren aus Neelix' Schilderungen tatsächlich mit den Ryol identisch zu sein schienen. Sie hatte das von den mentalen Kräften der Fremden geschaffene Nichts selbst gefühlt und auch gemerkt, wie etwas am Kern ihres Selbst zerrte – vielleicht waren die Ryol wirklich Seelenfresser. *Wir müssen von hier verschwinden und den Captain warnen*, dachte B'Elanna.

Das Geräusch von Schritten hallte in dem großen Frachtraum wider. Torres drehte den Kopf und sah einen dürren Neffaler, der ihnen entgegenwankte und mit beiden Händen etwas umklammerte, das wie ein Weinschlauch aussah. Er öffnete das Gefäß und bot es Torres an, die erst daran schnupperte, bevor sie zu trinken wagte. Sie war durstig, ja, aber auch mißtrauisch. Schon mehrmals hatten Feinde versucht, ihr irgendwelche Drogen zu verabreichen. Sie dachte in diesem Zusammenhang an die Cardassianer, die in der Entmilitarisierten Zone nicht davor zurückschreckten, die Wasserlöcher in der Nähe menschlicher Kolonien zu vergiften. *Andererseits: Warum sollten die Ryol versuchen, uns auf diese Weise zu betäuben? Immerhin brauchen sie uns nur anzustarren, um Schwäche in uns entstehen zu lassen?*

Der Durst verdrängte die Paranoia, und B'Elanna trank. Sie schmeckte Wasser, das ihr zwar ein wenig zu warm erschien, aber dennoch erfrischend wirkte.

»Danke«, sagte sie zu dem Neffaler, der auch Kes und Neelix zu trinken anbot. Das kleine, affenartige Wesen beobachtete sie aus großen schwarzen Augen.

Bei genauerem Hinsehen stellte B'Elanna fest, daß dieser spezielle Neffaler jünger und nicht ganz so schwach wirkte wie seine Artgenossen. An seinem Hals bemerkte sie eine Schnur, und daran hing ein weißes Objekt, das fast im zotteligen Brustpelz verschwand. Worum auch immer es sich handeln mochte – es reflektierte das Licht eines nahen Kristalls.

»Was ist das?« fragte Torres und deutete dabei auf das weiße Objekt.

Das Geschöpf wich scheu zurück. B'Elanna saß ganz still und gab keine bedrohlich klingenden Geräusche von sich, während der Neffaler seinen Mut sammelte. Das zarte, furchtsame Wesen wirkte wie das genaue Gegenteil eines stolzen klingonischen Kriegers – ein Umstand, der Torres' Sympathie weckte. Ganz langsam schob sich der Neffaler näher.

»So ist es richtig«, lobte B'Elanna sanft. »Braver Junge.« Sie verzog die Lippen zu einem freundlichen Lächeln, das sich sehr seltsam anfühlte.

Eigentlich wußte sie gar nicht, warum sie so sehr an dem weißen Objekt interessiert war. Ein voll geladenes und auf maximale Emissionsstufe justiertes Phasergewehr – damit hätte sie jetzt etwas anfangen können. Nicht aber mit irgendeinem weißen Ding am Hals eines Neffalers. Nun, wenigstens konnte sie sich damit ein wenig ablenken, während die Ryol über ihr Schicksal entschieden.

»Was ist das?« fragte sie erneut, als der Neffaler wieder in Reichweite geriet. Er blickte auf seine schmale Brust hinab und hob den an der Schnur hängenden Gegenstand. Es handelte sich um eine kleine Flöte aus Kunststoff.

Torres brummte überrascht und erschreckte damit den Neffaler, der einige Schritte zurückwich. Wie kam ein solches Wesen zu einer derartigen Flöte? Sie konnte sich kaum vorstellen, daß die Ryol ihren Sklaven irgend etwas schenkten. Stammte das kleine Musikinstrument vielleicht von der *Voyager*? B'Elanna konnte natürlich nicht sicher sein, aber diese Möglichkeit erschien ihr am wahrscheinlichsten. Ließ sich dieser Neffaler irgendwie dazu bringen, ihnen zu helfen?

»Starfleet«, sagte Torres und deutete auf ihre Uniform. »Starfleet, verstehst du?« Der Neffaler starrte sie mit seinen großen schwarzen Augen an. B'Elanna wußte nicht, ob es ihr gelang, sich ihm verständlich zu machen. »Geh zu Starfleet.« Sie sprach ganz langsam, um das Wesen nicht zu verwirren. Kes hielt die Neffaler für intelligent. Besser gesagt: Die Ocampa glaubte, daß sie einmal intelligent gewesen waren. Wieviel konnte dieses Geschöpf verstehen? »Bring Starfleet hierher.«

Der junge Neffaler sah Torres an, betrachtete seine Flöte und richtete den Blick dann erneut auf die Chefingenieurin.

B'Elannas Kommunikationsversuche weckten Neelix' Aufmerksamkeit. »Was ist los?« flüsterte er und ließ den Wasserschlauch sinken. »Was haben Sie vor?«

»Glauben Sie wirklich, daß er uns retten kann?« fragte Kes.

»Pscht!« Torres forderte ihre beiden Mitgefangenen auf, still zu sein. Ihr Blick galt nach wie vor den großen schwarzen Augen. »Starfleet«, wiederholte sie. »Finde Starfleet.«

Ein Stein prallte vor dem Neffaler auf den Boden, und Sand stob davon. »Verschwinde, du elendes Ungeziefer!« ertönte eine Stimme, die sowohl zittrig als auch wütend klang. Der Neffaler kreischte, lief fort und überraschte Torres mit seiner Geschwindigkeit. Ein weiterer Stein verfehlte ihn nur knapp. »Lauf, du verlaustes Mistvieh! Lauf, solange du noch laufen kannst!«

Die wütende Stimme verklang plötzlich, und röchelndes Husten folgte. B'Elanna wandte den Blick vom fliehenden Neffaler ab, um festzustellen, wer die Steine geworfen hatte. *Verdammt!* fluchte sie in Gedanken. *Er war kurz davor, mich zu verstehen!*

Varathael näherte sich, begleitet von einem geradezu verblüffend krank wirkenden Ryol-Mann. In seiner knubbeligen Hand hielt der schwache Greis einen weiteren Stein. Zuerst erkannte B'Elanna den Mann nicht, der einige Schritte hinter Varathael ging. Ein langer, um den Hals geschlungener schwarzer Schal bedeckte einen Teil seines Körpers, aber es konnte kein Zweifel daran bestehen, daß er dürr war im Vergleich mit der athletischen Gestalt eines durchschnittlichen Ryol. In seinem langen und dünnen goldgelben Haar zeigten sich graue Strähnen, und die Haut zeichnete sich durch eine ähnliche Farblosigkeit aus. Er ging langsam über den sandigen Boden, und es schien ihm Mühe zu bereiten, einen Fuß vor den anderen zu setzen. Torres fragte sich kurz, warum sie jetzt zum erstenmal einen greisen Ryol sah. Dann bemerkte sie die dünne weiße Narbe im Gesicht des Alten und erinnerte sich an Tom Paris' Beschreibung.

»Das reicht, Naxor«, sagte Varathael verächtlich. »Wie dumm von Ihnen, Ihre restliche Kraft an ein so armseliges Wesen zu vergeuden.«

Naxor? Konnte dieser schwache Alte tatsächlich Varathaels Assistent sein? Was war mit ihm geschehen? Der Chefingenieurin fiel nur eine Erklärung ein: Vermutlich stellte Naxor das Opfer einer gräßlichen Art von Ryol-Kannibalismus dar. Dieser Hinweis auf interne Auseinandersetzungen bei den Ryol bescherte Torres noch mehr Unbehagen. *Selbst die Vidianer fallen nicht übereinander her*, dachte sie.

»Bitte, Ältester«, brachte Naxor mit dünner, flehentlicher Stimme hervor. Faltige Hände zogen den Schal enger um den Hals, um die feuchte Kühle im Frachtraum vom ausgemergelten Leib fernzuhalten. »Ich brauche dringend neue Energie. Erlauben Sie mir, bei einem dieser neuen Neffaler die Lebenskraft anzuzapfen.« Der Blick wässeriger grüner Augen richtete sich auf Torres. Naxor leckte sich die spröden Lippen. »Nur einer von ihnen. Mehr verlange ich gar nicht.«

»Später«, erwiderte Varathael knapp und winkte ab. Er trat vor B'Elanna und musterte sie. »Soweit ich weiß, sind Sie für die Wartung jener Technik zuständig, die das Raumschiff *Voyager* mit Energie versorgt. Bald brauchen wir Ihre Dienste.«

Torres stand auf, um dem Ältesten von Angesicht zu Angesicht gegenüberzustehen. »Ich bezweifle sehr, daß Sie in naher Zukunft Gelegenheit zu Reisen durchs All bekommen«, sagte sie und deutete spöttisch zum Wrack. »Ich weiß nicht, was Sie über meine Fähigkeiten gehört haben, aber eins steht fest: Ich kann keine Wunder bewirken.«

»Oh, mir ist durchaus klar, daß dieses Schiff nie wieder fliegen wird«, entgegnete Varathael. »Aber das ist auch gar nicht nötig, denn uns steht ja die *Voyager* zur Verfügung.« Er hob den Kopf, sah zur Decke hoch. Spinnweben erstreckten sich zwischen den geborstenen Stützgerüsten und wirkten wie ausgetrocknete Hautlappen an gesplitterten Rippen. »Übrigens brauchen Sie die Flut nicht zu fürchten. Wir haben die von Ihnen beschädigte Tür repariert.«

In dieser Hinsicht macht sich B'Elanna ohnehin keine Sorgen. Ein anderer Punkt erschien ihr viel wichtiger. »Was veranlaßt Sie zu der Annahme, daß Ihnen die *Voyager* zur Verfügung stehen könnte?« fragte sie und hatte plötzlich Angst vor der Antwort.

Varathael lachte. »Meine Tochter und einige ihrer engsten Vertrauten sind gerade dabei, Ihr Schiff unter unsere Kontrolle zu bringen.« Wie freundschaftlich legte er B'Elanna die Hand auf die Schulter. »Sind Sie nicht auch der Meinung, daß *Voyager* kein angemessener Name für ein so prächtiges Raumschiff ist? Ich glaube, ich werde es umbenennen, sobald wir unterwegs sind. Wie wär's mit einem eindrucksvolleren Namen, zum Beispiel *Rache* oder *Schrecken*? Was meinen Sie?«

B'Elanna zog die Schulter fort von Varathaels Hand, und ein Teil von ihr hätte am liebsten laut geknurrt. Sie versuchte, ihren klingonischen Zorn zu unterdrücken, und schluckte das Knurren hinunter, bevor es ihre Kehle verlassen konnte.

»Sobald Sie unterwegs sind?« wiederholte Torres. »Wohin wollen Sie denn?«

»Wir wollen zurück in die Freiheit!« erwiderte Varathael mit Nachdruck. »Schon viel zu lange sitzen wir auf dieser Welt fest und sind gezwungen, uns von der schwindenden Lebenskraft der jämmerlichen Geschöpfe zu ernähren, die wir hier vorfanden. Einst zogen wir ganz nach Belieben von einem Sternsystem zum nächsten, kosteten dabei die Seelen von Königen und Kaisern. Tausend Welten fürchteten unser Verlangen.«

Varathaels Lippen wichen zurück und offenbarten weiße Eckzähne. Seine Stimme wurde tiefer, als er sich von den eigenen Worten begeistern ließ. »Jene Zeit wird zurückkehren«, intonierte er. »Mit unserem mächtigen neuen Schiff reisen wir durch den Kosmos, auf daß zahllose Welten und Zivilisationen unseren Appetit zu spüren bekommen. Den Lebenssaft des Universums werden wir trinken. Wer weiß? Vielleicht besuchen wir eines Tages auch jene fernen Planeten, von denen Sie und Ihre Gefährten stammen.«

B'Elanna schauderte innerlich, als sie sich vorstellte, wie die Ryol die Föderation erreichten und auch das Klingonische Imperium heimsuchten. Sie verbarg ihr Entsetzen und versuchte, äußerlich ganz ruhig zu bleiben. »Und welche Rolle spielen wir dabei?« fragte sie herausfordernd und hörte, wie Kes und Neelix aufstanden, ihr dadurch moralische Unterstützung gewährten.

Varathael und Naxor wirkten nicht besorgt.

»Sie und die anderen sind an unserem glorreichen Schicksal unmittelbar beteiligt«, erläuterte der Älteste. »Als Diener und Nahrung für die zukünftigen Herren der Galaxis. Die Geschichte wird sich an Sie als unsere Befreier erinnern.« Traurig schüttelte er den Kopf. »Ich fürchte, ihr Urteil wird nicht besonders schmeichelhaft für Sie sein.«

Torres hatte genug gehört und verfluchte einmal mehr den Umstand, keinen Phaser zu haben. Sie starrte auf den roten Edelstein an Varathaels Hals, jenes Juwel, das ihn und die anderen Ryol zuvor vor den Energiestrahlen geschützt hatte. Das Potential des Kristalls beeindruckte und faszinierte sie fast gegen ihren Willen. Die Technik des Alpha-Quadranten war hochentwickelt, aber bisher hatte man vergeblich versucht, Individualschilde zu konstruieren. Der Energieverbrauch erwies sich dabei als eins der größten Probleme. Seit Jahrzehnten trachteten Wissenschaftler der Föderation – von den Klingonen, Romulanern und Cardassianern ganz zu schweigen – danach, eine Lösung zu finden. *Einem solchen Apparat käme enorme militärische Bedeutung zu,* dachte B'Elanna. *Die Ryol könnten damit einen leichten Sieg über die Föderation erringen.*

»Wie ich sehe, sind Sie an meinem Schmuck interessiert«, sagte Varathael. Er klopfte auf den Edelstein, und sofort umhüllte ihn wieder der scharlachrote Glanz. Ein weiteres Klopfen ließ das Schimmern verschwinden. »Ein nützliches Artefakt aus der guten alten Zeit, aber leider einzigartig. Das Wissen um die Herstellung solcher Instrumente ging durch den Absturz verloren. Vielleicht sind wir mit Ihrer Hilfe und den wissenschaftlichen Ressourcen der *Voyager* imstande, derartige Kostbarkeiten zu duplizieren. Allerdings muß ich ehrlicherweise hinzufügen: Ich verliere nur ungern das Prestige, der einzige zu sein, der ein solches Objekt hat.«

Wissenschaftliche Neugier regte sich in Torres. Etwas in ihr hätte sich sehr über eine Möglichkeit gefreut, den Edelstein des Ältesten genau zu untersuchen und festzustellen, wie er funktionierte. Doch der Rest von ihr wußte es besser. »Vergessen Sie's«, brummte sie. »Ich arbeite ebensowenig mit Ihnen zusammen wie die anderen.«

»Das stimmt«, bestätigte Neelix. »Wir werden Ihnen nicht helfen. Inzwischen wissen wir, wer Sie sind: die Leeren.«

»Oh«, erwiderte Varathael, »diesen Namen habe ich seit einer Ewigkeit nicht mehr gehört. Es tut gut zu wissen, daß man sich noch an uns erinnert.« Das so freundlich anmutende Lächeln verschwand von den Lippen, und die Stimme wurde dunkler, unheilvoller. »Wenn Sie die alten Geschichten kennen, so sollten Sie wissen, daß uns niemand lange trotzen kann. Vergeuden Sie nicht Ihre Kraft mit dem sinnlosen Versuch, Widerstand zu leisten.« Er bedachte Neelix mit einem durchdringende Blick. »Wir brauchen einige von Ihnen, um das Schiff zu fliegen, aber Sie sind nicht alle notwendig. Vermeiden Sie den Fehler, sich für unersetzlich zu halten.«

»Ja!« warf Naxor ein. Er schob sich an Varathael vorbei und starrte Neelix hungrig an. »Bitte, Ältester, überlassen Sie mir den Häßlichen!«

»Den Häßlichen?« protestierte Neelix. »Ich möchte darauf hinweisen, daß ich bei Talaxianern als außerordentlich attraktiv gelte.«

Naxor ignorierte diese Worte und hielt seinen Blick auf den Moraloffizier der *Voyager* gerichtet. Leere schwarze Kreise bildeten sich in seinen Augen und verdrängten nach und nach das wässerige Grün. Torres spannte unwillkürlich die Muskeln, als sie mit einem mentalen Angriff rechnete. Ihre aggressiven Tendenzen rückten plötzlich in den Vordergrund, und sie mußte sich auf die Unterlippe beißen, um nicht zu knurren. *Was soll ich jetzt unternehmen?* fragte sie sich. Wenn Naxor wirklich beabsichtigte, Neelix hier und jetzt zu töten – konnte sie es irgendwie verhindern?

Mit einem raschen Blick versuchte sie die Situation einzuschätzen. Man hielt nur sie drei im Frachtraum fest, der von sechs unbewaffneten Ryol bewacht wurde. Hinzu kamen einige Neffaler, die sich sowohl um die Ryol als auch um die Gefangenen kümmerten. B'Elanna gelangte zu dem Schluß, daß ihre Chancen eigentlich gar nicht schlecht standen – wenn man die außergewöhnlichen geistigen Fähigkeiten der Ryol unberücksichtigt ließ. Unglücklicherweise fand sie keine Möglichkeit, diese mentale Macht auszuklammern. *Denk nach!* befahl sich Torres und griff sogar auf ihre klingonisches Erbe zurück. *Wie würde sich ein Klingone unter solchen Umständen verhalten? Wie würde Kahless reagieren?*

»Als Kind hielt man mich sogar für so entzückend, daß…« Neelix schienen die Worte im Hals steckenzubleiben, und ein ersticktes Gurgeln kam ihm über die Lippen. Kes stieß einen erschrockenen Schrei aus und warf sich dann zwischen Naxor und den Talaxianer. Torres fragte sich, ob man den mentalen Angriff eines Ryol auf diese Weise blockieren konnte. Sie wartete nicht ab, bis sie eine Antwort bekam, stürzte sich statt dessen wie ein wilder Panther auf Naxor und schleuderte ihn zu Boden. Staub und Sand wirbelten empor. Die dünnen Knochen des greisen Ryol gaben unter B'Elannas Gewicht nach, und stinkender Atem entwich seinen Lungen.

»Hören Sie auf!« fauchte Varathael, aber Torres konnte sich jetzt nicht mehr zurückhalten. Der Killerinstinkt übernahm die Kontrolle und suchte sofort nach einer Waffe. Ihre Finger schlossen sich um den halb versteinerten Beinknochen eines der ersten Opfer der Ryol. Bevor sie jemand daran hindern konnte – und bevor B'Elanna ihr eigenes Handeln bewußt zur Kenntnis nahm –, rammte sie das spitz zulaufende Ende des Knochens tief in Naxors Brust.

Der dürre Ryol starb mit einem entsetzten Heulen. Klebrige gelbe Flüssigkeit quoll aus der Wunde, haftete an B'Elannas Hand und Ärmel fest. Sie erstarrte, schockiert von der eigenen Gnadenlosigkeit, und ihre Finger blieben um den Knochen geschlossen. Sie hörte, wie Kes hinter ihr nach Luft schnappte und Neelix wieder atmete. *Ich habe ihn gerettet,* dachte sie. *Glaube ich wenigstens.*

»Wie können Sie es wagen!« donnerte Varathael. Mit einer Hand packte er Torres am Kragen und riß sie fort. B'Elannas Hinterkopf stieß an einen großen aus dem Boden ragenden Felsen, und der Aufprall ließ Benommenheitsdunst vor ihren Augen entstehen. Einige Sekunden lang befürchtete sie, das Bewußtsein zu verlieren – und dann bedauerte sie, wach zu bleiben. Pulsierender Schmerz lenkte die eine Hand zu ihrem Hinterkopf. Finger, an denen

Naxors Blut klebte, ertasteten eine schnell größer werdende Beule unter dem schwarzen Haar.

Varathael gab ihr keine Gelegenheit, sich zu erholen. Er beugte sich über sie und kam so weit herab, daß der Abstand zwischen ihren Gesichtern schließlich nur noch wenige Zentimeter betrug. Die Gelassenheit in den Zügen des Ältesten wich heißem Zorn. Das Gesicht schien sich verändert zu haben: Der Unterkiefer war deutlicher ausgeprägt und nach vorn geneigt; die Zähne wirkten länger. Spitze Ohren ragten durch die goldgelbe Mähne. Torres ahnte, daß sie Gefahr lief, bei lebendigem Leib gefressen zu werden.

Im letzten Augenblick bekam sich Varathael wieder in die Gewalt, zumindest teilweise. Er wich fort von Torres, richtete sich auf und ballte die Fäuste an den Seiten. Mühsam kontrollierter Zorn vibrierte in seiner Stimme, als er sagte:

»Danken Sie Ihren barbarischen Göttern dafür, daß Ihre Talente vielleicht noch nützlich für uns sind. Naxor mag ein impulsiver Narr gewesen sein, aber er war Ihnen und Ihrer Spezies weit überlegen. Es gebührte Ihnen nicht, ihm das Leben zu nehmen.«

Andere Ryol, Männer und Frauen, eilten herbei. Torres beobachtete, wie ihre Fingernägel zu Krallen wurden und wie das Grün in ihren Augen bedrohlicher Schwärze wich. *Was für Wesen seid ihr?* dachte sie. Die wahre Natur der Ryol erfüllte sie mit wachsendem Grauen. Sie suchte nach genug Kraft, um sich zur Wehr zu setzen, doch angesichts der starken Kopfschmerzen fiel es ihr schwer, sich zu konzentrieren.

»Zurück!« rief Varathael den Wächtern zu. Sie bildeten einen Kreis um den Ältesten und Torres. B'Elanna spähte durch eine Lücke zwischen ihnen und sah, wie Kes Neelix dabei half, auf dem Boden

Platz zu nehmen. Der Talaxianer wirkte geschwächt, schien aber nicht verletzt zu sein. »Die Krise ist überstanden«, teilte Varathael den anderen Ryol mit, und die ruhige Gelassenheit kehrte in seine Züge zurück.

Sie können mich nicht zum Narren halten, dachte B'Elanna wütend. Ihr klingonisches Temperament kochte noch immer. *Ich habe Ihr wahres Gesicht gesehen.* Diesmal schämte sie sich ihrer wilden Vorfahren nicht. Im Universum gab es schlimmere Wesen als Klingonen.

Viel schlimmere.

»Wenn das Anästhezin nicht gewirkt hätte«, erklärte Janeway, »wäre uns nichts anderes übriggeblieben, als uns auf die Brücke zu beamen und mit Gewalt zu versuchen, die *Voyager* wieder unter unsere Kontrolle zu bringen. Ich bin froh, daß derartige Maßnahmen nicht notwendig wurden.«

»Ich ebenfalls«, erwiderte Paris. Die Wunden im Rücken blieben unter einer frischen Uniform verborgen, und rein äußerlich gesehen schien er die Auseinandersetzungen mit Laazia und ihren animalischen Begleitern gut überstanden zu haben. Mit einem speziell vorbereiteten Injektor hatte Tuvok bei Paris die Wirkung des Betäubungsgases aufgehoben. Janeway dankte dem Doktor stumm für seinen Weitblick.

Sie sah sich um. Auf der Brücke zeigten sich nach wie vor Spuren des Kampfes. Polsterungsmaterial war dort zu sehen, wo Laazias Klauen die Rückenlehne des Kommandosessels aufgerissen hatten – Janeway spürte es immer dann, wenn sie sich zurücklehnte. Auf dem Boden lagen indigoblaue Stofffetzen, die ebenfalls von Laazias Zorn kündeten, und auch von ihrer erstaunlichen Verwandlung. Die Kommandantin tröstete sich mit dem Gedanken, daß sich die gestaltwandlerische Tochter des Ältesten zusammen mit den anderen Ryol in einer Sicherheitszelle befand, die von einem besonders starken Kraftfeld geschützt wurde.

Susan Tukwilas Leiche hatte man inzwischen fortgebracht – in der Krankenstation sollte eine Autopsie durchgeführt werden. Janeway verzog das Gesicht, als sie daran dachte. Sie fühlte sich immer dann persönlich verantwortlich, wenn während des langen Flugs der *Voyager* ein Besatzungsmitglied starb. *Es tut mir leid, Susan,* dachte sie. *Ich wünschte, wir hätten nie von diesem gräßlichen Planeten gehört.*

Doch sie durfte sich jetzt keine Zeit nehmen, um zu trauern. Zwar hatten sie das Schiff wieder unter Kontrolle gebracht, aber auf Ryolanow gab es noch immer drei Geiseln. Inzwischen befand sich die *Voyager* wieder in Transporterreichweite, was jedoch nicht bedeutete, daß B'Elanna und ihre beiden Begleiter einfach so gerettet werden konnten.

»Ich verstehe das nicht«, sagte Paris, der an den Navigationskontrollen saß. »Wenn die Ryol-DNS so seltsam ist – warum programmieren wir den Transporter dann nicht einfach darauf, zwischen den Ryol und unseren eigenen Leuten zu unterscheiden? Dann müßte sich ein Transfer selbst ohne die Anpeilung von Insignienkommunikatoren durchführen lassen.«

»Die Sache ist etwas komplizierter«, erwiderte Tuvok. Der Vulkanier stand wieder an der rückwärtigen Sicherheitsstation. »Selbst wenn es dem Transporter gelingt, die Schirme der Ryol zu durchdringen – beim Transfer kommt es dadurch zu einer Verzögerung. Wenn wir ihn einleiten, wissen die Ryol sofort, was wir vorhaben. Und vielleicht töten sie ihre Gefangenen, bevor wir sie an Bord holen können.«

Der Erste Offizier Chakotay saß neben Janeway in seinem Sessel und wirkte lädierter als alle anderen. Eine rasche Behandlung hatte zwar dafür gesorgt, daß die Wunde in der Wange nicht mehr blutete, aber mehrere blaue Flecken und Abschürfungen erinnerten deutlich an seinen Kampf gegen Laazia. Derzeit schien er jedoch nicht an seinen eigenen Zustand zu denken, sondern um B'Elanna und die anderen besorgt zu sein.

Wenigstens stehen mir fast alle meine Führungsoffiziere zur Verfügung, um mit diesem besonderen Notfall fertig zu werden, dachte Janeway. Harry Kim hatte sich vollkommen von Naxors Angriff am Strand erholt und saß an der Funktionsstation. Die Kommandantin wußte, daß sie auf sie alle zählen konnte, um die gegenwärtige Krise zu überwinden.

»Es wäre sicher nicht sehr angenehm, eine Wahl treffen zu müssen«, sagte Tuvok und richtete seine Worte an die ganze Brückencrew. »Dennoch fühle ich mich verpflichtet, darauf hinzuweisen, daß der Geisel Lieutenant Torres besondere Bedeutung zukommt – immerhin ist sie unsere Chefingenieurin.«

Janeway schüttelte den Kopf. »Ich bin fest entschlossen, alle drei Geiseln zu befreien. Mr. Kim, versucht der Älteste noch immer, einen Kom-Kontakt mit uns herzustellen?«

»Ja, Captain«, bestätigte der Fähnrich. »Er sendet auf allen Frequenzen.«

»Vermutlich erwartet er eine Nachricht von seiner Tochter«, kommentierte Janeway trocken. »Ich glaube, wir haben ihn lange genug warten lassen. Mr. Tuvok, Chakotay, ich möchte mit Varathael reden – um herauszufinden, was er von uns will, und um Zeit zu gewinnen. Suchen Sie unterdessen nach einer Lösung des Problems. Beraten Sie sich auch mit dem Doktor. Alles klar?«

»Ja, Captain.« Chakotay stand auf und ging zu Tuvok. Er hinkte ein wenig, stellte Janeway fest, obwohl er versuchte, sich nichts anmerken zu lassen.

»Mr. Kim ...« Sie holte tief Luft. »Öffnen Sie einen externen Kom-Kanal.«

Es dauerte einige Sekunden, bis Varathaels Gesicht auf dem Hauptschirm erschien. Wo genau befand sich der Älteste jetzt? Und was hatte er vor? Den Raum hinter ihm erkannte Janeway nicht, aber er erschien ihr sehr alt.

»Captain ...«, begann Varathael. »Wie ich schon sagte, bevor Sie Lieutenant Torres' Kommunikator transferierten: Wir haben viel zu besprechen.«

Der Älteste wirkte so freundlich und würdevoll wie zuvor. Vor ihrem inneren Auge sah Janeway, wie sein Gesicht ebenfalls metamorphierte, zu einer Wolfsschnauze wurde. Das Ungeheuer existierte die ganze Zeit über, unter einer dünnen Patina aus Höflichkeit und Kultur. Man brauchte nur zu wissen, wonach es Ausschau zu halten galt.

»Ja, eine Menge«, bestätigte Janeway. »Ich nehme an, wir sollten auch über Ihre Tochter reden. Sie wußten vermutlich von ihrer Absicht, die *Voyager* unter Kontrolle zu bringen.«

Varathael seufzte. Er wirkte zwar ein wenig enttäuscht, aber nicht sehr besorgt. »Der Versuch ist also erfolglos geblieben, oder?«

»Ja«, erwiderte Janeway. »Allerdings führten die Aktivitäten Ihrer Tochter zum Tod eines Mitglieds meiner Crew.«

Varathael hielt es nicht einmal für nötig, sich zu entschuldigen. »Es stehen mehr Leben auf dem Spiel, Captain. Das dürfte Ihnen klar sein.«

»Kommen wir zur Sache, Ältester«, sagte Janeway. »Sie haben einige meiner Leute. Und ich habe einige der Ihren. Ich bin zu einem Austausch bereit.«

»Es befinden sich nur einige wenige Angehörige meines Volkes in Ihrer Gewalt«, meinte Varathael.

»Ich hingegen habe drei unersetzliche Besatzungsmitglieder der *Voyager*.«

»Unter den sieben Ryol an Bord meines Schiffes ist auch Ihre Tochter«, stellte Janeway fest.

Ein Schatten fiel auf Varathaels Gesicht. »Machen Sie nicht den Fehler, mich für sentimental zu halten, Captain. Das wäre ein großer Irrtum. Meine Erbin kannte den Preis ihres Versagens.«

Blufft er? fragte sich Janeway. Sie wollte es nicht darauf ankommen lassen. »Was verlangen Sie, Ältester?«

»Ihr Schiff«, antwortete er. »Mit weniger gebe ich mich nicht zufrieden. Mein Volk ist lange genug in diesem hübschen Kerker gefangen gewesen. Ihr Raumschiff bringt uns Rettung.«

Es genügt Ihnen nicht, die Zivilisation der Neffaler zerstört zu haben, dachte Janeway zornig. *Sie wollen auch anderen Welten Verderben bringen.* Sie wußte, daß sie die *Voyager* auf keinen Fall den Ryol überlassen durfte. Die Datenbanken des Bordcomputers enthielten unter anderem genaue Sternkarten, und damit waren die Ryol imstande, in weniger als hundert Jahren die Föderation zu erreichen. Ein solches Risiko mußte unbedingt vermieden werden.

»Ich möchte keinen Zweifel an meinem Standpunkt lassen«, sagte Janeway. »Ich bin nicht bereit, Ihnen die *Voyager* zu überlassen. Eher würde ich das Schiff zerstören und zusammen mit meiner Crew in den Tod gehen. Haben Sie mich verstanden, Ältester?«

Seit Beginn der Reise durch den Delta-Quadranten geschah es nicht zum erstenmal, daß Janeway diese Drohung aussprach, und sie meinte sie auch diesmal ernst. Gleichzeitig hoffte sie, daß es nicht nötig wurde, die Selbstvernichtungssequenz einzuleiten.

»Ja, ich verstehe.« Die letzte Wärme verschwand

aus Varathaels Gesicht. »In dem Fall sollten Sie wissen, daß ich Ihre Leute töten werden, einen nach dem anderen. Wie lange halten Sie an Ihrer Entschlossenheit fest, wenn Sie hören, wie Ihre Besatzungsmitglieder um Gnade winseln? Mit wem soll ich beginnen, Captain? Wer soll als erster sterben? Der komische Kerl mit dem fleckigen Gesicht, der Ihnen Gesellschaft leistete, als Sie sich zum erstenmal auf den Planeten beamten? Oder eine der Frauen? Eine von ihnen ist blond und zart, hat seltsame Ohren. Sie sieht ganz nach einem vielversprechenden Opfer aus.«

Janeway stand auf und trat zum Hauptschirm. »Hören Sie mir gut zu, Varathael«, sagte sie scharf. »Wenn Sie den Geiseln auch nur ein Haar krümmen, werde ich mit tödlicher Gewalt Vergeltung üben. Glauben Sie nur nicht, sich mit Ihren psionischen Fähigkeiten davor schützen zu können. Ich brauche mich nicht auf den Planeten zu transferieren, um Sie ins Jenseits zu schicken. Mein Schiff hat genug Feuerkraft, um ganz Ryolanow zu vernichten.«

»Da bin ich sicher«, entgegnete Varathael ruhig. »Aber Sie können Ihre Waffen nicht gegen uns einsetzen, ohne eventuell überlebende Geiseln in Gefahr zu bringen.« Die malachitgrünen Augen starrten Janeway an, ohne zu blinzeln. »Ich will Ihr Schiff, Captain. Sie haben eine Stunde Zeit.«

Abrupt unterbrach er die Verbindung, und einige Sekunden lang blickte Janeway in ein leeres Projektionsfeld. *Und ich habe die Cardassianer für erbarmungslos gehalten*, dachte sie und staunte darüber, wie wenig Respekt der Älteste vor intelligentem Leben hatte. Im Vergleich mit ihm konnte sogar ein cardassianischer *Gul* warmherzig sein.

Sie drehte sich zur Brückencrew um. »Meine Herren, die Zeit läuft. Welche Möglichkeiten haben wir?«

Chakotay sah von der taktischen Konsole weiter hinten auf. »Wir könnten einen breit gefächerten Phaserstrahl auf die Bucht richten, stark genug, um die dortigen Schilde zu durchdringen. Mit ein wenig Glück betäubt er sowohl die Ryol als auch ihre Geiseln. Dadurch hätten wir die Möglichkeit, eine Einsatzgruppe loszuschicken, um B'Elanna, Kes und Neelix zu retten.«

»Was ist mit den Neffalern?« fragte Janeway. Inzwischen war die wahre Geschichte von Ryolanow bekannt, und deshalb wollte sie nicht den Fehler machen, die einheimische Bevölkerung des Planeten außer acht zu lassen. Es erschien ihr mehr als wahrscheinlich, daß der Älteste und die anderen Ryol von versklavten ›Bediensteten‹ begleitet wurden.

»Rein theoretisch würden auch die Neffaler betäubt«, sagte Chakotay.

»Aber?« Jahrelange Starfleet-Erfahrungen hatten Janeway gelehrt, daß es immer ein ›Aber‹ gab.

»Wir wissen nur wenig über die Ryol-Biologie«, ließ sich Tuvok von der Sicherheitsstation vernehmen. »Daher ist es unmöglich, die Wirkung eines solchen Phaserstrahls auf die Ryol genau vorauszusagen. Die Energie könnte wirkungslos bleiben – oder tödlich sein. Wir riskieren sowohl einen Mißerfolg als auch den Tod aller Ryol in Reichweite des Strahls.«

Von einem Augenblick zum anderen sah Janeway das ganze Ausmaß des ethischen Dilemmas in Chakotays Plan. So heimtückisch und verschlagen die Ryol auch sein mochten – es widerstrebte der Kommandantin, ein mögliches Massaker anzuordnen.

»Und die Neffaler?« fragte sie erneut.

»Auch in dieser Hinsicht sind die uns vorliegenden biologischen Daten alles andere als komplett«, sagte Tuvok. »Aber ich glaube, in ihrem Fall ist das Risiko weitaus geringer. Die Neffaler sind eine wesentlich konventionellere Lebensform. Ihnen fehlen die metamorphischen Fähigkeiten und der psionische Metabolismus der Ryol. Der Doktor glaubt, daß sie auf den Phaserstrahl so reagieren, wie wir es erwarten. Allerdings gibt es auch hier keine Garantie. Ich schätze die Wahrscheinlichkeit dafür, die Neffaler unabsichtlich zu töten, auf weniger als null Komma fünf sieben Prozent.«

Das genügt mir, dachte Janeway. *Aber was ist mit den Ryol? Bin ich bereit, den Tod einer unbekannten Anzahl von ihnen zu riskieren, um einige Gestrandete aus einem anderen Quadranten zu retten? Und wenn es nicht klappt? Was passiert, wenn der Phaserstrahl bei den Ryol wirkungslos bleibt? Vielleicht rächen sie sich, indem sie die Geiseln auf der Stelle umbringen.*

»Wieviel Zeit bleibt uns noch, Mr. Kim?« fragte sie und wußte, daß der Fähnrich den Countdown im Auge behielt.

»Neunundvierzig Minuten«, erwiderte Kim. Er beobachtete Janeway aufmerksam und auch ein wenig besorgt. Sie konnte es ihm nicht verdenken – immerhin hatte er gute Freunde unter den Geiseln. Auch ihr fiel es schwer, sich die *Voyager* ohne Neelix, Kes oder B'Elanna vorzustellen.

»Nun, wir sollten nicht bis zum letzten Augenblick warten«, sagte Janeway. »Irgendwelche Kommentare, meine Herren?«

»Vom Sicherheitsstandpunkt aus betrachtet sind die Ryol eine große Gefahr für alle anderen Lebensformen«, sagte Tuvok. »Unnötiges Blutvergießen würde ich zwar sehr bedauern, aber in diesem Fall halte ich energische Maßnahmen für erforderlich, um die Bedrohung zu reduzieren. Daher empfehle ich den Versuch, die Ryol mit einem gefächerten Phaserstrahl zu betäuben.«

Chakotay hinkte an der Brüstung entlang und

kehrte zum Kommandobereich zurück. »Auch diesmal bin ich geneigt, Tuvok zuzustimmen«, sagte er. »Selbst wenn es keine besonders wissenschaftliche Basis für eine Entscheidung ist: Mein Seelenfreund hat mich schon bei unserer Ankunft vor den Ryol gewarnt. Diese Wesen müssen aufgehalten werden, nicht nur aus unserem eigenen Interesse, sondern auch um Zivilisationen wie die der Neffaler willen. Friedliche Gemeinschaften vor unbarmherzigen Angreifern zu schützen – genau darum ging es dem Maquis.«

»Bei Starfleet spielt die Erste Direktive eine größere Rolle«, meinte Janeway. »Obgleich ich Ihre Sympathie für die Neffaler teile.« Sie nahm im Kommandosessel Platz und blickte zum Hauptschirm. Mit dem Zeigefinger berührte sie eine Schaltfläche, und daraufhin erschien Ryolanow im Projektionsfeld. Der Planet drehte sich langsam unter dem Raumschiff, und seine rote Atmosphäre täuschte ebenso wie die glänzende Schale eines vergifteten Apfels.

»Der *Voyager* droht jetzt keine Gefahr mehr, und deshalb gilt meine erste Priorität den Geiseln«, sagte Janeway. »B'Elanna, Neelix und Kes zählen auf uns – ich will sie nicht enttäuschen. Mr. Tuvok, treffen Sie Vorbereitungen für einen breit gefächerten Phaserstrahl, auf Betäubung justiert.«

»Die Phaserbänke sind entsprechend programmiert«, erwiderte der Vulkanier. »Eine Einsatzgruppe aus Sicherheitswächtern ist für den sofortigen Transfer zum Planeten bereit.«

Janeway nickte. »Ausgezeichnet. Mr. Kim, wieviel Zeit bleibt uns noch?«

»Vierundvierzig Minuten«, antwortete der Fähnrich.

»Das ist viel Zeit«, sagte Janeway. »Feuer frei.«

Tuvok reagierte sofort. Der Hauptschirm zeigte,

wie zwei blaue Energiestrahlen zum Planeten rasten und sich am Äquator trafen. Sie schimmerten dort, wo sie die Atmosphäre durchdrangen. Keine zwei Sekunden lang leuchteten die Strahlen – dann deaktivierte Tuvok die Phaser.

»Entladung ist erfolgt«, meldete der Vulkanier ruhig.

Harry Kim zeigte weitaus mehr Aufregung. »Hat es funktioniert?« fragte er.

Ich hoffe es, dachte Janeway. Andernfalls gingen ihnen Tricks und Zeit aus. »Mal sehen, was auf dem Planeten geschehen ist. Volle Vergrößerung!«

17

»Au!« entfuhr es Torres. »Das tut aber verdammt weh.«

»Entschuldigung«, sagte Kes. Ihre Finger tasteten durch B'Elannas dunkles Haar nach der Beule am Hinterkopf. Die Verletzung schien nicht sehr ernst zu sein, aber Kes bedauerte, keinen medizinischen Tricorder dabeizuhaben. Eine Untersuchung in der Krankenstation an Bord wäre sogar noch besser gewesen. *Ich wünschte, wir könnten alle zurückkehren,* dachte die Ocampa.

Sollte sie die Ryol um einfache Erste-Hilfe-Materialien bitten, zum Beispiel um einen kalten Umschlag? Kes entschied sich dagegen – es widerstrebte ihr, auch nur für ein oder zwei Sekunden die Aufmerksamkeit der Ryol zu wecken. Derzeit schenkte ihnen Varathael keine Beachtung. Er stand auf der anderen Seite des uralten Frachtraums und betrachtete die Bilder eines kleinen Monitors, den die Ryol auf einen Felsen gestellt hatten. Gelegentlich sprach er, und Kes fragte sich, ob er mit der *Voyager* kommunizierte.

Captain Janeway konnte das Raumschiff unmöglich den Ryol überlassen. Das wußte Kes – und gleichzeitig vertraute sie darauf, daß ihre Freunde an Bord der *Voyager* einen Rettungsversuch unternehmen würden. *Wir müssen nur durchhalten und am Leben bleiben, ganz gleich, wie schwierig die Situation wird,* dachte sie.

Noch immer hörte sie die Schreie der vor Jahrtausenden getöteten Neffaler – aus weiter Ferne drangen sie an ihre mentalen Ohren. Das Klagen erfüllte sie mit tiefem Kummer, den sie jedoch zu verbergen versuchte. Jene Geschöpfe waren längst tot – sie konnte nichts mehr für sie tun, ganz im Gegenteil zu Neelix und B'Elanna, die ihre Hilfe brauchten. *Vergebt mir,* wandte sie sich in Gedanken an die körperlosen Stimmen. *Ich weiß nicht, wie ich euch von eurem Schmerz befreien soll.*

Eine kleine, dürre Gestalt näherte sich ihr. Kes schnappte nach Luft und glaubte zunächst, eins der ersten Opfer der Ryol sei vor ihr materialisiert. Dann begriff sie, daß es sich nur um einen weiteren Neffaler handelte, einen Bediensteten der Ryol, der ein Tablett mit Speisen für die Geiseln trug. Im Gegensatz zu dem jungen Geschöpf, mit dem B'Elanna vor einigen Stunden Freundschaft geschlossen hatte, schien dieses Individuum dem Ende nahe zu sein. Seine großen schwarzen Augen wirkten fast ebenso leblos wie der Boden. Das Wesen bewegte sich ganz langsam, ohne irgendwelche Anzeichen von Kraft und Hoffnung. *Weiß es von der Tragödie, die sich hier vor so vielen Jahren abgespielt hat?* überlegte Kes. *Kennen die Neffaler ihre Geschichte?* Für einige Sekunden vergaß sie ihre eigene gefährliche Situation, überwältigt von der Katastrophe, die damals über dieses unschuldige und ahnungslose Volk hereingebrochen war. *Was auch immer die Ryol mit mir anstellen: Es kann nicht schlimmer sein als das, was diese armen Wesen erleiden mußten.*

Ihr Mahlzeit bestand aus einer Scheibe schwarzem Brot und einer Frucht. Kes aß schnell, denn sie brauchte Energie für das, was ihnen bevorstand. Neben ihr knabberte Neelix niedergeschlagen an seinem eigenen Brot.

»Keine sehr beeindruckende Küche«, kommentierte er. »Warum fühle ich mich wie ein sarayanisches Sumpffaultier, das für die Schlachtung gemästet wird?«

»Vielleicht liegt es daran, daß Sie imstande sind, Offensichtliches zu erkennen«, erwiderte B'Elanna mit einer Schärfe, die Kes nicht gefiel. Sie erinnerte sich an die Verletzung der Chefingenieurin – vermutlich war sie deshalb noch gereizter als sonst.

Auf der anderen Seite des Frachtraums beendete Varathael das Gespräch mit dem Monitor. Kes beobachtete, wie er sich von der improvisierten Kommunikationsstation abwandte und leise mit einem anderen Ryol sprach. Voller Unbehagen stellte die Ocampa fest, daß der Älteste keineswegs besorgt wirkte. *Wenn ich nur wüßte, was zwischen Varathael und dem Captain vorgeht*, dachte sie. *Vielleicht könnte ich Janeway irgendwie helfen. Es muß doch eine Möglichkeit geben, um …*

Etwas geschah und unterbrach ihre Überlegungen. Kes spürte ein plötzliches Brennen, das ihren ganzen Körper erfaßte, und es folgte ein seltsames Gefühl der Desorientierung. Für eine Sekunde wurde alles schwarz, und sie spürte, wie ihr Körper zu Boden sank. Doch als sich die Finsternis verflüchtigte, fand sie sich am gleichen Ort wieder wie vorher. Und sie konnte besser sehen als jemals zuvor.

Voller Staunen blickte sie sich im Frachtraum um. Was auch immer gerade geschehen war – es hatte sich auch bei allen anderen ausgewirkt, bei Neelix, B'Elanna, Neffalern und den Ryol. Varathael und seine Artgenossen lagen reglos auf dem Boden. Nur wenige Zentimeter von der Ocampa entfernt lehnten Neelix und Torres aneinander. B'Elannas Kopf ruhte an der Schulter des Talaxianers – Kes fand den Anblick entzückend. Beide hatten die Augen geschlossen, und Neelix' Mund stand offen, während er langsam und regelmäßig atmete. Er und Torres waren bewußtlos, so wie alle anderen im großen Frachtraum.

Aber was ist mit mir? fragte sich Kes verwirrt. *Warum bin ich noch wach?* Sie blickte zu ihren Füßen und nahm verblüfft zur Kenntnis, daß sie ausgestreckt auf dem Boden lag, in unmittelbarer Nähe einer Pfütze aus Meerwasser. Zum Glück hatten Mund und Nase einen sicheren Abstand zu der Lache gewahrt. Ein Ohr war in den weichen Sand gesunken. *Ich verstehe das nicht*, dachte Kes und blickte auf ihre eigene bewußtlose Gestalt hinab. *Träume ich?*

Wenn es tatsächlich ein Traum war, so zeichnete er sich durch eine beeindruckende Intensität aus. Noch immer spürte sie die kühle Feuchtigkeit des alten Frachtraums, lauschte einer fast gespenstischen Stille. Selbst die fliegenden Frösche flatterten nicht mehr. Kes sah sich um und entdeckte mehrere der kleinen Geschöpfe – sie lagen hier und dort zwischen Felsen und geborstenen Rumpfteilen des alten Wracks. Alle lebenden Geschöpfe im großen Frachtraum schienen von einer Sekunde zur anderen betäubt worden zu sein, wobei sie selbst die einzige Ausnahme bildete. In gewisser Weise.

Der Captain, begriff Kes. Bestimmt steckte die *Voyager* dahinter. Vermutlich handelte es sich um jene Rettungsmission, die sie erwartet hatte. Sie staunte noch immer, daß sich ihr Selbst – oder ein Teil – außerhalb des Körpers befand, und gleichzeitig empfand sie eine Mischung aus tiefer Erleichterung und Zuversicht. Es würde ihnen doch noch gelingen, die Ryol zu besiegen!

Ein zorniges Knurren weckte ihre Aufmerksamkeit. Kes wandte den Blick vom eigenen Körper ab und beobachtete kummervoll, wie sich jemand erhob: Varathael. Ein schützendes rotes Glühen umgab ihn. Er hob die Arme über den Kopf und heulte wütend.

Krallen ragten aus seinen Fingern, und das Gesicht bekam einen unübersehbaren animalischen Aspekt. Weiße Reißzähne ragten aus einem Mund, der sich in eine Schnauze verwandelte.

Es irrlichterte in den grünen Augen des Ältesten, als er sich im Frachtraum umsah. Schließlich fiel sein wütender Blick auf Torres und Neelix. Sofort stapfte er los, ganz offensichtlich mit der Absicht, sich an der *Voyager* zu rächen, indem er die beiden Geiseln umbrachte.

»Nein!« rief Kes, lief los und streckte die Hände aus, um Varathael aufzuhalten, aber er bemerkte ihre Präsenz überhaupt nicht. Sie versuchte, ihre Hände um seinen Arm zu schließen, doch ihre Finger glitten einfach durch sein Fleisch hindurch. Erschrocken begriff die Ocampa, daß sie den Ryol nicht daran hindern konnte, Vergeltung zu üben. Immer weiter näherte er sich Neelix, Torres und ihr selbst. Das scharlachrote Kraftfeld um ihn herum schimmerte wie ein dämonischer Halo. Entsetzen ließ Kes erstarren, während sie unsichtbare Zeugin der eigenen Ermordung zu werden drohte.

Die mentalen Schreie waren bisher an der Peripherie von Kes' Wahrnehmung erklungen, aber jetzt wurden sie lauter, übertönten sogar Varathaels Fauchen und Heulen. Sie klangen nicht mehr verzweifelt, sondern zornig, verlangten Rache. Irgendwie glitten sie aus Kes' geistiger Welt und hallten in dem riesigen Frachtraum wider. Das Kreischen schuf Echos am gebrochenen Rumpf des abgestürzten Schiffes, wurde so laut, daß Varathael zögerte und sich verwirrt umsah. Zum erstenmal glaubte die Ocampa, in den wölfischen Zügen des Ältesten so etwas wie Unsicherheit und sogar Furcht zu erkennen.

Kes fand eine solche Reaktion durchaus verständlich. Fassungslos beobachtete sie, wie seltsame Erscheinungen aus dem Boden der Frachtkammer aufstiegen. Die Wesen schienen nur aus Dunst und Schatten zu bestehen, passierten Stahl und Stein so mühelos, als seien jene Hindernisse ebenso immateriell wie das Phantom namens Kes. *Sind es Hologramme wie der Doktor?* überlegte sie. *Oder handelt es sich um etwas ganz anderes?*

Sie wiesen gewisse Ähnlichkeit mit den Neffalern auf – an jedem nebelhaften Arm erkannte die Ocampa sechs verschwommene Finger –, wirkten jedoch größer und kräftiger. Ihre Gliedmaßen waren lang und geschmeidig, von glänzendem Pelz bedeckt. In den großen, mondartigen Augen leuchteten Weisheit und Kummer. *Sie sind wunderschön*, fuhr es Kes durch den Sinn. *Sahen die Neffaler so aus, bevor die Ryol sie versklavten?* Tief in ihrem Herzen zweifelte sie kaum daran, daß das tatsächlich der Fall gewesen sein mußte.

Varathaels Gesicht wies inzwischen kaum noch menschliche Züge auf. Er hatte sich in ein tierisches Geschöpf verwandelt, schnupperte immer wieder und schien seine Absicht vergessen zu haben, sich an der *Voyager* zu rächen, indem er die Geiseln tötete. Er drehte den Kopf von einer Seite zur anderen und hielt in dem dunklen Frachtraum nach verborgenen Gefahren Ausschau. Aus seinem Verhalten zog Kes folgenden Schluß: Er konnte die aus dem Boden aufsteigenden körperlosen Entitäten nicht sehen, spürte aber ihre Nähe. Varathael ging hin und her, hob dabei die Klauen, um sich gegen einen unsichtbaren Gegner zu verteidigen. Aus seinem wütenden Knurren wurde ein nervöses Wimmern.

Die substanzlosen Wesen – Kes wußte, daß es die Seelen jener Neffaler waren, die vor langer Zeit an diesem tragischen Ort den Tod gefunden hatten – glitten den reglosen Körpern ihrer Nachkommen entgegen. Im hellen, weißen Licht der Kristalle erschienen die Geister teilweise transparent – Kes konnte durch die Entitäten hindurch die gegenüberliegende Wand sehen. Der rote Pelz glänzte fast zu sehr, um echt zu sein; es schien sich eher um ein von Lasern und Neonlicht erzeugtes Trugbild zu handeln.

Während Varathaels Nervosität wuchs, krochen die Geister in die Körper der betäubten Neffaler, gewannen dadurch feste, greifbare Existenz. Die kleinen Gestalten bewegten sich plötzlich. Dünne Glieder zuckten, als die affenartigen Geschöpfe aufstanden.

Besessen vom Zorn der vor Jahrtausenden ermordeten Ahnen näherten sich die Neffaler Varathael, offenbarten dabei eine Kraft und Zielstrebigkeit, die sie nie zuvor gezeigt hatten. Der Älteste sah die revitalisierten Körper ganz deutlich und fauchte Befehle für die früheren Sklaven, forderte sie mit einer gebieterischen Geste auf, sicheren Abstand zu wahren. Doch die Neffaler scherten sich nicht darum. Sie kamen weiter näher, umringten Varathael, bleckten die Zähne und kreischten wütend. Sie griffen nach Knochen und Steinen, schwangen sie wie Waffen und schleuderten sie nach dem Ältesten.

Die Wurfgeschosse prallten vom roten Kraftfeld ab, aber Varathael wich trotzdem zurück, überrascht von der Wut, die die bis dahin sanften und schreckhaften Wesen offenbarten. Aus der Verachtung in seinen Augen wurde Verblüffung und dann sogar Furcht. Er wandte sich zur Flucht, aber weitere Neffaler versperrten ihm den Weg. Eine kleine pelzige Gestalt sprang dem Ältesten auf den Rücken und schlang ihm die Arme um den Hals. Das rote Kraftfeld flakkerte, doch eine Entladung, die den Angreifer zurückwarf, blieb aus. Andere Neffaler folgten dem Beispiel des ersten, sprangen, klammerten sich an Varathael fest, traten und schlugen. Der Ryol verschwand unter einer Horde aus wütenden Neffalern, die sich für viele Generationen der Unterdrückung und Ausbeutung rächten.

Jedes Kraftfeld hatte eine Belastungsgrenze, und die war nun auch bei Varathaels Individualschild erreicht. Kes beobachtete, wie das scharlachrote Schimmern erneut flackerte – und dann verschwand.

Wenige Sekunden später wandte die Ocampa den Blick ab. Das Heulen – und die schmerzerfüllten Schreie – erklangen fast eine Minute lang, doch Kes wollte nicht sehen, was geschah.

»Die Neffaler sahen eine Chance und ergriffen sie«, sagte Chakotay. Zusammen mit den anderen Führungsoffizieren saß er am Konferenztisch. Kes stellte fest, daß sich die blauen Flecken in seinem Gesicht bereits aufzulösen begannen. »Die anderen Ryol waren betäubt, und die Umstände stellten Varathaels Macht zum erstenmal seit langer, langer Zeit in Frage. Die Neffaler beschlossen, diese einzigartige Gelegenheit für einen Angriff zu nutzen. Der Maquis hätte sich ebenso verhalten.«

»Aber die Neffaler sind wohl kaum der Maquis«, sagte Tuvok. »Obgleich Sie vermutlich recht haben in Hinsicht auf die Kongruenz von Motiv und Gelegenheit. Was den gefächerten Phaserstrahl betrifft: Ich kann nur annehmen, daß die besondere chemische Beschaffenheit des Raumschiffrumpfs den Neffalern einen gewissen Schutz vor den Auswirkungen der Phaserentladung gewährte. Es bleibt allerdings unklar, wieso sich der positive Effekt dieser Abschirmung nur bei den Neffalern bemerkbar machte. In ihrer biologischen Struktur weist nichts auf Immunität gegen Phaserenergie hin.«

Die zwischen Neelix und Torres sitzende Kes

schwieg. Sie hatte ihre eigenen Theorien in Hinsicht auf die Ereignisse während ihres ›Traums‹, befürchtete jedoch, daß Tuvok sie nicht besonders logisch fand. Die unter dem Wrack begrabenen Neffaler ruhten endlich in Frieden – soviel wußte sie. Ihre mentalen Stimmen waren verklungen, noch bevor sich die Rettungsgruppe in den Frachtraum gebeamt hatte, um die Geiseln zu befreien und die betäubten Ryol in Gewahrsam zu nehmen. Als sie später noch einmal zum Strand zurückkehrte, stellte sie dort fest, daß im geistigen Kosmos keine peinerfüllten Schreie mehr ertönten. Mit stummen Worten und Tränen in den Augen hatte sie sich von ihnen verabschiedet. *Schlaft in Frieden, für immer.*

Captain Janeways Stimme brachte Kes in die Gegenwart zurück. »Ich will einem geschenkten Gaul – oder Neffaler – nicht ins Maul schauen. Wichtig ist nur: Die Neffaler wählten einen für uns sehr günstigen Augenblick, um sich an Varathael zu rächen. Die Frage lautet nun: Was stellen wir mit den Ryol an?«

»Der Älteste ist tot«, sagte Chakotay. »Das bedeutet, Laazia tritt seine Nachfolge an. Sie verlangt, unverzüglich mit ihren Begleitern auf den Planeten gebeamt zu werden. Außerdem soll die *Voyager* dieses Sonnensystem sofort verlassen.« Er sah die Kommandantin ernst an. »Eine solche Vorstellung gefällt mir gar nicht.«

»Mir auch nicht«, erwiderte Janeway. »Ich habe gründlich darüber nachgedacht und bin dabei zu folgendem Schluß gelangt: Wir werden dem Sinn der Ersten Direktive am besten dadurch gerecht, indem wir die Ryol von Ryolanow fortbringen und den Neffalern dadurch eine zweite Entwicklungschance geben.«

»Das ist eine recht... interessante Interpretation«, kommentierte Tuvok und wölbte eine Braue.

Kes lächelte und erinnerte sich an die Schönheit der alten Neffaler. Sie zweifelte kaum daran, daß die wahren Einheimischen des Planeten ihr volles Potential entfalten konnten, wenn sie nicht mehr dem schädlichen Einfluß der Ryol unterlagen. Am Strand war sie dem jungen Neffaler begegnet, der zuerst mit Harry und dann auch mit B'Elanna Freundschaft geschlossen hatte. Bei jener Begegnung spielte das Wesen eine einfache Melodie auf der kleinen Flöte, und Kes glaubte, darin die Wiedergeburt der Neffalerkunst und -kultur zu erkennen. Freudentränen quollen ihr in die Augen – vielleicht wiesen die heutigen Neffaler weitaus mehr Ähnlichkeit mit ihren schönen Vorfahren auf, als es zunächst den Anschein hatte.

»Nach den alten Legenden muß verhindert werden, daß die Leeren andere Lebensformen erreichen können«, sagte Neelix. »Wir dürfen nicht zulassen, daß sie sich erneut im Delta-Quadranten ausbreiten. Nicht einmal die Kazon verdienen ein solches Schicksal.«

»Es gibt einige unbewohnte Welten in der Nähe«, meinte Tuvok. »Es wäre möglich, die Ryol dort abzusetzen. Wenn sie nicht auf die Lebenskraft intelligenter Wesen zurückgreifen können, bleibt ihnen keine andere Wahl, als sich auf natürliche Weise zu ernähren.«

»Genau darum geht es mir«, sagte Janeway. »Außerdem sollten wir im Orbit einen Warnsatelliten zurücklassen, der alle ahnungslosen Reisenden auf die Gefahr hinweist, die von den Ryol ausgeht.«

»Wir hätten eine solche Warnung gut gebrauchen können«, ließ sich Tom Paris vernehmen. Nach ihrer Rückkehr zur *Voyager* war Kes von den tiefen Wunden schockiert gewesen, die Laazias Klauen im Rücken des Navigators hinterlassen hatten. Zum Glück blieb kein dauernder Schaden zurück.

»Und ob«, bestätigte Harry Kim. Er wirkte noch immer geschwächt. Der Doktor hatte ihm eine an Vitaminen und Nährstoffen reiche Diät verschrieben – und ihm verboten, sich weiter Nächte um die Ohren zu schlagen.

Das einzige Opfer der Konfrontation mit den Ryol war Susan Tukwila. Kes hatte die Frau nicht besonders gut gekannt, trauerte aber trotzdem um sie. Nach den Maßstäben der Ocampa lebten Menschen unglaublich lange, und deshalb erschien es ihr besonders tragisch, wenn eine solche Existenz viel zu früh endete. Kes hoffte, daß Tukwilas Leben besser gewesen war als ihr Tod.

»Was ist mit dem Triebwerk des Wracks?« wandte sich Chakotay an Torres. »Haben Sie etwas gefunden, das wir gebrauchen können?«

»Ja und nein«, erwiderte die Chefingenieurin. Kes hatte erleichtert festgestellt, daß die Beule an B'Elannas Hinterkopf ohne Komplikationen blieb. Dem Doktor war es innerhalb weniger Minuten gelungen, sie verschwinden zu lassen. »Dilithiumkristalle fanden wir leider nicht. Wenn das Raumschiff der Ryol jemals solche Kristalle verwendete, so müssen sie schon vor langer Zeit zerfallen sein. Allerdings gibt es an Bord des Wracks noch reichlich Antimaterie. Es sollte nicht weiter schwer sein, sie zur *Voyager* zu transferieren – zusätzliche Antimaterie können wir jederzeit gut gebrauchen.«

Kes freute sich darüber, daß B'Elannas Suche zumindest teilweise erfolgreich gewesen war. Sie empfand es als eine interessante Erfahrung, mit Torres zusammengearbeitet zu haben. Leider ergab sich nur selten Gelegenheit dazu.

»Außerdem würden wir den Neffalern sicher keinen Gefallen erweisen, wenn wir die Antimaterie im Wrack ließen«, meinte Chakotay. »Zwar besteht derzeit keine Gefahr, daß sie mit normaler Materie in Berührung gerät, aber die Neffaler können erst in einigen Jahrtausenden einen Entwicklungsstand erreichen, der es ihnen erlaubt, mit solchen Substanzen umzugehen.«

»Na schön«, sagte Janeway. »Lieutenant Torres, setzen Sie die Bergung fort, aber verlieren Sie keine Zeit beim Transfer der Antimaterie.« Sie bedachte die Offiziere mit einem reumütigen Blick. »Ich weiß nicht, wie es Ihnen geht, aber ich habe genug von diesem ›Paradies‹.«

Kes verstand die Gefühle des Captains – auch sie selbst war froh darüber, das schwarze Ufer zu verlassen. Die Ocampa beugte sich vor und tastete unterm Tisch nach Neelix' Hand. Zwar wurde die *Voyager* immer wieder mit Gefahren konfrontiert, aber trotzdem freute sich Kes auf das nächste Abenteuer!

CAPTAINS LOGBUCH, STERNZEIT 491750.9

Vielleicht hätte ich mir keine Sorgen wegen einer *Meuterei auf der Bounty* machen und statt dessen noch einmal die *Odyssee* lesen sollen, insbesondere den Teil über Circes verzauberte Insel. Letztendlich gelang es meiner tapferen Crew, den Verlockungen von Ryolanow zu widerstehen. Wir verlassen diesen Raumsektor mit neuem Vertrauen in unsere Fähigkeit, allen Gefahren des Delta-Quadranten zu trotzen. Die Heimreise mag sehr lange dauern, aber wenigstens befinden wir uns in guter Gesellschaft …

STAR TREK™

in der Reihe
HEYNE SCIENCE FICTION & FANTASY

STAR TREK: CLASSIC SERIE
Vonda N. McIntyre, Star Trek II: Der Zorn des Khan · 06/3971
Vonda N. McIntyre, Der Entropie-Effekt · 06/3988
Robert E. Vardeman, Das Klingonen-Gambit · 06/4035
Lee Correy, Hort des Lebens · 06/4083
Vonda N. McIntyre, Star Trek III: Auf der Suche nach Mr. Spock · 06/4181
S. M. Murdock, Das Netz der Romulaner · 06/4209
Sonni Cooper, Schwarzes Feuer · 06/4270
Robert E. Vardeman, Meuterei auf der Enterprise · 06/4285
Howard Weinstein, Die Macht der Krone · 06/4342
Sondra Marshak & Myrna Culbreath, Das Prometheus-Projekt · 06/4379
Sondra Marshak & Myrna Culbreath, Tödliches Dreieck · 06/4411
A. C. Crispin, Sohn der Vergangenheit · 06/4431
Diane Duane, Der verwundete Himmel · 06/4458
David Dvorkin, Die Trellisane-Konfrontation · 06/4474
Vonda N. McIntyre, Star Trek IV: Zurück in die Gegenwart · 06/4486
Greg Bear, Corona · 06/4499
John M. Ford, Der letzte Schachzug · 06/4528
Diane Duane, Der Feind – mein Verbündeter · 06/4535
Melinda Snodgrass, Die Tränen der Sänger · 06/4551
Jean Lorrah, Mord an der Vulkan Akademie · 06/4568
Janet Kagan, Uhuras Lied · 06/4605
Laurence Yep, Herr der Schatten · 06/4627
Barbara Hambly, Ishmael · 06/4662
J. M. Dillard, Star Trek V: Am Rande des Universums · 06/4682
Della van Hise, Zeit zu töten · 06/4698
Margaret Wander Bonanno, Geiseln für den Frieden · 06/4724
Majliss Larson, Das Faustpfand der Klingonen · 06/4741
J. M. Dillard, Bewußtseinsschatten · 06/4762
Brad Ferguson, Krise auf Centaurus · 06/4776
Diane Carey, Das Schlachtschiff · 06/4804
J. M. Dillard, Dämonen · 06/4819
Diane Duane, Spocks Welt · 06/4830
Diane Carey, Der Verräter · 06/4848
Gene DeWeese, Zwischen den Fronten · 06/4862
J. M. Dillard, Die verlorenen Jahre · 06/4869
Howard Weinstein, Akkalla · 06/4879

STAR TREK™

Carmen Carter, McCoys Träume · 06/4898
Diane Duane & Peter Norwood, Die Romulaner · 06/4907
John M. Ford, Was kostet dieser Planet? · 06/4922
J. M. Dillard, Blutdurst · 06/4929
Gene Roddenberry, Star Trek I: Der Film · 06/4942
J. M. Dillard, Star Trek VI: Das unentdeckte Land · 06/4943
Jean Lorrah, Die UMUK-Seuche · 06/4949
A. C. Crispin, Zeit für gestern · 06/4969
David Dvorkin, Die Zeitfalle · 06/4996
Barbara Paul, Das Drei-Minuten-Universum · 06/5005
Judith & Garfield Reeves-Stevens, Das Zentralgehirn · 06/5015
Gene DeWeese, Nexus · 06/5019
D. C. Fontana, Vulkans Ruhm · 06/5043
Judith & Garfield Reeves-Stevens, Die erste Direktive · 06/5051
Michael Jan Friedman, Das Doppelgänger-Komplott · 06/5067
Judy Klass, Der Boaco-Zwischenfall · 06/5086
Julia Ecklar, Kobayashi Maru · 06/5103
Peter Norwood, Angriff auf Dekkanar · 06/5147
Carolyn Clowes, Das Pandora-Prinzip · 06/5167
Michael Jan Friedman, Schatten auf der Sonne · 06/5179
Diana Duane, Die Befehle des Doktors · 06/5247
V. E. Mitchell, Der unsichtbare Gegner ·06/5248
Dana Kramer-Rolls, Der Prüfstein ihrer Vergangenheit · 06/5273
Barbara Hambly, Der Kampf ums nackte Überleben · 06/5334
Brad Ferguson, Eine Flagge voller Sterne · 06/5349
J. M. Dillard, Star Trek VII: Generationen · 06/5360
Gene DeWeese, Die Kolonie der Abtrünnigen · 06/5375
Michael Jan Friedman, Späte Rache · 06/5412
Peter David, Der Riß im Kontinuum · 06/5464
Michael Jan Friedman, Gesichter aus Feuer · 06/5465
Peter David/Michael Jan Friedman/Robert Greenberger, Die Enterbten · 06/5466
L. A. Graf, Die Eisfalle · 06/5467
John Vornholt, Zuflucht · 06/5468
L. A. Graf, Der Saboteur · 06/5469
Melissa Crandall, Die Geisterstation · 06/5470
Mel Gilden, Die Raumschiff-Falle · 06/5471
V. E. Mitchell, Tore auf einer toten Welt · 06/5472
Victor Milan, Aus Okeanos Tiefen · 06/5473
Diane Carey, Das große Raumschiff-Rennen · 06/5474
Diane Carey, Kirks Bestimmung · 06/5476
L. A. Graf, Feuersturm · 06/5477
A. C. Crispin, Sarek · 06/5478

STAR TREK™

Simon Hawke, Die Terroristen von Patria · 06/5479
Barbara Hambly, Kreuzwege · 06/5681
L. A. Graf, Ein Sumpf von Intrigen · 06/5682
Howard Weinstein, McCoys Tochter · 06/5683
J. M. Dillard, Sabotage · 06/5685
Diane Carey/Dr. James I. Kirkland, Keine Spur von Menschen · 06/5687
Peter David, Die Tochter des Captain · 06/5691
Dean Wesley Smith/Kristine Kathryn Rusch, Die Ringe von Tautee · 06/5693
Diane Carey, Invasion - 1: Der Erstschlag · 06/5694

STAR TREK: THE NEXT GENERATION
David Gerrold, Mission Farpoint · 06/4589
Gene DeWeese, Die Friedenswächter · 06/4646
Carmen Carter, Die Kinder von Hamlin · 06/4685
Jean Lorrah, Überlebende · 06/4705
Peter David, Planet der Waffen · 06/4733
Diane Carey, Gespensterschiff · 06/4757
Howard Weinstein, Macht Hunger · 06/4771
John Vornholt, Masken · 06/4787
David & Daniel Dvorkin, Die Ehre des Captain · 06/4793
Michael Jan Friedman, Ein Ruf in die Dunkelheit · 06/4814
Peter David, Eine Hölle namens Paradies · 06/4837
Jean Lorrah, Metamorphose · 06/4856
Keith Sharee, Gullivers Flüchtlinge · 06/4889
Carmen Carter u. a., Planet des Untergangs · 06/4899
A. C. Crispin, Die Augen der Betrachter · 06/4914
Howard Weinstein, Im Exil · 06/4937
Michael Jan Friedman, Das verschwundene Juwel · 06/4958
John Vornholt, Kontamination · 06/4986
Mel Gilden, Baldwins Entdeckungen · 06/5024
Peter David, Vendetta · 06/5057
Peter David, Eine Lektion in Liebe · 06/5077
Howard Weinstein, Die Macht der Former · 06/5096
Michael Jan Friedman, Wieder vereint · 06/5142
T. L. Mancour, Spartacus · 06/5158
Bill McCay/Eloise Flood, Ketten der Gewalt · 06/5242
V. E. Mitchell, Die Jarada · 06/5279
John Vornholt, Kriegstrommeln · 06/5312
David Bischoff, Die Epidemie · 06/5356
Peter David, Imzadi · 06/5357
Laurell K. Hamilton, Nacht über Oriana · 06/5342

STAR TREK™

Simon Hawke, Die Beute der Romulaner · 06/5413
Rebecca Neason, Der Kronprinz · 06/5414
John Peel, Drachenjäger · 06/5415
Diane Carey, Abstieg · 06/5416
Diane Duane, Dunkler Spiegel · 06/5417
Jeri Taylor, Die Zusammenkunft · 06/5418
Michael Jan Friedman, Relikte · 06/5419
Susan Wright, Der Mörder des Sli · 06/5438
W. R. Thomson, Planet der Schuldner · 06/5439
Michael Jan Friedman & Kevin Ryan, Requiem · 06/5442
Dafydd ab Hugh, Gleichgewicht der Kräfte · 06/5443
Michael Jan Friedman, Die Verurteilung · 06/5444
Peter David, Q² · 06/5445
Simon Hawke, Die Rückkehr der Despoten · 06/5446
Robert Greenberger, Die Strategie der Romulaner · 06/5447
Gene DeWeese, Im Staubnebel verschwunden · 06/5448
Brad Ferguson, Das letzte Aufgebot · 06/5449
Kij Johnson/Greg Cox, Die Ehre des Drachen · 06/5751
J. M. Dillard/Kathleen O'Malley, Wahnsinn · 06/5753
Dean Wesley Smith/Kristine Kathryn Rusch, Invasion - 2: Soldaten des Schreckens · 06/5754
J. M. Dillard, Star Trek VIII: Der erste Kontakt · 06/5757
Diane Carey, Tag der Ehre - 1: Altes Blut · 06/5763
J. M. Dillard, Star Trek IX: Der Aufstand · 06/5770

STAR TREK: DIE ANFÄNGE
Vonda N. McIntyre, Die erste Mission · 06/4619
Margaret Wander Bonanno, Fremde vom Himmel · 06/4669
Diane Carey, Die letzte Grenze · 06/4714

STAR TREK: DEEP SPACE NINE
J. M. Dillard, Botschafter · 06/5115
Peter David, Die Belagerung · 06/5129
K. W. Jeter, Die Station der Cardassianer · 06/5130
Sandy Schofield, Das große Spiel · 06/5187
Dafydd ab Hugh, Gefallene Helden · 06/5322
Lois Tilton, Verrat · 06/5323
Esther Friesner, Kriegskind · 06/5430
John Vornholt, Antimaterie · 06/5431
Diane Carey, Die Suche · 06/5432
Melissa Scott, Der Pirat · 06/5434
Nathan Archer, Walhalla · 06/5512
Greg Cox/John Gregory Betancourt, Der Teufel im Himmel · 06/5513

STAR TREK™

Robert Sheckley, Das Spiel der Laertianer · 06/5514
Diane Carey, Der Weg des Kriegers · 06/5515
Diane Carey, Die Katakombe · 06/5516
Dean Wesley Smith/Kristine Kathryn Rusch, Die lange Nacht · 06/5517
L. A. Graf, Invasion - 3: Der Feind der Zeit · 06/5519

STAR TREK: STARFLEET KADETTEN
John Vornholt, Generationen · 06/6501
Peter David, Worfs erstes Abenteuer · 06/6502
Peter David, Mission auf Dantar · 06/6503
Peter David, Überleben · 06/6504
Brad Strickland, Das Sternengespenst · 06/6505
Brad Strickland, In den Wüsten von Bajor · 06/6506
John Peel, Freiheitskämpfer · 06/6507
Mel Gilden & Ted Pedersen, Das Schoßtierchen · 06/6508
John Vornholt, Erobert die Flagge! · 06/6509
V. E. Mitchell, Die Atlantis Station · 06/6510
Michael Jan Friedman, Die verschwundene Besatzung · 06/6511
Michael Jan Friedman, Das Echsenvolk · 06/6512
Diane G. Gallagher, Arcade · 06/6513
John Peel, Ein Trip durch das Wurmloch · 06/6514
Brad & Barbara Strickland, Kadett Jean-Luc Picard · 06/6515
Brad & Barbara Strickland, Picards erstes Kommando · 06/6516
Ted Pedersen, Zigeunerwelt · 06/6517
Patricia Barnes-Svarney, Loyalitäten · 06/6518

STAR TREK: VOYAGER
L. A. Graf, Der Beschützer · 06/5401
Dean Wesley Smith/Kristine Kathryn Rusch, Die Flucht · 06/5402
Nathan Archer, Ragnarök · 06/5403
Susan Wright, Verletzungen · 06/5404
John Betancourt, Der Arbuk-Zwischenfall · 06/5405
Christie Golden, Die ermordete Sonne · 06/5406
Mark A. Garland/Charles G. McGraw, Geisterhafte Visionen · 06/5407
S. N. Lewitt, Cybersong · 06/5408
Dafydd ab Hugh, Invasion - 4: Die Raserei des Endes · 06/5409
Karen Haber, Segnet die Tiere · 06/5410
Jeri Taylor, Mosaik · 06/5811
Melissa Scott, Der Garten · 06/5812
David Niall Wilson, Puppen · 06/5813
Greg Cox, Das schwarze Ufer · 06/5814

STAR TREK™

DAS STAR TREK-UNIVERSUM, 2 Bde., von *Ralph Sander* · 06/5150
DAS STAR TREK-UNIVERSUM, 1. Ergänzungsband von *Ralph Sander* · 06/5151
DAS STAR TREK-UNIVERSUM, 2. Ergänzungsband von *Ralph Sander* · 06/5270

Ralph Sander, Star Trek Timer 1996 · 06/1996
Ralph Sander, Star Trek Timer 1997 · 06/1997
Ralph Sander, Star Trek Timer 1998 · 06/1998
Ralph Sander, Star Trek Timer 1999 · 06/1999

William Shatner/Chris Kreski, Star Trek Erinnerungen · 06/5188
William Shatner/Chris Kreski, Star Trek Erinnerungen: Die Filme · 06/5450

Phil Farrand, Cap'n Beckmessers Führer durch STAR TREK – DIE CLASSIC SERIE · 06/5451
Phil Farrand, Cap'n Beckmessers Führer durch STAR TREK – DIE NÄCHSTE GENERATION · 06/5199
Phil Farrand, Cap'n Beckmessers Führer durch STAR TREK – DIE NÄCHSTE GENERATION - Teil 2 · 06/6457

David Alexander, Gene Roddenberry - Die autorisierte Biographie · 06/5544
Judith & Garfield Reeves-Stevens, Star Trek Design · 06/5545
Nichelle Nichols, Nicht nur Uhura · 06/5547
Leonard Nimoy, Ich bin Spock · 06/5548
Lawrence M. Krauss, Die Physik von Star Trek · 06/5549
Judith & Garfield Reeves-Stevens, Star Trek – Deep Space Nine: Die Realisierung einer Idee · 06/5550
Herbert F. Solow & Yvonne Fern Solow, Star Trek: Das Skizzenbuch – Die Classic-Serie · 06/6469
Judith & Garfield Reeves-Stevens, Star Trek – Phase II: Die verlorene Generation · 06/6470
Herbert F. Solow/Robert H. Justman, Star Trek – Die wahre Geschichte · 06/6499
J. M. Dillard, Star Trek: Wo bisher noch niemand gewesen ist · 06/6500

Diese Liste ist eine Bibliographie erschienener Titel,
KEIN VERZEICHNIS LIEFERBARER BÜCHER!